Tonke Dragt, 1930 in Batavia, dem heutigen Jakarta geboren, studierte zunächst Kunst. 1961 veröffentlichte sie ihr erstes Jugendbuch. Seitdem sind viele spannende Zukunfts- und Abenteuerromane von ihr erschienen. 1976 erhielt Tonke Dragt den Niederländischen Staatspreis für Kinder- und Jugendliteratur. ›Turmhoch und meilenweit‹ wurde im November 1996 mit dem »Buxtehuder Bullen« als bestes Jugendbuch des Jahres ausgezeichnet. In der Fischer Schatzinsel erschien von ihr bereits ›Das Geheimnis des Uhrmachers‹ (Bd. 80223).

Turmhoch und meilenweit. Irgendwann in der Zukunft: Der junge Planetenforscher Edu ist auf der Venus stationiert. Er lebt mit einem Forscherteam in einer Kuppel, die erdähnliche Verhältnisse simuliert. Edu zieht es aber in die üppigen, flammenden Wälder auf der Venus, deren Betreten streng verboten ist. Dort lernt er die Afroini, die Venusbewohner kennen, die Gedanken lesen können. Die Begegnung verändert Edus bisheriges Leben und Denken vollständig. Er lernt sich und seine Freunde neu kennen und entdeckt, dass er selbst über telepathische Fähigkeiten verfügt.

Tonke Dragt

Turmhoch und meilenweit

Ein Zukunftsroman

Mit Bildern der Autorin
Aus dem Niederländischen von Liesel Linn

Fischer Taschenbuch Verlag

Fischer Schatzinsel
Herausgegeben von Markus Niesen

Veröffentlicht im Fischer Taschenbuch Verlag GmbH,
Frankfurt am Main, April 1999

Lizenzausgabe mit freundlicher Genehmigung
des Verlages Freies Geistesleben GmbH, Stuttgart
Die Originalausgabe erschien unter dem Titel
›Torenhoog en mijlen breed‹ im Verlag Leopold, Amsterdam

Illustrationen von Tonke Dragt
Für die deutsche Ausgabe:

Gesamtherstellung: Clausen & Bosse, Leck
Dieses Buch ist auf dem Papier ›Hanf Offset‹
von Schneidersöhne gedruckt
Printed in Germany
ISBN 3-596-80233-4

Nach den Regeln der neuen Rechtschreibung

Where are forests, hot as fire …
R. L. Stevenson, Travel

Vorwort zur deutschen Ausgabe

»Dort sind Wälder ...« – in dieser Zukunftsgeschichte allerdings nicht mehr auf der Erde, sondern auf einem anderen Planeten: auf der Venus. Dort sind sie noch zu finden, warm, üppig und nass, prächtig und gefährlich.

»Aber das stimmt ja nicht!«, werden manche Leute sagen. »Jeder weiß doch, dass auf der Venus kein Leben möglich ist – viel zu heiß, eine giftige Atmosphäre ...«

Natürlich weiß ich das auch. Wie schön unser Schwesterplanet auch aussieht, geheimnisvoll von Wolkenschleiern umgeben – Wälder und Meere findet man dort ebenso wenig wie die berühmten Kanäle auf dem Mars. Es ist wahr ... und auch wieder nicht wahr.

Als ich dieses Buch vor mehr als fünfundzwanzig Jahren schrieb, konnte man sich in der Phantasie noch alles mögliche vorstellen, was unter der Wolkendecke verborgen sein mochte, unter der die Oberfläche der Venus für alle Menschen, die je auf der Erde gelebt haben, unsichtbar blieb. Auch wenn dies nicht mehr lange dauern sollte, denn das Zeitalter der Raumfahrt hatte schon begonnen. Dieses Buch erschien in Holland im gleichen Jahr, in dem die ersten Menschen auf dem Mond landeten: 1969. Auch die Planeten wurden besucht, obgleich es bis heute bei unbemannten Flügen geblieben ist. Im Jahre 1964 sandte der amerikanische Mariner 4 die ersten Fotos vom Mars zur Erde und damit verschwanden die von intelligenten Wesen gegrabenen Kanäle für alle Zeiten aus der Realität. Eine optische Täuschung, mehr nicht. In der Welt der Phantasie durften sie jedoch bestehen bleiben – zu Recht, denn gute Märchen (und ein Teil der Sciencefictionliteratur) erzählen ebenso etwas, das »wahr« ist, wenn auch in einer anderen Art und Weise.

Auch zur Venus wurden Raumfahrzeuge geschickt, vor allem von den Russen. Was würden ihre Veneras wohl unter jener undurchsichtigen Dampfglocke entdecken? Wolken ... Regen? Die Venus steht näher an der Sonne ... vielleicht tropische Natur? *Leben?*

Die ersten Raumsonden gingen durch den extremen Luftdruck und die hohen Temperaturen zu Grunde, bevor sie die Oberfläche des Planeten erreicht hatten, oder sie zerbarsten dort. Erst 1970 und 1971 schafften die Veneras 7 und 8 »sanfte« Landungen. Sie funkten Daten zur Erde, die auf eine todbringende Atmosphäre und einen kahlen, versengenden Planeten hindeuteten. Und diejenigen, welche trotzdem die Hoffnung nicht aufgaben, dass die Wolken eine Welt voller Leben in Wäldern und Meeren umhüllten, mussten 1975 endgültig von diesem Traum Abschied nehmen, als die Veneras 9 und 10 auch noch Fotos zur Erde schickten. Diese bewiesen, dass auf der Venus kein Leben möglich ist, basta.

Was nun dieses Buch betrifft: In Holland ließ man die neuen wissenschaftlichen Erkenntnisse mehr oder minder außer Acht. Die Erzählung wurde auch nach 1970 und 1975 gelesen; neue Auflagen wurden gedruckt und 1971 wurde das Buch sogar preisgekrönt. Und es wird noch immer viel gelesen. Sogar ein Astronaut schrieb mir einmal, dass er das Buch sehr schön finde, auch wenn es mit dem Stand der Wissenschaft nicht mehr übereinstimmt.

Die Venus, eine auffallende Himmelserscheinung – einmal als Morgenstern zu sehen, dann wieder als Abendstern, benannt nach einer Göttin der Liebe. Sie kann noch immer – in dieser und auch in anderen Geschichten – eine lebendige Welt sein, mit Urwäldern, Ozeanen und Geheimnissen, die zu ihrem Äußeren und ihrem Namen passen. Und zwar trotz der Tatsache, dass wir wissen, dass sie für Menschen tödlich ist und dass einige Astronomen sie als wahre Hölle bezeichnen.

Beide Planeten existieren und an *meiner* Venus brauche ich nichts zu ändern. Nun muss ich dazu sagen, dass ich zu dem Zeitpunkt, als ich mit dieser Erzählung begann – damals war ich fast dreißig Jahre jünger als heute – einfach über warme Regenwälder schreiben wollte ... Und das waren eigentlich die tropischen Wälder im

Land meiner Jugend, in Indonesien (also auf der Erde), nach denen ich im kühlen Holland oft Heimweh hatte. Ich gab ihnen nur etwas mehr Farbe: ein bisschen mehr Rosa, Orange und Gold ... Wälder mit Pantern und Tigern und Affen. Doch in den Sechzigerjahren wurde man immer häufiger mit Berichten über Wälder konfrontiert, die abgeholzt wurden, und über Tiere, die vom Aussterben bedroht waren. In dieser Hinsicht ist mein Buch (leider!) noch immer aktuell.

»Mach es ganz und gar aktuell – mach ein Märchen oder eine Fabel daraus«, sagte kürzlich jemand zu mir. »Ändere den Namen des Planeten; es gibt genug Planeten, von denen wir nichts wissen. Mach einen Phantasieplaneten daraus, dann brauchst du kein Vorwort zu Neuauflagen im Ausland zu schreiben.«

Ein bequemer, aber kurzsichtiger Ratschlag, den ich natürlich nicht befolgt habe. Auch Phantasien erfordern Logik. Meine Geschichte erzählt von *irdischen* Menschen in einer nicht allzu fernen Zukunft; ich musste daher in unserem eigenen Sonnensystem bleiben. Die Technik konnte noch keine Reisen zu unbekannten Planeten außerhalb dieses Bereiches ermöglichen.

Was spielte es, recht besehen, für eine Rolle, ob die Venus tatsächlich so war, wie ich sie beschrieben hatte! Es ging um das, was passieren könnte, wenn Menschen von der Erde, wo es nur noch ein paar Bäume in Naturreservaten gab, auf einem Planeten landeten, auf dem unerforschter Urwald wuchs. Wie würden sie darauf reagieren? Ich wollte hauptsächlich von *Edu* erzählen, der so gern ein echter Planetenforscher sein wollte. So wurde diese Geschichte ein Buch über seine Suchwanderung, über eine Entdeckungsreise. Und wer sich auf so etwas einlässt, der kann manchmal ganz andere Dinge erleben, als er erwartet hatte. Auch ich selbst, als Autorin, wurde von dem, was ich fand, überrascht; genau wie Edu stand ich plötzlich vor Fragen, die mir Angst einjagten.

Ich entdeckte nämlich, dass es in dieser Geschichte nicht in erster Linie um die flammenden Venus-Wälder ging oder um meine Sehnsucht nach der fernen indonesischen Wildnis oder um meine

Sorge um das Schicksal sämtlicher irdischen Regenwälder … auch wenn diese Dinge natürlich eine Rolle spielen.
Ich könnte zum Schluss sogar behaupten, dass dieses Vorwort überflüssig sei, weil sich die nun folgende Erzählung überhaupt nicht auf dem zweitnächsten Sonnenplaneten abspielt und ebenso wenig in der Zukunft! Aber wo und wann denn? Das möge jeder für sich selbst entscheiden. Ach, lest es einfach als geheimnisvolles Abenteuer …

T. D. Dez. 1994

Prolog

Als Edu elf Jahre alt war, kaufte er auf dem Flohmarkt einen alten Roboter, den er »Bob« nannte. Bob war nicht nur alt, sondern auch recht ungewöhnlich; er konnte zum Beispiel Gedichte aufsagen.

...

»Weißt du über Planeten Bescheid?«

»O Venus, du heller Stern ...«, begann der Roboter.

»O Venus Venus Venus ... Entschuldigung«, sagte er dann höflich. »Es passiert leider immer wieder, dass Bob sich wiederholt. Alterserscheinung!«

Edu stellte den Mechanismus wieder auf Freilauf.

»Einige von Bobs Elektronenströmen laufen nicht mehr so gut«, fuhr der Roboter fort. »Deshalb ist es mit seinem Gedächtnis ab und zu schlecht bestellt. Vielleicht könntest du, Edu, Bob reparieren?«

»Ich werde mein Möglichstes tun«, sagte Edu. »Du sollst eigentlich meine Schulaufgaben machen. Andererseits macht es aber auch Spaß, einfach ein bisschen zu plaudern. Also, mach weiter!«

Bob summte leise, während er nachdachte; dann sagte er plötzlich:

> »Wo Wälder sind, so heiß wie Feuer,
> turmhoch und meilenweit ...«

Bob unterbrach sich.

Edu fuhr mit einem Ruck hoch. »Wovon redest du da?« fragte er. »Wo ist das? Wo sind die Wälder?«

»So heiß wie Feuer«, sagte der Roboter. »Es ist ein Gedicht. Der Mann, der Bob gebaut hat, übersetzte es aus der englischen Sprache. Bob hat jedoch den Rest vergessen.«

»Schade«, meinte Edu nachdenklich. »Es wird wohl auf einem

anderen Planeten sein. Hier auf der Erde gibt es keine Wälder mehr.«

Auszug aus Tonke Dragts Erzählung »Der Roboter vom Flohmarkt«.

Erster Teil

Die Kuppel

1. Kapitel

»Raumschiff Morgenstern ruft Venushauptquartier. Raumschiff Morgenstern ruft Venushauptquartier …«

Edu saß in der kleinen Kabine des Raumschiffes; Gurte hielten ihn in dem Sitz fest, der speziell für seine Körpermaße angefertigt worden war. Vor ihm glitzerten die Zifferblätter der Armaturen; blassgrüne Lämpchen flackerten, an und aus, an und aus – das einzige Licht in der dunklen Umgebung. Neben ihm, in einem ebensolchen Sitz, saß Mick; auch er schwieg und lauschte.

Die vertraute sachliche Stimme ertönte dicht an seinem Ohr: »Raumschiff Morgenstern ruft Venushauptquartier. Ende.«

Dann eine andere Stimme, erheblich leiser und schwerer zu verstehen: »Hier Venushauptquartier. Wir können Sie hören. Ende.«

Einen Moment lang schloss Edu die Augen. In Gedanken sah er das Raumschiff Morgenstern, diesmal nicht als kunstvollen Flugkörper, mit dem er die monatelange Reise von der Erde aus unternommen hatte, sondern als winziges Pünktchen, als Miniaturmond, der in diesem Augenblick eine Bahn um den strahlenden Planeten beschrieb, von dem es seinen Namen hatte – Venus, der Morgenstern.

»Die Wachablösung«, sagte die Stimme nun ganz deutlich. »Die Wachablösung …«

Edu machte seine Augen wieder auf. Nun war es beinahe so weit! Mick und er würden in dieser Raumkapsel das Mutterschiff verlassen – als erste von den fünf Kapseln, die mit Planetenforschern unterwegs waren. Später würden einige unbemannte Sonden folgen, die neues Material zum Hauptquartier bringen sollten.

Radio Venus antwortete dem Raumschiff: »Hauptquartier ist auf Empfang der Forscher elf bis zwanzig vorbereitet. Die Forscher eins bis zehn stehen hier bereit zum Rückflug.«

Wie phantastisch ist das doch alles ausgeklügelt, dachte Edu. *Wir kommen und sie gehen. Nur schade, dass wir uns nicht begegnen werden …*

Hauptquartier und Raumschiff tauschten letzte technische Anweisungen aus.
»Keine Störungen zu erwarten«, meldete Radio Venus. »In der Atmosphäre ist alles nach Wunsch.«
Dann fing Edus Ohr klar und deutlich die Worte auf: »Raumkapseln mit Planetenforschern an Bord, Achtung! Raumkapsel A: Planetenforscher elf und zwölf.«
Edu antwortete: »Forscher Nummer elf und zwölf in Kapsel A sind bereit.«
Er lauschte seiner eigenen Stimme, als gehöre sie einem Fremden. Sie klang ganz ruhig; von der ungeduldigen Spannung, die ihn erfüllte, war nichts zu merken. An seiner Seite murmelte Mick irgendetwas vor sich hin. Sie schauten sich kurz in die Augen; es war das einzige, was sie gegenseitig von ihren Gesichtern hinter dem Helmvisier erkennen konnten.
»Morgenstern ruft Venus. Raumkapsel A wird das Mutterschiff in genau dreißig Sekunden verlassen ...«
Die Zeituhr begann zu ticken.
»Planetenforscher elf und zwölf! Noch fünfzehn Sekunden ... Wir wünschen glückliche Landung!«

Dann schoss die kleine Raumkapsel hinaus ins Licht, in die Helligkeit; sie verließ das Mutterschiff, das Menschen auf der nun Millionen von Kilometern entfernten Erde gebaut hatten. Der Abstand zur Venus war nur noch gering; in einer halben Stunde würden sie dort sein, obwohl die Stimme, die zu ihnen sprach, immer noch aus einer anderen Welt zu kommen schien.
»Venushauptquartier ruft Raumkapsel A.«
Kamen diese Worte von oben oder von unten? Einen Augenblick lang hatte Edu Schwierigkeiten, auszumachen, was oben war und was unten. Aber er kannte dieses Gefühl und wusste, dass es sich bald wieder verflüchtigen würde.
Er antwortete: »Hier Raumkapsel A mit Forschern elf und zwölf. Forscher elf am Mikrofon. Ende.«
»Alles in Ordnung?«

Edus Blick glitt über die Knöpfe und Zifferblätter am Armaturenbrett. »Alles ist prima in Ordnung.«

»Okay«, sagte die Stimme von der Venus. »Forscher Nummer elf und zwölf in Raumkapsel A, bitte weiter in Kontakt mit uns bleiben.«

»Sieh mal, das Mutterschiff!«, sagte Mick. »Wie es glitzert!« Er schaute fasziniert in den Rückspiegel.

Edu verstand ihn gut. Mick nahm Abschied von dem letzten Stückchen, das ihn noch mit der Erde verband – Abschied von zu Hause.

Leb wohl, Raumschiff Morgenstern. Und eine glückliche Heimfahrt zur Erde!

»Sie haben uns eine gute Ankunft gewünscht«, sagte Mick. »Hoffentlich meinen sie damit auch einen guten Aufenthalt. Gute Ankunft auf der Venus, dem gefährlichen Planeten.«

Wieso eigentlich gefährlicher Planet, dachte Edu. *Ich würde der Venus einen ganz anderen Namen geben*

»Gleich, drei Minuten nach uns, kommt die Raumsonde B mit Arno und Iman«, sagte Mick.

Radio Venus meldete sich wieder: »Hauptquartier an Raumkapsel A. Sie nähern sich jetzt unserem Dunstkreis. Auf mein Zeichen hin bitte Bremsvorrichtung einstellen. Ende.«

»Raumkapsel A wartet auf Ihr Zeichen.«

»Kapsel A, Bremsen einstellen auf zehn Sekunden ab jetzt.«

Der Zähler tickte. Zehn ... neun ... acht ... *Und jetzt*, dachte Edu, *lassen wir den gewaltigen, eindrucksvollen, aber auch eiskalt nach unseren Herzen greifenden Weltraum hinter uns*. Drei ... zwei ... eins ... *Jetzt tauchen wir in die Atmosphäre der Venus ein.*

»Man sollte endlich mit dem Unsinn aufhören, die Venus einen strahlenden Stern zu nennen«, sagte Mick. »Nur Wolken und Dampf, ich sehe überhaupt nichts mehr.«

Wolken voller Licht, dachte Edu. Er kontrollierte die Zifferblätter. »Mick, behalte du bitte den Gleichgewichtsanzeiger im Auge.«

»Dort ist alles in Ordnung«, sagte Mick.

Wieder die Stimme des Hauptquartiers: »Forscher elf in Kapsel A, automatische Steuerung auf letzte Etappe einstellen ...«
Die letzte Etappe ... rundherum weißer Nebel ... jetzt wird er grau ... »Forscher elf an Hauptquartier: die automatische Steuerung ist in Betrieb.« *Aber jetzt gerät der Nebel wieder in Bewegung ... er reißt auf ...*
Plötzlich sahen sie Sonnenstrahlen – bisweilen unerträglich grell, dann wieder sanft durch Regenschleier hindurchschimmernd.
»Der Himmelsraum!«, rief Mick.
Eine ganze Serie von Regenbogen tauchte auf – zierliche Brücken zwischen den bizarren grauen Wolken.
»So was hab ich noch nie gesehen!«, sagte Mick. »Mir tun die Augen weh davon.«
»Dann mach sie doch zu!«, sagte Edu. »Allerdings bekommst du nachher unter der Kuppel solche Bilder nicht mehr zu sehen.«
»Das ist allerdings was Besonderes«, gab Mick zu. »All diese Spektren, all die Farbnuancen. Nur sind unsere Menschenaugen wohl nicht dafür geschaffen.«
Die Wolken zogen sich wieder zusammen. Trotzdem blieb es genauso hell wie an einem strahlenden Sommertag auf der Erde.
Das Hauptquartier bat wieder um ihre Aufmerksamkeit: Die automatische Steuerung musste eine Spur anders eingestellt werden. Die Stimme klang jetzt viel deutlicher. Während Edu zuhörte und den Anweisungen Folge leistete, erlebte er in Gedanken noch einmal die früheren Flüge, die er in einem Raumschiff über fremden Planeten geflogen hatte.
»Wir melden uns kurz vor der Landung wieder«, sagte die Stimme aus dem Hauptquartier abschließend.
»So weit sind wir ja beinahe schon«, sagte Mick.
»Ja, noch eine Viertelstunde, dann werden wir neben der Kuppel landen.«
»Um dann ein ganzes Jahr auf der Venus zu wohnen ...«
»Drei Venustage lang«, sagte Edu, »und drei Venusnächte.«
»Ich überlege gerade, was hier angenehmer ist, der Tag oder die Nacht.«

»Ach«, meinte Edu, »wenn man erst einmal unter der Kuppel steckt, vergisst man ab und zu, dass sie überhaupt auf der Venus steht.«
»Ja sicher, du weißt Bescheid, wie es da ist; aber ich muss es erst noch kennen lernen. Übrigens, ich finde, du hast ganz schön Pech gehabt, dass du nun schon zum zweiten Mal auf der Venus eingesetzt wirst!«
»Pech?« sagte Edu erstaunt. »Es ist genau das, was ich wollte! Ich habe doch selbst darum gebeten.«
»Was? Sag das bitte noch mal!« Micks Stimme klang noch überraschter, als Edu erwartet hatte. »Du hast tatsächlich darum gebeten, auf der Venus stationiert zu werden? Und das zum zweiten Mal? Warum denn bloß?«
»Einfach nur so«, antwortete Edu ungerührt. »Ich wusste schon, um was ich bat.«
»Bist du verrückt?«, sagte Mick. »Ich habe noch nie gehört, dass jemand auf eigenen Wunsch zur Venus geht – einfach so zum Vergnügen.«
Nein, mein Lieber, dir kann ich das nicht erklären, dachte Edu. *Auch dieser Kollege hat schon viel zu viele Vorurteile. Doch das kann sich ja noch ändern.* Laut sagte er: »Über die Venus lässt sich auch manches Gute sagen, Mick.«
»Das ist es ja gerade«, sagte Mick. »Auf der Venus gibt es zu viel des Guten. Zu viel Wasser, zu viel Luft …«
Der Nebel wurde nun wieder durchsichtiger, das Licht greller.
Mick fluchte leise vor sich hin. »Siehst du nun, was ich meine? Einfach zu viel des Guten. Die Venus ist zu nah an der Sonne. Der Mars wäre mir lieber.«
Der Mars ist kahl und kalt, dachte Edu. *Allerdings gibt es dort viele Niederlassungen von Menschen – das ist wahr. Aber es sind nur Wüsten, durch die man wandert. Und alles macht einen alten, uralten Eindruck.«*
»… oder der Mond«, fuhr Mick fort. »Die Mondhälfte, die der Erde zugewandt ist, ist nahezu eine einzige, prachtvolle Stadt.«

Eine Stadt! dachte Edu. *Dann kann man geradeso gut auf der Erde bleiben.* Er sagte jedoch nichts, sondern spähte nach wie vor gespannt nach draußen.
Die Raumkapsel verlor langsam an Höhe. *Sieh doch nur, Mick, die Nebelbänke unter uns zeigen nun schon freie Stellen!*
Er hörte Mick leise pfeifen; es war eine bekannte Melodie: »O Lunastadt, o Lunastadt, du Hauptstadt auf dem Mond.«
Nun schau doch nur!
Mick hörte plötzlich auf zu pfeifen, er schaute tatsächlich hinaus.
»Wir haben Glück«, sagte Edu. »Es ist ein herrlicher Tag.« *Wie glücklich war er, die Venus wieder zu sehen!*
Meereswellen – oder waren es Hügel? Die Farben, funkelnd wie Edelsteine, wurden immer wieder durch Nebelfetzen gedämpft. Die Luft rings um sie herum glich einem Meer, durch das sich die Wolken wie Fische bewegten. Auch unter ihnen schien alles in Bewegung zu sein – Inseln und Flüsse und wogende Wildnis bis in verschwommene Fernen.
»Donnerwetter!«, sagte Mick. »Das sieht allerdings etwas anders aus als auf unserer Erde …«
Wenn du doch endlich den Mund halten würdest, dachte Edu. Spürte Mick denn nichts von dem Zauber der Landschaften, die sie überflogen? Oder fühlte er ihn vielleicht allzu deutlich und versuchte, darüber hinwegzureden, indem er alles mit irdischen Maßstäben maß und mit irdischen Augen betrachtete?
Allerdings konnte auch Edu es nicht vermeiden, an die Erde zu denken. *Dort bin ich zu Hause, hier bin ich ein Fremder. Aber auf der Erde gibt es keine Wälder mehr.*
Micks Redeschwall ließ nicht nach, doch Edu hörte kaum mehr hin. Er schaute und schaute …
Da sind sie!

2. Kapitel

Sie loderten empor wie Flammen – ein Feuermeer und darüber wie Rauch die Regenwolken. Um das zu erleben, war er zur Venus gekommen …

Dort sind Wälder heiß wie Feuer –
Turmhoch und meilenweit …

Als Schuljunge hatte er einen ausrangierten Roboter besessen, der Gedichte aufsagen konnte. Dieser Roboter war längst dem Rost zum Opfer gefallen und danach hatten ihm viele andere Roboter bei seiner Ausbildung zum Planetenforscher geholfen. Aber diese Verse hatte er nie vergessen.

Mick unterbrach sich mitten im Satz. Dann fragte er leise: »Das da unten … sind das … sind sie das?«

Es waren keine Flammen, sondern Bäume. Heiß waren sie allerdings – glühend heiß und tropfnass –, die Wälder mit ihrer üppigen Vegetation, die überall auf diesem Planeten wuchsen. Wenn man den Wissenschaftlern glauben durfte, so waren sie der Mittelpunkt aller Gefahren auf der Venus.

»Ja, Mick«, sagte Edu. »Das sind also die Wälder.«

»Es sieht so aus, als ob sie in Brand ständen!«

Wie schön wäre es, wenn sie jetzt langsamer fliegen würden! Nein, sie kamen ihnen leider nicht näher … Dort drüben waren noch mehr … Sie loderten kurz auf und verschwanden dann wieder im Nebel.

»Die Venuswälder«, sagte Mick. »Ich habe schon viel davon gehört.« Er wandte sich Edu zu.

»Was hast du denn darüber gehört?«

»Wie gefährlich sie sind, wie viele Wracks ehemaliger Raumschiffe sie schon verschlungen haben …« Mick schien einen Augenblick lang zu zögern, ehe er fortfuhr: »Und auch noch andere Dinge … die einen in Schrecken versetzen können.« Er sprach im Flüsterton.

»Es wird eine Menge Unsinn behauptet, was die Wälder be-

trifft!« sagte Edu. »Lauter Märchen, die sich die Leute auf der Erde erzählen.« Er konzentrierte sich wieder auf die Dinge, die er draußen sah. »Du kannst mir glauben, Mick: kein Mensch weiß, wie es in Wirklichkeit ist.«
»Auch nicht die Leute auf der Venus selbst?«, fragte Mick.
»Nein, auch nicht hier auf der Venus.«
»Da drüben taucht wieder so ein Wald auf«, sagte Mick.
Sie waren inzwischen noch tiefer gesunken. Edu erkannte die Ausläufer des Waldgebietes, das sich östlich des Hauptquartiers erstreckte.
»Jetzt verlassen wir ihn wieder«, sagte Mick.
»Wir umfliegen ihn in einer Kurve«, sagte Edu. »Wir nähern uns jetzt der Kuppel. Du wirst die Wälder aber noch oft genug zu sehen bekommen, Mick.« *Allerdings nur von weitem,* dachte er, *nur von weitem.*

Nun meldete sich wieder das Hauptquartier; eine tiefe, sonore Männerstimme sagte munter: »Willkommen auf der Venus, Planetenforscher elf und zwölf!« Dann folgte die Information: »Hauptquartier an Raumkapsel A. In dreieinhalb Minuten veranlassen wir Ihre Landung. Sind Sie bereit? Ende.«
Edu bestätigte dies, während er gleichzeitig dachte: *Eine bekannte Stimme – wo hab ich die bloß schon mal gehört? Vielleicht auf dem Mars*? Er vertiefte sich jedoch nicht weiter in diese Frage. Mick und er mussten jetzt die Instrumente im Auge behalten und natürlich auch hinausspähen, um die Kuppel zu entdecken, unter der nun ein ganzes Jahr lang ihr Zuhause sein würde.
»Es regnet«, sagte Mick.
Auf der Venus gab es mehr Tage, an denen es regnete, als solche, an denen es trocken blieb.
»Und da drüben ist die Kuppel!«
Welch ein kleines, seltsames und verletzliches Ding inmitten der urwüchsigen Landschaft mit ihren wilden Wassern und wandernden Bergen.

Sie verloren nun rasch an Höhe.
Und doch, welch ein prächtiges Bauwerk, diese Kuppel – ein sicherer Wohnplatz in einer weiten, feindlichen Welt, von Menschenhand geschaffen.
»Sie ist aus unzerbrechlichem Superplexiglas angefertigt«, erzählte Edu. »Alle zwei Monate wird das Glas erneuert, sodass keinerlei Gefahr besteht, dass es sich abnutzen könnte.«
»Weshalb denn das?« fragte Mick. »Die Kuppel steht doch nicht im Wald?«
»Nein. Aber der Wind, der über die Wälder weht, weht auch über die Kuppel.«

3. Kapitel

Kurze Zeit später: die Landung ... aussteigen ... durch die Schleusentür in die Kuppel. Roboter glitten lautlos heran und halfen ihnen aus ihren Raumfahreranzügen. Einen Augenblick später befanden sie sich im offiziellen Aufenthaltsraum – graugrün und silbern gestrichen –, wo nichts, aber auch gar nichts an die Landschaft draußen erinnerte. Aus einem Lautsprecher erklang fröhliche Musik sowie eine Stimme, die sie herzlich willkommen hieß. An den Wänden leuchteten Monitore auf, dort erschienen Gesichter von Kuppelbewohnern, die sie freundlich und neugierig betrachteten – eine erste Begutachtung der Neuankömmlinge vom fernen Erdball. Nach und nach kamen immer mehr Planetenforscher herein, alle drei Minuten zwei weitere, die genau dem Plan entsprechend gelandet waren. Nach Edu und Mick kamen Arno und Iman, gefolgt von Kris und Hassan, Saboe und Sjang, Pal und Rufus. Alle mussten in bequemen Sesseln Platz nehmen und die großen Gläser voll Astromilch austrinken, welche ihnen die Roboter reichten. Das schäumende weiße Getränk sorgte dafür, dass all ihre Anspannung und Müdigkeit verschwand.

Auf Videoschirmen tauchten neue Gesichter auf; man nickte und winkte ihnen zu. Doch dann erloschen plötzlich die erleuchteten Wandflächen. Auch die Musik brach ab und eine Stimme meldete: »Achtung, jetzt kommt der Kommandant.«

Die Forscher erhoben sich. Edu schaute auf seine Armbanduhr; seit Mick und er gelandet waren, war noch keine halbe Stunde vergangen.

Die Roboter verschwanden; nur ein einziger blieb in ihrer Nähe. Drei Männer betraten den Raum. Der mittlere war der Kommandant; er trug einen glänzenden weißen Anzug und eine goldene Kette. Edu kannte ihn nur dem Namen nach; er hieß Ricardi. Er war früher Astronaut und Forscher auf dem Mond gewesen, danach Gebietskommandant auf dem Mars und Bürgermeister von Lunastadt. Seit nunmehr einem Jahr lag die Leitung der Venusniederlassung in seinen Händen. Es war das erste Mal, dass Edu ihm persönlich begegnete: ein hoch aufgeschossener, magerer Typ, dessen Gesicht so kantig aussah, als sei es mit dem Lineal entworfen.

Zu seiner Rechten stand der Rekorder, den man an seiner hellgelben Kleidung erkannte. Er war dafür verantwortlich, dass alles, was hier vor sich ging, protokolliert wurde. Außerdem war ihm die Oberaufsicht über die Computer anvertraut. Der Mann an der linken Seite des Kommandanten trug einen himmelblauen Anzug; daraus konnte man schließen, dass er zum Stab der Wissenschaftler gehörte. Die vielen glitzernden Sterne deuteten darauf hin, dass er in mehreren Disziplinen den Doktortitel erworben hatte.

Nun eröffnete der Kommandant das Gespräch. Seine Stimme, die sachlich und kühl klang, paßte gut zu seinem Äußeren. Er hieß die Forscher auf der Venus willkommen, insbesondere unter der Kuppel, im Hauptquartier. Dann fuhr er fort:

»Planetenforscher elf bis zwanzig! Sie sind bereits auf der Erde auf Ihre Aufgaben vorbereitet worden und ich bin sicher, dass Sie sich hier schnell eingewöhnen werden. Sie werden nicht nur mit Ihrer Arbeit vertraut werden, sondern auch mit dem Leben in dieser Niederlassung.« Sein Blick glitt die Reihe der Forscher entlang. Es waren alles junge Männer, obwohl die meisten bereits über eine jahrelange Erfahrung verfügten. »Sie wissen wahrscheinlich«, fuhr er fort, »dass Sie unmittelbar unter meinem Kommando stehen und dass Sie rangmäßig alle gleichgestellt sind. Sie wissen auch, dass innerhalb jeder Zehnergruppe jemand bestimmt wird, der die Gruppe nach außen vertritt und im Notfall die Leitung übernehmen muss. Planetenforscher Nummer elf!«

Edu trat einen Schritt vor. »Ja, Herr Kommandant?«

»Nummer elf, Edu Jansen, Sie sind in Ihrem Team der einzige, der schon zum zweiten Mal auf der Venus stationiert ist. In Anbetracht Ihrer früheren Erfahrungen werden Sie von nun an Repräsentant und Leiter dieses Forscherteams sein. Die Ernennung gilt zunächst für eine Probezeit von zwei Monaten. Danach wird entschieden, ob Sie in diesem Amt bestätigt werden.«

»Danke, Herr Kommandant«, sagte Edu und trat in die Reihe der anderen zurück. Diese Mitteilung überraschte ihn nicht; es war so üblich, dass der erste einer Zehnergruppe von Forschern auch offiziell als Nummer eins galt.

Dann stellte der Kommandant seine Begleiter vor: den Rekorder und den Chef der wissenschaftlichen Abteilung. »Sie werden Ihre Aufträge jeweils von einem von uns dreien erhalten. Am Ende eines jeden Arbeitstages müssen Sie dem Rekorder Bericht erstatten; er wird Ihre Ergebnisse ordnen und dem Computer eingeben. Sie werden gleich Ihren Dienstplan erhalten. Aber heute haben Sie noch frei.« Er schloss mit den Worten: »Sie müssen sich jetzt zuerst in der Abteilung für allgemeines Wohlbefinden melden. Dieser Roboter hier wird Sie hinbringen.«

»Heute haben Sie noch frei«, brummelte Mick. »Heute! Eins möchte ich gerne mal wissen, Edu …«

»Forscher Nummer zwölf!«

Mick trat vor. »Ja, Herr Kommandant?«

»Ihren Namen, bitte.«

»Mick Tomson, Herr Kommandant.«

»Wenn Sie Fragen stellen möchten, Forscher Nummer zwölf, dann fragen Sie bitte *mich.*«
»Ja, Herr Kommandant.« Micks Ohren röteten sich ein bisschen. »Ich … hm …«
»Sie wollten sicher wissen, was ich unter dem Begriff ›heute‹ verstehe. Sie waren natürlich der Ansicht, dass ein Venustag viel zu lang sei …« *Hielt der Kommandant Mick ein wenig zum Narren? Es schien so, obwohl Gesichtsausdruck und Stimme unverändert blieben.* »Sie haben selbstverständlich Recht, Forscher Nummer zwölf«, fuhr er fort. »Aber es dürfte Ihnen doch bekannt sein, dass wir hier unter der Kuppel in Erdentagen rechnen.«
»Jawohl, Herr Kommandant«, sagte Mick hastig. »Natürlich, Herr Kommandant.«
»Heute haben wir zum Beispiel einen irdischen Freitag. Und vorgestern hat der Venustag begonnen.«
Der Rekorder, der noch immer neben dem Kommandanten stand, fügte hinzu: »Vorgestern Mittag ist nach irdischer Zeitrechnung im Westen die Sonne aufgegangen.«
»Sie haben also – den heutigen Tag mitgerechnet – noch siebenundfünfzig Tage zur Verfügung, bevor der Venustag zu Ende geht«, sagte der Kommandant.*
Der Rekorder schaute auf eine kleine, sehr komplizierte Uhr, die er an einem Halskettchen trug. »Das sind insgesamt neunundvierzig Werktage und acht Sonntage«, ergänzte er die Erläuterungen.
»Vielen Dank, Herr Kommandant«, sagte Mick.
Der Kommandant nickte kurz. »Also dann hinein mit Ihnen«, sagte er. »Bis später!«

* Mit dem Venustag ist hier die Periode gemeint, in der es hell ist Die Umdrehung der Venus um ihre eigene Achse beträgt ± 245 Erdentage; da sie in umgekehrter Richtung zu ihrer Umlaufbahn um die Sonne verläuft, dauern ein Tag und eine Nacht zusammen weniger, nämlich nur 117 Erdentage.

Der Roboter winkte. »Bitte kommen Sie mit, die Herren Planetenforscher. Sie müssen sich in der Abteilung für allgemeines Wohlbefinden melden. Folgen Sie mir?«

»Da hab ich mich aber schön blamiert!«, flüsterte Mick Edu zu. »Ich wollte eigentlich überhaupt nichts fragen. Ich wollte nur sagen ...« Er blickte sich rasch noch einmal um; sie gingen jetzt einen kahlen Gang entlang und der Kommandant war nicht mehr zu sehen. »Ich wollte nur wissen, ob sie diese blöde Untersuchung in der A.f.a.W. tatsächlich für eine angenehme Freizeitbeschäftigung halten.«

»Na ja, es gehört nun mal dazu«, sagte Edu. – Es war einfach so gebräuchlich, es war die letzte Aktion vor dem Start und die erste bei der Ankunft: Man musste sich in der Abteilung für allgemeines Wohlbefinden zu einer körperlichen und geistigen Generaluntersuchung vorstellen.

»He, wohin läufst du denn jetzt?«, fragte Mick.

»Zur Abteilung für allgemeines Wohlbefinden, das ist doch wohl klar.«

»Richtig, du kennst dich ja hier aus«, sagte Mick. »Aber die anderen sind weiter geradeaus gegangen.«

»Dann ist die Abteilung sicher umgezogen«, murmelte Edu. »Also komm, gehen wir zurück, hinter den anderen her!«

Sie drehten sich um und gingen zurück, aber eine Stimme ließ sie plötzlich stehen bleiben.

»Edu Jansen!«

Edu erkannte die Stimme wieder, noch ehe er sich umgedreht hatte und die kräftige Gestalt sah, die ihm mit ausgebreiteten Armen entgegenkam. »Igor!«, rief er überrascht.

Igor blieb stehen und begrüßte ihn mit einem herzlichen Händedruck. »Du liebe Güte«, sagte er, »das hatte ich allerdings auch nicht erwartet, dich hier wieder zu sehen! Du kamst doch gerade erst von der Venus, als wir im vergangenen Jahr zusammen auf dem Mars stationiert waren, in Team C. Erinnerst du dich noch?«

Igor Ranof, dachte Edu, während er in das fröhliche Gesicht seines alten Freundes schaute. *Deshalb musste ich vorhin an den Mars denken, auf dem Flug hierher* … »Ich hätte deine Stimme eigentlich sofort erkennen müssen«, meinte er, »aber ich habe auch nicht vermutet, dass du hier sein würdest.«

»Dann bist *du* also der Forscher Nummer elf!«, sagte Igor. »Dann hast du inzwischen promoviert. Ich allerdings auch. Du kannst uns beiden gratulieren!« Er lachte laut auf.

»Was ich hiermit tue, Igor«, sagte Edu lächelnd, »und zwar von ganzem Herzen!« Igor hatte sich kein bisschen verändert. »Du bist also noch immer beim Funk …«

»Ich bin Chef der Radio-Radar-Rabauken, so ist es. Und was das Erkennen von Stimmen betrifft, so ist das gar nicht so einfach, weil in diesem elenden Dunstkreis hier alles verformt und verändert wird. Aber das weißt du ja selbst.« Igor blickte zu Mick hinüber. »Aha, Forscher Nummer zwölf.«

»Das ist Mick Tomson«, sagte Edu. »Mick, darf ich dich Igor Ranof vorstellen? Ich kenne ihn vom Mars her.«

»Ja, der Mars«, sagte Mick. »Dort bin ich auch gewesen; es war meine erste Stelle außerhalb der Erde. Das war allerdings etwas anderes als die Venus.«

»Ach, die Venus ist gar nicht so übel«, sagte Igor ermunternd. »Das hat Edu dir doch sicher schon erzählt.«

»Edu ist von der Venus sogar so begeistert, dass er um einen Posten hier gebeten hat.«

»Haha, der Witz ist gut!«, lachte Igor. »Stimmt das wirklich? Na ja, wenn man die Leiter herauffallen möchte.«

Edu dachte bei sich: *Weshalb versteht mich nur kein Mensch?*

»Außerdem kann man sich hier bestens amüsieren«, sagte Igor. »Du kannst dich darauf gefasst machen, dass uns hier die Zeit nicht lang wird.«

Plötzlich tauchte ein Roboter neben ihnen auf. »Forscher Nummer elf und zwölf, Sie müssen sich in der Abteilung für allgemeines Wohlbefinden vorstellen. Wollen Sie mir bitte folgen?«

»In Ordnung, Roboter«, sagte Edu. »Wir kommen mit.«

»Jaja, dieser Generalinspektion durch die gestrengen und hochgelehrten Herren Doktoren kann hier kein Mensch entgehen«, begann Igor. »Na ja, Vorschrift ist Vorschrift.«
Jemand anderes kam durch den Gang auf sie zu: Es war eine hübsche junge Frau, die sich zu ihnen gesellte.
»Diese Vorschrift ist nicht für die Katz, Igor!«, sagte sie und wandte sich dann Edu und Mick zu. »Willkommen im Hauptquartier, Forscher.«
Igor übernahm die Vorstellung. »Frau Dr. Petra Moll ... und stell dir vor, Petra, dass ich in einem dieser beiden Forscher einen alten Freund wieder gefunden habe!«
Der Roboter begann seine Botschaft von neuem: »Forscher Nummer elf und zwölf, Sie müssen sich ...«
»Schon gut, Roboter«, unterbrach ihn Dr. Moll. »Die Forscher können mitgehen.«
Man sah an der Art ihrer Kleidung, dass sie in der Abteilung für allgemeines Wohlbefinden beschäftigt war, und zwar in leitender Position. Dabei sah sie noch sehr jung aus. Das zarte Grün des schlichten Kleides paßte gut zu ihrem kupferfarbenen Haar, die goldene Kokarde prangte auf ihrer Schulter.
»Dr. Petra Moll ist unsere Psychologin«, sagte Igor. Er schaute von oben auf sie herab und in seinem Gesicht spiegelten sich Stolz und Spott zugleich. »In Kürze wird sie euch haarklein berichten, welchen Einfluss die Venusluft auf eure Seelen hat. Jawohl, eure Seelen werden durch und durch ergründet werden! Davon kann ich ein Liedchen singen.«
Dr. Moll lächelte. »Ich halte dich ja nicht für besonders selig, Igor!«
»Meine liebe Petra«, sagte Igor, »demnächst entdeckst du noch, dass ich überhaupt keine Seele besitze!«
Er warf einen Blick auf den Roboter, der noch immer wartete – so geduldig, wie dies nur Roboter fertig bringen. »Aber ich glaube, ich darf euch jetzt nicht länger aufhalten. Also bis gleich, in der Kantine.«

4. Kapitel

Dr. Moll schickte den Roboter weg und geleitete sie zu ihrem Sprechzimmer. »Sie wissen sicher, dass zur Untersuchung auch ein psychologischer Test gehört«, sagte sie. »Es ist keine große Sache – eine simple Routineangelegenheit. Treten Sie bitte ein, meine Herren, und nehmen Sie Platz!«

Sie setzte sich hinter ihren Schreibtisch und schien sich im selben Augenblick auf eine ganz markante Weise zu verändern: Sie machte nun nicht mehr den Eindruck, für ihren Beruf zu jung zu sein, sondern wirkte ruhig und selbstsicher. Sie nahm ein paar Karteikarten von einem Stapel, warf einen kurzen Blick darauf und drückte dann auf einen Knopf.

»Edu Jansen und Mick Tomson. Mit wem soll ich anfangen? Sie sind Nummer elf, Herr Jansen. Würden Sie bitte zuerst meinem Assistenten folgen?« Inzwischen war bereits ein Roboter ins Zimmer geglitten. »Er kümmert sich um die Testfragen und das EEG.* Ich mache inzwischen mit Nummer zwölf den Rorschachtest. Dann sind wir am schnellsten fertig.«

Edu folgte dem Roboter in ein angrenzendes Zimmer. Kurz darauf ruhte er auf einer Liege und an seinem Kopf waren alle möglichen feinen Instrumente befestigt. Der Roboter nahm neben ihm Platz und berichtete ihm, was er schon längst wusste: »Ich werde Ihnen jetzt eine Reihe von Fragen stellen. Bitte antworten Sie, so schnell und so kurz wie möglich.«

»Ein Narr kann mehr fragen, als hundert Weise beantworten können«, sagten die Forscher, wenn sie unter sich waren.

»Sind Sie bereit?«, fragte der Roboter.

Und jetzt höchste Aufmerksamkeit, dachte Edu bei sich. Denn aus seinen Antworten würden Computer und Psychologen gleich auswerten, ob er die Reise von Planet zu Planet gut überstanden hatte (eine Tatsache, an der er persönlich nicht zweifelte). Aber sie würden sich außerdem bemühen, ein Bild davon zu gewinnen,

* EEG = Elektroenzephalogramm: grafische Darstellung der Hirnströme.

wie er seine Aufgabe hier erfüllen würde – ja, noch mehr: Sie würden seine Pläne und Gedanken erraten wollen, und das ging sie nun wirklich nichts an.
»Wie finden Sie diesen Planeten?«
»Nass«, antwortete er, wie aus der Pistole geschossen.
»Mögen Sie Buttercremetorte?«
Blöde Frage! »Überhaupt nicht«, sagte er.
Nun folgten die Fragen Schlag auf Schlag. »Was ist Ihnen mehr zuwider: Verlogenheit oder Ungehorsam?« – »Weshalb?« – »Welches Wort reimt sich auf ›alt‹?« – »Wie viel sind fünfundzwanzig und siebenundsechzig?« – »Wie viel ist elf hoch elf?«
Edu antwortete in raschem Tempo, nur ein einziges Mal zögerte er einen kaum merklichen Augenblick lang.
»Wo wären Sie lieber stationiert, auf der Venus oder auf dem Mars?«
»Auf der Venus.« *Er hatte ja schließlich selbst darum gebeten.*
»Und weshalb?«
»Ich möchte beruflich vorwärts kommen.« *Das hatte eigentlich Igor gesagt; er selbst hätte anders antworten müssen. Aber das EEG notierte lediglich Schnelligkeit und Intensität seiner Gedanken, ohne deren Inhalt zu kennen.*
»Welches ist Ihr Lieblingsgetränk, welches Ihre Lieblingsfarbe?«
Eine Weile später war die letzte Frage erledigt und er durfte aufstehen.
»Hier auf dem Tisch liegen ein paar Formulare«, sagte der Roboterassistent. »Würden Sie die bitte ausfüllen?«
Während Edu damit beschäftigt war, kam Mick herein, um seinerseits auf der Liege Platz zu nehmen.
Fünf Minuten später war Edu wieder im Sprechzimmer gelandet. Frau Dr. Moll bat ihn freundlich, Platz zu nehmen. »Ich habe hier Ihre Personalakte«, sagte sie. »Und da habe ich gesehen, dass Sie schon zum zweiten Mal hier sind, sogar auf Ihren eigenen Antrag hin. Wollten Sie die Venus so gerne nochmal wieder sehen?«

»Ja, natürlich, Frau Doktor. Ich bin nun mal Forscher und ... Na ja, wenn ich mich auf der Erde wohler fühlen würde, hätte ich einen anderen Beruf gewählt.«
»Aber warum musste es ausgerechnet die Venus sein?«
»Diese Frage habe ich gerade beantwortet.«
»Ehrlich beantwortet, Forscher Nummer elf?« Der Ton, den die Psychologin anschlug, schien zu versprechen, dass sie ihm eine kleine Lüge nicht übel nehmen würde.
»Ich weiß es wirklich nicht mehr, Frau Doktor. Ich bin nun schon so oft danach gefragt worden. Um die Wahrheit zu sagen, es gibt verschiedene Gründe. Ich weiß noch so wenig über diesen Planeten.«
Dr. Moll ging nicht näher auf die Angelegenheit ein. Sie begann über die Reise zu sprechen und ganz allmählich glitten die Fragen und Antworten in ein Gespräch über, das zwischen Venus und Erde, zwischen Mond und Mars pendelte. Mitten in einer Geschichte vom Mars (während er erzählte, wie er dort Igor kennen gelernt hatte) wurde Edu plötzlich bewusst, dass er fast vergessen hatte, dass diese lebhafte junge Dame eine Psychologin war, vor der man auf der Hut sein musste. Er warf einen Blick auf die Mikrofone, die überall im Raum standen; selbstverständlich war alles, was er gesagt hatte, registriert worden.
»Wir schweifen vom Thema ab«, sagte Dr. Moll. Auf ihrem Schreibtisch leuchtete ein Lämpchen auf. »Wir müssen mit der Untersuchung fortfahren, andere warten schon. Machen Sie eine Viertelumdrehung mit Ihrem Sessel – ja, so. Nun werden dort auf die Wand, Ihnen gegenüber, Bilder projiziert. Es sind eigentlich nur Farbflecke. Sie sollen sagen, was Sie darin erkennen. Es ist zwar ein altmodischer Test, aber er hat sich bewährt.«
Edu schaute. Rote und schwarze Formen, die wie Zweige auseinander liefen. *Nein, jetzt nur um Himmels willen keine Bäume darin sehen!* ... »Insekten«, sagte er.
Jetzt das nächste Bild. Ineinander zerfließende grüne und graue Farbtöne, von hellrosa und goldenen Pinselstrichen durchsetzt. *Woran erinnerte ihn dieses Bild? So was hatte er schon mal ge-*

sehen. »Dieses Bild wirkt traurig«, begann er. »Oder besser: geheimnisvoll, ein wenig beängstigend. Aber auch herausfordernd.«
»Finden Sie?«, sagte die Psychologin. »Auf mich macht es eher einen fröhlichen Eindruck.«
»Nein«, sagte Edu. Jetzt war es ihm wieder eingefallen. »Es erinnert mich an eine Zeichnung, die ein ehemaliger Kollege angefertigt hat«, erklärte er. »Er war kein richtiger Maler, sondern Forscher. Und zwar hier auf der Venus.«
»Ach ja? Wie hieß er denn?«
»Martin, Jock Martin. Stammt dieses Bild von ihm?«
»Nicht dass ich wüsste ... Sie empfinden es als traurig und zugleich herausfordernd?«
»Ja, traurig und herausfordernd. Irgendwie einsam. Aber möglicherweise sehe ich Jock selbst in dem Bild.«
Dr. Moll betrachtete ihn nachdenklich. Dann ließ sie die nächste Abbildung auf dem Schirm erscheinen.
Lebendige Flammen ... *die Wälder* ... »Wolken«, sagte Edu.
Es folgte ein ähnliches Bild. »Wolken.«
»Und dies hier?«
Wolken, dachte Edu. »Hmm«, sagte er, »eine Explosion.«
»Und das?«
Auch das hätte ein Werk von Jock sein können ... »Die Augen eines Tigers.«
»Eines Tigers?«
»Ja. Das ist eine ausgestorbene Tierart – Tiger sahen so ähnlich aus wie Katzen.«
»Das weiß ich auch, Forscher Nummer elf. Aber Tiger hatten doch ein gestreiftes Fell.«
»Sagte ich nicht: die Augen eines Tigers?«
»Also gut. Das nächste bitte.«
Das nächste erinnerte Edu an etwas, das er zunächst nicht auszusprechen wagte. Er warf einen raschen Blick zu Frau Dr. Moll hinüber. Dumm, dass sie ein weibliches Wesen war ... Es schien so, als ob sie ihn verstehe; sie lächelte.

»Das nächste bitte.«
»Pflanzen.«
»Dasselbe Bild haben Sie vorhin schon einmal gesehen, da haben Sie ›Wolken‹ gesagt.«
»Das tut mir Leid«, sagte Edu. »Ich ... ich sehe eben beides darin.«
»Vielleicht einen Wald?«
»Ja, das könnte ebenso gut sein.«
Bald darauf sagte die Psychologin: »So, das hätten wir geschafft. Sie können gleich anschließend zu Dr. Li gehen, der die körperliche Untersuchung vornimmt. Sein Zimmer befindet sich auf der gegenüberliegenden Flurseite.« Sie stand auf. Edu folgte ihrem Beispiel. Sie reichte ihm die Hand. »Auf Wiedersehen, Edu Jansen.«
Mick stand wartend im Flur, zusammen mit ein paar anderen Forschern. »Du lieber Himmel, was hast du denn bloß so lange da drinnen gemacht?«, sagte er. »Warst du ein so schwieriger Fall? Oder hast du es darauf angelegt, möglichst lange in diesem Sprechzimmer zu bleiben? Sie ist eine hübsche Frau, diese Dr. Moll. Wirklich ein Jammer, dass sie Psychologin ist und dazu noch in solch einem hohen Rang.«

5. Kapitel

Nachdem alle Tests und Untersuchungen erledigt waren, wurden die Dienstpläne verteilt. Anschließend durften die Forscher ihre Zimmer aufsuchen. Wieder war es ein Roboter, der ihnen den Weg zeigte. Sie fuhren in einem Aufzug nach oben und dann ging es durch fensterlose weiße Gänge zu dem Teil des großen Gebäudekomplexes unter der Kuppel, der die Wohnräume beherbergte. Dort kamen ihnen fünf weitere Roboter entgegen und öffneten die Türen der Doppelzimmer.
Edu teilte ein Zimmer mit Mick. Es war ein relativ kleiner Raum, der eigentlich nur zum Schlafen diente, denn außerdem gab es

genügend große Räume zur allgemeinen Benutzung, wie zum Beispiel die Kantine und den Aufenthaltsraum.
»Ihr Eigentum befindet sich bereits im Schrank«, sagte der Roboter und deutete auf ihr bescheidenes Gepäck. »Forscher Nummer elf hat die linke Seite zur Verfügung, Forscher Nummer zwölf die rechte.« Er zeigte ihnen alles, was sie wissen mussten: »Dies hier ist die Tür zur Nasszelle ... hier sind die Warm- und Kaltwasserhähne ... die Knöpfe für den Duschschaum, für den Heißlufttrockner ... dort finden Sie den Rasierapparat ... dies hier sind die Schalter für Licht und Klimaanlage ... neben Ihren Betten finden Sie Telefon und Ohrmuscheln fürs Radio ... und so funktioniert die Rolljalousie vor dem Fenster.«
Sie blickten hinaus. Das Fenster gab die Aussicht frei auf den fliesenbelegten Innenhof. Dort standen Töpfe mit künstlichen Blumen nach irdischem Modell. (Innerhalb der Kuppel wurde auch nicht das kleinste Hälmchen der Venusflora geduldet.)
»Nachmittags um sechs wird das Fenster verdunkelt«, sagte der Roboter, »zuerst nur halb, sodass es dämmerig wird, und eine Viertelstunde später vollständig. Auf diese Art und Weise wird es in der Kuppel Abend.«
»Prima«, sagte Mick. »Nicht nur irdische Zeit, sondern auch Tag- und Nachteinteilung.«
»Morgens um sechs passiert das Umgekehrte«, fuhr der Roboter fort. »Dann wird es wieder hell.«
»Und wie läuft es, wenn es auf der Venus Nacht ist?«, erkundigte sich Mick. »Dann zaubert man wahrscheinlich einen künstlichen Tag.«
»Nur innerhalb der tatsächlich benutzten Räume«, antwortete der Roboter. »Sonst würde es zu teuer. Haben die Herren Forscher noch weitere Fragen? Dann muss ich Ihnen noch eine Mitteilung machen: Sie können sich jetzt frisch machen und ein wenig ruhen. In einer halben Stunde läutet es zum Lunch, ich werde Ihnen dann den Weg zur Kantine zeigen. Ich lasse Sie jetzt allein. Sollten Sie aus irgendeinem Grund meine Hilfe brauchen, drücken Sie nur die rote R-Taste. Auf Wiedersehen!«

In der Kantine machten die zehn Forscher die Bekanntschaft vieler Kuppelbewohner: Techniker und Radiofachleute, Programmierer, Wissenschaftler und andere.
Igor war der erste, der sie begrüßte. Er bestellte spontan einige Flaschen Kaffeenektar; Edu musste an seinem Tisch Platz nehmen, um auf ihr überraschendes Wiedersehen anzustoßen. Auch die anderen Forscher wurden in das gegenseitige Zuprosten mit einbezogen und sie fühlten sich auf diese Art und Weise sehr schnell zu Hause. Aber man ließ ihnen kaum Zeit, das Essen zu genießen; schließlich waren sie unmittelbar von der Erde gekommen und so war der allgemeine Wunsch verständlich, dass sie davon erzählten.
Nach dem Essen mussten die meisten Leute wieder an ihre Arbeit. Nur die Forscher wurden von einem Roboter zu einer Führung abgeholt, bei der sie die wichtigsten Gebäude unter der Kuppel zu sehen bekamen. Der größte Teil des zur Verfügung stehenden Raumes war der Energiezentrale und dem Computerzentrum vorbehalten – umgeben von Labors, Werkstätten, Lagerräumen und Hallen für die Luftschiffe. Der Wohntrakt nahm dagegen nur einen sehr bescheidenen Platz ein und doch war alles vorhanden, was man sich wünschen konnte: die Kantine und ein Aufenthaltsraum, Kino und Bibliothek sowie Turnhallen für Sport und Spiel.
»Kaum zu glauben, dass wir uns hier auf einem unwirtlichen Planeten befinden!«, bemerkte einer der Forscher.
Er hatte Recht. Unter der Kuppel konnte man durchaus das Gefühl haben, in einer irdischen Stadt zu sein. Das lag unter anderem daran, dass es nur wenig Fenster gab und dass von diesen wenigen kaum eins auf die Venus selbst hinausging. Es gab allerdings ein paar Stellen, von wo aus man die Landschaft in der Umgebung der Kuppel sehen konnte: zum Beispiel den hohen Beobachtungsturm und den Gang, der vom Aufenthaltsraum zur Bibliothek führte.
»Früher nannten wir diesen Flur immer den ›Offenen Gang‹«, sagte Edu zu Mick auf dem Weg dorthin. Sie hatten sich von der

übrigen Gruppe abgesondert – Edu, weil er den Besichtigungsweg unter der Kuppel bereits kannte, und Mick, weil er von seinem Kollegen mehr Einzelheiten erfahren konnte als von dem Roboter.

Sie blieben vor einem Fenster stehen.

»Ich habe mal gehört, dass dieser Gang bewusst offen gelassen wurde«, fuhr Edu fort, »damit man ab und zu daran erinnert wird, dass man sich nicht auf der Erde befindet.«

Sie schauten hinaus auf die sanft ansteigenden Hänge jenseits des Superplexiglases – goldgelb und azurblau unter einem mattglänzenden Dunstschleier.

»Sind das eigentlich Berge dort hinten«, fragte Mick, »oder sind es nur Wolken?«

»Beides«, sagte Edu. »Die Gipfel da drüben heißen ›Wandernde Berge‹, obwohl sie sich in Wirklichkeit nicht bewegen, es sieht nur so aus.«

»Sind dort auch Wälder?«, fragte Mick.

»Nein, hier im Norden nicht. Die Wälder liegen östlich und südlich der Kuppel.«

»Und wie weit von hier entfernt?«

»Das weiß ich nicht genau. Drei oder vier Meilen, im Südosten sind sie noch näher.«

»Das ist allerdings sehr nahe«, sagte Mick und runzelte die Stirn.

Vor drei Jahren, dachte Edu, *waren die Ausläufer des Waldes plötzlich auf knapp zwei Meilen Entfernung an die Kuppel herangekommen. Ich erinnere mich noch daran, wie wir versuchten, sie in Brand zu schießen. Später schickten wir mit Beilen bewaffnete Roboter hin. Jeder gefällte Baum kostete uns einen Roboter. Wir Forscher durften nichts anderes unternehmen, als aus der Luft zu berichten, wie die Arbeit voranschritt. Damals hat man den Wald zurückgedrängt; er wächst jedoch weiter und dehnt sich immer mehr aus – wenn nicht nach der einen Seite, dann nach der anderen …* »Warum hat man die Kuppel nicht anderswo gebaut, weiter vom Wald entfernt?« fragte Mick.

»Hier gibt es überall Wälder, man sieht sie sogar auf dem Wasser, die so genannten ›Schwimmenden Wälder‹. Es ist gar nicht so einfach, hier einen geeigneten Wohnplatz für Menschen zu finden! Es darf nicht zu dicht am Äquator sein, denn da ist es zu heiß. Und man muss festen Grund haben. Wie du weißt, gibt es hier viele wilde Seen und ausgedehnte Moore. Andererseits kann man auch nicht in Gebieten bauen, die von Wirbelstürmen und Erdbeben heimgesucht werden. Diese Kuppel steht in einer der sichersten Zonen: nicht zu hoch und nicht zu tief gelegen, nicht zu dicht bewachsen. Der Boden ist relativ hart, das Klima nicht übel.«
»*Diese* Kuppel?«, unterbrach Mick seinen Gefährten. »Gibt es denn noch eine andere?«
»Das weißt du doch sicher. Eine kleine Kuppel, auf dem Felsplateau der südlichen Halbkugel.«
»Ja, aber dort wohnen doch nur Roboter, keine Menschen. Die einzige bewohnte Kuppel ist doch diese hier?«
»Zur Zeit ja«, sagte Edu langsam. »Früher gab es mehrere davon, allerdings nicht so große wie diese hier, wie unser Hauptquartier.«
»Ich habe davon gehört«, sagte Mick. »Aber es schlug überall fehl. Ich frage mich nur, warum?«
»Na ja, einige Kuppeln waren zu dicht bei den Bäumen gebaut und andere zu nahe an sumpfigem Gelände.«
»Sie sind also zusammengefallen«, sagte Mick, »eingestürzt. Aber das ist doch schon lange her, als man noch nicht genau wusste, wie man Kuppeln konstruieren muss.«
»Stimmt«, sagte Edu. »Aber einige hat man auch einfach aufgegeben, weil sich herausstellte, dass ihr Unterhalt zu teuer werden würde. Vor drei Jahren hat man die letzte der kleineren Kuppeln verlassen. Eigentlich jammerschade!«
»Eine einzige große und gute Kuppel ist trotzdem besser als ein Haufen kleinerer«, meinte Mick.
»Wobei diese hier die beste ist, die du dir wünschen kannst«, sagte Edu. Er wusste, dass Mick beruhigt werden wollte; im ›Offenen Gang‹ kam man schon mal in Versuchung, sich die Frage

zu stellen, ob es hier im Hauptquartier tatsächlich sicher sei. Selbst der von Menschen kultivierte, liebliche Teil der Landschaft wirkte unheimlich. Die ständig wechselnde Bewölkung und der dauernde Wind schienen das Land zu bewegen. Auch die Beleuchtung blieb nie gleich, die Farbschattierungen änderten sich ständig.

Edu erzählte: »Während meines letzten Venusaufenthaltes war hier auch ein Forscher, der in seiner Freizeit malte. Er machte zumindest den Versuch. Er schwärmte dauernd von diesen Farben, andererseits konnte man ihn dauernd darüber jammern hören, dass es ihm nie gelang, sie genau wiederzugeben.«

»Hätte er nicht besser Fotos gemacht?«, fragte Mick. »Bei einer Kamera gibt es keine Farbprobleme. Früher schienen mir die Bilder von der Venus immer ein wenig zu bunt und phantastisch. Aber es sieht hier tatsächlich so aus wie auf den Fotos.«

»Genauso?«, meinte Edu fragend. »Aber was ist mit der Bewegung?«

»Man könnte ja auch filmen!«

Edu dachte an Jock Martin, den Forscher und Hobbymaler.

»Fotos geben es so wieder, wie Augen es wahrnehmen«, hatte Jock gesagt. »Aber ich möchte auch die Gefühle wiedergeben, die einen bei diesem Anblick beseelen. Vielleicht wird irgendwann einmal jemand herkommen, der die Landschaft so malen kann, dass die Menschen auf der Erde sagen werden: ›Ja, so ist die Venus wirklich! So fühlt man sich dort, so riecht es dort, so rauscht es dort.‹ Aber ich glaube manchmal, dass dies keinem Menschen je gelingen wird. Dieser Planet ist uns in seinem Wesen fremd, wahrscheinlich werden wir ihn nie ganz verstehen. Ich persönlich jedenfalls nicht.«

Jock Martin würde die Venus nicht mehr betreten. In seiner Eigenschaft als Forscher hatte er sich zu viele Disziplinarverfahren eingehandelt – weil er sich zu weit von der Kuppel entfernt hatte und einmal drei Stunden lang auf ein und demselben Fleck gestanden und gezeichnet hatte. Als er damals in die Kuppel zurückkehrte, waren die Skizzen alle durcheinander gelaufen und

verdorben. Jock hatte sich sehr geärgert und alle Zeichnungen zerrissen. Wahrscheinlich waren aber doch Reste seiner Arbeit erhalten geblieben – die Fleckenkompositionen, die jetzt vom psychologischen Dienst benutzt wurden. Wenn Jock das wüsste! Edu erinnerte sich plötzlich genau an dessen Worte nach der letzten Verwarnung: »Mit meiner Karriere als Forscher ist es aus. Ich werde nie mehr irgendwo einen Job bekommen. Macht nichts! Venus ist ein Scheißplanet. Wenn ich noch ein weiteres Jahr hier bleiben müsste, würde ich verrückt. Ich würde beispielsweise auf die Wahnsinnsidee kommen, im Wald spazieren zu gehen. Hast du eigentlich nie mit dieser Versuchung zu kämpfen gehabt? Nein, da bin ich doch lieber ein mittelmäßiger Maler auf der Erde als ein Planetenforscher auf der Venus.«
Wo mochte Jock Martin jetzt stecken? Ob er in irgendeiner Stadt auf der Erde als Maler tätig war? Plagte ihn die Erinnerung an die Landschaften hier oder sehnte er sich nach ihnen zurück?
Warum habe ich mich damals nicht öfter mit ihm unterhalten? Man kam zwar nicht leicht an ihn heran, aber ... Ich hätte ihn während meines Urlaubs auf der Erde besuchen sollen ...
»He! Wo hast du nur deine Gedanken?«, fragte Mick und gab ihm einen Schubs. »Kommst du mit? Ich hab jetzt genug gesehen.«

6. Kapitel

Abends saßen sie zusammen im Aufenthaltsraum. *Hier hat sich rein gar nichts verändert*, dachte Edu, der sich in ein einigermaßen stilles Eckchen zurückgezogen hatte. Er lehnte sich in seinem bequemen Sessel zurück, den man mit einem Fingerdruck verstellen konnte, sah sich ein wenig um und lauschte mit halbem Ohr den Gesprächen. Gewöhnlich hörte man die verschiedensten Sprachen; an diesem Abend jedoch war die Unterhaltung allgemeiner Natur und so hörte Edu nur Eurikanisch, die Umgangssprache der meisten außerirdischen Niederlassungen. Fast alle

Anwesenden hatten sich um die neu angekommenen Forscher versammelt. Die Tische, an denen man Titwik, Dame oder Schach spielen konnte, blieben unbesetzt; die Fernsehwand zeigte kein Bild. Nur der Musikautomat spielte – Mick hatte gerade eine Kassette eingelegt.

»Das müsst ihr unbedingt hören«, sagte er, »ich hab sie von der Erde mitgebracht.«

Fröhliche Klänge tingelten durch den Raum und ließen die Gespräche verstummen.

Bin ich tatsächlich auf der Venus? fragte Edu sich im Stillen. *Letzte Nacht sauste ich noch durch den Weltraum, heute Vormittag kam ich hier an. Und jetzt habe ich das Gefühl, wieder auf der Erde gelandet zu sein.* Ihm fiel einer der letzten Abende ein, die er dort verbracht hatte; es war in einem Restaurant gewesen und er hatte dort der gleichen Melodie gelauscht. So, als sei es gestern gewesen!

Eine fröhliche Stimme sang:

O Lunastadt, o Lunastadt,
du Hauptstadt auf dem Mond!
In Lunastadt, in Lunastadt,
da hab ich einst gewohnt.
Doch leider gibt's in Lunastadt
am Himmel keinen Mond!
*Da lob ich mir Neu-Babylon,**
dort scheint der Mond und auch die Sonn'!
Wie gern hätt ich in Babylon,
in Babylon gewohnt!

»Das war der neueste Hit, als wir von der Erde abflogen«, sagte Mick.

»Spiel ihn noch mal von vorn«, bat Igor, der neben ihm saß,

* Neu-Babylon: Städtegemeinschaft in Westeuropa; der Name erscheint erstmals in den Schriften und Kunstwerken von Constant, etwa in der Mitte des zwanzigsten Jahrhunderts.

einen großen Eisbecher vor sich. Noch einmal klimperte die einfache Melodie durch den Raum. Es kamen noch mehr Leute herein, schalteten sich in die Gespräche ein und bestellten bei den Robotern Köstlichkeiten zu essen und trinken. Währenddessen spielte die Musikbox weiter, eine Melodie nach der anderen; sie übertönte alle Gespräche, bis irgendjemand sie endlich leiser stellte.

»Also was denn noch?«, hörte Edu Mick sagen. »Ich bin schon ganz heiser, so viel habe ich euch von zu Hause erzählen müssen. Jetzt seid ihr an der Reihe. Erzählt mir mal was von hier!«

»Du tust gerade so, als ob es noch was zu erzählen gäbe!«, sagte Igor. »Du hast doch sicher schon mehr als genug von unserem Veteranen Edu erfahren!«

»Wieso – ihr kennt Edu doch! Er macht nie viele Worte.«

»Womit er Recht hat. Wenn du mehr wissen willst, kannst du ja die Hausordnung und den Dienstplan studieren.«

»Die Hausordnung!«, sagte Iman, Forscher Nummer vierzehn, in verächtlichem Ton. Er saß Igor gegenüber und befand sich in Gesellschaft einer hübschen dunkelhaarigen Dame, die in der geologischen Abteilung beschäftigt war. Er hatte den Arm um sie gelegt – Iman war immer ziemlich frei in dieser Hinsicht.

»Also«, sagte Igor in aller Ruhe, »du erledigst ganz normal deine Arbeit, und wenn du keinen Dienst hast, kannst du dich hier ausgezeichnet unterhalten. Das musst du doch wohl zugeben, oder?«

Iman lachte. »Stimmt auffallend.«

»Was soll ich denn sonst noch erzählen?«

»Eine ganze Menge!«, sagte Mick. »Zum Beispiel ...« Er zögerte einen Augenblick. »Erzähle uns zum Beispiel etwas über die Wälder.«

Igor löffelte die Reste aus seinem Eisbecher, wischte sich den Mund ab und sagte: »Für die Wälder reichen wenige Worte, Mick. Sie sind gefährlich.«

»Das weiß ich bereits!«, sagte Mick. »Aber bis jetzt hat mir kein Mensch genau erklären können, warum und wieso.«

Igors Antwort war kurz und bündig: »Sie fressen einfach alles auf.«
Jetzt mischte sich jemand anderes ins Gespräch: eine junge Frau mit einem runden, hellhäutigen Gesicht. »Das ist nicht der richtige Ausdruck, Igor. Die Vegetation der Wälder besteht nicht aus den so genannten Fleisch fressenden Pflanzen.«
Igor klopfte an sein Glas. »Hör auf unsere Biologin, Mick. Sie wird es dir erklären.«
Die beiden Forscher Kris und Arno, die gerade durch den Saal gingen, blieben stehen und hörten ebenfalls zu.
»Vieles von dem, was in den Wäldern vor sich geht, stellt uns noch vor Rätsel«, berichtete die Biologin in schulmeisterlichem Ton. »Fest steht, dass die dort herrschende feuchte Hitze sämtliche Metalle angreift. Und nicht nur Metalle, sondern auch Kunststoff – praktisch alles, was von Menschenhand gemacht ist! Was auch immer in den Wäldern landet, wird sofort von einem goldgelben Schimmel bedeckt ...«
»Und der gelbe Schimmel frisst alles auf!«, sagte Igor. »Unsere Luftschiffe, unsere Venusmobile, unsere Roboter und unsere Instrumente. Daher kommt es, dass bis zum einundzwanzigsten Jahrhundert viele Informationen von hier falsch oder verzerrt zur Erde gefunkt wurden. Die Wälder verändern alles und verzehren es mit der Zeit. Es ist besser, wenn du ihre Nähe meidest, Mick.«
Iman hatte das dunkelhaarige Mädchen aus seiner Umarmung entlassen. »Und die Menschen?«, fragte er. »Was würde den Menschen passieren, wenn sie in den Wald gingen?«
Das ist eine gut überlegte Frage, sagte Edu in Gedanken. *Was passiert mit den Menschen? Aber du wirst keine Antwort darauf erhalten.*
»Mein lieber Iman«, sagte Igor, »ich glaube, du willst mir den Appetit verderben! Hallo, Roboter, bring mir noch so einen Eisbecher.«
Die Antwort auf diese Frage würdest du in den Geheimakten finden, die der Rekorder in Verwahrung hat.

Die Biologin sagte in leicht vorwurfsvollem Ton: »Menschen pflegen nicht in den Wald zu gehen, Forscher Nummer vierzehn.«

In den früheren Zeiten doch, als die Venus gerade erst von Menschen betreten worden war. Aber sie verirrten sich und verschwanden spurlos …

»Forscher Nummer elf, Edu!« Die helle Stimme ertönte dicht neben ihm. »Einen Cent für deine Gedanken!«

Edu blickte auf und schaute in das Gesicht einer strahlenden jungen Frau mit kupferfarbenem Haar. »Oh … Sie sind es«, sagte er ein wenig irritiert. »Frau Dr. Moll!«

Sie ließ sich neben ihm nieder und sagte: »Wenn wir nicht im Dienst sind, darfst du das ›Sie‹ getrost weglassen und Petra zu mir sagen.«

»Petra«, wiederholte Edu. *Wie hübsch sie war* – sie sah in dem blau-weißgelb gemusterten Kleid ganz anders aus als am Morgen. Ihre Augen schauten ihn unter langen Wimpern und vergoldeten Lidern hervor an. »Also, lieber Edu, die Antwort bitte!«

»Die Gedanken sind frei, Petra! Und wer weiß, ob sie auch nur einen Cent wert sind.«

»Du hast da so still gesessen und deinen Freunden zugehört. Und das mit einem Gesicht, als ob du dir eine ganz eigene Meinung zurechtgelegt hättest.«

Um Himmels willen nicht vergessen, dass sie Psychologin ist, dachte Edu. *Sie will mich wahrscheinlich immer noch aushorchen.*

Sie schwiegen beide und hörten den anderen zu.

»Der eigentliche Kern der Gefahr hier …«

»Nun hört doch endlich mit diesen widerlichen Geschichten auf!«

»Was soll das Ganze überhaupt, ihr braucht ja nicht hinzugehen!«

»Forscher sehen sich die Wälder sowieso nur aus der Luft an.«

Nur aus der Luft …

»Es ist jedes Mal dasselbe, wenn neue Forscher im Hauptquartier angekommen sind«, sagte Petra.
Edu schaute sie mit fragendem Blick an.
»Die Gespräche über die Wälder«, erklärte sie.
»Ja?«
»Das ist durchaus verständlich«, sagte Petra. »Weißt du, die Forscher sind nämlich die einzigen Menschen, die täglich außerhalb der Kuppel Dienst tun. Sie *müssen* daher über die Wälder sprechen; es ist sogar gut, dass sie es tun. Auf diese Art und Weise sprechen sie sich aus und verlieren ihre Angst. Nach einer Weile werden sie sich an die Existenz der Wälder gewöhnen und sie allmählich vergessen.«
Vergessen? Die Wälder vergessen? Unsinn! Aber Edu fragte nur: »Warum hat man eigentlich den Gang offen gelassen?«
Er merkte, dass Petra ihn nicht verstand. »Ich meine den Gang zur Bibliothek«, fuhr er fort. »Es wäre doch besser gewesen, ihn nach außen zu schließen, genau wie diesen Raum hier; oder man hätte Poster mit künstlichen Landschaften auf die Fenster kleben sollen wie im Zimmer nebenan.«
»Hallo Petra! Und Edu! Weshalb setzt ihr euch nicht zu uns?« Es war Igor, der sich bemerkbar machte. »Oder störe ich euch bei einem ernsten Gespräch?«
Sie nahmen in dem großen Kreis Platz, der sich um Igor gebildet hatte.
»Ich sprach gerade vom ›Heimwehzimmer‹«, sagte Edu. »Falls diese Bezeichnung noch existiert.«
»Selbstverständlich«, sagte Igor. »Hast du jetzt schon Heimweh? Nun begreife ich auch, warum du dich so intensiv um ihn kümmerst, Petra.«
»Heimwehzimmer?« fragte Mick. »Was ist denn das nun wieder?«
»Bist du noch nicht im Zimmer hier nebenan gewesen?«
»Doch, aber ...«
»Dann hast du wahrscheinlich noch nicht aus den Fenstern gesehen«, sagte Igor. »Es sind jetzt drei, im vergangenen Jahr ist noch

eins dazugekommen. Sie zeigen eine naturgetreue, dreidimensionale Aussicht auf bestimmte irdische Idyllen: auf einen Platz, eine Straße, einen Park. Wenn einen das Heimweh überfällt, lässt man sich dort nieder, schaut hinaus und bildet sich ein, zu Hause zu sein.«

»Es wirkt in der Tat wie echt!«, ergänzte ein anderer. Es war ein kleiner, hagerer Mann, der Sim genannt wurde.

»Der neueste Ausblick zeigt die Dinge sogar in Bewegung. Kommt, seht es euch an! Darf ich es euch mal vorführen?«

»Tu das!«, sagte Petra. »Aber bleibt bitte nicht den ganzen Abend dort hocken.«

Der kleine Mann sprang auf und ging weg, die meisten Forscher und auch viele andere Leute folgten ihm.

»Na, willst du es dir nicht auch ansehen?« erkundigte sich Mick bei Edu.

»Nein, danke, ich kenne es.«

Jetzt saßen sie nur noch zu dritt beisammen: Edu, Petra und Igor.

Petra wandte sich an Edu: »Das also hattest du gemeint! Warum wir ein Stück Erde mitgenommen haben zur Venus ...«

Edu nickte.

»Dir wäre es anders lieber, nicht wahr? Aber wir haben uns selbst ja auch mit hergenommen! Wir sind und bleiben Erdenbürger.«

»Mit oder ohne Seele«, warf Igor ein. Er blickte sie abwechselnd an. »Ich habe den Eindruck, dass ihr tatsächlich eine ernsthafte Diskussion führt.«

Jammerschade, dass er sich einmischt, dachte Edu.

Igor schien sich kein bisschen überflüssig zu fühlen. Offenbar störte seine Anwesenheit auch Petra nicht – im Gegenteil, der Blick, den sie wechselten, sprach von gutem Einvernehmen.

»Wie gefällt es dir eigentlich hier auf der Venus, Igor?«, erkundigte sie sich.

»Wie gefällt es dir hier unter der Kuppel, Igor?«, fragte Edu.

»Hörst du den feinen Unterschied, Petra?«, sagte Igor. »Man

braucht weiß Gott keinen Psychologen, um diesen Knaben da zu begreifen. Er besitzt den wahren Forschergeist – das hätte ich dir schon längst erzählen können. Nur hat er sich leider geirrt, als er um eine Anstellung hier auf der Venus bat – für Pionierarbeit eignet sich der Mars besser.«

Edu ärgerte sich über den spöttischen Zug auf Igors Gesicht und über Petras verständnisvolles Lächeln. *Woher nehmen sie das Recht, mich auf eine Art und Weise anzuschauen wie vernünftige Erwachsene ein unwissendes Kind – so teilnahmsvoll und zugleich überzeugt von sich selbst, ein bisschen herablassend und sogar mitleidig.* Er sagte jedoch nichts.

»Die Forscher hier verrichten durchaus eine sinnvolle Arbeit, Igor«, sagte Petra. »Sie sammeln die einzelnen Tatbestände, aus denen Computer und Wissenschaftler dereinst die Wahrheit über den Planeten Venus ableiten werden.«

»Die Wahrheit über Venus«, wiederholte Igor. »Na ja, die werden sie genauso mühelos finden wie die Psychologen die Wahrheit über das, was ein Mensch ist.« Er wurde plötzlich ernst. »Die Wahrheit wissen wir schon lange, Edu! Die Venus ist ein Planet, der um dieselbe Sonne kreist wie die Erde, ein Planet voller Leben. Dies ist aber auch das einzige Gemeinsame. Ich weiß nicht, ob die Dinge, die hier wachsen, eine so genannte Seele haben; falls jedoch außerhalb der Kuppel irgendein Gedanke existieren sollte, dann ist es dieser: ›Wir von der Venus wollen mit euch Menschen nichts zu tun haben.‹«

Der Anflug von Ernsthaftigkeit verschwand genauso schnell, wie er gekommen war. »Und jetzt«, sagte er, »werden wir uns das beste irdische Getränk zu Gemüte führen, das es überhaupt gibt. Bring uns Kaffeenektar, Roboter!«

»Es ist schon ziemlich spät«, begann Petra. »Sollten wir nicht lieber …«

»Ich schlafe immer ausgezeichnet«, fiel Igor ihr ins Wort. »Und sollte dies nicht der Fall sein, Petra, würde ich einfach bei dir anklopfen und … dich um eine Tablette bitten.«

»Eine Mitteilung für Sie, Radiochef«, sagte der Roboter. »Wissen Sie, dass Ihre Ration Kaffeenektar für diese Woche fast verbraucht ist?«

»Das interessiert mich überhaupt nicht!«, rief Igor. »Ich habe hier und heute Lust auf Kaffeenektar; also trinke ich jetzt Kaffeenektar.«

»Nimm es von meiner Ration, Roboter«, sagte Edu.

»Kommt nicht in Frage«, sagte Igor. »Ich lade euch ein.«

»Wir haben auch normalen Kaffee«, sagte der Roboter.

»Nein, heute Abend möchte ich Nektar trinken – den duftenden Extrakt, der aus echten Kaffeebohnen gewonnen wird, aus Bohnen, gepflückt von den Sträuchern aus brasilianischen Treibhäusern. Ich möchte auf unsere Freundschaft anstoßen! Wir drei sind doch wirklich eine nette Clique, findet ihr nicht auch?«

Aus dem Zimmer neben dem Aufenthaltsraum schallte fröhliches Gelächter herüber. Igor, Edu und Petra erhoben ihre Gläser. Eine hoch gewachsene Gestalt blieb vor ihnen stehen.

»Aha«, sagte der Kommandant, »ich sehe, hier herrscht eine ausgezeichnete Stimmung.«

Der Musikautomat begann von neuem:

Da lob ich mir Neu-Babylon,
dort scheint der Mond und auch die Sonn'!
Wie gern hätt ich in Babylon,
in Babylon gewohnt!

7. Kapitel

Zum ersten Mal nach draußen … Dies galt für neun der zehn Planetenforscher. Edu hegte insgeheim den Wunsch, dass es auch für ihn das erste Mal sein möge. Er erinnerte sich noch sehr gut, wie herrlich er es damals, vor drei Jahren, gefunden hatte: aus der Kuppel hinauszutreten in das Licht des frühen Morgens … das prachtvolle Farbenspiel zu sehen, einmal ganz zart, dann wieder leuchtend: überall funkelnde Tropfen. Und wenn man erst einmal das befestigte Terrain rund um die Kuppel verlassen hatte, dann fühlte man den weichen, federnden Boden unter den Füßen. Zuerst traute man sich kaum, das leuchtend blaue und kükengelbe Moos zu betreten; nach einer Weile jedoch tat man es ohne Zögern und die Spur, die man zurückließ, war schon nach wenigen Sekunden nicht mehr zu sehen. Edu erinnerte sich plötzlich an einen anderen Tag: Da hatten er und zwei seiner Kollegen die Schutzhelme ausgezogen (war nicht auch Jock Martin dabei gewesen?) und sie waren eine Zeit lang ohne Kopfbedeckung auf dem Moos herumgesprungen. Ab und zu, wenn sie außer Atem waren, hatten sie eine kurze Pause gemacht – und sie hatten beobachtet, wie schnell die plattgetretenen Moospflanzen sich wieder aufrichteten. Ein Schauer hatte sie schließlich gezwungen, ihre Helme wieder aufzusetzen; später waren sie wegen ihres albernen Benehmens getadelt worden.

Ob sich wohl einer seiner jetzigen Kollegen jemals so verrückt benehmen würde? Wahrscheinlich nicht. Den Helm durften sie nicht mehr absetzen, das war verboten. Sie hatten jetzt auch andere Schutzanzüge für den Außendienst – viel bessere, wie der Instrukteur betonte. Weitere Verbesserungen wurden zur Zeit von den Wissenschaftlern getestet.

Da standen sie nun alle zehn, fertig zum Aufbruch. Er sah seine Gefährten der Reihe nach an, zum Glück waren die Schutzhelme ganz und gar durchsichtig. Mick trug seine übliche mutig-wurstige Miene zur Schau, Arno schien das ganze Unternehmen nicht besonders zu schätzen, in Imans Blick lag Interesse, in dem von Kris Misstrauen. Saboe machte einen gleichgültigen Eindruck, Rufus ebenfalls … Keiner von allen – außer vielleicht Iman – sah so aus, als empfinde er dasselbe wie er, Edu, damals vor drei Jahren. Wer weiß, ob es nicht so besser war!

In seinen Kopfhörern tickte es leise. Dann hörte er die nüchterne Stimme des Chefs der wissenschaftlichen Abteilung, der aus seinem Labor unter der Kuppel sprach.

»Hallo, Forscher, Sie können jetzt Ihren Orientierungsstreifzug beginnen. Denken Sie daran, dass Sie in ständigem Funkkontakt

mit dem Hauptquartier und selbstverständlich auch untereinander bleiben sollen. Sie kennen Ihre Anweisungen.«
Tick. Anschließend hörten sie Igors Stimme, die viel angenehmer klang: »Hauptquartier an Forscher. Nördliche Route nehmen, Richtung ›Wandernde Berge‹. Ich wünsche euch einen schönen Spaziergang.«
Da schritten sie nun über das federnde Moos. Hier und dort lagen Reste eines Plattenweges – man hatte es längst aufgegeben, ihn in Stand zu halten. Die Forscher gingen langsam, immer wieder blieben sie stehen und machten Bemerkungen über die Dinge, die sie sahen. Ihr Weg führte durch leicht welliges Gebiet, das allmählich hügeliger wurde. Sie durchschritten Nebelschwaden unter einem bedeckten Himmel. Niemals verschwanden die Wolken, die den Planeten Venus umgaben; nie hatte irgendjemand dort die Sonne gesehen. Und doch gab es übergenug Licht, an einem unbewölkten Himmel hätte die Sonne jedes Auge geblendet. Von Westen her wehte ein kräftiger Wind, der das Moos wie ein Meer in Wellenbewegung versetzte, und doch war es nach Venusbegriffen nur eine schwache Brise. Manchmal erschienen vor den staunenden Augen der Forscher die phantastischsten Ausblicke: Wolken türmten sich zu trügerischen Gebirgen auf, mit goldenen Gipfeln und purpurfarbenen Tälern, die beim nächsten Windstoß zusammenstürzten und sich in emporschießende Wasserströme verwandelten – oder in Tropfsteinhöhlen oder in Feuer speiende Vulkane. Und dann sah man plötzlich nichts mehr als Nebel, von strahlend weißer bis zu drohend grauer Färbung, und zwischendurch schemenhaft ein Stück der ›Wandernden Berge‹.
»Dieser Planet hält einen pausenlos zum Narren«, meinte Arno.
»Genauso interessant und unzuverlässig wie eine schöne Frau«, sagte Iman.
Igors Stimme lieferte aus der Kuppel sofort einen entsprechenden Kommentar: »Eine schöne Frau! Diese Bemerkung enthält wahrscheinlich mehr Wahrheit, als ihr denkt. Die Psychologin hat mir mal erzählt, dass unsere irdischen Vorväter in prähistorischer

Zeit die Venus nach einer Göttin benannt haben – einer Göttin, die niemand anderes war als die Göttin der Schönheit und Liebe.« Dann fuhr er in sachlicherem Ton fort: »Hauptquartier an Planetenforscher: Bitte achten Sie vor allem auf die Pflanzen, die Sie in zirka hundert Metern entlang Ihrem Weg antreffen werden. Ich wiederhole: in etwa hundert Metern. Forscher Nummer elf, würden Sie bitte besonders darauf achten, dass Sie die richtige Route im Auge behalten. Richtung Nordpfahl.«

»Okay, Instruktionen empfangen«, antwortete Edu.

Bei diesem ersten Ausflug sollten sie alle zusammenbleiben, wobei er, als ortskundiger Leiter, die Rolle des Lotsen übernehmen musste. In der nächsten Woche würden sie jeweils zu zweit auf Tour gehen. Wahrscheinlich erwartete man jetzt von ihm, dass er unterwegs jede Einzelheit zeigen und erläutern werde. Er tat es jedoch nicht. Sie sollten sich ruhig eine eigene Meinung bilden!

Hundert Meter weiter wuchsen eine Menge farnartiger Pflanzen mit eingerollten Blättern; sie waren nicht höher als einen Meter. In der Umgebung der Kuppel stand keine Pflanze, die größer war als ein Strauch; Bäume wurden dort nicht geduldet.

»Müssen wir denn all diese Pflanzen auseinander halten?«, fragte Mick. »Das schafft doch nicht mal ein Biologe. Sie sind sich viel zu ähnlich.«

»Keineswegs – sie sind sehr unterschiedlich«, meinte Iman. Er wagte es, ein Blatt abzupflücken. Er betrachtete es andächtig, ehe er es wegwarf.

Arno zuckte erschreckt zusammen. »Da bewegt sich was. Ich glaube, es ist eine Schlange!«

»Ich habe gelernt, dass auf der Venus keine Schlangen vorkommen«, sagte Iman. Er suchte behutsam zwischen den einzelnen Pflanzen. »Etwas Langes, Dünnes und Gewundenes – wie nennt man so was?«, fragte er.

»Es ist eine Art Wurm«, sagte Edu. »Mach ein Foto davon, Iman. Es ist ein hübsches Exemplar.«

»Da ist noch einer«, sagte Mick. »Sie beißen doch nicht etwa wie die Wüstenschlangen auf dem Mars?«

»Nein. Diese Würmer fressen Wurzeln. Sie leben unter der Erde. Die größeren bringen es fertig, den Boden unter den Füßen erzittern zu lassen.«

»Hast du deine Unterrichtsstunden vergessen, Mick?«, fragte Iman. »Sie leben von Wurzeln und man kann sie in ihren Verstecken aufspüren, indem man nach Stellen fahndet, wo die Pflanzen verdorrt sind.«

»Kann hier überhaupt jemals etwas verdorren?«, erkundigte sich Rufus. »Es ist kaum zu glauben.«

Sie gingen weiter. Ein Regenschauer versperrte ihnen die Sicht bis auf wenige Meter, trotz der kleinen Scheibenwischer an ihren Helmen. Eine Weile verfolgten sie ihren Weg, ohne stehen zu bleiben oder sich umzusehen. Sie begannen immer mehr zu steigen und der Boden wurde allmählich fester – sie hatten die Ausläufer der Berge erreicht. Die erste Etappe war nun beinahe geschafft.

Der Schauer war vorüber, aber sie gingen immer noch langsam und vorsichtig. Der steinige Boden war mit glitschigen Algen bedeckt.

»Mensch, bin ich froh, dass ich gute Stiefel an den Füßen habe«, sagte Mick, der neben Edu herging. »Und jetzt sehe ich sie wahrhaftig doch noch, die ›Wandernden Berge‹!«

Ja, da waren sie. Sie erhoben sich über tief hängendem Gewölk und Wolken spielten um ihre Gipfel.

»Wenn du keinen Helm aufhättest«, sagte Edu, »würdest du es jetzt rauschen hören – von den vielen Wasserfällen in der Ferne und vom Nordstrom hier in der Nähe.«

Noch etwas anderes erhob sich jetzt vor ihnen: der Wachroboter im Norden.

Wenn es Venusmenschen gäbe – aber es gibt sie nicht –, würden sie vermutlich dieses Ding genauso komisch finden wie wir alles Lebendige hier ... Sie könnten es für ein schauriges Gespenst halten: ein Ungeheuer auf dünnen Pfoten mit einem leuchtenden, runden Wasserkopf. Die Fotolinsen sehen aus wie lauernde Augen und die Antennen gleichen tastenden Fühlern ...

Für Erdbewohner war es jedoch ein vertrauter Anblick und für die meisten Planetenforscher sogar ein willkommener: einfach einer der Beobachtungsposten – ein zweckmäßig konstruierter Apparat, der mit empfindlichen Linsen, Radio und einem Elektronengehirn ausgerüstet war, das alles, was es sah und hörte, zur Kuppel hinüberfunkte. »Außenobservator« hieß dieses Ding offiziell, in der Umgangssprache nannte man es Wachroboter. Acht solcher Apparate waren in regelmäßigen Abständen kreisförmig um die Kuppel herum aufgestellt. Innerhalb dieses Kreises, dessen Radius eine Meile betrug, befand sich das Arbeitsgebiet der Planetenforscher. Nur in äußerst seltenen Fällen durften sie dieses Gebiet überschreiten, niemals jedoch in östlicher Richtung, denn dort lagen die Wälder.

»Jetzt sind wir ganz in der Nähe der Nordgrenze«, sagte Mick.

Sjang machte plötzlich einen Sprung. Er rutschte aus und fiel der Länge nach auf den Boden. Er stand sofort wieder auf, und obwohl ihm nichts passiert war, wurde er von seinen Kollegen von oben bis unten kontrolliert – so wollte es die Vorschrift. Nein, er hatte nicht die geringste Schramme davongetragen, selbst in seinem Schutzanzug war keine Delle zu sehen.

Edu nahm Kontakt mit der Kuppel auf. »Forscher elf an Hauptquartier: Wir haben den nördlichen Wachroboter erreicht und werden jetzt dem Fluss stromabwärts folgen.«

Ihr Auftrag lautete: Sie sollten in einem Kreis die Kuppel umrunden, und zwar teils zu Fuß, teils mit dem Venomobil. Auf diese Art und Weise – unterwegs von Wachroboter zu Wachroboter – sollten sie einen Eindruck von der Landschaft gewinnen und zugleich die Grenzen ihres Arbeitsgebietes kennen lernen.

Aus dem Hauptquartier antwortete Igors Stimme. Er erinnerte sie daran, dass sie regelmäßig ihre wasserfesten Orientierungskarten zu Rate ziehen sollten.

Währenddessen sahen sich die Forscher den Wachroboter an. Anschließend gingen sie zum Fluss hinüber, der aufgewühlt und unruhig war. Sein Lauf durchschnitt einen Teil des nördlichen Gebietes.

»Die Anlegestelle hätte auch eine Überholung nötig«, fand Mick.
»Ja, darum werden wir uns kümmern müssen«, sagte Edu.
»Wir?« wiederholte Mick ein wenig überrascht. »Mit solchen Arbeiten haben wir doch wohl nichts zu tun.«
»Nun ja, die Ausführung liegt natürlich in den Händen der Roboter, aber die Forscher müssen sie beaufsichtigen. Nicht sofort natürlich – erst in ein oder zwei Wochen. Es ist noch ziemlich früh am Morgen …«
»Na hör mal, so früh ist es auch wieder nicht! Weißt du, wie spät es ist? Fast elf Uhr. Wir haben für die eine Meile beinahe zwei Stunden gebraucht.«
»Ich meine, früh am Venusmorgen. Später am Tag wird der Strom an Breite verlieren und auch nicht mehr so wild sein.« Edu unterbrach seine Erklärungen, um Iman zu warnen: »He, geh nicht so nah ans Wasser, du Idiot! Wenn du hineinplumpst, müssen wir dich rausfischen.« *Ich glaube, dieser Iman kennt keine Angst*, dachte er bei sich.
»Soviel ich weiß, bist du schon mal mit dem Boot auf diesem Fluss gewesen, stimmt's?«, erkundigte sich Mick.
»Ist das wirklich wahr?«, fragte Pal.
»Ja, und es war wunderschön!«
Igors Stimme aus der Kuppel fiel ihm ins Wort. »Da hab ich ein Wörtchen mitzureden! Edu Jansen, jawohl, ich meine dich, Forscher Nummer elf. Aber auch die anderen Forscher dürfen ruhig mithören. Im vorigen Jahr auf dem Mars hast du mir ganz schön den Mund wässerig gemacht mit deinen Geschichten über Bootsfahrten und Fischzüge auf dem Fluss. Fischzüge – dass ich nicht lache! Seit ich hier bin, hat noch niemand auch nur einen einzigen Fisch im Nordstrom gesehen, geschweige denn gefangen!«
»Das darf doch nicht wahr sein«, sagte Edu erstaunt. »Ich versichere dir, Igor …«
»O nein, jetzt versuche nur nicht, mir einen Bären aufzubinden!«, donnerte Igors Stimme. »Ich weiß jetzt die passende Bezeichnung für deine Geschichten: Anglerlatein!«

Die anderen Forscher lachten.
Dann fragte Iman: »Aber weshalb liegt denn hier ein Netz?«
»Das fragst du besser den Computer«, antwortete Igor. »Jedenfalls wirst du keinen Fisch darin entdecken.«
»Ich erinnere mich aber, dass bei unserem Instruktionskurs von Fischen die Rede war«, beharrte Iman.
»Das war auf der Erde!«, sagte Igor. »Da sind sie immer etwas rückständig. Und es ist nun mal eine Tatsache – diesmal meine ich es allen Ernstes –, dass schon seit langer Zeit keine Fische mehr im Nordstrom schwimmen.«
»Und wie kommt das?«, fragten Iman und Edu gleichzeitig.
»Auch diese Frage solltet ihr besser dem Computer stellen oder unserer Biologin … Moment mal!«
Klick. Einen Augenblick später war die Verbindung zur Biologin hergestellt. Sie machte einen ziemlich verstörten Eindruck – wahrscheinlich war sie gerade mit ihrem Kaffeenektar beschäftigt. »Warum die Fische verschwunden sind? Dieses Phänomen wird zur Zeit noch untersucht. Wir werden demnächst darüber berichten.«
Klick: »Zerbrecht euch also nicht länger den Kopf darüber«, ließ sich nochmals Igors Stimme vernehmen. »Ich stoppe jetzt meine Durchsagen, ihr müsst weiter. Wie gefällt es euch? Ist es nicht zu nass?«
»Es nieselt. Die Sicht ist mäßig.«
»Also dann, macht's gut. Gebt bei jedem Wachroboter einen Bericht durch. Bis bald.«
Zwei und zwei nebeneinander gingen sie am Fluss entlang, sie folgten ihm stromabwärts in westlicher Richtung. Die Berge auf der anderen Seite waren wieder völlig im Nebel verschwunden.
»Ungefähr in dieser Richtung liegt ein Gipfel, von dem man bei günstigem Wetter das Meer sehen kann«, sagte Edu.
»Hast du ihn bestiegen?«, fragte Mick.
»Nein, ich leider nicht. Aber einige meiner Kollegen haben es mal gemacht.«

»Tatsächlich?«, sagte Arno. »Ist das auch kein Bergsteigerlatein? Es scheint mir ziemlich überflüssig zu sein, einen Gipfel zu erklimmen, wenn man das Meer genauso gut aus einem Luftschiff betrachten kann.«
»Ich hoffe, dass wir bald einen Erkundungsflug machen dürfen«, sagte Mick. »Das ist doch ein erheblich angenehmerer Job, als das Gerutsche hier über glatte Steine und das Gewurstele zwischen all den Pflanzen durch. Ich verstehe nicht, dass hier keine Wege angelegt werden.«
Edu gab keine Antwort. Sie gingen weiter, auf den nächsten Wachroboter zu. Sobald sie diesen erreicht hatten, sollten sie sich vom Flusslauf abwenden, den Hang hinabsteigen und ihre Entdeckungsreise über grasbewachsene Flächen fortsetzen, bis sie erneut auf einen Wachroboter stießen. Dort würden Roboter mit Grundmobilen auf sie warten, sodass sie weiterfahren konnten, von West nach Süd, an einem Gebiet voller Seen und Sümpfe entlang – es war die einzige Stelle, wo so etwas wie ein Weg gebahnt war; er verlief oben auf dem Deich, den man dort errichtet hatte. Von Süden aus sollten sie schließlich in östlicher Richtung fahren, wo die Grenze durch weiß gekalkte Steine noch mal besonders markiert war: Hier nicht weiter gehen – Gefahr! In dieser Richtung liegt ein Waldgebiet ... Von Osten aus endlich zurück nach Norden, und damit würde der Kreis geschlossen sein – der Kreis, den sie nicht überschreiten durften. Ein Radius von einer Meile*, eine Wegstunde von der Kuppel entfernt – weiter durften sie nicht gehen.
Der nächste Wachroboter tauchte aus dem Nebel auf. Die regungslose Maschine verwandelte sich in einen drohenden Wächter, der Edu zuzurufen schien:
»Forscher Nummer elf, man hat mich hier aufgestellt, um Sie daran zu erinnern, dass hier die Grenze ist. Sie dürfen nicht an mir vorbeigehen! Auf der anderen Seite befindet sich ein weit ausgedehnter Planet ... Zutritt verboten.«

* Eine Meile = (hier) 1 Stunde Gehzeit ± 5,5 Kilometer.

8. Kapitel

Eine Woche verging (nach irdischer Zeitrechnung). Die neuen Planetenforscher gewöhnten sich allmählich an ihre Arbeit und an das Leben in der Kuppel.

»Sie, Planetenforscher, sind hier, um den Planeten zu erforschen ...«

So begann Punkt 1 der Dienstanweisungen. Es folgte eine Auflistung aller Aufgaben.

»Sie sollen die Landschaft erkunden ...«

Aber nie über einen Umkreis von einer Meile vom Hauptquartier hinaus, dachte Edu.

»Sie sollen die Bodenbeschaffenheit untersuchen, Erd- und Steinproben sammeln, ferner sollen Sie Pflanzen beobachten ...«

Nur in die Kuppel dürfen wir sie nicht mitnehmen.

»Alles, was baumähnlich aussieht, muss vernichtet werden, nachdem es beschrieben und fotografiert worden ist ...«

»Unkraut zupfen« nannten es die Forscher, diese Arbeit war ihnen allen ein Gräuel. Mick behauptete, er würde dabei ins Schwitzen geraten – was natürlich übertrieben war, denn ihre Schutzanzüge waren mit einem gut funktionierenden Temperaturregler versehen.

»Die Atmosphäre der Venus hat auf einige Menschen einen nachteiligen Einfluss, der sich in verschiedenen Symptomen bemerkbar macht: Sie reichen in einigen Fällen von leichter Trunkenheit bis zu Verwirrungszuständen, in anderen von Schwerfälligkeit bis zu ernsten Ermüdungserscheinungen. Aus diesem Grunde ist es jedermann strengstens untersagt, sich ohne den entsprechenden Schutzanzug außerhalb der Kuppel aufzuhalten.«

Strengstens untersagt! dachte Edu. *Das stand vor drei Jahren noch nicht in der Dienstordnung ... Und auf diese Art und Weise verrichten wir die Arbeit, auf Grund deren der Computer einst die Wahrheit über die Venus feststellen soll.*

»Die Planetenforscher dürfen nie vergessen, dass jedes tierähnliche Wesen auf der Venus gefährlich sein kann ...«

Dabei begegnen wir Tieren immer seltener. Im Fluss gibt es keine Fische mehr. Selbst die ganz kleinen Tierarten, die Insekten oder Vögeln gleichen, sind kaum noch zu sehen. Zum Beispiel die langbeinigen mit den runden Blinzelaugen. Sie wirken unheimlich, weil sie so eigenartig aussehen, aber sie sind scheu – sie scheinen die Kuppel zu meiden. Vielleicht haben sie nicht ganz Unrecht! Montag haben Mick und ich ein paar von ihnen verfolgt, aber wir durften nicht weiter als bis zum Wachroboter … Nur auf dem Luftweg können wir die Grenze überschreiten.

»Die Planetenforscher müssen ferner Beobachtungsflüge über dem Planeten ausführen, wenn das Wetter es erlaubt … fotografieren, wenn die Sicht es zulässt …«

Das ist allerdings etwas anderes: zu zweit in einem hübschen kleinen Luftschiff aufsteigen – mit freiem Blick nach allen Seiten – und in die verschwommene Ferne fliegen. Die Fotos werden automatisch gemacht; aber wir müssen uns auch gut umsehen und alles berichten, was uns auffällig erscheint … Und jedes Mal müssen die Karten berichtigt werden: was Land war, scheint plötzlich Meer geworden zu sein; Flüsse haben ihren Lauf geändert, Seen sind schlammige Moore geworden, Inseln verschwunden, freie Flächen zugewachsen …

»Sie sollen Fotos von den Wäldern anfertigen … jedoch ausschließlich mit Teleobjektiven. Und falls sie über ein Waldgebiet hinwegfliegen müssen, tun Sie es in sicherer Höhe …«

Es kann gar nicht hoch genug sein!

»… und mit der entsprechenden Geschwindigkeit.«

Es kann gar nicht schnell genug sein!

So hat der Computer es jedenfalls berechnet und vorgeschrieben.

9. Kapitel

Wind und Regen gehörten nun einmal zur Venus, niemand ließ sich dadurch vom normalen Tagesablauf abbringen. Wenn aber ein echter Sturm aufkam, blieben sogar die Forscher drinnen. Das Brausen des Windes war dann überall zu hören; selbst in den Räumen, die besonders gut isoliert waren, vernahm man es noch als dumpfes Sausen und gedämpftes Stöhnen. Die Gewalt der Sturmböen ließ die Kuppel erzittern und Wasserbäche ergossen sich über das Superplexiglas. Manchmal schien es, als prasselten statt der Regentropfen Steinchen hernieder. Aber so schlimm es auch sein mochte, die Kuppel hatte bisher noch jedem Orkan standgehalten.

Und doch ... dachte Edu, als er einen Augenblick lang im ›Offenen Gang‹ auf dem Weg zur Bibliothek stehen blieb. Es *wäre immerhin möglich, dass die Kuppel es einmal nicht schaffte* ... Doch selbst in diesem Fall konnte innerhalb von vierundzwanzig Stunden eine neue errichtet werden; das Material dazu lag griffbereit im Magazin.

Im ›Offenen Gang‹, wo die Lampen während des ganzen Venustages nicht angemacht zu werden brauchten, war die Beleuchtung grau und fahl – wie an einem bewölkten Tag auf der Erde. Ab und zu wurde alles in ein grellgelbes Licht getaucht, das sofort wieder von den Schatten der Wolken, die über die Kuppel jagten, ausgelöscht wurde – von grauen und grünen Schatten.

Edu nahm von der Außenwelt nichts außer Schemen und Nebel wahr; das Superplexiglas, sonst durchsichtig klar, war völlig beschlagen. Am Vormittag hatte er noch etwas sehen können; er war extra zum Hinausschauen dorthin gegangen, anstatt mit seinen Kollegen im Aufenthaltsraum Titwik zu spielen. *Welch ein Schauspiel hatte sich ihm geboten!* Ein atemberaubendes Schauspiel. Sogar der Boden schien sich wellenförmig zu bewegen. Wolken flatterten vorbei und am Horizont schwankten Gewittertürme hin und her – wie ungeheure Pilze, wie schaurig verdrehte Bäume, wie missgestaltete Fabeltiere. Sie wuchsen

förmlich auf ihn zu – innen beinahe schwarz und außen mit leuchtenden Rändern in giftigen Farben ... Er hatte so lange zugeschaut, bis ihm das Kuppelglas zu zerbrechlich erschien, um ihn zu schützen. Dann war er in den Aufenthaltsraum zurückgekehrt, wo man zumindest die Illusion hatte, geborgen zu sein. Und er hatte sich selbst eingestanden, dass er nie den Mut aufbringen würde, bei diesem Wetter nach draußen zu gehen.
Jetzt aber, hinter dem beschlagenen Plexiglas, konnte man sich fast vorstellen, dass es ein normaler Regentag sei. Vielleicht lag es auch daran, dass es draußen nicht mehr ganz so laut war; der Sturm schien allmählich nachzulassen.
Edu ging weiter und betrat die Bibliothek. Niemand befand sich in diesem Raum, der ganz anders aussah als die anderen Zimmer unter der Kuppel. Er wirkte altmodisch mit seinem milden und doch hellen Neonlicht, mit dem dicken Teppichboden, den einladenden Sesseln und den Samtvorhängen, die zugezogen waren und die Fenster verdeckten. Die Bildschirme und Schränke dagegen waren neu und modern – wie auch der Roboter, der dort ständig die Aufsicht hielt.
»Guten Tag, Forscher Nummer elf«, sagte dieser zur Begrüßung mit der gebildet und bescheiden klingenden Stimme eines vornehmen Bibliothekarroboters. »Womit kann ich Ihnen dienen? Haben Sie einen besonderen Wunsch?«
»Nein danke, Roboter«, sagte Edu. »Ich möchte mich nur ein wenig umsehen. Oder doch – gib mir doch mal den Katalog. Den systematischen.«
»Welchen Buchstaben?«, fragte der Roboter.
»Das W.«
Der Roboter drückte einen Knopf auf der vor ihm liegenden Schalttafel und einer der Bildschirme leuchtete auf. Edu ging dorthin, aber der Roboter rief ihn zurück.
»Einen Augenblick, bitte, Forscher Nummer elf. Ich habe noch etwas für Sie.« Er drückte auf einen weiteren Knopf und las den Inhalt einer kleinen Karte vor, die in seine Plastikhand sprang: »Forscher Nummer elf bittet um Einsicht in die Expeditions-

berichte, die aus den ersten Jahren stammen, in denen sich Menschen auf der Venus aufgehalten haben. Die erste Antwort auf diese Frage lautet: Die entsprechenden Berichte befinden sich in Händen des Rekorders und werden nicht zur Einsichtnahme freigegeben, es sei denn mit Genehmigung des Kommandanten oder des Chefs der wissenschaftlichen Abteilung …«

»Das ist mir bereits bekannt«, unterbrach Edu den Roboter. Dieser schwieg einen Augenblick und sah ihn mit seinem ausdruckslosen Gesicht an. »Die Antwort ist noch mit einem Zusatz versehen worden«, sagte er und las weiter:

»Endgültige Antwort auf das Ersuchen des Forschers Nummer elf: Die Planetenforscher können die oben erwähnten Berichte *nicht* zur Einsichtnahme erhalten, da dies auf Grund von Paragraf 2, Absatz 21 A der Statuten außerhalb ihrer Aufgaben und Kompetenzen liegt.«

Der Roboter händigte Edu das Kärtchen aus. Edu steckte es in die Tasche und sagte: »Na ja, das war nicht zu überhören. Ist mir im Grunde genommen auch egal!« Er tat so, als nehme er es auf die leichte Schulter, obwohl ihm durchaus nicht so zu Mute war.

Der Bibliothekar sagte nichts. Was sollte ein Roboter auch hierauf antworten? Edu wusste jedoch, dass nicht nur sein Ansuchen, sondern auch der ablehnende Bescheid sowie sein eigener Kommentar dazu registriert und vom Computer gespeichert werden würden. Gespeichert und für immer aufbewahrt.

Für alle Zeit aufbewahrt, dachte er verärgert; *nur die Expeditionsberichte sind geheim – von Forschern verfasste Berichte, die notabene außerhalb der Aufgaben und Kompetenzen der Forscher liegen. Wer kommt nur auf solch einen Blödsinn?*

»Der Katalog ist beleuchtet«, sagte der Roboter.

Edu hatte fast vergessen, dass er darum gebeten hatte, aber ein Roboter vergaß so etwas natürlich nicht. »Vielen Dank«, sagte er und ging zum Bildschirm hinüber.

Ausgerechnet das W, dachte er, während er vor dem hellen Schirm Platz nahm. *Auch diese Tatsache wird registriert werden.*

›Planetenforscher Nummer elf studiert sämtliche Werke, die das Thema Wald behandeln.‹ Aber was soll's? Das ist ja schließlich nicht verboten. Ich kann mir vorlesen lassen, was ich will.

Er drehte am Knopf und verfolgte flüchtig die schwarzen Schriftzeichen, die über den Bildschirm wanderten. Ab und zu ließ er sie kurz anhalten, um einen einzelnen Satz zu lesen. Welch eine Unmenge von Stichworten ergab doch das W – aber es war ja auch der Anfangsbuchstabe von Wissenschaft und Weisheit. Es gab Ohrmuschelkassetten über Waffen, Warenkunde, Wege- und Wasserbau, über Weltgeschichte und den Wilden Westen (Sagen aus dem neunzehnten und zwanzigsten Jahrhundert). Er entdeckte Titel, die Wesensveränderungen bei bestimmten Krankheiten behandelten, und andere über Wörterbücher und Wintergeschichten. Das Stichwort »Wald« erschien erst ganz zum Schluss, wie ihm von früher her bekannt war. Er drehte den Knopf weiter ... Urwald ... Venuswald ..., dann folgten Titel und Namen von bekannten Wissenschaftlern (die aber nicht allzu viel mitteilen konnten, wie er bereits wusste). Berichte über Venusexpeditionen. Darunter eine Reihe Jahreszahlen ... dann eine rot gedruckte Zeile: geheim. Erhältlich nur auf besonderen Antrag. Edu zog verärgert die Augenbrauen zusammen; aber er blickte weiter auf den Bildschirm, obwohl er nichts Neues mehr erwarten konnte. »Lektüre zur Entspannung: Tarzan, eine Erzählung aus dem zwanzigsten Jahrhundert (sehr unglaubwürdig) ... Abenteuerreisen auf der Venus (absoluter Wahnsinn) ... *Nein danke! Dann konnte er geradeso gut sein Buch noch mal lesen, sein eigenes richtiges Buch ...*

Er drehte den Knopf zurück. Noch einmal flitzten die Worte vorbei ... Wind ... Wetter ... Draußen stürmte es immer noch.

»Haben Sie einen Titel gewählt?«, fragte der Roboter.

Edu verneinte und bat um das folgende Kapitel des systematischen Katalogs. Bei X und Y fand er nichts, was ihn interessiert hätte. Schließlich entschied er sich für einen Band über Zeppeline. Es stellte sich jedoch heraus, dass er gerade ausgeliehen war.

Edu hatte eigentlich in einem der gemütlichen Sessel Platz nehmen und zuhören wollen, bis es zum Abendessen in der Kantine läutete. Doch die Atmosphäre in der Bibliothek bedrückte ihn plötzlich, außerdem fühlte er sich durch den Roboter irritiert, der schweigend wartete. »Weißt du was, such du etwas für mich aus«, sagte er. Der Bibliothekar kannte ihn schließlich schon länger; er würde ihm gewiss keinen Ohrknopf geben, den er früher schon einmal ausgeliehen hatte.
Der Roboter schaute in seinem Karteikasten nach. Dann glitt er an den Schränken entlang und zog eine Schublade heraus.
In diesem Moment betrat Petra die Bibliothek.
»Hallo, Edu«, sagte sie. »Ich hörte von Mick, dass du hier bist.«
Der Roboter kam zu ihnen herüber und zeigte Edu einen glänzenden silbernen Ohrknopf. »Ist das vielleicht etwas für Sie, Forscher Nummer elf? Guten Tag, Frau Dr. Moll. Womit kann ich dienen?«
Edu nahm den Ohrknopf. Dann schaute er Petra an. Wollte sie ihn sprechen? Dienstliche Angelegenheiten konnten nicht der Grund sein, denn sie trug nicht ihre grüne Arbeitskleidung. Die Farben ihres luftigen Kleides wirkten fast zu ausgelassen in diesem stimmungsvollen Raum. Sie standen ihr auf jeden Fall ausgezeichnet. Obwohl Petra immer hübsch aussah – egal, was sie anhatte. Edu war nicht der einzige, der diese Meinung vertrat, und er traute ihr durchaus zu, dass sie auch selbst davon überzeugt war.
»Du wolltest sicher in aller Ruhe zuhören«, sagte sie. »Oder hast du einen Augenblick Zeit für mich?« Sie lächelte ihn an – *sie konnte auf eine ganz besonders nette Art lächeln* – und fügte hinzu: »Nicht, dass es so wichtig wäre, aber …«
»Natürlich habe ich Zeit für dich, Petra«, sagte Edu.
»Haben Sie einen besonderen Wunsch?«, fragte der Roboter.
»Nein danke, Roboter – ich bin eigentlich nur wegen Forscher Nummer elf hierher gekommen. Es ist niemand außer uns hier, also können wir uns richtig unterhalten.«
»Selbstverständlich, Frau Dr. Moll, solange keine anderen Leute kommen«, antwortete der Roboter, der stets gewissenhaft darauf

achtete, dass man der Aufforderung »Bitte Ruhe« auch nachkam.
Edu folgte Petra in die abgelegenste Ecke der Bibliothek, wo sie nebeneinander Platz nahmen.
»Ach je, nun fällt mir ein, dass ich den Bibliothekar doch noch etwas fragen muss«, sagte Petra und stand wieder auf. »Probier inzwischen mal deinen Ohrknopf. Ich bin gleich wieder da.«
Edu schaute ihr nach – *schöne Beine hatte sie auch.* Sie beugte sich zum Roboter herunter, der wieder mit seiner Kartei beschäftigt war. Was sie sagte, konnte er jedoch nicht verstehen. Gedankenabwesend befestigte er den Vorleseknopf an seinem Ohr. Eine sanfte Stimme begann, ihm etwas zuzuflüstern. Es dauerte eine Weile, bis die Worte in sein Bewusstsein drangen … *Gedichte. Dieser Roboter! Er hat mir Gedichte gegeben. Konnte er sich nichts Besseres einfallen lassen?*
Aber dann musste Edu doch lächeln. Alte Erinnerungen tauchten in ihm auf. Vor langer, langer Zeit hatte er einen merkwürdigen Roboter besessen, der ihm damals sehr ans Herz gewachsen war – auch dieser Roboter hatte Gedichte für ihn aufgesagt. *Vielleicht war die Idee des Bibliothekars gar nicht so schlecht …*

Ich sah Cäcilia kommen
in einer Sommernacht.
Zwei Ohren, um zu hören,
zwei Augen, um zu sehen …

Da kam Petra zurück. Er nahm den Knopf aus seinem Ohr und sagte in fragendem Ton: »So, fertig?«
Sie setzte sich neben ihn. »Was für eine Geschichte hast du denn da?«
»Tja, ich habe dem Roboter die Auswahl überlassen. Und nun habe ich Gedichte bekommen.«
Petra nickte, sie schien keineswegs überrascht. »Ein guter Griff«, meinte sie. »Unser Bibliothekar ist offensichtlich gut programmiert. Schüttle bloß nicht den Kopf, Edu. Gedichte, das paßt doch zu dir!«

Edu hatte keine Ahnung, ob das ein Kompliment sein sollte oder eher das Gegenteil. Jedenfalls gefiel ihm die Bemerkung nicht. *Wieso glaubte Petra zu wissen, was zu ihm paßte? Und außerdem, was ging es sie eigentlich an*? »Liest du denn gerne Gedichte?«, fragte er.

»Manchmal ja, wenn ich sie verstehe.«

»Zwei Ohren, um zu hören, zwei Augen, um zu sehen«, deklamierte Edu. »Das klingt doch durchaus verständlich.«

Petra zog die Stirn kraus und sah ihn an, ohne auf seine Behauptung einzugehen. »Ich habe gehört, dass du um die Expeditionsberichte gebeten hast«, sagte sie.

»Ist dies etwa das Thema, über das du mit mir sprechen möchtest?«

»Um ehrlich zu sein: ja. Warum wolltest du sie haben?«

»Einfach so«, antwortete Edu ziemlich zugeknöpft. »Ich wollte nur mal wissen, was meine Vorgänger hier auf der Venus getan haben. Aber ich bekam ein glattes Nein auf meine Anfrage, wie du ja wahrscheinlich schon gehört hast. Oder stammte die Anweisung etwa vom Psychologischen Dienst, Frau Dr. Moll?«

»Keineswegs, mein lieber Edu«, sagte Petra ruhig. »Sie steht in den Statuten.«

»Ach ja, natürlich – Punkt zwei Komma soundso viel«, knurrte Edu. »Ich bin wirklich neugierig auf die Antwort, die man mir geben wird, wenn ich um meine eigenen Berichte von vor drei Jahren bitten werde!«

»Du wirst sie dir bestimmt ausleihen dürfen«, meinte Petra. »Sie sind ja noch keine fünf Jahre alt ... Du brauchst wirklich nicht böse zu werden, Edu. Der Psychologische Dienst wird über alles informiert, was hier in der Bibliothek ausgeliehen oder angefordert wird. Diese Maßnahme soll unter anderem dazu dienen, euch besser kennen zu lernen. Wir sind schließlich für das geistige Wohlbefinden all derer verantwortlich, die unter der Kuppel leben.«

»Mir persönlich scheint das reichlich viel Ähnlichkeit mit Spionage zu haben«, sagte Edu schroff. Er schaute kurz zum Roboter hinüber, der hinter seiner Tastatur saß und mit leeren Augen vor sich hin starrte.

»Ich habe dem Bibliothekar gesagt, dass unser Gespräch streng vertraulich ist«, sagte Petra. »Er wird es also nicht registrieren.«

Edu gab keine Antwort.

»Könntest du nicht vorübergehend vergessen, dass ich Psychologin bin?« fuhr Petra fort. »Ich hab dich schließlich nicht in mein Sprechzimmer bestellt; ich will dir weder etwas vorwerfen noch irgendetwas aufdrängen.«

»Was willst du denn sonst?«

»Ja, Edu ... ich zerbreche mir den Kopf darüber, was du dir eigentlich genau unter dem Beruf des Forschers vorstellst.«

»Das steht in meiner Dienstanweisung«, entgegnete Edu stur.

»Zwei Ohren, um zu hören, zwei Augen, um zu sehen«, sagte Petra ohne jeden Nachdruck. »Warum möchtest du unbedingt mehr wissen als das, was du hörst und siehst?«

»Weil auch ich mir den Kopf zerbreche, Petra. Tue ich nicht etwa eine Arbeit, die schon längst erledigt ist? Hat meine Tätigkeit hier überhaupt noch einen Sinn? Eine einzige Meile im Umkreis der Kuppel, während ein ganzer Planet auf seine Entdeckung wartet ...«

»Das geht nun mal nicht anders«, sagte Petra ruhig.

»Ich weiß, dass es nicht immer so war! Früher, als wir die Venus gerade zum ersten Mal betreten hatten, gab es dieses Verbot noch nicht. Damals in den ersten Jahren, da waren die Planetenforscher noch echte Forscher!«

»Denn *sie* gingen in die Wälder«, ergänzte Petra.

»Richtig«, sagte Edu, der nun seine reservierte Haltung aufgab. *Vielleicht würde Petra ihn verstehen.* »Sie gingen in die Wälder ...«

»Weißt du auch, was mit ihnen geschah?«

»Sie kehrten nicht zurück«, sagte Edu. »Na und?« fuhr er nach kurzem Schweigen fort. »Das ist eben Berufsrisiko. Wenn sich zum Beispiel Freiwillige finden würden – ich sage ausdrücklich Freiwillige, Petra – die ...«

Petra unterbrach ihn. »Es hat schon Freiwillige gegeben, Edu. Einige sind sogar zurückgekommen. Einer von ihnen war todkrank und starb wenige Tage danach. Der Rekorder besitzt die Aufzeichnungen über seine Fieberträume …«

»Sicher die Aufzeichnungen, die ich nicht lesen durfte«, sagte Edu leise.

»Diese Aufzeichnungen darf keiner der Forscher lesen. Ein anderer kehrte geisteskrank zurück. Die Wälder hatten ihn um den Verstand gebracht …«

Petra schaute ihn an. Ihre Augen verrieten echte Besorgnis. »Das hast du sicher nicht gewusst, Edu?«

»Nein«, murmelte er und fragte dann: »Aber warum erzählst du mir jetzt von diesen Dingen?«

»Ich erzähle es dir im Vertrauen, weil du meiner Ansicht nach wissen solltest, dass die Wälder tatsächlich gefährlich sind. Dies geht nur dich allein etwas an. Für die anderen ist es besser, wenn sie nichts davon wissen. Wir geben uns immerhin Mühe, dafür zu sorgen, dass jeder hier so glücklich wie möglich ist, dass er sich in Sicherheit wiegt …«

Edu runzelte nachdenklich die Stirn. »Meinst du, es macht glücklich, wenn man sich sicher fühlt?«, wollte er fragen.

Aber Petra ließ ihn nicht zu Wort kommen. »Ich durfte dir das eigentlich gar nicht erzählen. Sprich bitte mit niemandem darüber.« Sie stand auf.

Edu erhob sich ebenfalls. »Petra …«, begann er.

»Still«, sagte sie. »Ein kluger Kopf begreift auch halbe Worte. Warte mal … wenn ich sowieso schon hier bin, kann ich mir auch einen Ohrknopf mitnehmen. Irgendwas Leichtes. Einen Krimi oder was Ähnliches …«

Edu folgte ihr zum Bildschirmkatalog und half ihr beim Auswählen.

»Liest du gerne Krimis?«, erkundigte er sich.

»Ja – aber auch historische Romane und alte Sagen.«

»Zum Beispiel auch aus dem Wilden Westen?«

»Nein, die liegen mir nicht besonders. Viel lieber habe ich noch ältere Geschichten – Mythen und Märchen. Ich musste an der Psychologischen Akademie eine Arbeit darüber schreiben, für mein drittes Examen. Bei dieser Gelegenheit habe ich sie schätzen gelernt.«

»Ach so«, sagte Edu interessiert. »Musstest du auch richtige alte Bücher lesen? Ich meine gedruckte?«

»Natürlich! Es waren sehr schöne Exemplare darunter. Trotzdem bin ich froh, dass von allem, was sich zu lesen lohnt, auch Ohrknöpfe existieren.«

»Oft entdeckt man aber gerade in alten Büchern merkwürdige und amüsante Dinge ...«, begann Edu; dann brach er plötzlich wieder ab. *Er wusste nicht so recht, ob er darüber reden sollte.* Er hatte schon ihre Aufmerksamkeit auf sich gelenkt, weil er auf die Expeditionsberichte neugierig war. Petra vermutete bereits, dass die Wälder ihn verlockten. Er wusste nur zu gut, dass es nicht viele Leute gab, die sich in alte Bücher vertieften (sie fanden es nicht der Mühe wert, wenn es keinen Ohrknopf davon gab). Auf der Erde hatte man ihn oft deswegen gehänselt. Dort hatte man es für ein harmloses Hobby gehalten, hier jedoch ... »Ich habe auf dem Flohmarkt ab und zu darin geschmökert«, sagte er. »Erinnerst du dich? Er wurde früher auf dem Platz hinter dem Gymnasium abgehalten. Bist du vielleicht auch auf diese Schule gegangen? Ich war dort bis zum Beginn meiner Planetenausbildung ...«

So kamen sie auf ihre Studienzeit zu sprechen, auf der Erde, die nun so weit entfernt war. Sie entdeckten, dass sie teilweise die gleichen Schulen besucht hatten und durch dieselben Straßen gegangen waren. Aber sie waren sich dort nie begegnet. Edu rechnete sich aus, dass Petra mindestens fünf Jahre älter sein musste als er selbst; das war ihm bisher noch nicht bewusst geworden. Er überlegte, wie sie als Schulkind gewesen sein mochte oder später als junge Studentin. *Warum hatte sie wohl Psychologie studiert? Nur auf Grund eines Eignungstestes bei der Berufsberatung? Wie schade, dass der größte Teil ihrer Arbeit von Robotern erledigt wurde ...*

Sie blieben in der Bibliothek, obwohl Petra längst einen Ohrknopf gefunden hatte. Sie plauderten weiter miteinander, erst gegen den Projektionstisch gelehnt und später wieder in der gemütlichen Sitzecke. Edu jedoch führte gleichzeitig ein anderes Gespräch – ein einseitiges Gespräch, da er sich die Antworten selber ausdenken musste.

Die Erde ist weit entfernt – spürst du das auch, während wir uns darüber unterhalten? Meinst du, das könnte dem psychischen Wohlbefinden unter der Kuppel schaden?

Petras Antwort würde möglicherweise nur Aussagen wiederholen, die sie früher gemacht hatte: ›Wir geben uns alle Mühe, dafür zu sorgen, dass jeder hier so glücklich ist wie irgend möglich …‹

Was nennst du glücklich, Petra?

Keine Antwort.

Was denkst du eigentlich von mir? Was unterstellst du mir?

›Lieber Edu, vergiss doch bitte ein einziges Mal, dass ich Psychologin bin. Ich darf dir eigentlich gar nicht sagen, was ich dir vorhin erzählt habe …‹

Und warum hast du es trotzdem getan?

Auf diese Frage gab es verschiedene Antworten: ›Ich mache mir Sorgen um dich.‹ Oder: ›Ich wollte dich abschrecken‹, oder: ›Ich wollte deiner Vernunft ein bisschen auf die Sprünge helfen.‹

Hast du die geheimen Unterlagen selbst gesehen?

Keine Antwort.

Durch die Wälder geisteskrank geworden, warum, Petra, warum nur?

Keine Antwort.

Warum bleibst du hier und unterhältst dich mit mir? Weil es dir Spaß macht oder aus beruflichem Interesse?

›Vergiss doch bitte, dass ich Psychologin bin …‹

Ich wollte, ich könnte es vergessen! Wie schön wäre es, wenn wir uns anderswo begegnet wären, zum Beispiel auf der Erde … Hörst du, wie es draußen stürmt?

›Nein, Edu, der Sturm hat schon erheblich nachgelassen. Es ist besser, wenn du gar nicht darauf achtest. Unter der Kuppel bist du in Sicherheit …‹

Vielleicht ist die Wolkendecke nun nicht mehr so dick – vielleicht wird alles vom gefilterten Licht der Sonne übergossen: smaragdgrün und azurblau. Oder ist es ungünstig, Petra, sich dieses Schauspiel anzusehen? Welchen Einfluss hat die Venus eigentlich auf die Seele?

Dieses Thema hatte schon jemand anderes zur Sprache gebracht: Igor. Igor kannte Petra bereits länger als er. Er neckte sie ständig, aber in einer Art und Weise, die seine Sympathie für sie verriet. Igor hatte anscheinend keinen großen Respekt vor ihrem Beruf …

Weißt du, weshalb ich hier bin, Petra? Man hat mich immer wieder danach gefragt. Ich habe es keinem Menschen erzählt. Meinst du, ich könnte es dir sagen? Du vermutest es ja doch schon … Wir beide sind in einer Stadt auf der Erde aufgewachsen – es gibt ja fast nichts anderes mehr als Stadt auf der Erde. Und jetzt sitzen wir auch hier wieder in einem Stückchen Stadt unter einer Kuppel. Aber draußen, da regnet es, da braust und stürmt es …

10. Kapitel

Eine Glocke läutete. Ihr Klang ging durch und durch.

»Sechs Uhr«, sagte Petra. Sie stand auf. »Komm, wir gehen in die Kantine.«

»Wir essen doch erst in einer halben Stunde«, sagte Edu. »Ich kann uns ja was zu trinken bestellen.«

»Lass nur! Igor hat nämlich eine Radiosendung gemacht, die ich gerne hören möchte. Komm mit, dann trinken wir drüben was.«

Den ganzen Tag über wurden zur Entspannung Radioprogramme gesendet. Die meisten hatte man von der Erde mitgebracht, ab und zu jedoch gestalteten einige Kuppelbewohner selbst eine Sendung. Bei diesen Aktivitäten spielte Igor eine große

Rolle. Wenn er gerade keinen Dienst hatte, schickte er die Roboter, die normalerweise für den Ablauf der Programme sorgten, einfach weg und nahm die Sache selbst in die Hand. Dann unterbrach er Musiksendungen durch kurze Plaudereien, sprach Kommentare zu Ereignissen innerhalb der Kuppel oder gab Rätsel und Denksportaufgaben zum Besten – denn, so sagte er, »die trägen Hirne müssen ein wenig aktiviert werden!«

Als Edu und Petra die Kantine betraten, schallte ihnen aus sämtlichen Lautsprechern der Gesang eines großen Männerchores entgegen. Der kleine Raum war schon gut gefüllt, aber sie fanden noch ein freies Tischchen. Edu bestellte eine Flasche Kaffeenektar mit zwei Gläsern. Die Stimmen des Chores wurden leiser und verklangen allmählich. Im selben Augenblick wurden die Geräusche von draußen wieder hörbar. Der Sturm hatte sich immer noch nicht gelegt – im Gegenteil, er schien an Stärke wieder zuzunehmen.

»Das, was Sie gerade gehört haben, war ein Seemannslied«, ertönte Igors Stimme aus den Lautsprechern. »Und was Sie jetzt hören werden, ist dieses hier ...«

Die Lautsprecher schwiegen still, ihr Schweigen breitete sich in der Kantine aus. Man hörte nur noch den Wind draußen.

»Dies ist ein Sturm«, sagte Igors ruhige Stimme. »Aber dieser Sturm tobt nicht etwa hier, wie ihr vielleicht denkt. Nein, dieser Sturm wütet auf der Erde, oder besser gesagt: wütete auf der Erde. Ich kündige ihnen hiermit ein Hörspiel an, das auf einer alten Geschichte beruht, als die Meteorologen das Wetter zwar vorhersagen, aber noch nicht beherrschen konnten ... Also eine Situation, die jedem hier auf der Venus wohl bekannt sein wird. Aber nun nochmals: Wir befinden uns jetzt nicht auf der Venus, sondern auf Terra, der guten alten Erde ...« Der Chorgesang schwoll von neuem an. »Die Geschichte spielt auf See. Hört nur, was die Matrosen singen ...«

Anschließend folgte ein merkwürdiges, fragmentarisches Hörspiel, vom Sturmeswüten außerhalb der Kuppel untermalt. Igor übernahm die Rolle eines Kapitäns, der den Unbilden und Schre-

cken der Elemente tapfer die Stirn bot: »Und haltet das bitte nicht für eine Kleinigkeit, meine lieben Hörer, denn mein Schiff taugt nichts – ja, es kann nicht mal tauchen.«
Ab und zu erfüllte Gelächter die Kantine. Der Venussturm war plötzlich nur noch eine Geräuschkulisse; die Kuppel befand sich auf der Erde und es konnte nichts passieren.
Igor berichtete, dass der Sturm sich nun zu einem Orkan auswachse. »Selbstverständlich wird mein Schiff untergehen«, fuhr er fort. »Aber ich darf Ihnen schon jetzt versichern, dass alles ein gutes Ende nehmen wird. Wir alle, Kapitän und Matrosen, werden auf einer zauberhaften Insel an Land gespült werden ...« Er schwieg einen Moment, bevor er zum Schluss kam: »Die Fortsetzung kann jedoch erst gesendet werden, wenn dieser verdammte Sturm sich gelegt hat.«
Alle klatschten Beifall.
»Wie kommt er nur auf solche Ideen?«, sagte jemand voller Anerkennung.
Igor antwortete spontan. »Ich kann nur einigermaßen gut vortragen«, sagte er. »Der Text stammt von Sim Rap, dem Techniker der Abteilung R.«
Erneuter Applaus.
»Trotzdem hat Igor es phantastisch gemacht, meinst du nicht auch?«, wandte sich Petra an Edu. Sie musste ziemlich laut sprechen, um die dröhnende Musik zu übertönen, die den Applaus abgelöst hatte. »Sim und er haben es sich zusammen ausgedacht und Igor musste natürlich improvisieren, um die Geräusche des Sturmes möglichst gut auszunutzen. Hat es dir etwa nicht gefallen?«
»Es hat mir ausgezeichnet gefallen«, sagte Edu. Er hatte voller Spannung zugehört und die Sendung hatte ihm Spaß gemacht – aber zugleich hatte er ein unbestimmtes Gefühl von Verärgerung empfunden.
Irgendjemand stieß an seinen Sessel, entschuldigte sich und fragte dann ein wenig stotternd: »Darf ich mich zu euch setzen?«
Es war Sim Rap, der magere, kleine Techniker, dem Wartung und

Reparatur der in der Kuppel befindlichen Roboter anvertraut waren.
»Natürlich«, sagte Petra einladend. Sie machte ihm ein Kompliment über den geglückten Hörspieltext.
»Ach, das war wirklich keine große Mühe«, meinte Sim Rap verlegen. »Das meiste habe ich einfach aus einem Ohrknopf übernommen, der in der Bibliothek liegt – Seeabenteuer. Die Idee stammt von Igor, er wollte was mit Sturmgeräuschen haben.«
»Ihr hättet die Geschichte geradeso gut hier auf der Venus spielen lassen können«, sagte Edu. Sim Rap schaute ihn an. Seine Augen waren dunkel und voll Schwermut. Man gewann den Eindruck, als fühle er sich peinlich berührt von so viel Unverständnis. Aber das einzige, was er sagte, war: »O nein, dies hier war meiner Ansicht nach viel wirkungsvoller.«
»Ja, es war ausgezeichnet«, sagte Edu.
»Vielleicht schien es auch nur so«, antwortete Sim Rap bescheiden. »Wenn Igor den Mund aufmacht, muss jeder zuhören.«
»Ja, da hast du recht«, sagte Petra. »Igors Stimme ist mir schon aufgefallen, bevor ich ihn jemals gesehen hatte – als ich unterwegs war zur Kuppel. Und als ich ihn dann persönlich kennen lernte ...« Sie schwieg und nippte an ihrem Kaffee.
Hatte er ihr damals gefallen oder war sie enttäuscht gewesen, überlegte Edu. *Oder hatte er genau ihren Vorstellungen entsprochen? Eigentlich hat Igor doch nie etwas Besonderes auf Lager. Auch seine Witze sind nicht die besten ...*
»Igor ist ein feiner Kerl«, sagte Sim Rap.
»Wie aus einem Stück geschnitzt«, nickte Petra.
Jeder findet Igor sympathisch ... Ich auch. Ich auch ... Oder bin ich etwa eifersüchtig?
In diesem Moment tauchte Igor auf. Er schlenderte durch die Kantine. Überall wurde er angehalten, überall hielt er einen kleinen Schwatz. Schließlich kam er zu ihnen an den Tisch und setzte sich neben Petra. Andere schlossen sich an: zum Beispiel Mick und Anna, die Biologin. Ein Roboter brachte eine große Platte mit belegten Broten.

Der kleine Techniker kam noch einmal auf die Seefahrergeschichten zu sprechen. Selbstverständlich könne man Wasser und Wind auf der Venus mit Wasser und Wind auf der Erde nicht vergleichen, meinte er.
»Da bin ich mir noch nicht so sicher«, wandte Igor ein. »Früher ist man hier auch auf dem Wasser herumgeschifft – wenn der Wind nicht ganz so stark war. Selbst auf dem Meer, habe ich mir sagen lassen.«
»Ja, vor vielen Jahren«, bestätigte Anna. »Aber auch dieses Unternehmen endete mit einem Schiffbruch, und zwar ohne eine rettende Insel!«
»Die ›Speienden Fische‹«, sagte Mick leise.
Einen Augenblick blieb alles still. Richtig, das stimmte: Jeder hatte schon davon gehört, obwohl die ältesten Expeditionsberichte unter Verschluss gehalten wurden. Die großen, mit einem Rüssel versehenen Fische, die zuerst so gutartig zu sein schienen, hatten allen Seeabenteuern eine Ende bereitet. Sie waren unvermutet aus der Tiefe aufgetaucht und hatten mit einem einzigen Schlag von Schwanz oder Flosse ein ganzes Schiff versenkt. Es wurde gemunkelt, dass ihnen kein einziges Schiff jemals entrinnen könne – dass sie es ohne eine Spur von Mitgefühl so lange verfolgten, bis sie es vernichtet hatten …
»Da wir gerade über Fische sprechen«, sagte Igor, sichtlich bemüht, das Gespräch wieder in heitere Bahnen zu lenken, »da hast du uns ganz schön an der Nase herumgeführt, Edu!«
»Mein lieber Igor, kannst du dieses Thema nicht endlich begraben?«, sagte Edu. »Ist es vielleicht meine Schuld, dass die Fische inzwischen weggeschwommen sind? Ich hoffe auf jeden Fall, dass wir über kurz oder lang wieder hinausfahren werden, sobald das Wetter sich beruhigt hat.« Er warf Petra einen forschenden Blick zu; so weit er wusste, war der Nordstrom bis jetzt noch nicht verboten.
»Lasst uns jetzt bitte nicht über dienstliche Angelegenheiten sprechen«, murmelte Sim Rap.
»Ich spreche vom Fischen«, sagte Igor. »Leckere, fette Fische fan-

gen – das hat doch nichts mit Dienst zu tun!« Er biss genüsslich in ein Butterbrot. »Wie wäre es, wenn du, liebe Anna, uns einen Trick verraten würdest, wie wir die Fische zurücklocken können? Meinst du, sie mögen Brot?«

»Jetzt ziehst du die Sache wieder ins Lächerliche«, sagte die Biologin.

»Ganz und gar nicht. Aber ehrlich gesagt, hätte ich größte Lust auf ein Schnittchen mit Venusfisch. Du sicher auch, was Edu?«

»Wir sollten uns vernünftigerweise an unsere eigenen Nahrungsmittel halten«, sagte Anna in belehrendem Ton.

Petra nickte.

»Tu ich das etwa nicht?«, meinte Igor. »Ich beiße gerade in mein drittes Butterbrot.«

Edu dachte: *Unsere eigenen Nahrungsmittel, unsere eigene Tageseinteilung, unsere eigene sichere Kuppel. Wir sind Fremde auf der Venus. Aber weshalb sind wir dann überhaupt hier? Und warum bleiben wir hier?*

11. Kapitel

In derselben Nacht (nach irdischer Zeitrechnung) legte sich der Sturm und am nächsten Morgen schwebten Reinigungshubschrauber über der Kuppel. Nun regnete es erneut, aber dieses Mal handelte es sich um synthetischen Regen, der das Superplexiglas sauber und glänzend spülte. Rund um die Kuppel bildete sich ein ausgedehnter schäumender See, der jedoch erfahrungsgemäß in der Hitze schnell wieder verdampfte. Anschließend würde der Boden violett und kahl aussehen – ohne den dicken Moosteppich, der vorher darauf gewachsen war. Dieser Zustand pflegte allerdings nicht lange anzuhalten. Schon nach drei Erdentagen war wieder neues Moos zu erwarten, denn auf der Venus wuchs alles besonders schnell.

Als die Hubschrauber ihre Arbeit beendet hatten, krochen Roboterspinnen über die Kuppel, um alles noch einmal genau zu kontrollieren. An ihren Anblick war man jedoch gewöhnt, weil dies jeden zweiten Tag geschah.

Jetzt konnten die Forscher wieder hinaus ins Freie. Sie beschränkten sich aber zunächst auf Fußwanderungen, da die Atmosphäre noch zu unruhig war, um Beobachtungsflüge zu erlauben. Ihr erster Auftrag galt den Wachrobotern; man musste nachsehen, wie sie den Sturm überstanden hatten. Einige hatten bereits über Funk ihren Zustand gemeldet; andere jedoch nicht, da sie offenbar nicht mehr in der Lage dazu waren. Sie waren im Sturm umgestürzt oder hatten größere Schäden erlitten. Nicht ein einziger der acht Roboter sah so aus wie vor dem Sturm – die großen Kulleraugen leuchteten nicht mehr, die Fotolinsen waren stumpf und verschmutzt.

Die Forscher registrierten alle Schäden. Roboter transportierten Ersatzteile aus den Lagern unter der Kuppel nach draußen und zwei Wachroboter mussten ganz ersetzt werden.

Es gab noch eine Menge anderer Dinge zu prüfen. Hatten Erdverschiebungen stattgefunden? Waren neuartige Pflanzen emporgewachsen? Hatte der Nordstrom seinen Lauf geändert?

Neue Aufträge, dachte Edu. *Und doch immer dieselben! Geh nur ja nicht zu weit von der Kuppel weg, das ist zu riskant ... Montag, Dienstag, Mittwoch ... Vergiss nicht, deinen Schutzanzug anzuziehen, und nimm für die grobe Arbeit einen Roboter mit. Denk an den Bericht für den Rekorder. Der Rekorder füttert den Computer mit den einzelnen Fakten und der Computer gibt uns wieder neue Aufträge bzw. gleiche Aufträge ... Donnerstag, Freitag, Samstag ... Halte dich bitte an die Vorschriften der Dienstordnung, Forscher Nummer elf. Wenn die Arbeiten erledigt sind, hast du frei. Dann solltest du dich so viel wie möglich amüsieren. Die Kollegen tun das ebenfalls. Wieder ist eine Woche unter der Kuppel verstrichen, aber auf der Venus ist es noch immer früh am Morgen.*

12. Kapitel

Sonntags ist es ausnahmslos verboten, die Kuppel zu verlassen. Versammlung in der Halle. Essen in der Kantine … Plaudern im Aufenthaltsraum … Sport in der Turnhalle … Fernsehen … schließlich in die Bibliothek. Vielleicht kommt Petra auch dorthin … Nein, sie ist nicht da. Und ich habe meinen Vorleseknopf im Zimmer liegen lassen. Also zurück in den Aufenthaltsraum. Da ist es wenigstens gemütlich. Und heute Abend ist Tanz …

In der Mitte des Aufenthaltsraumes hatte man eine freie Fläche vorbereitet – einen silbrig schimmernden Kreis.

»Heute Abend ist Tanz«, sagte Mick, als er sich zu Edu an ein kleines Tischchen setzte.

Auch Iman gesellte sich zu ihnen. Er brachte Joy mit, das dunkelhaarige Mädchen aus der geologischen Abteilung.

»Wo bleibt denn die Musik? Fangt doch endlich an!«, rief Mick. Er schaute umher, winkte, verneigte sich. »Hier ist noch ein Stuhl frei«, sagte er zu Petra, die herangeschlendert kam. »Möchten Sie meine Tischnachbarin sein, Frau Dr. Moll?«

»Hast du eigentlich schon wieder vergessen, dass ich Petra heiße?«, meinte sie freundlich. »So, jetzt sitze ich mitten zwischen Forschern.« Sie blickte lächelnd in die Runde.

»Forscher!«, ertönte plötzlich Igors Stimme. »Dass ich nicht lache! Forschen bedeutet Schwerarbeit. Und diese Knaben hier haben überhaupt keine Ahnung, was Arbeit ist!«

Er ließ sich neben Edu nieder und fuhr fort: »Lasst die Musik sofort beginnen … O ja, Mick, ich habe dich sehr wohl verstanden. Nur sonntags geht dieser Bursche einer Beschäftigung nach – wenn sie auch nur darin besteht, das Tanzbein zu schwingen. Aber während der Woche … na ja.« Er gab Edu einen freundschaftlichen Schubs. »Jetzt geht mir erst ein Licht auf, warum du so gerne wieder auf die Venus wolltest. Im Vergleich zum Mars hast du hier jeden Tag Ferien. Ab und zu ein Stückchen spazieren gehen oder einen kleinen Vergnügungsausflug durch

die Luft machen ... Ja, Mick, so ist es. Inzwischen ist dir bestimmt auch aufgegangen, dass es ein wohlerwogener Entschluss war.«
Edu lachte nur. Was hätte er auch sagen sollen? Er schaute zu Petra hinüber. *Weshalb widersprach sie Igor nicht? Weshalb sagte sie nichts von den Dingen, die sie ihm in der Bibliothek anvertraut hatte*? Doch Petra schwieg, ihr Gesicht verriet abwartendes Interesse.
Iman übernahm es, Igor zu antworten. »Du hättest ja auch Forscher werden können!«, sagte er. »Wir können auch nicht mehr tun, als unsere Aufträge erfüllen.«
»Und das ist nicht gerade viel!«
»Und was tust du?«, fragte Mick. »Du sitzt gemütlich auf deinen vier Buchstaben und quasselst ein bisschen ins Mikrofon!«
»Ja sicher, aber ich habe auch keine solchen Ambitionen wie ihr!«, sagte Igor. »Hast du sie zufällig gestern gesehen, als sie nach Hause kamen, Petra? Da kamen alle zehn angetrottet, jeder mit einem Steinchen in der Hand.«
»Besonders hübsche Steinchen«, sagte Iman. »Joy war ganz entzückt, als sie sie sah.« – Joy kicherte.
»Mindestens tausend Steine«, korrigierte Mick beleidigt. »Ich muss es schließlich wissen, denn ich musste sie sortieren.«
»Nein«, sagte Joy. »Das haben die Roboter getan.«
»Aber ich musste die Sache beaufsichtigen«, sagte Mick. »Ich musste sogar ein paar Steine mit den bloßen Händen anfassen und zählen.«
»Von eins bis zehn«, nickte Igor.
»Genau«, sagte Mick, der die Ironie nicht begriff. Edu dachte:

Zwei Ohren, um zu hören,
zwei Augen, um zu sehen,
zwei Hände, um zu greifen,
und von den Fingern zehn ...

Diese Verse hatte er von dem Ohrknopf gelernt, der auf seinem Nachttisch lag. Wie gingen sie nur weiter?

»Jawohl, mit bloßen Händen zählen«, wiederholte Mick. »Und dann kam der Doktor, der sich meine Hände ansah, sie abklopfte und noch mal anschaute und der mich fragte, was ich fühlte. Du kannst ruhig Iman fragen oder Edu. Die wissen auch darüber Bescheid.«

Was ich fühlte? dachte Edu. *Ich kam mir lächerlich vor. Meine Hände juckten*, wollte er sagen. Aber Mick war schneller.

»Richtig geraten! Ich fühlte nämlich nichts. Na ja, Dr. Li muss auch was zu tun haben.«

»Jetzt wissen wir endlich, warum es hier Forscher gibt«, sagte Igor zufrieden. »Um der Wissenschaft Arbeit und Brot zu geben.« Er sah Petra mit einem spöttischen Lächeln an. »Hat Dr. Moll vielleicht auch ihren Senf dazugegeben?«, fragte er. »Hat sie sich nicht danach erkundigt, Mick, was du heute Nacht geträumt hast?«

»Nein, natürlich nicht«, antwortete Mick. »Im übrigen träume ich nie.«

»Oje, das ist aber sehr schlimm«, sagte Igor. »Hab ich recht, Petra?«

»Du redest wieder lauter Unsinn, Igor«, sagte Petra. »Jeder Mensch träumt. Nur vergessen es die meisten, wenn sie wach werden.«

»O nein, ich vergesse nie etwas davon«, sagte Igor. »Soll ich dir erzählen, was ich heute Nacht geträumt habe?«

»Lieber nicht«, sagte Petra. »Dies ist mein freier Abend.«

»Petra ...«, begann Igor. In diesem Augenblick erklang Musik aus allen Lautsprechern. »Ich möchte meine Träume einer Frau beichten«, fuhr er fort, »nicht einem Psychologen ...«

Iman und Joy erhoben sich und schwebten tanzend davon. Mick klopfte den Rhythmus auf dem Tisch mit.

Igor ist in Petra verliebt ... Und sie auch in ihn? grübelte Edu. Er wusste es nicht. *Sie ist hübsch, aber kalt. Nein, das stimmt nicht – es scheint nur so. Ich möchte mit ihr tanzen.*

In diesem Augenblick stand Petra auf und schon schwebte sie mit Mick über die silbrig glänzende Tanzfläche.

»Jetzt hat er sie mir vor der Nase weggeschnappt«, sagte Igor. »Wie findest du das, Edu?«

»Haargenau dasselbe habe ich auch gedacht«, erwiderte Edu lachend.

Auch Igor musste lachen. »Lass dich nicht unterkriegen«, sagte er. »Es gibt genug weibliche Wesen hier.« Aufmerksam schaute er sich im Saal um.

»Na ja«, meinte Edu. »Petra oder irgendeine andere, das ist dir wahrscheinlich gleich.«

Igor runzelte die Stirn. »Nein, es gibt nur eine einzige Petra. Aber das weiß sie leider selbst zu gut.«

»Wie kommst du denn darauf?«, fragte Edu, obwohl dieser Gedanke ihm keineswegs fremd war.

»Eigentlich mag ich keine Psychologen«, sagte Igor. »Geradeso wenig wie Astrologen, Theologen, Philosophen und all die anderen, die sich mit Dingen beschäftigen, die man weder messen noch wiegen kann. Je mehr sie studieren, desto weniger begreifen sie – obwohl sie sich selbst für sehr gelehrt halten mit all ihren komischen Theorien. Zum Beispiel über das Unterbewusstsein und seltsame Träume.« Seine Augen folgten Petra über die Tanzfläche.

Ja sicher, auch Igor hatte seine eigenen Gedanken und Träume, obgleich er nur selten darüber sprach. »Igor«, begann Edu zögernd; dann fragte er entschlossen: »Was ist eigentlich deine Meinung?«

»Meine Meinung worüber?«

Edu ertappte sich dabei, dass er um ein Haar gesagt hätte: *über Petra*. Aber das wollte er doch gar nicht fragen! Oder vielleicht doch? »Deine Meinung über die Venus«, sagte er.

»Komische Frage – das weißt du doch längst.«

»War es dir Ernst mit dem, was du gesagt hast? Ist es wirklich alles Unsinn, was wir hier machen? Wir, die Forscher ...«

Igor trommelte mit den Fingern auf die Tischplatte. »Edu, dein Fehler ist, dass du zu viel denkst. Kümmere dich doch gar nicht darum, sondern tu einfach das, was man dir sagt.«

»Auch dann, wenn es Unsinn ist?«
»Ach weißt du, jeder von uns muss sich bemühen, seine Sache gut zu machen. Dein Freund Mick macht sie sehr gut, sieh dir das nur an!«
Edu schwieg. Sonntagabend. Tanzmusik. Draußen warteten immer noch die Wälder – im diesigen und dennoch hellen Licht des Venustages. Nur schienen sie jetzt ganz weit weg zu sein, ganz unwirklich. Auch seine Augen folgten Petra über die silberne Tanzfläche.

13. Kapitel

Wieder begann eine neue Arbeitswoche. Es war ein Montag, der so schien wie alle anderen Tage – und doch unterschied er sich ein wenig von ihnen. Das Wetter war nun sehr schön geworden, und die meisten Planetenforscher starteten zu Beobachtungsflügen. Die Forscher mit den Nummern elf bis vierzehn mussten jedoch, ganz entgegen ihren Erwartungen, unten bleiben. Sie erhielten den Auftrag, die neuen Schutzanzüge für den Außendienst zu testen, an deren Entwurf Wissenschaftler und Techniker monatelang gearbeitet hatten. Der Chef der wissenschaftlichen Abteilung kam persönlich, um das Ankleiden zu beobachten. Er forderte sie auf, ein tüchtiges Stück zu wandern und unterwegs zu berichten, wie ihnen die Anzüge gefielen.
»Ich glaube jedenfalls, dass es eine gute Erfindung ist«, sagte Mick zu Edu, als sie draußen waren. »Sie sind viel leichter als die alten.« Er bewegte seinen Arm auf und nieder und machte mit dem Handschuh eine Faust. »Und das ist gut so, denn sonst würde mir die tüchtige Wanderung sicherlich zu lange dauern.«
»Das ist nun mal Ihr Job, Forscher Nummer zwölf«, erklang eine tadelnde Stimme aus dem Hauptquartierradio. Sie gehörte dem Chef der wissenschaftlichen Abteilung. »Die Arbeit der Forscher besteht zum Teil darin, dass sie Wanderungen unternehmen.«

Micks Gesichtsausdruck verriet deutlich, was er dachte: »Verflixt noch mal, hier kann man auch nie frei von der Leber weg reden!« Er sagte jedoch: »Selbstverständlich weiß ich das, Herr Dr. Brim.«

»Ich gebe euch vieren den guten Rat, zügig voranzugehen«, fuhr der Chef der Wissenschaftler fort.

Mick nickte und bewegte seine Lippen: »Auf diese Art und Weise sind wir schnell wieder zu Hause.«

»Der Sauerstoffregulator sollte maximal wirksam werden«, sagte Dr. Brim; »jedenfalls nach menschlichem Ermessen. Ich hoffe, Sie werden mir dies bestätigen können. Also, meine Herren, Sie kennen Ihren Auftrag. Bleiben Sie bitte mit der Kuppel in Kontakt!« Klick. Die Stimme des Roboters ergänzte: »Forscher Nummer elf bis vierzehn, Ihre Anzüge sind weiß. Wenn die Erwartungen sich als richtig erweisen, werden sie selbst nach einer mehrstündigen Wanderung nicht schmutzig geworden sein. Würden Sie bitte darauf achten ...«

»Denn wir wandern, denn wir wandern, denn wir wandern in die Welt hinein!«, sang Iman, Forscher Nummer vierzehn. »Auf der Erde kenne ich Leute, die Spaziergänge zu ihrem Vergnügen machen«, sagte er.

»Ist das wahr?«, fragte Arno, Forscher Nummer dreizehn. »Dazu gehört aber bestimmt keiner von meinen Bekannten. Doch wer weiß, wie es mir selbst ergehen wird, wenn ich zurück bin! Ein paar Kilometer rauf oder runter machen mir dann bestimmt nichts mehr aus, deswegen mach ich kein Theater mehr.«

»Keinen Fuß, meinst du wahrscheinlich«, sagte Mick.

»Hauptquartier ruft Forscher elf bis vierzehn«, sprach die Stimme des Roboters aus der Kuppel. »Wie gefallen Ihnen die Stiefel an Ihren Füßen?«

»Ausgezeichnet«, antwortete Mick. Die drei anderen bestätigten dies.

»Gleich werden Sie den westlichen Wachroboter erreichen«, sagte die Roboterstimme. »Dort werden sich Ihre Wege trennen. Die Forscher Nummer elf und zwölf werden der Nordgrenze in östlicher Richtung folgen; die Forscher Nummer dreizehn und vierzehn werden an der Südgrenze entlanggehen …«

»Jawohl, Hauptquartier, das ist uns bekannt«, sagte Edu. Am östlichen Wachroboter sollten sie sich wieder treffen, um dann zu viert zur Kuppel zurückzukehren.

Der Chef der wissenschaftlichen Abteilung ergriff wieder das Wort. »Ich möchte Sie bitten, Ihre Anzüge nicht zu schonen«, sagte er. »Lassen Sie sich weder durch Matsch noch durch Pflanzen oder andere Naturgegebenheiten von der geplanten Route abbringen.«

»Verstanden, Herr Dr. Brim«, sagte Edu.

»Wir werden sogar den Weg durch stachelige Pflanzen nicht scheuen«, ergänzte Mick.

»Na, das scheinen ja wirklich Anzüge aus starkem Material zu sein«, murmelte Arno.

»Unverwüstlich«, sagte Iman.

»Jetzt werden Sie zu optimistisch, Forscher Nummer vierzehn«, sagte Dr. Brim. »Aber es sind jedenfalls die besten Schutzanzüge, die wir bis jetzt gemacht haben … falls Sie nicht zu einem anderen Urteil gelangen. Ich wünsche Ihnen eine angenehme Wanderung.«

Der Ausflug verlief tatsächlich in angenehmer Weise. Die neuen Schutzanzüge erwiesen sich als ausgezeichnet und die Forscher hatten keinerlei Grund zur Klage.

Als sie sich in der Nähe des östlichen Wachroboters wieder entgegenkamen, waren die Anzüge noch blitzsauber – strahlend weiß und nicht verknittert. Radio Hauptquartier hatte ihnen mitgeteilt, dass in Kürze wahrscheinlich alle Forscher im Außendienst solche Schutzanzüge tragen sollten.

Es ist zwar ein schöner Anzug, dachte Edu, *aber irgendwie fühle ich mich durch so ein Ding immer behindert. Eigentlich komisch, auf dem Mond und im Marsgebirge hat mich das nie gestört …*

»So, und jetzt ab nach Hause«, sagte Arno. »Ich habe Lust auf ein Gläschen Kaffeenektar.«

»Wir sind unserem Plan eine Viertelstunde voraus«, sagte Edu. »Wir können uns also in Ruhe noch ein bisschen umsehen. Es ist so herrliches Wetter!«
»Was du herrlich nennst«, knurrte Arno.
»Also, für Venusverhältnisse ist es einfach phantastisch!«, rief Mick. »Soll ich ein Foto von euch machen? Das ist endlich mal was anderes, als ewig die Pflanzentriebe und Blätter.«
In diesem Augenblick sah Iman eine Libelle.
Nun ja – ›Libelle‹ war die einzige irdische Bezeichnung, die darauf paßte. Die meisten Forscher nannten das Tier ›Regenbogenflügelfalter‹. Es flog mit raschen Bewegungen der gläsern wirkenden Flügel, in denen das ganze Farbspektrum schillerte. Diese Tiere zeigten sich nur bei ruhiger Witterung und es war unmöglich, sie zu fangen. Iman wollte es natürlich doch noch mal versuchen. Diesmal schnellte er nicht darauf zu, sondern ging Schrittchen für Schrittchen vorwärts, während er dem Tier gut zusprach – »als ob er einen Hund vor sich hätte«, wie Mick es nachher ausdrückte.
Tatsächlich schien es einen Augenblick lang, als sollte der Versuch glücken. Die Libelle blieb ruhig sitzen, ihre Flügel vibrierten. Als Iman ganz dicht vor ihr stand, flatterte sie plötzlich davon. Ein Stückchen weiter ließ sie sich erneut nieder und wartete, bis Iman wieder herangekommen war. So wiederholte sich das Spiel mehrere Male.
»Hör lieber auf«, sagte Edu nach einer Weile. »Ich glaube, das liebe Tierchen führt dich ganz schön an der Nase herum.«
»Sei doch still«, sagte Iman. »Das ist es ja gerade – sie spielt mit mir. Sie wartet jedes Mal ein bisschen länger, ehe sie wegfliegt. Hast du das nicht gesehen? Lass mich jetzt bitte in Ruhe weitermachen. Ich werde sie schon zähmen!«
Edu fühlte im Stillen eine deutliche Sympathie für Iman. Er schien der einzige unter seinen Kollegen zu sein, dem es Spaß machte, draußen herumzulaufen. Dennoch sagte er: »Nein, Iman, wir sind viel zu dicht an der Grenze. Außerdem wird es allmählich Zeit, zum Hauptquartier zurückzugehen.«

»Gib noch eine Minute zu«, bat Iman. »Ich hab jetzt die richtige Taktik heraus: ganz ruhig bleiben und sie nicht erschrecken.«
»Also gut, eine Minute, aber keine Sekunde länger.«
Arno und Mick, die das Spiel schon langweilig fanden, machten Anstalten zum Aufbruch. »Kommt doch mit!«, rief Mick. »Du schaffst es ja doch nicht, das Tier zu erwischen, und ich habe es schon fotografiert.«
»Nun hör mal genau zu, liebste Libelle«, sagte Iman. »Ich werde dir kein Haar krümmen. Ich möchte nur, dass du dich einen Moment lang auf meinem Finger niederlässt, damit ich dich aus der Nähe betrachten kann. Im Dienst der Wissenschaft!«
Er streckte seine Hand aus und tat einen Schritt vorwärts, dann beugte er sich zu dem Tier hinunter …
Es flog zum soundsovielten Mal auf. Doch diesmal begann es in aufreizender Art und Weise langsam um Imans Kopf zu kreisen. Der Forscher vergaß seine ganze Taktik, er machte einen Sprung und schnappte nach ihr … Einen Augenblick später rannte er hinter der Libelle her und war bereits jenseits der Grenze, bevor Edu ihn zurückhalten konnte.
»Iman! Komm zurück!« rief Edu. Aber wenn es nach seinem Herzen gegangen wäre, so wäre er ihm gerne gefolgt.
Iman stolperte und fiel. Es gelang ihm halbwegs aufzustehen, doch dann setzte er sich wieder hin. Jetzt musste Edu doch zu ihm hinübergehen.
»Bleibt ihr hier!«, befahl er den anderen, die eilig zurückkamen. Inzwischen hatte er die Grenze schon überschritten.
Iman fluchte, als Edu sich neben ihn auf den Boden kniete. »Da fliegt er weg!«, sagte er enttäuscht.
Sie starrten ihm nach, dem Regenbogenflügelfalter …
Auf einmal stiegen Wolken im Osten auf und einen Augenblick lang sahen sie Bäume in der Ferne – nicht den Wald selbst, sondern nur seine Ausläufer –, prachtvolle Bäume im goldenen Dunst. Der Regenbogenflügelfalter flog direkt auf sie zu.
»Da fliegt er«, wiederholte Iman. Seine Stimme klang jetzt zögernd und zitterte ein wenig.

»Und wir dürfen nicht hinter ihm her«, flüsterte Edu.
»Nein, das ist verboten«, murmelte Iman und er fluchte wieder, diesmal jedoch, weil sein Fußgelenk schmerzte – das behauptete er wenigstens.
Die Wolken zogen sich wieder zusammen und die regenbogenschimmernde Libelle entzog sich ihren Blicken.
Edu half Iman beim Aufstehen. »Kannst du gehen oder muss ich dich huckepack tragen?«
Aus seinem Sprechfunkgerät drangen die Fragen des alarmierten Hauptquartiers.
»Kein Grund zur Sorge«, antwortete Edu. »Forscher Nummer vierzehn ist gefallen und hat sich vermutlich den Knöchel verstaucht ... Jawohl, wir kommen sofort zur Kuppel zurück ...«
»Ich kann ganz gut humpeln«, sagte Iman. »Du musst mich nur ein bisschen stützen.«
Sie gingen zurück zu Arno und Mick. Unterwegs sprach Edu mit dem Hauptquartier: »Hier Forscher Nummer elf. Würden Sie uns bitte einen Roboter mit einem Venomobil schicken? Wir befinden uns etwas südlich des östlichen Wachroboters.«
Kurz darauf traten sie den Rückweg an – Edu, Mick und Arno mussten noch eine Stunde zu Fuß gehen, während Iman mit dem Venomobil in wenigen Minuten an der Kuppel sein würde.
Ich würde mich gern einmal mit Iman unterhalten. Aber darf ich das überhaupt? Ich bin der Leiter des Forscherteams, und das Thema, über das ich diskutieren möchte, ist tabu. Eigentlich müsste ich gleich in meinem Bericht erwähnen, dass Iman eine Verwarnung verdient hätte. Dabei würde ich ihm lieber ein Lob erteilen! Gemeinsam mit Iman würde ich es vielleicht wagen ... Wäre ich bloß nicht Nummer elf!

14. Kapitel

Forscher Nummer elf erstattete pflichtgemäß Bericht, allerdings ohne eine Verwarnung vorzuschlagen. Trotzdem bekam Forscher Nummer vierzehn eine Verwarnung. Er wurde sofort in die Abteilung für allgemeines Wohlbefinden gebracht, der Arzt diagnostizierte ein verstauchtes Fußgelenk und verordnete ihm drei Tage Ruhe, nachdem er den Fuß versorgt hatte. Inzwischen hatte sich der Computer mit dem Bericht beschäftigt und war zu dem Ergebnis gekommen, dass Forscher Nummer vierzehn sich den verstauchten Knöchel selbst zuzuschreiben habe. Infolgedessen wurde Iman durch den Computer verwarnt. Und Edu kam auch nicht ungeschoren davon; er wurde vom Kommandanten höchstpersönlich zur Verantwortung gezogen.

»Forscher Nummer elf«, sagte der Kommandant in strengem Ton, »Sie haben Ihre Aufgabe nicht so erfüllt, wie es sich gehört hätte. Weshalb haben Sie es versäumt, Forscher Nummer vierzehn für eine Verwarnung vorzuschlagen?«

»Ich dachte, dass er mit seinem verstauchten Knöchel genug gestraft sei, Herr Kommandant«, sagte Edu.

»Falls das zutrifft, war es ein ziemlich dummer Gedanke. Forscher Nummer vierzehn hat trotz Ihrer Warnung die Grenze überschritten, das ist ein grober Verstoß gegen die Bestimmungen. Und es ist eine ebensolche Regelwidrigkeit, dass Sie ihm die Bestrafung ersparen wollten. Darum werden auch Sie persönlich eine Verwarnung erhalten, die in Ihrer Personalakte vermerkt werden wird.«

»Jawohl, Herr Kommandant.« Edu erwartete, dass man ihn nun hinausschicken werde. Aber der entsprechende Befehl des Kommandanten blieb aus. Er verharrte schweigend hinter seinem großen Schreibtisch. Edu hatte das Gefühl, nun etwas sagen zu müssen, er wusste jedoch nicht, was. Er blickte in das kantige, unbewegte Gesicht seines Chefs; der würde doch nicht etwa verlangen, dass er sich entschuldigte oder zu rechtfertigen versuchte?

Der Kommandant unterbrach das Schweigen. »Ich muss noch

etwas erwähnen«, sagte er. »Keiner von Ihnen allen hatte den Auftrag, Regenbogenlibellen zu beobachten – geschweige denn, sie zu jagen.«

»Aber, Herr Kommandant ...«, begann Edu.

»Bitte, fahren Sie fort, Forscher Nummer elf.«

»Wir sind doch beauftragt, jederzeit alles zu untersuchen, was uns außergewöhnlich vorkommt. Ein Regenbogenflügelfalter ist etwas Außergewöhnliches, und dieser war ganz dicht bei uns.«

Der Kommandant nahm ein Blatt Papier, das auf seinem Schreibtisch gelegen hatte. »Sehen Sie sich das hier einmal an, Forscher Nummer elf.«

Edu trat einen Schritt näher und nahm das Blatt entgegen. Es war das Foto eines Regenbogenflügelfalters – ein sehr scharfes und deutliches Foto.

»Hier ist noch ein anderes«, sagte der Kommandant.

Edu betrachtete das zweite Foto.

»Welches von beiden finden Sie besser?«

»Das erste, Herr Kommandant.«

»Vielen Dank. Das erste Foto ist drei Jahre alt, das andere wurde heute Morgen von Ihrem Kollegen Tomson gemacht, bevor Forscher Nummer vierzehn so unbesonnen handelte. Ganz in der Nähe war das Tier also nicht!«

»Forscher Nummer vierzehn hätte es wahrscheinlich noch auf seine Hand locken können«, sagte Edu, »wenn er nicht die Selbstbeherrschung verloren hätte ...«

»Vielleicht erinnern Sie sich an Punkt 6 b der hiesigen Regeln«, fiel der Kommandant ihm ins Wort. »›Alle Tiere auf der Venus können gefährlich sein.‹ Auf Grund dessen könnte ich Ihnen beiden noch eine Extraverwarnung geben!« Er erhob sich und kam um den Schreibtisch herum. Dann begann er langsam im Zimmer auf und ab zu gehen. Seine Bewegungen wirkten ruhig und seine Miene war unbewegt wie immer; und doch schien ihn irgendetwas zu beschäftigen. Edu folgte ihm mit den Augen. Er war einigermaßen verwundert, dass er noch nicht mit dem gewohnten »Abtreten!« weggeschickt worden war.

Der Kommandant blieb vor ihm stehen und sagte: »Ich weiß natürlich, dass ein Regenbogenflügelfalter nicht gefährlich ist – jedenfalls nicht im üblichen Sinn, denn er hat weder Zähne noch einen Stachel oder Giftnesselhaare. Aber …« Für den Bruchteil einer Sekunde schien er, der immer so selbstsicher wirkte, zu zögern: »… die Gefahr liegt in der Tatsache, dass ein Tier gewisse Leute anzieht, sie sozusagen mitlockt und dazu verleitet, ihm zu folgen.« Langsam fügte er noch hinzu: »Etwas Ähnliches könnte man vielleicht auch von den Wäldern behaupten.«

Also weiß er es! schoss es Edu durch den Kopf. *Natürlich vermutet er es …*

»Das Aufgabengebiet der Planetenforscher hat sich im Lauf der letzten Jahre geändert«, sagte der Kommandant. »Wir haben inzwischen mehr Kenntnisse, was die Venus betrifft.«

»Mehr Kenntnisse?«, wiederholte Edu leise. *Welche denn*? dachte er bei sich.

»Selbstverständlich, Forscher Nummer elf. Oder glauben Sie, wir hätten nichts dazugelernt? Jahrelang haben wir Fakten gesammelt, und das haben immer nur Menschen getan. Kein Roboter hat dies je besser erledigen können. Auch heute können wir noch nicht auf Forscher verzichten. Alle ihre Berichte sind dem Computer zur Bearbeitung eingegeben worden. Und so beginnt sich allmählich das Bild dieses Planeten abzuzeichnen!«

Der Computer ist von Menschenhand gemacht. Das Bild, das sich abzeichnet, kann also nur nach menschlichem Maß gestaltet sein. Warum sollte dieses Bild der Venus gleichen? Nicht mehr und nicht weniger, als eine Lochkarte einem Blütenblatt gleicht.

Der Kommandant schien Edus Gedanken erraten zu haben, denn er sagte: »Die Naturgesetze sind überall im Weltraum gleich. Ich behaupte nicht, dass unser Bild vollständig sei, aber es wird von Tag zu Tag ein wenig deutlicher. Es erübrigt sich, über die Grenze, die wir uns gesteckt haben, hinauszugehen. Wenn wir in der Lage sind, alles zu erklären, was sich innerhalb dieser Grenze abspielt, werden wir auch den ganzen Planeten begreifen.«

Das ist nicht wahr! Wir trauen uns ja nicht mal, einen Baum stehen zu lassen. Wir haben uns in unserer Niederlassung verschanzt und wir finden uns damit ab, dass unser Gebiet immer kleiner wird. Das, was wir möglicherweise hätten dazugewinnen können, haben wir schon längst aufgegeben. Die Venus wird gewinnen! Wir ziehen uns ja laufend zurück …

»Unter der Kuppel wird hart gearbeitet«, fuhr der Kommandant fort. »Irgendwann wird es uns gelingen, Schutzanzüge zu konstruieren, die uns genügend Schutz geben. Wir werden Fahrzeuge bauen, die unverwüstlich sind. Und dann …«

Dann wollt ihr aus der Venus eine zweite Erde machen. Habt ihr das nicht vor? Auf der Erde stehen Bäume nur noch in Parks und das Gras wächst in Naturreservaten …

»Weshalb sagen Sie nichts, Forscher Nummer elf?«

»Glauben Sie wirklich, Herr Kommandant, dass es so weit kommen wird?«

»Ja natürlich! Wozu sind wir sonst hier?« Der Kommandant schaute Edu an. Sein Gesicht wirkte kalt und hart, aber in seinen Augen leuchtete so etwas wie ein Funke auf. *Ist er nun böse? Oder kann es sein, dass er an seinen eigenen Worten zweifelt …?*

»Ich habe Ihnen noch etwas zu sagen, Forscher Nummer elf«, fuhr er fort. Er sprach zögernd, als ob er lieber nicht darüber reden wollte. »Als Leiter der Gruppe müssen Sie noch über eine Sache Bescheid wissen. Es existiert etwas auf diesem Planeten, das der Computer als den ›unbekannten gefährlichen Faktor‹ bezeichnet. Etwas, das die Menschen dazu bringen möchte, sich selbst zu vergessen und zu verraten – ja, vielleicht sogar sich selbst zu vernichten … Eine zarte Libelle, die man gerne fangen möchte, ist ein winziges Symptom dieses Faktors. Es ist auch schon vorgekommen, dass jemand sich einbildete, ein kleiner Spaziergang würde ihm Spaß machen … Der Einfluss der Venus! Zum Glück sind die meisten Menschen nicht sensibel genug, um ihn zu spüren. Aber es gibt auch Ausnahmen – und diese Einzelgänger muss man vor der Gefahr schützen. Solche Leute muss

man ganz besonders im Auge behalten. Verstehen Sie mich, Forscher Nummer elf?«
»Jawohl, Herr Kommandant.«
»Sie brauchen das Ihren Kollegen nicht weiterzusagen, Sie sollen nur aufpassen, dass sie keine dummen und unbesonnenen Handlungen begehen. Ich habe Sie jedenfalls gewarnt.«
Sie haben mich gewarnt, Herr Kommandant, stimmt's? Mich ganz allein! Allenfalls noch Iman. Aber der sitzt wohl behütet im Krankenrevier und kann nicht weg …
»Wegen der Verwarnung sind heute Abend alle Gemeinschaftsräume für Sie gesperrt. Sie haben also Stubenarrest, wie Ihnen bekannt sein dürfte.«
Der Kommandant drehte sich um. »Abtreten!«

15. Kapitel

Es war Abend und Edu lag auf seinem Bett. Was sollte er auch sonst tun, da er nun einmal Stubenarrest hatte? Er hatte das Buch hervorgekramt, das unter Hemden und Socken im Schrank lag – sein eigenes, richtiges Buch, das er vor Jahren auf dem Flohmarkt gekauft hatte, daheim auf der Erde. Es war voller Fingerabdrücke und Eselsohren und der Einband fehlte völlig. Trotzdem wog es immer noch schwer genug; er hatte andere Sachen dafür zurücklassen müssen, als er sich damals entschloss, es zu seinem persönlichen Gepäck zu tun, das nur ein geringes Gewicht haben durfte. Er begann zu lesen, aber merkte schon bald, dass er sich nicht darauf konzentrieren konnte. Vielleicht lag es daran, dass er das Buch schon kannte. Oder war das Gespräch mit dem Kommandanten schuld daran, das ihm immer wieder durch den Kopf ging? *Du musst einen Entschluss fassen*, sagte er zu sich selbst, *einen festen Plan schmieden. Du hast geglaubt, dass dieses Buch dir helfen könne. Aber das klappt nicht, denn es ist schließlich nur ein Buch.*

Er ließ es auf seinen Bauch sinken und schloss die Augen. Ja, der Flohmarkt …

Immer wenn er sich daran erinnerte, regnete es dort. Er sah sich in Gedanken dahergehen – ein kleiner Junge in einer durchsichtigen Kapuzenjacke … Er erinnerte sich an den Tag, an dem er Bob gekauft hatte, seinen guten alten Roboter. Dann fiel ihm seine Freundschaft mit dem alten Kaufmann wieder ein, der mit antiquarischen Büchern handelte … Aber nun gab es keinen Flohmarkt mehr und es brauchte auch niemand mehr in der Stadt durch den Regen zu laufen, der es nicht wollte.

Draußen im Flur näherten sich Schritte und irgendjemand pfiff: »Da lob ich mir Neu-Babylon …« Es war Mick.

Edu ließ das Buch rasch auf den Boden fallen und schob es unter sein Bett. Dann nahm er den Vorleseknopf vom Nachttischchen.

Die Tür wurde schwungvoll geöffnet. »Donnerwetter, liegst du schon in der Falle?«, fragte Mick erstaunt.

»Lass dir nur Zeit, ich will noch nicht schlafen.« Edu legte den Knopf an sein Ohr.

»Wo hast du dich denn nur den ganzen Abend herumgetrieben? Arno sagte, du hättest ihm versprochen, in seiner Korbball-Mannschaft mitzuspielen …«

»Polonäse«, flüsterte die Stimme in Edus Vorleseknopf. »Ein Gedicht von Paul van Ostayen, Lyriker des zwanzigsten Jahrhunderts …«

»Und beim Titwik-Spiel fehlte uns ein Partner …«

Was sollte das heißen: Polonäse?

Mick kam näher heran. »Hör mal, du bist doch nicht etwa krank?«

Edu schaltete den Knopf aus. »Nein, natürlich nicht – ich habe Stubenarrest.«

»Und warum, um Venus willen?«, fragte Mick überrascht.

»Wegen meiner Zurechtweisung, das ist doch klar.«

»Wieso, hast du auch eine Verwarnung bekommen? Du hast doch nichts angestellt!«

»Doch. Ich habe versäumt, Iman zu warnen.«
»Aber das ist doch Idiotie! Der arme Knabe ist doch schon genug gestraft. Und jetzt seid ihr alle beide die Dummen. Von Iman wusste ich es; er durfte den ganzen Tag keinen Besuch haben. Aber dass du nun auch noch eine Standpauke bekommen hast ... Du hattest ihn doch gewarnt ... Na ja, so schlimm ist es auch wieder nicht.« Mick ließ sich auf seinem Bett nieder und zog die Schuhe aus. »Ich habe schon eine ganze Reihe von Verwarnungen in meinem Leben bekommen. Hier allerdings noch keine einzige. Eigenartig, nicht wahr? Das kommt, weil ...« Er brach mitten im Satz ab, stand auf und begann durchs Zimmer zu wandern. Währenddessen zog er sich aus und ließ seine Sachen überall auf den Boden flattern. (Der Roboter würde sie schon aufräumen!)
Edu knipste seinen Ohrknopf wieder an.

Ich sah Cäcilia kommen
in einer Sommernacht

Immer wieder sah er Cäcilia in der Gestalt von Petra ...

zwei Ohren, um zu hören ...

Mick rekelte sich und gähnte. »Ich bin müde. Mensch, was war das für ein Tag! Ich will nicht hoffen, dass wir morgen wieder Bodendienst haben, so phantastisch die neuen Schutzanzüge auch sind ... Dieser Iman mit seinem Flügelfalter! Verstehst du das eigentlich?«
Und ob ich es verstehe, dachte Edu. Das galt nicht der Flüsterstimme in seinem Ohrknopf. Obwohl ihn auch jene Zeilen faszinierten, die er nicht verstand: Sie klangen so bedeutungsvoll. Und manchmal entdeckte er unter den altmodischen Worten einige, die erstaunlich modern und aktuell zu sein schienen ...

Hänschen mit dem Rosenkränzchen
Gretchen mit den bunten Fädchen
sind auf Sternenfahrt gegangen

die Venus ist aus Kupfer
die andern haben Tupfer
die andern sind aus Blech …

Petras Haar scheint auch aus Kupfer zu sein … »Du hörst nicht zu«, sagte Mick.

Zwei Ohren, um zu hören,
zwei Augen, um zu sehen,
zwei leergebliebene Hände
und von den Fingern zehn

Edu nahm den Ohrknopf ab. »Selbstverständlich«, sagte er. »Du hast gesagt, dass du Iman für einen Dummkopf hältst.«
»Das hab ich keineswegs gesagt!«
»Na gut, aber so hast du es jedenfalls gemeint. Wenn es ihm geglückt wäre, dann wäre die allgemeine Reaktion bestimmt anders ausgefallen. Oder vielleicht auch nicht. Am besten wäre es wahrscheinlich, wenn wir uns im Außendienst wie Roboter verhalten würden.«
»Da sagst du was!«, meinte Mick lachend. »Es ist nur jammerschade, dass die Roboter uns diese Aufgabe nicht abnehmen können.«
»Ist das dein Ernst, Mick?«
Mick zuckte mit den Schultern. »Du weißt ja selbst, wie Igor uns oft auf den Arm nimmt. Manchmal überlege ich mir, ob er nicht Recht hat. Welchen Sinn hat der Außendienst eigentlich noch? Es gibt nichts mehr zu tun. Wir haben genug Steinchen und Erdklumpen, um ein ganzes Museum damit zu füllen. Sogar der Computer langweilt sich schon.« Er verschwand in der Nasszelle.
»Wenn wir nun mal ein Stückchen weiter gingen, über die Bannmeile hinaus …«
Mick drehte die Hähne auf. »Das geht doch nicht.«
»Warum eigentlich nicht?«, sagte Edu mit lauter Stimme.
Micks Antwort ging im Geräusch des Wassers unter. »Gefährlich …« war das einzige Wort, das Edu verstehen konnte.

Der unbekannte Faktor. Etwas, das einen zu sich hinlockt … Zum Glück sind die meisten Menschen nicht sensibel genug, um es zu spüren … Die meisten Menschen haben Angst davor! Auch ich. Obwohl auch die Erde früher wild war. Damals lebten Menschen, die einfach in die Wälder gingen. Das müsste der Kommandant doch eigentlich wissen …

Da kam Mick wieder zum Vorschein. »Wo hat der Roboter bloß meinen Schlafanzug hingetan? Ach hier …« Er sah sich im Zimmer um. »Komisch, wenn man sich vorstellt, dass es draußen jetzt taghell ist«, sagte er. »Werden wir niemals nachts hinausgeschickt?«

»Soweit ich weiß, nur selten – nur zu ganz besonderen Untersuchungen. Darüber brauchst du dir also keine Gedanken zu machen.«

»Nun ja, so schlimm finde ich es auch wieder nicht. Manchmal interessiert es mich geradezu. Dieser Planet erinnert mich an ein riesengroßes Naturschutzgebiet.«

Jawohl, mein Lieber, komm dir ruhig so vor wie in einem Park auf der Erde. Wie schön ist es doch draußen! Schön eingepfercht in einem Schutzanzug.

»Und die neuen Schutzanzüge geben einem ein absolut sicheres Gefühl«, sagte Mick. »Tolle Dinger sind das! Obwohl sie einem im Wald wahrscheinlich nicht viel nutzen würden.« Er ließ sich auf sein Bett plumpsen.

»Woher willst du das wissen?«, fragte Edu. »Das müsste man erst mal ausprobieren.«

»Mensch, ich bin doch nicht lebensmüde! Das ist doch wohl nicht dein Ernst!« Mick beugte sich ein wenig vor. »Du, ich finde es schon beängstigend, die Wälder auch nur anzusehen«, sagte er in vertraulichem Ton.

»Sie *sind* auch beängstigend«, stimmte Edu ihm zu. *Sie sind schön, wunderschön.*

»Du hast Recht, sie sind abscheulich«, sagte Mick. Er gähnte laut. »Beobachtungsflüge – das mache ich noch am liebsten. Wenigstens dann, wenn das Wetter einigermaßen gut ist. Die vielen

Wolken hier sind auch nicht normal.« Er gähnte noch einmal herzhaft. »Ich glaube wahrhaftig, dass dieser Planet wie ein Schlafmittel wirkt. Er hat so was Lähmendes, Träges an sich. Findest du nicht?«

»Kann schon sein«, sagte Edu gedankenabwesend. Er tastete sich an das Buch unter seinem Bett heran.

Mick kroch unter die Decke. »Lahm und träge.« Er seufzte zufrieden. »Auf jeden Fall sind die Betten hier gut.«

Edu hatte sein Buch wieder vor sich und blätterte darin.

»He!«, erklang Micks Stimme plötzlich in hellwachem Ton. »Was hast du denn da?«

»Ein Buch.«

»Ist mir klar. Ich weiß auch, wie ein Buch aussieht. Aber was willst du damit?«

»Komische Frage. Lesen natürlich!«

»Du bist verrückt.«

»Weshalb denn? Du kannst doch auch lesen!«

»Selbstverständlich kann ich lesen«, sagte Mick. »Aber wer liest denn im Bett, in seiner Freizeit, ein Buch? Warum holst du dir nicht einen Vorleseknopf aus der Bibliothek? Dann kannst du gemütlich im Liegen zuhören, mit geschlossenen Augen. Du brauchst kein schweres Buch festzuhalten, keine Seiten umzuschlagen und du kannst das Licht ausmachen.«

»Ach so, dich stört das Licht. Dann mache ich es natürlich aus.«

»Nein, wirklich nicht! Lies nur, wenn du dich unbedingt anstrengen willst.«

»Anders wäre es mir auch lieber«, sagte Edu, »aber in der Bibliothek ist dieses Buch nicht zu haben.«

»In der Bibliothek sind überhaupt keine Bücher zu haben.«

»Ich meine doch, dass es keinen Vorleseknopf von diesem Buch gibt.«

»Das muss aber ein verflixt spannendes Buch sein, wenn es dir so viel Mühe wert ist! Wie heißt es denn?«, fragte Mick.

»Der Waldläufer.«

»Der Waldläufer.« Mick zog die Luft hörbar durch die Nase ein. »Sicher so eine phantastische Geschichte von einem, der noch nie auf der Venus war!«
»Nein, es spielt auf der Erde.«
»Auf der Erde gibt es keine Wälder.«
»Es ist ein sehr altes Buch«, erklärte Edu, »aus der Zeit, als auf der Erde noch Wälder existierten.«
»Ach so, ein historisches Buch.« Mick gähnte wieder. »Wenn die Wälder auf der Erde genauso waren wie die Venuswälder, dann ist es ein Segen, dass wir keine mehr haben.«
»Nein, sie waren nicht so wie die Venuswälder. Oder vielleicht doch, wer weiß ...« Edu sah zu Mick hinüber; der machte keinen sehr interessierten Eindruck. Trotzdem konnte er es nicht lassen, weiter zu erzählen. »Auf jeden Fall waren auch die irdischen Wälder gefährlich. Den Waldläufer störte das jedoch nicht. Er verirrte sich nie. Er verstand es, Spuren zu lesen ...«
»Welche Gefahren gab es denn da?«, fragte Mick.
»Zum Beispiel wilde Eingeborenenstämme und reißende Tiere und Schlangen ...«
»Oje, wilde Stämme, Schlangen und gefährliche Tiere! Pass nur auf, dass du nicht davon träumst«, sagte Mick. Er lag auf dem Rücken, die Augen geschlossen.
»Es ist wirklich interessant, darüber zu lesen!«
Mick öffnete plötzlich die Augen und wandte Edu sein Gesicht zu. »Ich glaube, die Wälder beschäftigen dich sehr«, sagte er. »Sag mal, willst du dich etwa wissenschaftlich mit diesem Thema befassen?«
»Wissenschaftlich befassen?«, wiederholte Edu. *Mick darf nicht wissen, dass er den Nagel auf den Kopf getroffen hat.* »Wie kommst du denn darauf? Ich lese das Buch einfach so, zur Entspannung. Im übrigen ist es eine ziemlich unglaubwürdige Geschichte.«
»Den Eindruck habe ich auch. Aber deswegen kann dein altes Buch trotzdem nett zu lesen sein.« Micks Stimme klang schon wieder sehr schläfrig. »Du musst mir mal daraus vorlesen.«

»Ein andermal, ich bin jetzt auch zu müde«, log Edu. *Ich habe schon zu viel erzählt.*
»Machst du dann bitte das Licht aus?«, bat Mick.
Edu drückte auf das Knöpfchen über seinem Bett. »So. Gute Nacht.«
»Schlaf gut«, sagte Mick.

16. Kapitel

Edu schaute auf die Leuchtziffern seiner Armbanduhr. Halb drei! Und er war immer noch hellwach.
Warum gelang es ihm nicht, die Gedanken zum Schweigen zu bringen, die durch seinen Kopf geisterten? Er hatte eine Weile seinem Ohrknopf gelauscht, dann hatte er es mit Zählen versucht, bis hundert, bis tausend – aber auch das hatte nicht geholfen. Er starrte vor sich hin in die Dunkelheit. *Draußen ist es hell ... Ich könnte aufstehen und ein bisschen spazieren gehen ... Aber dann würde mich bestimmt irgendein Roboter daran hindern. Eigentlich weiß ich auch nicht so recht, ob ich es draußen wirklich schön finden würde ...*
Er richtete sich halb auf und lauschte Micks tiefen, ruhigen Atemzügen. *Wie gut der schläft!* Er tastete nach dem Nachttischschublädchen neben seinem Bett und zog es vorsichtig auf. Eine einzige Schlaftablette lag darin. Er konnte sie nehmen, wenn er wollte ... Morgen früh würde der Roboter es merken und der Abteilung für allgemeines Wohlbefinden davon berichten.
Edu legte sich wieder zurück, die Tablette in der Hand. Wenn er sie schluckte, würde er wenigstens noch eine Zeit lang schlafen können.
Und morgen früh? In Frau Dr. Molls Sprechzimmer: »Forscher Nummer elf, warum haben Sie letzte Nacht eine Schlaftablette genommen? ... Ach so, Sie konnten nicht schlafen! Weshalb denn nicht? Was liegt Ihnen im Magen?« Vielleicht würde Petra

dann lächelnd sagen: »Ja, Edu, ich kann es mir denken. Es ist die Verwarnung, nicht wahr?«

Na und, was soll's? sagte er zu sich selbst. *Wenn sie erst wüssten, was mich tatsächlich beschäftigt! Wegen meiner Gedanken allein hätten sie Grund, mir zehn oder gar zwanzig Verwarnungen zu geben.*

Er steckte die Tablette in den Mund. Sie löste sich sofort auf und hinterließ einen vagen, jedoch angenehmen Geschmack. Er versuchte zu überlegen, um welchen Geschmack es sich handelte, aber dazu blieb ihm keine Zeit mehr. Er fühlte sich in eine gedankenlose Behaglichkeit hinabsinken.

Da waren Stimmen.

Wenn sie doch den Mund hielten, dachte Edu. *Ich will schlafen.*

»Unser Gespräch ist vertraulich und wird infolgedessen nicht registriert.«

»Er hat den wahren Pioniergeist in sich.«

Und die Menschen? Was passiert mit den Menschen?

»Menschen gehen nicht in den Wald, Forscher Nummer elf«, sagte der Kommandant in strengem Ton. »Die Wälder sind verboten.«

»Sie fressen alles auf«, ließ sich Igors Stimme vernehmen.

»In der Bibliothek gibt es kein Buch darüber«, sagte Mick.

Und doch muss irgendwo ein solches Buch existieren …

Er befand sich in der Bibliothek. »Ich möchte ein Buch entleihen«, begann er, »aber ich weiß den Titel nicht.«

»Der Waldläufer«, sagte Mick, der neben ihm stand.

»Nein«, sagte Edu. Er bekam plötzlich Angst. »Nein, nein.«

Dann sprach eine unbekannte Stimme, dicht neben ihm und ganz leise: *Edu, der Waldläufer.*

»Nein, das ist es nicht!«, rief Edu. Zu seinem Entsetzen konnte er sich selbst nicht hören. Er stand in einem langen, pechschwarzen Flur, dessen Ende er nicht erkennen konnte, und in sein Ohr – nein, eigentlich noch näher – flüsterte die unbekannte Stimme noch einmal: *Edu, der Waldläufer.*

Edu wollte weglaufen, aber er war wie gelähmt und konnte sich nicht von der Stelle rühren.
»Ich träume ja!«, wurde ihm plötzlich klar.
Er entspannte sich. Ja, es war ein Traum, es konnte ihm nichts geschehen.
Trotzdem erwachte er nicht.
Stille und Dunkelheit. Edu wusste nicht, ob er lag oder saß, ob er stand oder schwebte. Vergeblich bemühte er sich, irgendein Gespräch anzufangen. Er sperrte seine Augen weit auf und sah doch nichts. Er tastete im leeren Raum umher. »Taub und blind«, dachte er.
Nein, das ist nicht wahr!

Zwei Ohren, um zu hören,
zwei Augen, um zu sehen

Da war die Stimme wieder – wo kam sie nur her? Aus seinem eigenen Gehirn?

Verstopf deine Ohren,
verschließ deine Augen,
und dann höre und schaue, Edu …

Geflüster von Stimmen überall – weit weg und undeutlich. Er schloss seine Augen und da sah er es: Herrliche Bäume im goldenen Dunst und da war auch der Flügelfalter, der darauf zuflog. Sein Herz machte vor Freude einen Sprung und er lief auf die Bäume zu. Die Stimmen flüsterten wieder: *Edu komm zu uns. Edu, Edu.*
Er blieb stehen. Wo war Iman? Er schaute sich um, aber Iman war nicht da. Er sah den östlichen Wachroboter. Radio Hauptquartier rief ihn in strengem Befehlston: »Forscher Nummer elf, Forscher Nummer elf – sofort zur Kuppel zurück!«
Und auf einmal war es wieder dunkel um ihn. Die fernen Stimmen schwiegen jedoch nicht.
Hör zu, hör zu, Edu. Komm zu uns.
Sie rufen mich, dachte Edu. Aber wer wohl?

Wir, Edu, kam als Antwort. *Wo Wälder sind …*
Ich sehe nichts, dachte er. Ich muss die Augen zumachen.
Wo Wälder sind, flüsterten die Stimmen.
So heiß wie Feuer, dachte er.
Turmhoch, flüsterten die Stimmen.
Er bedeckte seine Augen mit den Händen.
Meilenweit.
Wieder konnte er sie sehen, zuerst verschwommen und flackernd wie durch eine Nebelwand. Dann leuchteten sie hinter seinen geschlossenen Lidern auf
Komm zu uns, Edu, hör zu, hör zu, Edu, wo Wälder sind.
Um ihn herum schossen Bäume aus dem Boden, hübsch gerandete Blätter entfalteten sich, Blütenkelche öffneten sich. Er hörte Wind und Wasser rauschen und dicht neben sich – oder war es hinter oder vor ihm? – die eine Stimme: *Komm mit, Edu, hör zu.*
Er machte ein paar schwankende, zögernde Schritte. »Es könnte mir passieren, dass ich auf die unglückliche Idee verfalle, im Wald spazieren zu gehen … und jetzt bin ich tatsächlich hier«, dachte er.
Wo Wälder sind, säuselte es durch die Blätter.
»So heiß wie Feuer«, sagte er in plötzlich aufsteigender Angst.
Du irrst dich, Edu, sagte eine Stimme dicht neben ihm. *Nicht ängstlich werden, hör zu. Bleib hier, Edu.*
Edu machte die Augen auf und schloss sie dann wieder. Aber ganz gleich, ob offen oder geschlossen, er blieb im Wald. Flammende Bäume, von bedrohlichem Rauch umgeben – wachsende, greifende Äste. Er drehte sich um. Überall Stimmen, flüsternd und eindringlich.
Bleib noch ein wenig, bleib hier.
Er rannte, er stolperte, er blieb in Pflanzen hängen, die wie Ungeheuer aussahen – und doch schien es, als bewege er sich nicht vom Fleck. Die Kuppel, wo war die Kuppel? Er hatte sich verirrt.
Hör zu, Edu, wir wollen mit dir reden.

»Lasst mich gehn!«, schrie er.
Da ließen sie ihn gehen.

Stille.
Aber er war noch nicht ganz zurückgekehrt. Er schwebte im All.
Er wartete.
Und dann kam Radio Hauptquartier durch: »Forscher Nummer elf, bitte kommen Sie. Denken Sie an die Vorschriften.«
Er schwebte. Jetzt schaute er von oben auf die Wälder herab.
»Turmhoch«, sagte das Hauptquartier mit drohender Stimme.
Edu merkte plötzlich, dass er sich weder in einem Luftschiff befand noch einen Schutzanzug trug oder einen Fallschirm bei sich hatte …
»Turmhoch!«, dachte er. »Ich falle, ich stürze zu Boden …«
Er schrie laut auf.
Und während er fiel, mitten in seiner Todesangst, hörte er wieder die Stimme – sie atmete quer durch ihn hindurch und ließ ihn von Kopf bis Fuß erbeben:
Ich rufe dich, Edu, vergiss es nicht.

17. Kapitel

Edu schrie.
Dann saß er aufrecht und japste nach Luft
Aus der Dunkelheit heraus ertönte Micks erschrockene Stimme:
»Was ist denn los?«
»Ich … ich …«, keuchte Edu. »Mach das Licht an!«
Klick. Der helle Schein einer Lampe führte ihn in sein eigenes Zimmer zurück. Er sah in das weiße, entsetzte Gesicht von Mick, der jäh aus dem Schlaf hochgefahren war.
»Edu, was ist mit dir?«
»Ich … habe geträumt …« Edu gab sich große Mühe, seiner bebenden Stimme Herr zu werden. »Ein Albtraum.«

»Du liebe Zeit, ich hab mich zu Tode erschreckt!«, sagte Mick, halb verärgert, halb erleichtert.

Edu wischte sich mit der Hand über die Stirn; sie war nass von Schweiß. Ganz allmählich kam er zu sich. Er wandte sich von Mick ab und sein Blick fiel auf die Uhr. *Noch nicht mal drei Uhr! Unglaublich …* »Es ist schon wieder gut«, sagte er. »Du kannst das Licht ruhig wieder ausmachen.«

Mick war jedoch schon aufgestanden. »Mensch, du siehst ja aus wie der Tod«, sagte er ehrlich besorgt. »Trink einen Schluck Wasser – das hilft.«

Edu schüttelte den Kopf. Seine Zähne würden bestimmt gegen das Glas klirren. »Es ist schon wieder vorbei«, sagte er. »Du kannst mir glauben. Lass mich nur, mir fehlt nichts.« Er ließ sich zurück in die Kissen sinken.

»Was hast du denn bloß geträumt?«, fragte Mick, während er zu seinem Bett zurückging.

»Ich … ich weiß es nicht mehr. Ich hab es vergessen.«

Edu schaute Mick an. »Sorry Ich glaube, ich habe mich ziemlich dumm angestellt.«

»Ich habe wirklich gedacht, du würdest ermordet! Das kommt davon, dass du in diesem idiotischen Buch liest.«

»Mit dem idiotischen Buch hat das überhaupt nichts zu tun«, sagte Edu in plötzlich aufwallendem Ärger. »Was ist es hier heiß!«

»Das meinst du nur«, antwortete Mick. »Die Klimaanlage läuft. Kann ich irgendetwas für dich tun?«

»Nein, vielen Dank …« Einen Moment lang blieb es still. »Guck mich doch nicht so entgeistert an!«, sagte Edu und richtete sich halb auf. »Hast du noch nie einen Albtraum gehabt?«

»Doch, sicher. Aber …« Mick saß auf dem Bettrand und zog die Stirn kraus. »Es kommt sicher durch diesen Planeten«, fuhr er fort. »Der hat so was an sich …«

»Irrtum!«, fiel Edu ihm ins Wort. »Ich bin schließlich nicht zum ersten Mal hier, also muss ich es wissen.«

»Zweimal ist vielleicht zu viel …«

Warum musste Mick ausgerechnet so *reagieren? Er war doch eher ein Typ, der mit der Schulter zucken und sagen würde: »Na ja, es war ja nur ein Traum, also nichts Besonderes.«*
»Jetzt rede keinen Unsinn, Mick«, sagte Edu. »Ich war auch auf dem Mond und dem Mars.«
»Na und?«
»Dort hab ich auch ab und zu geträumt. Die Psychologen sagen, dass es durchaus gesund ist zu träumen.« Edu legte sich wieder hin, diesmal mit dem Rücken zu Mick.
»Also gut, auf deine Gesundheit«, sagte Mick ein bisschen entrüstet. »Aber schrei das nächste Mal bitte nicht so laut. Das schadet nämlich *meiner* Gesundheit.«
Edu hörte, dass er sich ebenfalls hinlegte, und einen Augenblick später ging das Licht aus.
»Träum was Schönes«, hörte er Mick sagen.
»Danke, ebenfalls«, sagte Edu.
Ich habe Angst vorm Einschlafen. Stell dich doch nicht an, es war einfach nur ein Traum ... Nein, das ist nicht wahr ... sie riefen mich ... Wer rief? ... Nein, das ist doch gar nicht möglich ...
Viel weiter kam er nicht mit seinen Gedanken: Offensichtlich war die Wirkung der Tablette noch nicht erschöpft. Er schlief wieder ein und diesmal quälten ihn keine Träume – jedenfalls keine, an die er sich später erinnern konnte. Selbst von seinem Albtraum war am Morgen beim Aufwachen nur noch eine vage Erinnerung übrig geblieben.

Zweiter Teil

Der Wald

1. Kapitel

»Planetenforscher Nummer elf, auf Beobachtungsflug im Bereich Südost – Venushauptquartier ruft Sie … bitte melden!« Das Wetter war nach wie vor außerordentlich günstig für Beobachtungsflüge, sodass alle Forscher, bis auf einen einzigen, gestartet waren. Normalerweise war jedes Luftschiff mit zwei Männern besetzt. Diesmal war jedoch eine Ausnahme gemacht worden, weil Iman, Forscher Nummer vierzehn, noch arbeitsunfähig war. Diese Ausnahme betraf Edu. Sonst flog er zusammen mit Mick seine Runden, aber diesmal hatte er ihn beauftragt, an Imans Stelle mit Arno zu starten.

Allein auf Entdeckungsflug … Verboten war es nicht, aber immerhin ungewöhnlich. Mick hatte sich auch zuerst ein bisschen gewehrt, bevor er sich Edus Wunsch fügte, aber Forscher Nummer elf, der Leiter der Gruppe, hatte gewiss mehr Erfahrung als er selbst. Ob es wohl Mick gewesen war, überlegte Edu, der den Roboter zu ihm geschickt hatte? Dieser war kurz vor dem Start zu ihm gekommen und hatte sich als Kopilot angeboten. Edu hatte abgelehnt, aber die Gelegenheit benutzt, um den Roboter etwas für sich holen zu lassen. Der Roboter hatte sofort gehorcht. Ihm war kein Grund bekannt, weshalb er dies nicht hätte tun sollen – und Roboter waren nun einmal dazu da, den Menschen zu dienen.

Edu lächelte, aber in seinem Lächeln war keine Fröhlichkeit. *Mutterseelenallein auf einem Beobachtungsflug, zum ersten Mal und vielleicht auch zum letzten Mal … Und dabei habe ich mich noch nie so streng an die Regeln gehalten, wenigstens bis jetzt …*

»Forscher Nummer elf, Venushauptquartier ruft Forscher Nummer elf. Ende.«

»Forscher Nummer elf antwortet Hauptquartier …«

Einen Augenblick lang hatte er gefürchtet, man werde ihn zurückbeordern. Aber das war nicht der Fall. Was konnte einem auf einem normalen Beobachtungsflug denn auch passieren? Und jetzt war der Auftrag auch schon fast beendet.

»Forscher Nummer elf, wenn Sie Ihren Auftrag erfüllt haben, können Sie zurückkehren.« Es war diesmal nicht Igor, der von der Kuppel aus mit ihm sprach, es war ein anderer Mann vom Radiofunkdienst: Jan oder Joe. Er konnte ihre Stimmen nie auseinander halten: Beide klangen gleichermaßen unpersönlich und sachlich. Diesmal war er froh darüber.
Edu antwortete: »Forscher Nummer elf an Hauptquartier: Die Aufnahmen sind gemacht, ich werde jetzt zurückfliegen.« *Mein Auftrag ist noch nicht erfüllt – jedenfalls nicht der Auftrag, den ich mir selbst gegeben habe.* Seine Finger spielten auf den Knöpfen und Tasten. *Ich werde die Route C fliegen.*
»Hauptquartier an Forscher Nummer elf ...«
Da haben wir schon die Bescherung!
»Forscher Nummer elf, Sie fliegen Route C«, fuhr die Stimme aus der Kuppel fort. »Weshalb nehmen Sie Route C und nicht A oder B? Ende.«
»Route C ist doch nicht verboten, oder? Außerdem ist es die kürzeste. Das Wetter ist gut, die Sicht optimal.«
Einen Augenblick lang blieb es still am anderen Ende. Dann sagte das Hauptquartier: »Forscher Nummer elf, Sie befinden sich auf Route C. Wir erinnern Sie an die Vorschriften bezüglich der Fluggeschwindigkeit und der Höhe.«
»Forscher Nummer elf kennt sämtliche Vorschriften«, antwortete Edu. »Ich werde mich daran halten.«
Er beobachtete die Messinstrumente, warf einen Blick auf die Karte und konzentrierte sich dann auf das, was er draußen sah.
Die Wälder! Sie flammten empor aus den grauen Wolkenfetzen – rot und orange, rosa und goldfarben. Den Vorschriften zufolge musste er nun Höhe gewinnen ...
Die Radiostimme erwachte zu neuem Leben: »Hauptquartier an Forscher Nummer elf. Sie haben zu wenig Geschwindigkeit. Bitte auf mittlere Werte steigern. Ende.«
»Hier Forscher Nummer elf«, sagte Edu. »Ich habe augenblicklich eine phantastische Sicht auf die Wälder.«

»Sie müssen das Tempo beschleunigen, Forscher Nummer elf!«, unterbrach ihn das Hauptquartier. »Ihre Apparaturen sind doch hoffentlich in Ordnung? Ende.«

»Alles ist bestens in Ordnung«, sagte Edu beruhigend. »Und die Sicht ist außerordentlich günstig für eine präzise Beobachtung.«

»Sie kennen die Gefahren, Forscher Nummer elf«, ertönte es streng aus dem Hauptquartier. »Halten Sie sich an die Vorschriften.«

Edu drückte langsam eine Taste herunter. »Ich fliege eine mittlere Geschwindigkeit, Hauptquartier.« Er warf nochmals einen Blick auf die Karte. *Die Lichtungen im Wald – ich darf sie nicht übersehen* … Er starrte wieder hinaus, während seine Finger auf dem Armaturenbrett lagen. Nun von Medium auf Minimum schalten …

»Forscher Nummer elf!«, rief das Hauptquartier. Edu beachtete es nicht. Langsam zogen die Wälder unter ihm dahin. *Nein, nur jetzt nicht steigen; ich wollte sie mir doch aus der Nähe ansehen*! Er tastete nach einem Schalthebel und zog ihn zu sich herüber.

Aber das Hauptquartier ließ sich nicht überhören. »Forscher Nummer elf, Sie verlieren an Höhe!« Zum ersten Mal verriet die Stimme menschliche Anteilnahme. »Bitte unverzüglich hochziehen. Steigern Sie die Geschwindigkeit auf Maximum. Ende.«

Edu hielt noch immer den Hebel fest, er umklammerte ihn jetzt mit solcher Kraft, dass seine Hand schmerzte. Diese Hand wollte dem Befehl gehorchen. *Nein, nicht! Jetzt oder nie. Ich muss einfach mehr erfahren.*

Aus seinem Funkgerät redete das Hauptquartier weiter auf ihn ein: »Forscher Nummer elf, steigen! Auf maximale Geschwindigkeit umschalten!« – mit einer Stimme, die immer beunruhigter klang.

Und irgendwo, im Hintergrund seiner Gedanken, hörte Edu noch eine andere Stimme, die ihn wieder an den fast vergessenen Traum der letzten Nacht erinnerte: *Ich rufe dich, vergiss es nicht.*

Wo blieben nur die Lichtungen im Wald?
Sie winkten ihm zu, die Bäume. Sie streckten ihm ihre Zweige entgegen wie Fühler. Sie wehten im Wind.
»Steigen!«, wiederholte das Hauptquartier. »Forscher Nummer elf, arbeiten Ihre Instrumente?«
Sie wehen, sie bewegen sich wie Wellen, wie Strudel. Ja, wie Strudel, die mich hinabsaugen ... Edu schob den Hebel nach vorn, es ging nicht so glatt wie sonst. Ganz allmählich gewann das Raumschiff an Höhe. Er seufzte erleichtert.
»Höher!«, rief die Stimme aus dem Hauptquartier in sein Ohr. »Maximale Geschwindigkeit!«
»Hier Forscher Nummer elf«, sagte er betont deutlich. »Alles in Ordnung. In fünf Minuten kann ich bereits bei Ihnen sein.« *Ist das mein Ernst? In fünf Minuten? Du hast Angst, Edu. Du bist ein Feigling.* Er starrte auf die wogenden Wälder unter ihm. Da waren die Lichtungen – still und silbrig grau zwischen den flackernden Baumkronen.
»Forscher Nummer elf, Sie sind noch nicht hoch genug. Schieben Sie den Hebel so weit wie möglich nach vorn.«
»Das habe ich bereits getan ...«, begann Edu. Er hatte es nicht mehr nötig, auf die Stimme des Hauptquartiers zu hören, er merkte auch so, dass sein Luftschiff ihm nicht mehr gehorchte. Höhe und Geschwindigkeit standen auf Maximum, trotzdem verlor er an Fahrt und spürte, dass er wieder sank. Hitze und Feuchtigkeit hatten dem Luftschiff schon zugesetzt. Nervös betätigte er die Hebel und alle möglichen Knöpfe. »Meine Instrumente arbeiten nicht mehr richtig«, sagte er.
»Das Notaggregat, Forscher Nummer elf!«, rief das Hauptquartier ihm zu, über das stotternde Motorengeräusch hinweg. »Nehmen Sie doch das Notaggregat in Gebrauch!«
Vielleicht würde es ihm gelingen, in einem langen Gleitflug noch den Waldrand zu erreichen, um östlich der Kuppel sicher landen zu können.
Nein, davon war keine Rede mehr.
Einen Augenblick lang wurde Edu von panischer Angst gepackt.

Dann riss er sich zusammen. Er hatte es schließlich darauf ankommen lassen. *Ich wollte ja landen – und zwar im Wald*. Und nun blieb ihm keine andere Wahl. Jetzt musste er landen, bevor das Metall zerbröckeln und zerkrümeln würde – bevor sein Luftschiff abstürzen würde wie andere vor ihm … Er meinte die Hitze schon in der Kabine zu spüren. Schweißtropfen perlten auf seiner Stirn.

»Hallo, Hauptquartier«, sagte er, »ich werde landen! Ich muss landen, ehe ich abstürze, es ist meine letzte Chance. Hier unter mir ist eine Waldlichtung. Ich lande jetzt …«

»Verstanden«, antwortete es aus seinem Radio. »Forscher Nummer elf versucht Notlandung im Wald.«

Jetzt wachsen die Bäume höher und höher, der Boden kommt mir entgegen …

»Forscher Nummer elf macht Notlandung im Wald.«

2. Kapitel

Die Landevorrichtung funktionierte noch.

Einige Sekunden später – oder waren es Ewigkeiten? – hatte Edu sein Luftschiff auf dem Boden aufgesetzt. Er drückte die Tasten herein, horchte und schaute sich um. Auf jeden Fall war der Boden fest – es schien eine taubenetzte Wiese zu sein. Ringsumher warteten die Wälder.

»Hallo, hallo, Hauptquartier«, sagte er. »Forscher Nummer elf ist gelandet.« Währenddessen bediente er sein Navigationsinstrument.

»Edu Jansen!«, begann das Hauptquartier erneut. Es war Igor. »Lebst du noch?«

»Ich bin putzmunter!«, sagte Edu und tatsächlich fühlte er sich jetzt auch so. Er hatte es geschafft und nun konnte er seinen Entschluss nicht mehr rückgängig machen. Die Erleichterung darüber war so groß, dass für Angst einfach kein Platz mehr blieb.

»Hauptquartier an Forscher Nummer elf«, fuhr Igor fort, seine persönlichen Gefühle zurückdrängend. »Gib deine Position an. Rasch! Wo befindest du dich?«

Edu blickte auf den schwach erleuchteten Bildschirm seines Navigationsinstrumentes. »Siebenundzwanzig Grad östlich Null, einundvierzigster Breitengrad«, antwortete er. Noch während er sprach, wurde das Licht des Apparates immer schwächer und erlosch schließlich ganz.

»Stimmt mit unseren Messungen überein«, sagte Igor aus dem Hauptquartier. »Zweiundzwanzig Kilometer von hier entfernt.«

»Mein Navigationsinstrument hat gerade seinen Geist aufgegeben«, sagte Edu. »Aber es stimmt in der Tat. Ungefähr vier Meilen – zweiundzwanzig Kilometer.«

»Wie geht es dir?«, erkundigte sich Igor. »Fass dich kurz!«

»Mir geht es ausgezeichnet. Du brauchst übrigens keine Angst zu haben, dass mein Radio so schnell ausfallen wird. Ich habe eins mit spezieller Sicherung.«

»Du bist ein Trottel«, sagte Igor. »Aber darüber wollen wir später reden. Das Hauptquartier schickt so schnell wie möglich eine Rettungsexpedition. Bleib in deinem Luftschiff und halte Kontakt mit uns, solange es noch möglich ist.«

Edu bewegte sich. »Igor!« Er beklopfte einige Dinge in der Kabine mit den Fingern. »Hallo, Hauptquartier! Ich glaube, es ist besser, wenn ich nicht in meinem Schiff bleibe. Wahrscheinlich wird es innerhalb der nächsten Stunden auseinander brechen.«

»Das fürchte ich auch.« Igors Stimme klang bedrückt. »Wieder ein Luftschiff zum Teufel – ich wollte sagen: zum Wald. Das wird gewiss noch ein Nachspiel geben! Ich wünschte nur, du hättest einen von unseren neuen Außenanzügen an.«

»Ich habe einen an, falls dich das beruhigt.«

»Tatsächlich?«, fragte Igor erstaunt. »Wo hast du denn den her?«

»Aus dem Magazin natürlich«, antwortete Edu. (Der Roboter hatte ihm den Schutzanzug geholt.)

»So, so!« Aber Igor ging nicht weiter darauf ein. »Wir haben keine Zeit, lange zu sprechen«, sagte er und fuhr in sachlichem Ton fort: »Forscher Nummer elf, Sie kennen die Anweisungen für den Notfall. Bleib auf der Lichtung, geh nicht in den Wald hinein. Der Kommandant stellt eine Rettungsexpedition zusammen.«
»Eine Rettungsexpedition! Nein, warte mal«, rief Edu. »Igor ... Hauptquartier, bitte gut zuhören!« Dann sagte er langsam und sehr bestimmt: »Forscher Nummer elf an Hauptquartier. Was ich jetzt sage, ist sehr wichtig. Ich will nicht, dass man eine Rettungsexpedition schickt. Niemand soll sich meinetwegen in Lebensgefahr begeben. Es ist meine eigene Schuld.«
»Das stimmt, Forscher Nummer elf. Aber wir werden trotzdem unser Möglichstes tun, um dich zu retten.«
»Das sollt ihr aber nicht!«, rief Edu. »Hör zu, Hauptquartier. Ich habe dies hier absichtlich getan!«
Er wartete ab, bis das Hauptquartier seine Sprache wieder gefunden hatte:
»Was sagst du da, Edu, absichtlich?«
»Absichtlich«, wiederholte Edu. »Ich hatte mir vorgenommen, im Wald zu landen – und ich bin im Wald gelandet. Ich habe mich darauf vorbereitet, so gut es eben ging.«
»Du bist verrückt«, sagte Igor.
»Keineswegs!«
»Übergeschnappt!«
»Hör zu, Hauptquartier!« Edu versuchte sich vorzustellen, wie man seine Worte in der Kuppel aufnehmen würde. In Gedanken richtete er sich an den Kommandanten, der zweifellos das Gespräch verfolgt hatte. »Was haben wir davon, auf der Venus zu sein, wenn wir immer nur dicht bei der Kuppel bleiben! Wenn wir uns nicht in die Wildnis wagen, werden wir diesen Planeten nie kennen lernen.«
Igor murmelte vor sich hin. »Das ist – wie heißt es gleich wieder – Insubordination ...«
»Ich bin Forscher, Hauptquartier. Hier gibt es eine neue Welt zu entdecken!«

»Edu Jansen«, sagte Igor, »ich verstehe nicht, dass man dich für fähig befunden hat, auf irgendeinem Planeten zu arbeiten. Nun wird dieser Planet wahrscheinlich deinen Untergang bedeuten – falls du die Wahrheit gesagt hast.«
»Ich habe die Wahrheit gesagt. Und ich will die Wahrheit über die Venus entdecken, egal wie. Ihr dürft keine Expedition schicken. Kapiert?«
Keine Antwort.
»Hallo, Hauptquartier!«, rief Edu gereizt. »Haben Sie mich gehört?«
Funkstille. Dann klickte es. Eine andere Stimme sagte: »Hauptquartier an Forscher Nummer elf. Bitte in Kontakt bleiben.«
»Forscher Nummer elf bleibt in Kontakt.« Edu erhob sich vorsichtig aus seinem Sitz. Was auch immer in der Kuppel besprochen wurde, er musste sich jetzt fertig machen …
»Hallo!«, sagte Igor. »Im Hauptquartier macht man sich Gedanken darüber, was in deinem Kopf herumspukt.«
»Das habe ich doch eben erzählt. Und es ist mir ernst mit dem, was ich gesagt habe. Ich bin vollkommen bei Verstand. Ich habe keine Hilfe nötig. Ich komme allein zu euch zurück.«
Igor gab ein merkwürdiges Geräusch von sich. »Wie denn?« rief er.
»Zu Fuß natürlich; ich mache einen Spaziergang durch den Wald.«
Daraufhin begann Igor so heftig zu fluchen und zu protestieren, dass Edu sein Funkgerät vorübergehend abstellte. Er brauchte jetzt seine ganze Konzentration, um die Gegenstände zusammenzusuchen, die er mitnehmen musste. Er schlurfte durch die Kabine. Das gesamte Metall hatte eine eigenartige grau-gelbe Farbe angenommen, der Boden knarrte Unheil verkündend unter seinen Schritten. Die Atmosphäre des Waldes hatte schon ihr Zerstörungswerk begonnen … Hatte er jetzt alles beisammen? Tasche, Kompass, Messer, Uhr …
Er suchte erneut Kontakt zur Kuppel, wo Igor sich schon ungeduldig bemüht hatte, ihn zu rufen.

»Hier Forscher Nummer elf. Ich bin nun bereit zum Aufbruch. Ich werde auf dem nächsten, direkten Weg auf euch zugehen und jede halbe Stunde über mein Fortkommen berichten. Ihr habt doch hoffentlich keine Expedition losgeschickt?«

»Darüber wird noch beraten«, sagte Igor.

Mit diesen Worten kehrte sofort die panikartige Angst zurück. Edu hatte gespürt, wie sie erneut auf ihn zukroch. *Sie wollen mich doch wohl nicht im Stich lassen.* Dennoch rief er in sein Funkgerät: »Ich verbiete es euch! Ich habe dies hier selbst gewollt.« Er schlug mit der Hand gegen eine der Kabinenwände: Sie zersprang wie eine Eierschale.

»Was war das?«, fragte Igor.

»Nichts Besonderes«, sagte Edu. »Hauptquartier, ich bin besser vorbereitet für einen Entdeckungszug durch den Wald als irgendein anderer aus der Kuppel. Ich werde mich nicht verirren.« *Gleich wird der Boden unter meinen Füßen zusammenbrechen.* »Ich verlasse jetzt mein Luftschiff.« Er drehte am Türgriff und hielt ihn sofort lose in der Hand. Die Tür selbst fiel aus ihren Angeln und plumpste auf den grasartigen Boden.

Edu kletterte hinaus. Während er das tat, drang ihm Igors wütende, sich überschlagende Stimme in die Ohren: »Ja, verlass nur dein Schiff, geh in den Wald! Mach, was du willst! Und rechne bloß nicht damit, gerettet zu werden!«

3. Kapitel

Edu ging um sein Luftschiff herum. Das silbrig glänzende Metall war matt geworden. An verschiedenen Stellen jedoch zeigte sich plötzlich ein anderer Glanz: Es sah aus, als sei ein goldfarbener Puder darüber gestreut worden. Er besah es sich und beugte sich dicht darüber … *Nicht anfassen!* … Es war der Schimmel, der alles … auffraß. Dann schaute er zum Wald hinüber.

Borkige Stämme, die in ein Dach aus riesigen, gezackten Blättern von rosa, orange und gelber Farbe übergingen. Dazwischen ganz

überraschend dunkle Bäume, von tiefem Purpurrot bis Schwarz. Sie sahen aus, als ob sie aus Rauch beständen, mit gefiederten Kronen. Und all das wiegte sich sacht im Wind. Zwischen den hohen Stämmen schwebten violette und graue Nebelfetzen, der ganze Wald qualmte und dampfte. Es sah erschreckend aus, und doch zog es ihn an.
Hier auf der Lichtung war es bestimmt nicht so gefährlich. Aber er hatte keine Wahl, der einzige Weg zur Kuppel führte durch den Wald. Zweiundzwanzig Kilometer, vier Meilen, ein Weg von vier Stunden, nein, bis zur Grenze waren es nur drei Stunden – jedenfalls dann, wenn er die direkte Richtung beibehalten konnte. Er betrachtete seinen Schutzanzug: Er war noch immer makellos und weiß. Der beste Anzug, den es gab. Er würde ihn doch sicher länger als nur drei Stunden schützen.
Sein Funkkontakt lebte wieder auf. »Hauptquartier ruft Forscher Nummer elf ...«
Wie gut es tat, Igors Stimme zu hören! Sie klang nun nicht mehr erbost, er sprach ganz ruhig und freundlich. »Hauptquartier an Forscher Nummer elf. Edu, was tust du gerade? Ende.«
»Hier Forscher Nummer elf«, antwortete Edu. »Ich bin jetzt draußen. Das Luftschiff wird es nicht mehr lange durchhalten, aber mir selbst geht es bestens. Mein Schutzanzug ist noch wie neu. Ich gehe jetzt in den Wald. Es ist wirklich sehr schön, Igor, und ... früher gab es auf der Erde doch auch Wälder ... und die Leute sind damals, weiß Gott, auch nicht daran gestorben ...«
Er schwieg. Seine Kehle schien plötzlich wie zugeschnürt. Er sah sich um. Das nasse, graue Gras, die Bäume, die auf ihn warteten ... Dicht neben ihm das Luftschiff, das nun ganz zur Seite gesackt war. Die Fensterscheiben waren zersprungen und beschlagen, alles war mit goldenem Schimmel überzogen ... Wo war nur die Pflanze hergekommen, die sich um den Ausstieg kringelte?
Er sprach weiter: »Es ist jetzt zehn nach elf, nach irdischer Zeitrechnung. Um halb vier heute Nachmittag werde ich bei euch sein.«
»Gut, Edu«, sagte Igor. »Das Hauptquartier stimmt deinem Plan

zu, wenn auch nicht von Herzen. Viel mehr können wir nicht sagen. Wir müssen dir schon glauben, dass es dir ernst ist. Frau Dr. Petra Moll ist fest davon überzeugt, sie hat mich gebeten, dir zu sagen, dass sie dir voll und ganz vertraut ...« Er schwieg einen Augenblick. »Ich tue das übrigens auch, alter Knabe. Also enttäusche uns bitte nicht.«

Ein Gefühl der Geborgenheit und Freundschaft erfüllte Edu, sodass ihm ganz warm davon wurde. Er schloss für einen Moment die Augen, um es festzuhalten. Doch zwischen ihm und der Kuppel lag nach wie vor der Wald.

»Hauptquartier an Forscher Nummer elf«, sagte Igor. »Versuche wenigstens jede Viertelstunde, mit uns Kontakt zu bekommen.«

»In Ordnung«, sagte Edu. »Bis bald.«

»Bis bald ... und eine angenehme Wanderung«, beendete Igor das Gespräch.

Edu schaute auf seinen Kompass. Er musste in nordnordwestliche Richtung gehen. Er wandte seinem Luftschiff – beziehungsweise den noch übrig gebliebenen Resten desselben – den Rücken und ging entschlossen auf den Waldrand zu.

Unter den Bäumen war es schattig, aber es blühten dort Blumen, die ein glitzerndes grünes Licht ausstrahlten, und mitten im dunklen, pelzigen Moos glänzten weiße Kelche. Die Farne waren hier größer als in der Nähe der Kuppel, die meisten glühten wie Flammen. Und wenn er nach oben blickte, sah er das Blattwerk der Bäume, das ebenfalls zu brennen schien. Pausenlos tropfte es von oben herunter. Manchmal verdichteten sich die Tropfen zu einem kurzen Regenschauer. Er spürte nichts von der Nässe, allerdings war ihm ziemlich warm.

Unsinn, tröstete er sich selbst. *Dein Schutzanzug hat jetzt genau die richtige Temperatur.*

Er blieb plötzlich stehen. Da war tatsächlich etwas wie ein Pfad! Vielleicht eine Tierspur? Was es aber auch sein mochte, er führte in die richtige Richtung. Er würde dem Pfad einfach ein Stück folgen.

4. Kapitel

Jetzt bin ich doch ein Waldläufer, dachte Edu lächelnd. Und fast im selben Moment runzelte er die Stirn. Was *hatte ich doch gleich davon geträumt*? Nein, an so was durfte er nun nicht denken. Er musste die Augen offen halten und Acht geben.
Wunderschön war dieser Wald. Wenn er genug Zeit haben würde, um an einer Stelle zu verweilen, könnte er alles ringsumher wachsen sehen. Es gab keine Pflanze, die nicht in Bewegung war. Welche Tiere lebten hier wohl? Er hatte noch keins gesehen. Oder doch … da drüben … war das nun eine Blume oder ein Schmetterling? Aufpassen. Er wäre beinahe gefallen. Der Boden war sumpfig. Aber seine Stiefel waren absolut wasserdicht.
Wie still es *hier ist. Merkwürdig* …
Aber nein, das war ja selbstverständlich, der Schutzhelm schirmte ihn gegen alle Geräusche ab.
Leicht begehbar war das Gebiet nicht. Erst jetzt wurde ihm klar, was Waldlaufen bedeutete. Manchmal blieb er einen Augenblick stehen, um seinen Kompass zu Rate zu ziehen. Wie lange war er jetzt unterwegs? Noch nicht mal zehn Minuten. Es kam ihm viel länger vor. Von der Lichtung war nichts mehr zu sehen. Um ihn herum gab es nur noch Wald. Der Pfad beziehungsweise die Spur bog jetzt nach Westen ab und verschwand im flimmernden Dunst.
»Nordnordwest«, murmelte Edu. »Ich darf mich nicht verlaufen. Den dicken Stamm dahinten, den muss ich im Auge behalten, das ist die richtige Richtung.«
Blumen, die aussahen wie Sterne, feurige Farne … Irgendetwas schoss von einem Baum zum anderen. Ein Vogel? Vielleicht saßen viele Vögel in all den hohen Baumkronen. Aber er konnte sie nicht entdecken – er musste blinzeln, sobald er ein Weilchen hinaufschaute.
Edu blieb stehen und suchte Kontakt zum Hauptquartier. »Hallo, hier Forscher Nummer elf. Ich bin jetzt vierzehn Minuten unterwegs. Hallo, könnt ihr mich verstehen?«

Er war beinahe überrascht, dass Igor sofort antwortete. »Edu, Forscher Nummer elf! Wie geht es dir?«

Die Stimme, so weit weg sie auch schien, gab Edu das Gefühl, doch nicht ganz allein in einer völlig neuen und fremden Welt zu sein. Ein paar Stunden von ihm entfernt, in der Kuppel, wartete man auf ihn, dachte man an ihn. Er suchte nach Worten, um den Kontakt nicht zu verlieren. »Mir geht es hervorragend … ja wirklich … Ich werde sicher pünktlich bei euch sein …«

»Wie gefällt dir der Waldspaziergang?«, erkundigte sich Igor.

»Ausgezeichnet«, antwortete Edu. Er versuchte, seine Umgebung ein wenig zu beschreiben. »Es ist hier so eigenartig, Igor, so märchenhaft … voller Farbe und Glut … Sehr lebendig … Wenn man hier ohne Schutzanzug herumlaufen könnte, dann …« Er unterbrach sich mitten im Satz. Ein kleines, phantastisch anmutendes Tier war aus einem Baum heruntergepurzelt. Es rollte über seinen Stiefel hinweg und schlängelte sich davon.

»Hallo, hallo, Edu!«, rief Igor. »Forscher Nummer elf, ist was passiert? Ende.«

Edu atmete tief durch. »Nur ein kleines Tier«, sagte er, kurz auflachend. »Ich sehe es gerade noch verschwinden. Himmelblau, mit ganz vielen Pfötchen. Man traut hier oft seinen eigenen Augen nicht.« Er hörte Gemurmel am anderen Ende. »Hallo Hauptquartier, seid ihr noch da?«

»Ja, wir hören dich, Forscher Nummer elf.«

»Ich gehe jetzt weiter«, sagte Edu, »ich werde später wieder anrufen.«

»In Ordnung, Forscher Nummer elf«, antwortete Igor aus der Kuppel. »Und noch was, Edu … behalte auf jeden Fall deinen Schutzanzug an, du unverbesserlicher Idiot.«

Edu ging langsam weiter. Vielleicht war er tatsächlich ein Idiot! Er ärgerte sich darüber, dass er schon jetzt müde wurde. Er hatte doch vorher so gründlich trainiert – vermutlich war die Hitze daran schuld.

Er überprüfte seinen Schutzanzug. Von Schimmel war noch

nichts zu sehen, aber ab und zu sprangen Funken darüber hin. Komisch, denn der ganze Anzug war doch von Tropfen bedeckt! Das Wasser tropfte von den Pflanzen herab.

Und wie konnte es nur so still sein! Er sah alles und jedes, wie in einem unglaublich schönen Film – aber es war ein Stummfilm. Wenn er nur irgendwas hören könnte.

»Kurz Rast machen«, sagte er laut. »Wie spät ist es denn?«

Nein, auf diese Art und Weise würde er nicht vorwärts kommen. Also weiter. Auf allen Seiten war nur Wald, flammender Wald …

Das Gehen kostete ihn immer mehr Mühe. Oft sackte er bis an die Knöchel in den Matsch. Dann stolperte er wieder über glitschige Wurzeln. Und es war sehr heiß.

Er setzte sich hin und rief das Hauptquartier an.

Die Stimme, die ihm antwortete, klang undeutlich und schwankend. »Hier Hauptquartier …«

»Forscher Nummer elf am Apparat. Hallo, bist du es, Igor?«

»Hier Hauptquartier. Igor spricht. Wie geht es denn nun, Edu?«

»Gut. Ich bin jetzt eine halbe Stunde unterwegs.«

»Und wie steht es mit deinem Schutzanzug?«

»Mein Schutzanzug bewährt sich bestens«, antwortete Edu. »Kein Fleckchen darauf zu sehen, obwohl er voller Tropfen sitzt. Es ist sehr nass hier. Und heiß.«

»Was sagst du?«, fragte Igor. »Hallo, Hauptquartier an Forscher Nummer elf. Was hast du gesagt? Ende.«

»Ich sagte, dass es sehr heiß ist!«, sagte Edu laut. »Heiß und nass. Und ich kann nichts hören.«

»Kannst du uns nicht hören?«, fragte Igor aus weiter Ferne.

»Doch, dich kann ich verstehen!«, rief Edu. »Nur aus dem Wald höre ich kein einziges Geräusch.«

Vom anderen Ende folgte ein undeutliches Gemurmel und dann in sehr dringendem Ton: »Behalte deinen Schutzanzug an, verstanden? Behalte ihn bitte an!«

Igor schien wirklich beunruhigt zu sein. Wahrscheinlich musste

er fast schreien, um ihn von seinem Posten in der Kuppel aus zu erreichen.
»Ich habe dich verstanden«, antwortete Edu, »und ich werde gehorchen.« *Mach dir doch keine Sorgen um mich*, fügte er in Gedanken hinzu.
Er erhob sich und säuberte mit der flachen Hand seinen Anzug. Das kurze Gespräch hatte ihn aufgemuntert. Wenn sein Weg auch schwierig und nicht ohne Gefahren war – er hatte ihn sich ja selber ausgesucht. Und er erlebte etwas ganz Unvergleichliches. Wie sollte er nur das, was er sah, in Worten schildern? »Es ist so unirdisch hier«, murmelte er.
»Hallo, Edu, Forscher Nummer elf!«, sagte Igor. »Hast du eine Ahnung, wie weit du schon vorangekommen bist?«
»Das ist schwer zu schätzen«, antwortete Edu. »Es kommt mir vor, als ob ich schon stundenlang hier sei … Ich werde mich jetzt beeilen.« Er rührte sich jedoch nicht von der Stelle.
Dicht vor ihm stand eine niedrige, merkwürdig aussehende Pflanze, aus der eine bleiche Knospe emporwuchs, die sich plötzlich öffnete. Atemlos schaute er zu, wie sich die Blütenblätter entfalteten, eins nach dem anderen, bis er schließlich in das purpurne Herz einer Blume blickte.
»Hallo, hallo!«, rief Igor aus dem Hauptquartier. »Was machst du, Edu? Hast du noch was zu sagen? Ende.«
»Ja, ja … nein. Erst wenn ich zu Hause bin«, sagte Edu. »Hier ist … ich … Es ist schöner als alles, was ich bisher gesehen habe, aber … Ich gehe jetzt weiter.« Er tat allerdings immer noch nicht, was er sagte, sondern blieb stehen und schaute.
»Hauptquartier an Forscher Nummer elf«, fuhr Igor fort. »Wenn irgendetwas schief gehen sollte, teile es uns sofort mit, ja? Dann werden wir doch einen Hilfstrupp schicken. Ende.«
Sie vergessen mich nicht … »Nein«, sagte Edu. »Forscher Nummer elf an Hauptquartier. Ich danke euch, euch allen. Aber ich brauche keine Hilfe. Ich gehe jetzt guten Mutes weiter.« Und er setzte sich tatsächlich in Bewegung. »Ich werde eine Blume für dich pflücken, Igor. Und auch eine für Petra, ja, für Petra …«

»Was hast du gesagt?« Igors Stimme wurde wieder undeutlich. »Eine Blume? Ist er jetzt total …«

Aber diese Blume pflücke ich nicht. Sie ist zu lebendig, zu schön, ich wage kaum, sie zu berühren … Petra … Ob sie mir wohl auch zuhört? Bestimmt …

»Und was für eine Blume!«, rief Edu.

Igor antwortete ausführlich. Manchmal wurden einzelne Worte verschluckt, aber Edu verstand ihn trotzdem. Außerdem war das, was er sagte, nicht so wichtig, es ging um den Ton …

»Gut … Ed … bleib nicht dauernd wieder stehen … trödle nicht … warten mit Kaffeenek … wette … wenn du zu Hause bist … drei Uhr oder nach vier … meine ganze Wochenration geopfert … vor drei … also beeil dich bitte ein bisschen!«

Leichter gesagt als getan! dachte Edu. Dass man sich so einsam fühlen konnte, nur weil eine menschliche Stimme in weiter Entfernung aufgehört hatte zu sprechen … Ach was, so furchtbar weit war es gar nicht mehr bis zur Kuppel. Er musste nur stetig vorangehen und sich nicht so oft ausruhen. Das Gelände wurde jetzt hügelig – wie lästig, dieses ewige Hinauf und Hinab. Oben war es glatt und rutschig, unten sumpfig-weich. Überall waren Wurzeln; es schien, als griffen sie nach seinen Beinen … Er ging doch wohl noch in der richtigen Richtung?

Er musste daran denken, öfter auf seinen Kompass zu schauen. Das Laufen selbst war so anstrengend, dass er es manchmal vergaß. War er es eigentlich selbst, der hier ging? Wer hatte ihn noch davor gewarnt? *Pass auf, dass du dich selbst nicht vergisst …*

»Ich bin Edu Jansen, Forscher Nummer elf«, sagte er laut vor sich hin. Seine eigene Stimme klang unbekannt – heiser und fremd. »Forscher Nummer elf«, wiederholte er, »unterwegs zur …« *Da läuft etwas! Ein Tier? Jetzt ist es weg … Ich kann nicht richtig sehen*, es *ist nebelig … Ach nein, mein Sichtglas ist beschlagen …* Er wischte es sauber.

Trotzdem, es war auch nebelig. Nebelfetzen glitten zwischen den Stämmen hindurch. Er fühlte sich plötzlich unwohl. Sein Schutzanzug schien bleischwer. »Behalte ihn an«, hatte Igor gesagt – *der gute Igor.*

Sein Kompass beschlug auch immer wieder. Nordnordwest. Schau, ein Tümpel. Dicke Luftblasen stiegen darin auf und zerplatzten an der Oberfläche. Er hörte jedoch nichts außer seinem eigenen keuchenden Atem. Der ganze Wald strahlte eine lähmende Müdigkeit aus und er vibrierte vor Hitze. O Gott, wie warm es war!

Behalte vor allem deinen Schutzanzug an …

Natürlich, das war seine einzige Überlebenschance.

Das *ist nicht wahr – zieh den Anzug aus, zieh ihn aus.*

Wie kam er bloß darauf! Das war ein gefährlicher Gedanke. Aber ein Gedanke, der sich nicht unterdrücken ließ …

Zieh deinen Anzug aus, reiß ihn herunter, zerreiß ihn einfach! Befreie dich von dem Gefühl, eingeschlossen zu sein. Nimm den Schutzhelm ab … Ich will etwas hören …

»Hören«, flüsterte er. »Hören!«, schrie er laut.

Er merkte, dass er schon wieder stehen geblieben war. »Verlier jetzt nur nicht den Kopf, Edu. Schau auf den Kompass. Und auf die Uhr.«

Seine Uhr war stehen geblieben.

Weshalb jagte ihm das einen solchen Schrecken ein?

Die Zeit stand hier still. Die Kuppel … Sie warten in der Kuppel auf mich. Sie sollen mir helfen. Er versuchte, so ruhig als möglich zu sprechen: »Hallo, Forscher Nummer elf an Hauptquartier. Forscher Nummer elf ruft Hauptquartier. Ende.«

Keine Antwort.

Er beklopfte sein Funkgerät. Ein kurzes, leises Knacken, ein schwaches Rauschen. »Hallo, Hauptquartier!«, rief er. »Hauptquartier, hört ihr mich? Hier Forscher Nummer elf. Ende.«

Grabesstille.

Er begann von neuem zu sprechen. »Hallo, hallo, Forscher Nummer elf ruft Hauptquartier. Igor, hörst du mich? Igor, Mick, Petra … Petra, Igor, Iman … Ihr Leute im Hauptquartier, gebt doch Antwort! Hier Edu! Gebt Antwort … !« Er hörte sich

rufen, schreien, herumstottern und er versuchte sich zu beherrschen.
»Hauptquartier, Forscher Nummer elf ruft euch aus dem Wald.«
Aber das Hauptquartier schwieg auch weiterhin. Der Kontakt zu seinen Mitmenschen war abgebrochen. Er war allein.

5. Kapitel

Warum sitzt du auf dem Boden? Steh auf, geh weiter ... Ich kann nicht mehr, dachte Edu. Ich bin müde, ich möchte liegen, schlafen ... Wenn du das tust, so bedeutet das dein Ende.
Aber allein der Gedanke, aufstehen zu müssen, war ihm schon zu viel. Er ließ sich auf den Rücken fallen und starrte hinauf in das flimmernde Laub. Wenn er so liegen blieb, würden die Pflanzen über ihn hinwegwuchern und der Wald würde ihn begraben ...
Sein Sichtglas war mit lauter Tropfen gesprenkelt, sodass er nur noch bunte Flecken sah, einen schwelenden Brand. Mit unendlicher Anstrengung hob er eine Hand empor, um seinen Helm zu säubern.
Wie lange wird es noch dauern, bis mein Schutzanzug geschmolzen ist, bis ich erstickt bin ... Zieh doch diese elende Hülle aus, zieh sie aus ... Nein, nicht darauf hören – tu es nicht. Steh auf ...
Zieh sie aus! Der Gedanke ließ sich nicht mehr aus seinem Hirn verdrängen. *Zieh sie aus.*
Dann war ihm, als ob andere zu ihm sprächen: Petra, Igor ...
»Das hast du wohl nicht gewusst, Edu? Seines Verstandes beraubt ...« »Unverbesserlicher Idiot, der du bist!«
Und dann hatte er sich plötzlich aufgerichtet. Er lag auf den Knien und flüsterte: »Ich bin nicht wahnsinnig und ich werde nicht wahnsinnig.«
Er probierte nochmals sein Funkgerät aus, obwohl er keine Hoffnung hatte, eine Antwort zu empfangen.

»Forscher Nummer elf ruft Hauptquartier, Forscher Nummer elf ruft Hauptquartier ...«
Das Gerät war tot. *Aber ich bin noch nicht tot.*
Er krabbelte mühsam hoch und stand auf schwankenden Beinen. Die Luft, die er einatmete, war muffig und abgestanden. Sein Anzug war nun nicht mehr blütenweiß, sondern mit Schlamm und Dreck beschmiert. Zum soundsovielten Male wischte er Sichtglas und Kompass sauber. Es dauerte eine Weile, bis er die Richtung wieder wusste – oder wenigstens zu wissen glaubte. Dann setzte er sich wieder in Bewegung.

Wie lange mochte er nun unterwegs sein? Eine Stunde? Einen Tag? Alles ringsumher bewegte sich, aber er hörte nichts. Du liebe Zeit, wie heiß es war!
Er japste nach Luft und klammerte sich an einem Baum fest, um sich aufrecht zu halten. Nieselregen umhüllte ihn, aber er merkte nichts davon. Ganz in der Nähe war ein Bach, ein schäumender, siedender Wasserlauf. Wenn er seinen Schutzhelm abnehmen würde, könnte er das Rauschen des Wassers hören. *Wasser ... Kühle ...*
Ach nein, er wusste nur allzu gut, dass das Wasser nicht kühl sein konnte – es kochte.
»Sieh jetzt mal auf deinen Kompass«, sagte er zu sich selbst.
Weshalb machte der Zeiger so komische kreisende Bewegungen? *Ich bin schwindelig* ... Der Zeiger drehte sich immer weiter, eine Runde nach der anderen ... Er hatte sich bestimmt verirrt. *Verirrt.*
Und siehe da: Auf seinem Anzug waren gelbe Flecken. Er konnte ihn geradeso gut ausziehen ... Nur nicht aufgeben.
Er ging stolpernd weiter. Zuerst am Bach entlang und dann aufs Geratewohl voran, indem er sich jeweils das Gelände aussuchte, das am leichtesten begehbar war – seinen Weg dem Zufall überlassend. Seine Gedanken verwirrten sich. Aber er hielt sich aufrecht, auch wenn er kaum mehr wusste, weshalb und wohin er eigentlich ging.

Manchmal glaubte er Stimmen zu hören, aber es waren nur Echos, Erinnerungen an ein früheres Leben. Er war elf Jahre alt und hörte Bob zu, seinem alten Roboter ... O *Venus, heller Stern* ... Er saß Petra gegenüber ... *Gedichte, ja, so was passt zu dir* ... Er hörte sich selbst in herausforderndem Ton zu Igor sagen: *Ich gehe zu Fuß, ich mache einen Spaziergang durch den Wald.*
Spazierengehen, wandern, wanken.
Er hatte das Gefühl, durch ätzenden, stinkenden Rauch zu gehen, der immer dichter wurde.
Seine Knie gaben nach; er ließ sich der Länge nach auf den Boden fallen und dann wurde es ganz dunkel um ihn.

6. Kapitel

Edu dachte: *Ich höre Wasser* ... Er hörte es nicht nur, sondern er fühlte es auch; er schmeckte es auf seinen Lippen. Er bewegte sich. Unter seinen Fingern waren zarte Halme, die ihn kitzelten. Er legte eine Hand auf sein Gesicht – es war nass. Er öffnete die Augen und betrachtete seine Hand, seinen Arm – sie waren bloß. Schreckerfüllt fuhr er hoch – er war völlig nackt. Oje, er hatte seinen Schutzanzug nicht mehr an! Da lag er, zerknüllt, von gelbem Schimmel bedeckt ... Er ließ sich wieder fallen und blieb liegen, sein Gesicht gegen den Boden gepresst. Er war verloren ...
Aber ich lebe noch.
Er konnte hören, fühlen, atmen ... Er schnupperte den Geruch von Blumen, von feuchter Erde ... Ein sanfter Wind strich über ihn hin ... Und während er regungslos lag, wurde ihm allmählich bewusst: *Ich lebe!* Er lauschte dem Rauschen des Wassers, er hörte Rascheln und Säuseln, Klopfen und Zirpen. Er vernahm weiter entfernt melodisches Summen und undeutliches Trillern.
Er setzte sich auf und schaute sich verwundert um. Er sah die

Bäume – rot, rosa und orange – die turmhohen Bäume des herrlichen Waldes. Er bewegte Arme und Beine und erlebte bewusst jede Faser seines Körpers. *Ich fühle mich fabelhaft … Ganz ausgezeichnet.* Er stand auf. – *Phantastisch!*

Er ging ein paar Schritte, er machte einen Sprung, blieb wieder stehen, streckte seine Arme und musste seine Freude irgendwie loswerden: Er stieß einen wilden Schrei aus.

Aus gerolltem Farn tanzten kleine, geflügelte Tiere empor und wirbelten zwischen den Bäumen davon.

Edu lachte. »Ich lebe!«, rief er. Er lachte, bis ihm beinahe die Tränen kamen. Dann ging er wieder weiter, er sprang und hüpfte durch den Wald. Er fing zu singen an und erst nach einer Weile wurde ihm bewusst, was er da sang – ein Lied, das er nicht ausstehen konnte:

So gebt mir doch Neu-Babylon,
dort scheint der Mond und auch die Sonn' …

Er brach ab und versuchte, ein anderes Lied daraus zu machen:

Die Venus macht mir noch mehr Spaß,
auch wenn sie dauernd regennass …

Er fügte einen Unsinn zum anderen, aber was machte das schon! Er musste einfach singen in diesem freundlichen, fröhlichen und wohltuend unberührten Wald.

Er blieb wieder stehen, atmete tief durch und genoss mit jedem Zug die würzige Luft. Er hob sein Gesicht den Tropfen entgegen, die aus den Baumkronen herunterregneten. Und da sah er endlich einen Vogel … es schien, als hätte sich plötzlich eines der flammengleichen, gekerbten Blätter von seinem Zweig gelöst, aber es war ein Vogel. Und sofort entdeckte er noch mehr: zwei, drei … Als er länger hinschaute, sah er auch andere Tiere: fliegende, flatternde, kriechende Tiere … Er konnte sie nicht beim Namen nennen; sie glichen keinem einzigen irdischen Tier, weder aus gegenwärtiger noch aus vergangener Zeit.

Langsam ging er weiter. Er sah jedes Blatt, jeden Tropfen auf jedem Blatt. Er spürte voll Wohlbehagen den weichen, nassen und doch federnden Boden unter den bloßen Fußsohlen. Er erhob von neuem seine Stimme, pfiff ein bisschen vor sich hin und begann dann, halb im Singsang zu zitieren:

Ich sah Cäcilia kommen
in einer Sommernacht,
zwei Ohren, um zu hören,
zwei Augen, um zu sehn,
zwei Hände, um zu greifen,
und von den Fingern zehn.
Ich sah Cäcilia kommen
in einer Sommernacht,
an der rechten Hand geht Hänschen,
an der linken Hand geht Gretchen,
Hänschen hat ein Rosenkränzchen,
Gretchen eins aus bunten Fädchen.
Die Hexe hat sie nicht gefressen
und ich hab sie nicht vergessen,
ei ei ich und du …

»Grr grrr kreii!«, schrie es plötzlich dicht neben ihm. Er schreckte zusammen. Wieder ein Vogel, ein schwarz gefiederter Vogel mit einem großen Schnabel und Augen, die wie rote Edelsteine aussahen. Er blickte Edu mit geneigtem Kopf an und kreischte.
Edu lachte. Der Vogel schüttelte den Kopf, als ob er beleidigt sei, breitete die Flügel aus und flog mit langsamen Schlägen davon.
Auf einmal war Edu müde. Er war gesättigt von all den Farben, Düften und Geräuschen. Er merkte, dass das Wasser nun stärker rauschte – er ging noch ein Stückchen weiter, bog Ranken und Blätter auseinander und da hatte er den Bach gefunden.
Er schaute auf das rasch dahinströmende, wilde Wasser. Es war mit Schaumkronen bedeckt und ein feiner Dunst schwebte darüber. In der Ferne sah er einen Wasserfall oder war der undeutliche weiße Fleck nur Nebel? Er setzte sich an den Bachrand – das

Wasser sah sehr verlockend aus. Er wollte hineinspringen … Nein, erst ausprobieren. Vorsichtig steckte er einen Zeh hinein. Das Wasser war keineswegs kochend heiß, sondern lauwarm. Er ließ sich hineingleiten – es war wundervoll!
Er tauchte ein paar Mal unter und kam dann prustend und fauchend wieder hoch. Der Bach war nicht tief, selbst in der Mitte konnte er bequem stehen, auch wenn er sich kräftig gegen die Strömung stemmen musste. Er ließ sich treiben, er schwamm und er fühlte, wie jegliche Müdigkeit ihn verließ.
Eine Stimme sagte: »Das tut dir gut!«
Edu richtete sich auf und rieb sich die Augen blank. Immer wieder zogen Nebelschwaden übers Wasser, die er nur schwer mit seinen Blicken durchdringen konnte. Er sah jedoch, dass sich am anderen Ufer etwas bewegte.
»Ja, das hat dir gut getan«, sagte die Stimme. »Komm her … ja, ich rufe dich. Komm zu mir!«

7. Kapitel

Da sitzt jemand am Ufer, dachte Edu, *er winkt mir* … Er watete durch das Wasser … Jetzt konnte er die Gestalt besser sehen … Sie hatte einen Kopf und einen Körper, zwei Arme, zwei Beine … aber es war kein Mensch. Und doch sagte sie zu ihm: »Komm hierher!«
Sie war ganz und gar grün, die Haut schillerte wie bei einer Eidechse.
Edu kletterte ans Ufer und sah das Geschöpf ungläubig an. In dem fremdartigen Gesicht glänzten zwei dunkle Augen, intelligente Augen … Das Geschöpf war nicht größer als ein zehnjähriges Kind …
»Du brauchst keine Angst zu haben«, sagte es. »Du bist größer als ich.« Es machte eine Gebärde mit einer seiner langfingrigen Hände. »Komm, setz dich neben mich.«
Edu gehorchte.

»Jetzt fühlst du dich wohl, nicht wahr?« Das fremde Wesen sagte dies nicht in Form einer Frage, sondern als Feststellung.
»Ja, ja, sicher«, sagte Edu ein bisschen stotternd.
»Du hättest die Hülle sofort ausziehen sollen.«
»Meinen Schutzanzug?«
»Ja. Vielleicht ist das in eurer Welt eine ganz gute Sache, aber in der unsrigen ist es gefährlich. Es war nämlich der Schutzanzug, der beinahe deinen Tod verschuldet hätte, nicht der Wald. Ich hatte noch große Mühe, dich davon zu befreien.« Das Geschöpf umfasste die angezogenen Beine mit seinen langen Armen und fügte hinzu: »Du hast jetzt auch keine Angst mehr.«
»Nein ...«, flüsterte Edu. Er war nicht einmal sehr erstaunt. *Ich müsste mich eigentlich vor ihm gruseln*, dachte er. *Aber er ist nicht gruselig. Er passt in diese Umgebung.*
»Ich bin hier geboren«, sagte das Geschöpf. Es legte sich auf den Rücken und heftete seinen Blick auf die Blätter über ihm. »Mach es dir bequem«, sagte es, »so wie ich.«
Edu folgte seinem Vorbild – warum auch nicht? Es schien die normalste Sache der Welt zu sein. Der Boden war weich; dass er feucht war, störte ihn nicht.
»Du findest es schön warm«, sagte die Stimme neben ihm – eine fast menschliche Stimme, die leicht und mild klang. Nur der Anflug eines fremden Akzents lag darin.
Edu fuhr blitzartig in die Höhe. *Wie war das nur möglich!* Träumte er vielleicht? Aber der andere lag noch immer neben ihm. »Sie sprechen ja meine Sprache!«, flüsterte er.
»Du und deine Artgenossen sind schon so lange hier, dass wir eure Sprache lernen konnten.«
»Wie denn?«, flüsterte Edu.
»Durchs Zuhören.«
»Sind Sie ... bist du ein Mann ... ein Venuswesen?«
»Venus«, wiederholte der andere. »So nennt ihr diese Welt. Wir sagen Afroi. Ja, ich bin ein Mann aus Afroi, ein Afroin. Wir, die hier wohnen, nennen uns Afroini.« Grüne Lider senkten sich über seine glänzenden Augen. Er schwieg.

Ein Venusmann … Afroi. Es klingt unglaublich.
»Du bist mir beinahe genauso fremd wie ich dir«, sagte der Afroin, ohne die Augen zu öffnen.
Edu suchte nach Worten, er war sprachlos. Er dachte: *Soll ich ihn fragen, wie er heißt?*
»Ich heiße Firth.«
»Firt …?«
»Firth.«
»Ich heiße Edu«, sagte der junge Mann. Wie hatte der Venusbewohner nur erraten, was er dachte? »Ich bin ein Mensch, ein Mensch von der Erde«, fügte er hinzu. *Ob er wohl wusste, was das ist, die Erde?*
»Die Erde ist eine andere Welt«, sagte Firth, »kälter und kahler als diese hier.«
»Woher weißt du das?«
»Mach es dir doch gemütlich«, sagte Firth nochmals. »Leg dich hin wie ich!«
Edu tat, was man ihm sagte. Die Wärme war nicht unangenehm, aber sie machte ihn träge. Er schaute in das hin und her wehende Laub über seinem Kopf, das ständig den Farbton änderte. Er lauschte dem Rauschen des Baches und nahm all die verschiedenen Geräusche des Waldes in sich auf, die ihm jetzt schon vertraut waren. Er seufzte zufrieden und gähnte.
»Ausruhen tut gut«, sagte Firth leise. »Du bist ein ganzes Stück gelaufen. Es sind sicher neun Lémai von der Stelle aus, wo du aus der Luft herunterkamst.«
Edu war plötzlich gar nicht mehr schläfrig. »Neun Lémai«, wiederholte er. »Wie viel ist das?« Er setzte sich wieder auf. Richtig, er war ja auf dem Weg ins Hauptquartier. »Wie lange bin ich schon hier?« fragte er. »Firth … Firth, wie weit ist die große Kuppel von hier entfernt?«
»Zehn, elf, zwölf Lémai«, antwortete der Venusbewohner, ohne sich zu rühren. »Aber das macht doch nichts. Für heute bist du genug gelaufen.«
Die Afroini schienen sehr auf ihre Ruhe bedacht zu sein.

Edu legte sich wieder hin, aber mit seiner eigenen Ruhe war es nun vorbei. »Ja, gewiss«, sagte er. »Wenn ich aber nicht komme, Firth, werden sie mich vielleicht suchen. Sie wissen nicht, wo ich bin – sie werden sich verlaufen.«

»Sie haben Angst vor dem Wald«, sagte Firth.

»Ja ...«

»Aber du hast keine Angst.«

»Jetzt nicht mehr«, sagte Edu. »Aber auch ich hatte Angst. Ja, auch ich.«

»Aber nicht so viel Angst wie die anderen unter der Kuppel«, sagte Firth. »Du bist freiwillig in den Wald gegangen. Darum ist dir auch nichts geschehen.«

»Wir Menschen glauben, dass der Wald voll schrecklicher Gefahren ist.«

»Das kann durchaus zutreffen. Aber die Gefahren stecken in einem selbst und nicht im Wald.«

Edu drehte sich auf die Seite und stützte sich auf den Ellenbogen. Er blickte zu Firth hinunter, der noch immer in derselben Haltung lag und die Augen geschlossen hatte. »Ich verstehe dich nicht so recht«, sagte er.

»Ich dich auch nicht«, sagte Firth. »Dein Hintergrund ist mir fremd, deine Gedanken sind verworren.«

Gedanken?

»Gedanken«, sagte Firth. Er schwieg einen Augenblick. Dann sagte er: »Deine Freunde haben sich noch nicht auf den Weg gemacht, um dich zu suchen. Sie befinden sich alle unter der Kuppel.«

»Woher weißt du das?«, flüsterte Edu.

»Still!«, sagte der andere.

Beide schwiegen ein Weilchen. Ein kurzer Regenschauer zog über sie hinweg, sanft und erfrischend.

»Sie beraten noch«, sagte Firth. »Sie meinen, dass es ihre Pflicht sei, dir zu Hilfe zu kommen. Sie meinen auch, dass es unvernünftig sei, andere Leben für ein einziges aufs Spiel zu setzen. Sie sind sehr ängstlich und böse ... aber auch besorgt. Um dich.«

Edu murmelte: »Firth … wovon redest du?«
»Still …«, sagte Firth. Langsam wandte er Edu sein grünes Gesicht zu und öffnete die Augen. »Ich kann sie nicht erreichen, ich kann keinen von euch erreichen, selbst dich nicht … Was schaust du mich so an? Verstehst du es immer noch nicht?«
Edu begann allmählich, es zu verstehen. *Dieses Venusgeschöpf beantwortet meine Fragen, bevor ich sie überhaupt ausgesprochen habe …*
»Nein, du verstehst es nicht«, sagte Firth. »Du willst nicht glauben, du wagst nicht zu glauben, dass …«
»… dass du Gedanken lesen kannst!« sagte Edu.
»Sag nun nichts mehr«, mahnte Firth. »Reden lenkt nur ab.«
Jetzt schließt er seine Augen wieder. Er denkt … er hat sofort gewusst, was ich dachte … Reichen seine Gedanken bis in die Kuppel?
Edu hatte den Eindruck, als fühle er Fäden aus allerlei Gedanken – seinen eigenen und den vieler anderer. Sie waren unsichtbar, aber er spürte sie und er konnte sie nicht verstehen …
»Hier im Wald sind viele Afroini«, sagte Firth. »Sie wissen, dass du hier bist. Ich habe durch meine Gedanken mit ihnen gesprochen … Du brauchst nicht zu erschrecken, sie wollen dir nichts Böses tun.«
Edu dachte über das nach, was er nun wusste. »Gedanken?« fragte er, verwundert und ein wenig verängstigt.
Es dauerte eine Weile, ehe Firth antwortete. »Ich spreche deine Sprache mit meinen Lippen«, sagte er, »aber ich verstehe mehr durch meine Gedanken. Die Sprachen der Gedanken sind nicht so verschieden voneinander, nicht einmal bei Bewohnern verschiedener Welten.«
»Telepathie!«, sagte Edu, während er sich erneut aufrichtete.
»Dieses Wort kenne ich nicht«, sagte Firth. »Eure Welt ist sicher sehr dürr und kalt«, fuhr er fort. »Du bist dauernd in Bewegung. Wie oft hast du dich jetzt schon aufgerichtet!«
Edu öffnete den Mund, um etwas zu sagen, aber Firth gebot ihm zu schweigen:

»Sei lieber still. Du kannst doch nicht in Worte kleiden, was du denkst.«

»Aber ja«, begann Edu, »wenn du mir nur ein bisschen Zeit lässt zum … zum Nachdenken.«

»Du überlegst, ob ich all deine Gedanken lesen kann«, sagte Firth langsam. »Die Antwort lautet: ja. Und das erschreckt dich.«

»Ich … ich finde die Vorstellung nicht gerade angenehm … ›Die Gedanken sind frei; wer kann sie erraten?‹ singt man bei uns auf der Erde. Man kann also hier auf der Venus – auf Afroi – nie irgendwelche Geheimnisse haben.«

»Du meinst, dass man seine Gedanken nicht verborgen halten kann. Aber gerade das ist doch viel schöner. Ihr auf der Erde müsst euch doch sehr oft missverstehen.«

»Das stimmt«, sagte Edu. »Und doch …« Trotz der Hitze zitterte er plötzlich vor Kälte. »Es ist entsetzlich«, murmelte er.

Der Venusbewohner rekelte sich und setzte sich auf. Dann schaute er Edu an. »Du fühlst dich nackt!«, sagte er. »Niemand anderes darf deine Geheimnisse enträtseln. Hab ich recht?«

»Ach, lass schon«, sagte Edu.

Es störte ihn auf einmal, dass Firth so dicht bei ihm saß. Er richtete sich auf und ging ein paar Schritte weit weg.

Auch Firth stand auf. Mit einer einzigen schwingenden Bewegung stand er neben Edu – eine kleine, schmächtige Gestalt. »Und allmählich verstehst du auch, weshalb wir Afroini keine Angst haben«, fuhr er fort, »nicht einmal vor euch, ihr Fremdlinge aus einer anderen Welt.«

»Ihr kennt den Plan schon vor seiner Ausführung und den Gedanken vor der Tat …«

»Und wenn es böse Gedanken sind, können wir die Tat verhindern.«

»Aber dann habt ihr ja eine gewaltige Macht in Händen!«, flüsterte Edu.

8. Kapitel

Ein Afroin – ein Mann von der Venus, ein intelligentes Wesen, vielleicht höher entwickelt als die meisten Menschen … Ihre Begegnung war so selbstverständlich gewesen, ohne Furcht – ja, fast ohne Verwunderung. Jetzt jedoch, dachte Edu, hatten sich seine Gefühle verändert. Er glaubte zwar nicht, dass Firth irgendetwas Böses im Schilde führe, aber er fürchtete ihn darum nicht weniger.

Sie standen nebeneinander am Ufer. Firth fixierte mit seinen Augen das Wasser im Bach. Edu blickte ebenfalls dorthin. Er sah, wie schimmernde Körper durch das Wasser flitzten – in diesem Strom gab es noch Fische. Er hörte Firth sagen: »Wir warten noch ein Weilchen.« Wenn man ihn nicht ansah, hatte man fast den Eindruck, eine menschliche Stimme zu hören … aber nur fast, denn in ihrem Klang lag auch etwas Unirdisches … Edu schaute kurz zur Seite. Er hatte plötzlich den brennenden Wunsch, einen Menschen bei sich zu haben – *jemand von meiner eigenen Art.*

»Da kommt Aill«, sagte Firth. »Meine Freundin.«

Edu blickte sich um. »Ich sehe niemand.«

»Sie ist noch nicht hier«, sagte Firth. »Aber sie ist unterwegs, am Bach entlang. Sie möchte dich gerne sehen, bevor du wieder gehst.«

»Bevor ich gehe?«

»Bevor du zur Kuppel zurückgehst … zu Menschen, die so sind wie du.«

Edu schwieg.

»Jetzt ist sie ganz in der Nähe«, sagte Firth.

In der Richtung, in der der Wasserfall lag, raschelte es. Kurz darauf kam eine kleine, zierliche Gestalt auf sie zu.

Genauso grün wie er. Beide sind nackt; er ist ein Mann, sie ist eine Frau … Sie hat eine Blumenkette um den Hals … Ich habe Igor versprochen, eine Blume zu pflücken. Und eine Blume für Petra … Firth sagte, dass ich zur Kuppel zurückkehren werde … Er und seine Freundin sehen einander an … ohne etwas zu sagen ... Ist ja auch nicht nötig ... Ich wünschte, ich könnte aus ihrem Gesichtsausdruck schlau werden ...

»Dies ist Aill«, sagte Firth, »meine Freundin.«

»Guten Tag ... Aill«, sagte Edu ein wenig verlegen.

Aills Antwort hörte sich an wie: »Ie-ie-sstrr-winuie-é-Edu.«

Ihre Stimme klang viel unirdischer als die von Firth, sehr melodisch und schön, aber bei weitem nicht so menschlich.

»Ich glaube, Aill«, sagte Edu, »dass ich dich meinen Namen nennen hörte. Und es ist völlig unnötig, dass ich dir etwas über mich erzähle.«

»Edu«, sagte Aill und langsam, nach Worten suchend, fügte sie hinzu: »Mensch ... Mann von der Erde.«

Da stehen sie nun zusammen. Sie führen bestimmt ein lebhaftes Gedankengespräch, wahrscheinlich über mich. Und ich ... ich stehe da und mache ein dummes Gesicht ... Ich tue am besten, was Firth sagte: zurückgehen zur Kuppel ...

»Zurück zur Kuppel«, sagte Aill. »Ja, Edu. Geh zurück zur Kuppel. Die Menschen dort, deine Freunde, machen sich Sorgen.«

»Dann darf ich nicht länger hier bleiben«, sagte Edu. *Ich habe schon viel zu lange gewartet. Ob sie den Weg wissen?*

»Ich werde dir den Weg zeigen«, sagte Firth.

Aill machte einen Schritt auf ihn zu. Sie sagte etwas in ihrer unverständlichen Sprache. Es klang, als ob sie lachte. Sie nahm die Blumenranke von ihrem Hals und reichte sie ihm empor. »Nimm sie, Edu von der fernen Erde. Blumen.«

»Aill schenkt dir ihre Blumen«, erläuterte Firth. »Du dachtest gerade an Blumen. Nimm sie, sie sind für dich.«

»Für dich«, wiederholte Aill. »Um zu geben an ... an Petra.«

Edu nahm die Blumen an. »Danke! Vielen Dank, Aill.«

Aill ließ aufs Neue ihr liebliches Lachen hören *(falls es ein Lachen war!)*. Dann drehte sie sich um, ging weg und verschwand zwischen den Bäumen.

»Aill hat uns auf Wiedersehen gesagt«, erklärte Firth. »Aber meine und ihre Gedanken bleiben beieinander. Komm, ich werde einen Lémai weit mit dir gehen.«

Stromaufwärts führte ein Pfad am Bach entlang, dort konnten sie nebeneinander hergehen. Edu strich über die Blumen, die er um den Hals hängen hatte. Er dachte darüber nach, wie merkwürdig dies alles eigentlich war. Was würden sie wohl in der Kuppel sagen, wenn sie wüssten, dass sein Streifzug durch den Wald tatsächlich ein Spaziergang geworden war – und sogar in Gesellschaft eines Mannes, der auf diesem Planeten zu Hause war und mit dem er sich unterhalten konnte wie mit seinesgleichen?

»Redet ihr eigentlich auch manchmal miteinander?«, fragte er. »Oder genügen euch die Gedanken?«

»Die meisten Roi-Afroini finden das Miteinandersprechen als Zeitvertreib ganz nett«, antwortete Firth. »Aber am liebsten benutzen sie ihre Stimme, um Lieder zu singen.«

»Roi-Afroini?«

»Afroini vom Land.«

»Gibt es denn auch andere Afroini?«

»Ja. Es sind die, die nicht auf dem Land in den Wäldern wohnen.«

»Können sie auch Gedanken lesen?«

»Ja«, sagte Firth und begann zu pfeifen, eine Folge von Tönen, in der Edu weder eine Melodie noch einen Zusammenhang erkennen konnte.

Es gibt noch eine ganze Menge zu entdecken, dachte er. Innerhalb weniger Stunden hatte er mehr über diesen Planeten erfahren als die meisten Menschen in Jahren zuvor. Aber wie viele Fragen blieben noch offen! Firth musste wissen, welche Fragen ihm durch den Kopf schossen, auch wenn sie noch so wirr durcheinander liefen ... Er sagte jedoch nichts, sondern pfiff weiter seine wunderliche Weise. *Vielleicht hatten auch die Afroini ihre Geheimnisse?*

Der Pfad führte nun bergauf. Nach einer Weile lag der Bach tief unter ihnen. Manchmal schien es, als liefen sie durch die Sonne, so gelb und leuchtend waren die Blätter. Edu wischte sich den Schweiß vom Gesicht.

»Geh nicht so schnell«, sagte Firth. »Das sollte man auf Afroi nicht tun. Und du erst recht nicht.«
Edu verlangsamte seinen Schritt. Da sah er – wie hatten sie ihn doch genannt? – einen Regenbogenflügelfalter.
»Rrisi«, sagte Firth. »Auch wir denken bei diesem Tier an einen Regenbogen.«
Die Libelle kreiste eine Zeit lang im Schwebeflug um sie herum, dann schoss sie wie ein Pfeil durch das Flusstal davon und verschwand dort im Nebel. *Ob Firth auch meine Erinnerungen lesen kann*? überlegte Edu. *Weiß er wohl, dass Iman solch ein Tier gejagt hat, damals am östlichen Wachroboter?*
Das Rauschen nahm zu – es war tatsächlich ein Wasserfall. Firth blieb stehen. »Wir gehen nun nicht weiter geradeaus«, sagte er. »Du musst hier den Seitenweg nehmen.«
Edu schaute den Pfad entlang, der zwischen Bäumen und noch mal Bäumen steil anstieg ... Ein Ende war nicht zu sehen.
»Dort wohnt Wisi-u«, sagte Firth, »dort hinter dem Wasserfall. Wisi-u, der Älteste.«
»Der Älteste?«, wiederholte Edu.
»Ja. Es ist der, der am längsten gelebt hat, der am meisten weiß, der uns alle hier anführt und verwaltet.«
»Wie bitte? ...« – *Eine Gottheit vielleicht? Oder ein Oberhaupt?*
»Ein Oberhaupt«, sagte Firth. »Dasselbe, was ihr ›Kommandant‹ nennt. Der Leiter, der Präsident.«
Edu zog die Stirn kraus. *Leiter, Präsident. Die Worte klaut er sich aus meinem Hirn ... Ja, wie sollte es auch anders sein? So hat er auch meine Sprache gelernt. Alles, was ich weiß, kann er ebenfalls wissen. Alles ... Abscheulich.*
»Ja«, sagte Firth, »das ist nicht leicht für dich. Vielleicht hätte ich dich nicht rufen sollen ...« Er schwieg einen Augenblick. »Ich meine, als du im Bach geschwommen bist«, fügte er langsam hinzu, »als ich dich bat, zu mir zu kommen. Hätte ich das besser nicht getan?«
Ach nein, nein, das ist es nicht. Ich bin eigentlich doch sehr froh,

dass ich dir begegnet bin … »Wolltest du dich denn erst vor mir verborgen halten?« fragte Edu. »Keiner von uns hat euch je gesehen. Wir haben selbst nie vermutet, dass ihr existieren könntet.«

»Wir sind aber immer hier gewesen«, sagte Firth. »Anfangs haben wir zu euch gesprochen. Aber ihr empfangt keine Gedanken und darum erhielten wir nie eine Antwort. Und ihr hattet Angst vor unseren Wäldern … Nein, nicht ihr alle; du kamst hierher, zu uns. Deshalb wollte ich mich nicht vor dir verbergen.«

»Du hast mir meinen Anzug ausgezogen«, murmelte Edu, »und mir so das Leben gerettet, stimmt's?«

Firth gab hierauf keine Antwort. Er ließ sich unter einem riesigen Baum zu Boden gleiten. »Jetzt halten wir eine kurze Rast«, sagte er.

Edu merkte, dass es gut tat, sich auf dem dicken Moos auszustrecken.

»Wir Afroini können lange Zeit still liegen bleiben«, sagte Firth. »Das bedeutet aber nicht, dass wir untätig sind. Unsere Gedanken sind währenddessen intensiv beschäftigt. Wir sprechen viel miteinander, wenn auch über weite Entfernungen hinweg. So erfahren wir eine ganze Menge.«

Erfahren alles.

»Es tut dir jetzt schon leid«, sagte Firth.

»Was?«

»Dass du zu entdecken beginnst, wie Afroi wirklich ist.«

»Leid … ja und nein«, sagte Edu unsicher. »Nein. Es ist alles nur so neu für mich, so …« Er brach ab.

Firth ergriff wieder das Wort. Seine Stimme klang ernst, als er sagte: »Du und deine Artgenossen, ihr seid aus einer anderen Welt zu dieser hier gekommen – und jetzt, da ihr hier seid, habt ihr Angst davor. Die Menschen möchten genau dieselben bleiben, die sie in ihrer eigenen Welt waren. Afroi ist nicht die Erde! Aber vor dieser Tatsache verschließen sie ihre Augen. Sie bauen eine Kuppel und verkriechen sich darin. Und wenn sie über den Grund und Boden von Afroi laufen, verpacken sie sich in einen

Schutzanzug. Afroi ist ein guter Planet. Aber wenn ihr hier bleiben wollt, müsst ihr anders werden – weil es eine andere Welt ist. Wollt ihr das? Und wenn ja, könnt ihr das?«

»Ich weiß es nicht«, sagte Edu leise.

»Ich glaube dasselbe wie du«, sagte Firth. »Wer sich auf die Suche nach anderen Welten macht, entdeckt unter Umständen mehr, als ihm lieb ist.«

Aber wir können nicht zurück, dachte Edu.

»Wir können nicht zurück«, sagte Firth. Er stand auf. »Du musst nun weitergehen, in diese Richtung. Ich habe den anderen Afroini Bescheid gesagt, dass du kommst; einer kommt dir bereits entgegen. Nach jedem Lémai musst du eine kurze Pause einlegen und es wird immer jemand da sein, der dir zeigt, wie du weitergehen musst. So kommst du schnell zu deinen Freunden unter der Kuppel.«

Auch Edu war aufgestanden. Er fragte: »Darf ich hierher zurückkommen?«

»Natürlich«, sagte Firth, »wenn du das möchtest. Jederzeit.« Er wies ihm mit vielen Fingern die Richtung. »Dort ist dein Pfad.«

Dritter Teil

Der Wald und die Kuppel

1. Kapitel

Nun hatte er den Waldrand beinahe erreicht. Verschiedene Afroini hatten ihn, einer nach dem anderen, geführt. Edu war es schwer gefallen, Unterschiede zwischen ihnen zu entdecken. In seinen Augen sahen sie sich alle ähnlich – schmächtig, klein und leuchtend grün. Alle waren sehr schweigsam gewesen, obwohl manchmal ein einzelnes Wort verriet, dass sie wussten, welche Gedanken ihm durch den Kopf gingen. Rückblickend betrachtet, war Firth noch der Gesprächigste gewesen. Er hatte sich auch am besten in der Menschensprache ausdrücken können.

Der Weg selbst hatte keine Schwierigkeiten bereitet, obwohl Edu gemerkt hatte, dass er ihn allein niemals hätte finden können. Es war eine abwechslungsreiche Wanderung gewesen: durch feuchte Täler voller Nebel, über leuchtende Alleen und quer durch ein Gewirr von dunkel glühenden Sträuchern; an kleinen Bächen mit glitzerndem Wasser und stillen, grünen Tümpeln vorbei. Ab und zu gab es Stellen, die sumpfig und beinahe unbegehbar waren, und dann wieder Stellen, wo die Blumen so betäubend dufteten, dass er seinen ganzen Willen aufbieten musste, um sich nicht davon einfangen zu lassen.

Nun aber sah er zwischen den Stämmen hindurch das Graublau einer offenen Ebene. Der Afroin, der gerade bei ihm war – *wie hieß er nur wieder ...?*

»Sstrra«, sagte das Geschöpf in leisem, halb singendem Ton. »Ich heiße Sstrra.«

Sstrra war viel schneller gegangen als die anderen vor ihm, als ob er in Eile sei (falls Afroini es je eilig hatten). Jetzt aber war er damit beschäftigt, Blätter zu pflücken. Er wählte die größten aus und begann sie aneinander zu befestigen. Edu beobachtete ihn dabei. Wie viele Finger mochte er wohl haben? Sie bewegten sich so rasch ... er zählte sieben.

Was macht er da? überlegte er.

»Ich mache etwas für dich«, sagte Sstrra. »Um dich zu ... zu beschützen. Vor Wärme ohne Schatten von Bäumen.«

Edu schaute zum Himmel empor. Die Wolken glitzerten. Ja, die Sonne war heiß. Ohne Wolken wäre es wahrscheinlich gar nicht auszuhalten.
Sstrra ließ seine Arbeit einen Augenblick lang ruhen und blickte zu ihm empor. »Ohne Wolken! In deinen Gedanken gibt es Orte ohne Wolken. Weit weg von hier. Und kalt, kalt.«
Das können die Afroini sich nicht vorstellen … oder vielleicht doch! Sstrra beugte sich wieder über seine Blätter. *Und währenddessen spaziert er in meinem Geist herum*, dachte Edu. *Er liest in meinen Gedanken, als ob sie ein Buch seien …*
»Du möchtest weg von mir«, sagte Sstrra. »Sobald dies hier fertig ist, kannst du gehen. Ich folge dir nicht.«
»Nimm es mir bitte nicht übel.«
»Ich verstehe dich«, sagte Sstrra.
»Das glaubst du! Aber du verstehst es nicht.«
Edu hob den Kopf. Er hörte etwas.
»Ein Luftschiff«, sagte Sstrra. »Hoch über dem Wald. Menschen suchten dich, aber sie sahen dich nicht. Sie fliegen zu hoch, zu schnell.« Er stand auf und hielt sein Blättergebilde empor. Es war eine Art Mantel, mit einer Kapuze daran. »Häng ihn um«, sagte er. »Er ist kühl. Die Luft kommt hindurch, aber die Hitze nicht.«
Edu tat, was er sagte. Sstrra ging vor ihm her zum Waldrand. »Geh nun, Edu, Mann von der Erde. Geradeaus und schnell. Das Luftschiff ist zur Kuppel zurückgekehrt. Die Menschen dort denken nur an dich … Ein Mann will sogar seinen Außenschutzanzug anziehen. Er will selbst nach dir suchen.«
»Selbst suchen?«, sagte Edu. *Wer mochte das wohl sein?*
»Du musst ihm zuvorkommen«, sagte Sstrra. »Mach keine Pause.«
»Du hast Recht, Ss … Stra … *(ein unaussprechlicher Name)*. Guten Tag und vielen Dank.«
Edu blickte noch einmal zum Wald zurück. Von Sstrra war nichts mehr zu sehen und auch nicht von den anderen Afroini. Ob sie ihm wohl nachschauten mit ihren dunkel glänzenden Augen? Oder folgten sie ihm mit ihren Gedanken?

2. Kapitel

Ein Wachroboter! Der östliche Wachroboter! Er war fast da …

Edu beschleunigte seinen Schritt. Die Fotolinsen des Wachroboters hatten ihn registriert. Das Elektronengehirn gab die Meldung nun an die Kuppel weiter … Menschen! Gleich würde er seine Freunde wieder sehen … Noch ehe er die Grenze überschritten hatte, kam ihm schon ein Grundmobil entgegen. Er winkte ihm zu … Wer saß wohl am Kontrollstand? Ach, nur ein Roboter … Nun ja, er würde ja jetzt schnell zu Hause sein …

Das Mobil stoppte dicht neben ihm. »Planetenforscher Nummer elf«, sagte der Roboter, »man hat mich geschickt, um …«

Edu wollte einsteigen, aber die gläserne Schiebetür schloss sich vor seiner Nase.

»Forscher Nummer elf«, erklang die kühle Stimme des Roboters, »würden Sie bitte erst die Pflanzen entfernen!«

Pflanzen … ? »Ach ja, meinen Mantel«, sagte Edu. Er warf die ziemlich mitgenommenen Blätter ab.

Aber die Tür öffnete sich noch immer nicht. »Würden Sie bitte auch das entfernen, was Sie um den Hals tragen«, sagte der Roboter.

Meine Blumen! Sie sind doch verwelkt … Edu warf sie weg.

Die Tür öffnete sich. Er setzte sich neben den Roboter und sofort sausten sie los über die weite Ebene. In wenigen Minuten hatten sie die Kuppel erreicht.

Der Roboter brachte das Fahrzeug zum Stehen. »Befehl des Hauptquartiers«, sagte er. »Sie müssen erst die Schleuse passieren. Gehen Sie bitte hinein, Forscher Nummer elf! Sie werden erwartet.«

Niemand kam ihm entgegen, um ihn zu begrüßen. In der Schleuse erklang eine unpersönliche Stimme aus dem Lautsprecher: »Forscher Nummer elf, bitte unter die Dusche!«

Kaltes Wasser bespritzte ihn von allen Seiten. Es roch stark nach Desinfektionsmitteln – *wie anders als der Regen draußen*! Edu

kniff die Augen zusammen und fröstelte. Prickelnder Schaum umgab ihn jetzt, er reizte ihn zum Prusten und Niesen. Dann wieder Wasser ... Es war in der Tat erfrischend ...
Aus dem Lautsprecher ertönten nun andere Stimmen aufgeregt und fröhlich durcheinander. »Er ist da!« »Wie geht es ihm?« »Hallo Edu, Edu ...!« Dann Micks Stimme: »Habt ihr ihn gesehen? Er hatte kein Fädchen mehr am Leib!« Igors Stimme übertönte alle anderen: »Hallo, Edu, alter Idiot ... willkommen im Hauptquartier! Wie geht es dir, alter Knabe?«
Edu wurde durch einen wirbelnden Luftstrom trockengeblasen. Es war erstaunlich, wie gut er sich fühlte. »Prima!« rief er. »Prima!«
»Hättest du nicht früher zurückkommen können? Jetzt habe ich meine Wette verloren.«
»Ich gebe einen aus, Igor. Ich habe nämlich Hunger.«
Jetzt redeten wieder andere auf ihn ein. Sie waren froh, dass er zurückgekommen war. Edu hatte plötzlich das Gefühl, dass er es keinen Augenblick länger in der Schleuse aushalten konnte. Er musste nun seine Freunde sehen und ihnen alles erzählen.
Er rappelte an der Innentür. Sie öffnete sich und ein Roboter mit einem Badetuch über dem Arm erwartete ihn. Edu nahm es und legte es sich um.
»Forscher Nummer elf«, sagte der Roboter, »würden Sie bitte einen Augenblick warten?«
»Nein, Roboter, jetzt reicht es mir!« Edu ging schnell an ihm vorbei und öffnete eine zweite Tür.
»Forscher Nummer elf«, rief der Roboter, ganz aus seinem Konzept gebracht, »Sie müssen zur Abteilung für allgemeines Wohlbefinden.« Er hielt Edu jedoch nicht zurück, anscheinend hatte er dazu keinen Auftrag erhalten.
In der Halle, die neben der Schleuse lag, hatten sich viele Leute versammelt. *Igor, Mick, Arno ... sogar Iman war da ... Alle sind da ... Nein, Petra – wo ist Petra ...*
»Da ist er!« ... »Es wird auch Zeit ...«
Einige liefen auf ihn zu. »Edu! Los, erzähle!«

Und dann plötzlich ein lauter Befehl, streng und warnend:
»Weg, zur Seite! Alle zurücktreten! Fasst ihn nicht an!«
Der Kommandant! – *Ob er wirklich so böse ist, wie er aussieht?* – Er kam näher heran, blieb dann stehen. »Alle zurücktreten«, wiederholte er. »Lasst ihn in Ruhe.«
Dr. Li tauchte neben ihm auf, sein Stethoskop um den Hals. Und dann entdeckte Edu auch Petra; sie stand halb hinter dem Kommandanten verborgen. Sie sah ihn mit großen Augen an und begrüßte ihn mit einem ernsten Lächeln und Kopfnicken. Dr. Li trat vor; er betrachtete ihn voller Sorge.
»Oh, mir fehlt nichts!«, sagte Edu. »Legen Sie Ihr Stethoskop ruhig weg, Doktor. Ich bin gesund wie ein Fisch im Wasser.«
Es wurde plötzlich sehr still. Er ließ seine Augen über alle schweifen und richtete sie dann auf den Kommandanten. »Die Wälder sind nicht gefährlich … wenigstens nicht so, wie wir geglaubt haben …«
»Das werden wir noch miteinander besprechen, Forscher Nummer elf!«, sagte der Kommandant. »Sie werden mir nachher über ihr rücksichtsloses Unternehmen Rechenschaft ablegen müssen. Aber gehen Sie zuerst mit dem Doktor in die Abteilung für allgemeines Wohlbefinden. Sie bleiben vorerst in Quarantäne!«

3. Kapitel

In Quarantäne …
Dr. Li und ein Roboter begleiteten ihn zur A.f.a.W. Sie taten es still und ernst, als ob er ein Verbrecher sei, der abgeführt werde. Edu korrigierte sich selbst. Er hätte natürlich sofort daran denken müssen: Das Hauptquartier durfte keinerlei Risiko eingehen und er war immerhin der erste, der mit heiler Haut aus dem Wald zurückgekehrt war. Von dieser »heilen Haut« schien man jedoch keineswegs überzeugt zu sein. Dr. Li und seine Roboterassistenten bereiteten eine gründliche Untersuchung vor. Edu ließ alles über sich ergehen, ohne sich dagegen zu wehren. Schweigend

nahm er alle Untersuchungen in Kauf und beantwortete nur die sachlichen Fragen des Arztes. Über seine Erlebnisse sprach er nicht, obwohl er ständig daran dachte. Nachher musste er ja darüber berichten – als ob es sich um einen ganz gewöhnlichen Kontrollgang gehandelt hätte. Eigentlich war es idiotisch, dass er nicht schon jetzt darüber sprach! Dr. Li war bestimmt sehr neugierig. Edu registrierte, dass er ihn immer wieder fragend anschaute. *Trotzdem glaube ich, dass ich kein Wort über die Lippen brächte*, dachte er ein wenig erstaunt. *Selbst wenn ich es wollte oder sogar müsste … Den Afroini hätte ich nichts zu sagen brauchen …*

Endlich legte Dr. Li seine Instrumente beiseite und beauftragte den Roboter, die Untersuchungsergebnisse auszuwerten. Dann sah er Edu an.

»Wie fühlst du dich jetzt?«, fragte er.

»Gut, Doktor. Nur … ich habe Hunger«, sagte Edu.

Dr. Li zog die Augenbrauen zusammen.

»Ich habe seit heute Morgen nichts mehr gegessen«, fuhr Edu fort. »Nur getrunken …«

»Getrunken? Was denn?«

»Wasser … aus dem Bach … Regentropfen.«

»Hm«, meinte Dr. Li. »Wie lange hast du dich all dem Regen wohl ausgesetzt, dem Wind und dem Wetter?«

»Das weiß ich nicht genau … ein paar Stunden lang. Ich bin auch geschwommen …« Edu schwieg einen Augenblick. »Es war herrlich«, fügte er hinzu. »Aber jetzt habe ich Hunger.«

»Hast du überhaupt nichts gegessen?«

»Nein … Ach so, ja, einer der Afroini hat mir unterwegs etwas angeboten. Eine Frucht.«

»Afroini?«

»Afroini …« Jetzt hatte er doch von ihnen gesprochen; es verlief alles ganz anders, als er es sich vorgestellt hatte. »Afroini sind Venuswesen … Venusmenschen …«

Dr. Li starrte ihn an. Er sah auf einmal gar nicht mehr so intelligent aus. »Venusmenschen?!«

»Ja. Ich verstehe, dass Sie erstaunt sind, Herr Doktor. Venusgeschöpfe, intelligente Wesen. Sie leben in den Wäldern.«
»Du hast … du bist Venusgeschöpfen begegnet? Aber …«
»Ja, eine Aufsehen erregende Entdeckung … Ich müsste eigentlich von Anfang an erzählen … Sie sind sehr … sie sind etwas Besonderes, Doktor … Sehr freundlich …«
»Erzähl bitte weiter!«
Ein Gefühl der Unwirklichkeit machte sich in Edu breit. Das, was er zu erzählen hatte, schien ihm plötzlich wie ein Traum. *Wie weit entfernt scheinen die Wälder von hier aus – in diesem kühlen, sterilen Untersuchungszimmer*! Er bemühte sich, alles wieder wirklich vor sich zu sehen: Firth, Aill, die anderen Afroini, denjenigen, der ihm eine Frucht angeboten hatte. »Es war eine große Frucht, eine grüne Kugel«, sagte er, mehr zu sich selbst als zum Arzt. »Sie sah lecker aus, aber ich habe mich nicht getraut, sie zu probieren. Wahrscheinlich war das Unsinn, denn ich war ja doch so weit gekommen, dass …«
»Jetzt nimm erst mal ruhig hier am Tisch Platz«, unterbrach ihn Dr. Li.
Er winkte einen Roboter heran. »Hol etwas zu essen für Forscher Nummer elf, irgendwas Leichtes – Diät C.«
Edu lächelte. »Machen Sie sich keine Sorgen, Doktor. Das war ein Schock für Sie, nicht wahr? Für mich übrigens auch. Obwohl ich die erste Begegnung merkwürdigerweise selbstverständlich fand.«
Der Roboter kam zurück und stellte ein Tablett vor ihn hin.
»Iss das erst auf«, sagte Doktor Li. »Danach kannst du weiter erzählen.«
»Ach nein, lassen Sie mich lieber weiterreden«, sagte Edu. »Ich habe so viel zu erzählen!«
»Immer mit der Ruhe«, sagte der Arzt. »In einer Viertelstunde musst du ohnehin dem Kommandanten berichten!« Er flüsterte dem Roboter etwas zu und verließ den Raum.
Der Roboter blieb neben dem Tisch stehen; er schenkte ein Glas voll und schob Edu einen Teller hin.

Edu begann mit Appetit zu essen. Aber nach einer Weile legte er den Löffel beiseite und runzelte die Stirn. War Dr. Li nur erstaunt gewesen? *Nein, er schien auch besorgt … Warum wohl? Es kann doch nicht sein, dass er mir nicht glaubt?*

Eine Viertelstunde später war Edu in einem der Krankenzimmer untergebracht. Auf dem riesigen Videoschirm an der gegenüberliegenden Wand erschien der Kommandant – lebensgroß, in Farbe und dreidimensional, aber trotzdem nicht echt, denn er befand sich in seinem eigenen Zimmer, irgendwo unter der Kuppel. Forscher Nummer elf musste Bericht erstatten.

Auch diesmal merkte Edu, dass es ihm schwer fiel, den Anfang zu finden. Dabei war es ja wichtig, alles Erlebte klar und deutlich zu schildern.

Der Kommandant saß an einem Tisch, aber er war nicht allein. Neben ihm sah Edu auf der einen Seite eine Hand und einen Arm in einem gelben Ärmel und auf der anderen Seite einen blauen Ellenbogen – der Rekorder und der Chef der wissenschaftlichen Abteilung waren also auch zugegen und hörten zu.

Zuerst sprach Edu ganz langsam, nach einer Weile ging es jedoch besser. Manchmal schloss er kurz die Augen, um sich zu konzentrieren; dann wieder schaute er seinen Chef an, um zu sehen, wie dieser auf die Schilderung seiner Abenteuer reagierte. Der Kommandant ließ jedoch keine Gemütsbewegung erkennen. Er hörte einfach zu, ohne ihn zu unterbrechen. Erst als Edu zu Ende erzählt hatte, sagte er etwas und stellte ein paar kurze Fragen.

Anschließend erschienen der Rekorder und Dr. Brim auf dem Bildschirm, um ihn ebenfalls zu befragen.

»Afroini«, sagte der Rekorder, »in der Einzahl Afroin. Und die Venus heißt Afroi. Afroini – spreche ich es so richtig aus?«

»Sie sagen, dass sie grün sind«, sagte der Chef der wissenschaftlichen Abteilung. »Würden Sie sie bitte noch einmal genau beschreiben? Es sind also humanoide Wesen? Und sie sprechen mit menschlichen Stimmen? Bewegen sie dabei den Mund? Haben sie eine Zunge?«

Edu beantwortete all diese Fragen, so gut er es vermochte. Er merkte plötzlich, dass neben Dr. Brim noch jemand saß. Ein weiter, grüner Ärmel und eine zierliche Hand waren alles, was der Bildschirm verriet …

»Sie sind telepathisch begabt, wie Sie sagen«, kam wieder die Stimme des Chefs der wissenschaftlichen Abteilung. »Aber sie sprechen auch … sogar Ihren eigenen Dialekt. Sprechen sie auch Eurikanisch?«

»Das weiß ich nicht«, antwortete Edu. »Ich glaube schon.«

»Und wie haben sie diese Sprache gelernt?«

»Durchs Zuhören. Sie hören unsere Gedanken ab. So sind sie in der Lage, jede beliebige Sprache zu lernen.«

»Aha. Also eine Welt, in der Dolmetscher überflüssig sind«, sagte der Chef der wissenschaftlichen Abteilung. »Haben sie auch eine eigene Sprache?«

»Ja, das habe ich Ihnen doch schon erzählt.«

»Das müsste sich doch eigentlich erübrigen? Es scheint mir irgendwie unlogisch zu sein. Sie behaupten, dass sie gegenseitig ihre Gedanken lesen …«

»Jawohl und unsere eigenen ebenfalls.«

»Bleiben wir beim Thema, Forscher Nummer elf!«

Das ist ja wie vor einem Tribunal! Warum können wir uns nicht ganz normal unterhalten?

»Also: Die Venusgeschöpfe lesen gegenseitig ihre Gedanken«, sagte der Chef der wissenschaftlichen Abteilung. »Dann brauchen sie doch überhaupt keine Sprache!«

»Das mag sein«, sagte Edu, »aber sie haben trotzdem eine. Sie klingt sehr melodisch. Ungefähr so wie Vogelstimmen.«

»Sie haben uns berichtet, dass ihre Stimmen sehr menschlich klängen. Und jetzt reden Sie auf einmal von Vögeln! Sie haben doch keine Schnäbel, oder?«

»Nein, Herr Dr. Brim«, sagte Edu ungeduldig. »Ich meine, dass der Klang ihrer Sprache an den Gesang von Vögeln erinnert. Ich weiß schließlich erst sehr wenig von den Afroini. Wie sollte es auch anders sein!«

»Umgekehrt kann man das aber nicht sagen. Sie sind allwissend. Zumindest behaupten Sie das.«

»Nein«, sagte Edu, »das Wort ›allwissend‹ habe ich nicht gebraucht.« Er blickte auf die Hand in der Ecke des Videoschirms. *Petra ... Weshalb ist sie wohl dabei?*

»Zusammenfassend könnte man also Folgendes über die Afroini sagen«, erklärte der Chef der wissenschaftlichen Abteilung: »Sie sind hochintelligent, verstehen sich auf übersinnliche Wahrnehmungen ... sie sind nackt und von grüner Farbe ... Es sind doch nicht etwa Reptilien?«

»Das weiß ich nicht.«

»Grün und schimmernd ... sie leben in nassen Wäldern ...«

»Ich bin kein Biologe, Herr Dr. Brim. Außerdem ist das wirklich nicht so wichtig. Ob sie nun Reptilien sind oder Säugetiere oder etwas ganz anderes.«

»Auf jeden Fall machen sie einen menschlichen Eindruck.«

»Richtig.«

Dr. Brim warf einen Blick zur Seite. »Haben Sie eventuell noch Fragen, Frau Dr. Moll?«

Petras leise Stimme sagte: »Nur eines noch, Dr. Brim.« Und dann erschien sie selbst auf dem Bildschirm. Dieser war ein paar Schritte von Edu entfernt, aber er hatte das Gefühl, als lägen Meilen zwischen ihnen.

»Forscher Nummer elf«, sagte sie und hielt einen Augenblick inne. »Du hattest schon immer vor, dies zu tun ... nicht wahr, Edu?«

»Du meinst, in den Wald zu gehen?«

Sie nickte.

»Ja, Petra.«

»Ist das alles, Frau Dr. Moll?«, fragte der Kommandant.

»Ja, das ist alles«, sagte Petra.

Edu glaubte einen Augenblick lang, dass sie ihm noch etwas sagen wolle, aber ihr Bild rückte zur Seite und der Kommandant blickte ihn an.

»Es ist jetzt Zeit, dass Sie sich ausruhen, Forscher Nummer elf«, sagte er. »Morgen sehen wir uns dann wieder.«

Zeit, um auszuruhen! Unter der Kuppel war es mittlerweile Abend geworden, aber Edu konnte keine Ruhe finden – auch dann nicht, als ein Roboter der A.f.a.W. nochmals Puls und Blutdruck gemessen und seine Reflexe kontrolliert hatte. Dr. Li war kurz hereingekommen, hatte ihn ein Glas voll undefinierbarer Flüssigkeit austrinken lassen und ihm befohlen, sich ins Bett zu legen und zu schlafen. Edu hatte gehorcht, aber er war kein bisschen müde. Es verlangte ihn nach Gesellschaft – *schon die Anwesenheit eines anderen Menschen würde mir gut tun. Wäre ich doch nur in meinem eigenen Zimmer! Diesmal würde Micks Geschwätz mir nicht auf die Nerven gehen. Aber es hat keinen Sinn, wenn ich mich von diesen Gefühlen überwältigen lasse. Sie können mich gar nicht anders behandeln als so – sie tun es ja in meinem eigenen Interesse und in dem aller Leute hier ...*

Aber trotzdem ... Es hätte trotzdem anders verlaufen müssen! Die Art und Weise, in der ich berichten musste ... all diese nüchternen, skeptischen Fragen. Skeptisch? ... Eher ungläubig! Aber weshalb wollten sie mir nicht glauben? Sie brauchen ja nur in den Wald zu gehen, um es mit eigenen Augen zu sehen ... den Wald ... die Afroini. Als Edu an die Afroini dachte, wurde er noch unruhiger. Er hatte das Gefühl, dass er dadurch ihre Gedanken zu sich hinlenkte und dass er den unsichtbaren Augen ihres forschenden Geistes hilflos ausgesetzt war ...

Er machte das Licht an und knipste es wieder aus; er wälzte sich hin und her und lag dann wieder ganz still. Der Videoschirm hatte aufgeleuchtet, mit einem ganz vagen, schwachen Licht. Auf dem Schirm sah er Dr. Li, der ihn beobachtete. *Auch durch die Kuppel werde ich beobachtet.* Er machte die Augen zu und tat, als ob er schliefe. Endlich kam der Schlaf wirklich, aber er schreckte immer wieder auf, ohne zu wissen, warum.

4. Kapitel

Am nächsten Morgen musste Edu nochmals eine gründliche Untersuchung über sich ergehen lassen. Anschließend ließ man seinen Bericht vom Vortag noch einmal vor ihm abspulen und fragte ihn, ob er noch etwas hinzuzufügen habe. Während er seiner eigenen Stimme lauschte, wurde er immer deprimierter. Jedes Wort, das er hörte, entsprach zwar den Tatsachen, aber wie stümperhaft hatte er alles erzählt, wie wenig war von der Atmosphäre zu spüren, in der seine Erlebnisse sich abgespielt hatten … Ganz plötzlich packte ihn das heftige Verlangen, wieder im Wald zu sein – *unter den Bäumen umherzugehen, den Regen zu spüren, die würzige Luft einzuatmen …*

Kurz darauf erschien der Kommandant auf dem Videoschirm. Edu musste von neuem berichten und Fragen beantworten. Anschließend kam ein Roboter mit allerlei Apparaten zu ihm ins Zimmer. »Ich bin gekommen, um Sie einem psychologischen Test zu unterziehen«, sagte er. Im selben Augenblick wurde die Videowand wieder hell und Petras Bild schaute ins Zimmer … Nein, es war nicht Petra, sondern Frau Dr. Moll – so freundlich sie ihn auch begrüßen mochte.

Edus Stimmung hatte sich im Laufe des Morgens nicht gerade gebessert.

»Ist das nun wirklich nötig?«, begann er das Gespräch. »Habt ihr denn eigentlich den Eindruck, dass ich nicht ganz richtig im Kopf bin? Glaubt ihr mir etwa nicht?«

»Blödsinnige Bemerkung«, gab Petra zur Antwort. »Wir wissen doch, dass du im Wald gewesen bist; du bist ja sogar absichtlich dort gelandet.«

»Das stimmt«, sagte Edu. »Und ich habe nicht mal einen Tadel deswegen bekommen …«

»Es ist dir doch wohl klar, dass deine Art und Weise zu handeln absolut vorschriftswidrig war«, meinte Petra. »Und das ist noch sehr milde ausgedrückt.«

»Natürlich ist mir das klar …«, begann Edu. »Zumindest, wenn

ich darüber nachdenke«, fügte er hinzu. »Aber im entscheidenden Augenblick *konnte* ich einfach nicht anders handeln.«
»Ist das wirklich wahr? Du hattest es doch schon lange vor?«
»Ach ja, du hast Recht.« Edu lachte verbittert. »Vorsätzliche Übertretung ... Es muss also doch wohl mit mir was nicht stimmen.«
»Du weißt sehr wohl, dass zu jeder körperlichen Untersuchung ein psychologischer Test gehört«, sagte Petra. »Es ist einfach eine Routinesache. Mein Assistent wird es im Handumdrehen erledigt haben.« Sie wandte sich dem Roboter zu. »Alles klar?«
»Ja, Frau Dr. Moll«, antwortete der Roboter. »Erst die Farbflecke und dann die Fragen und das EEG.«
Petra blickte nun wieder Edu an. »Ich möchte mich gerne noch ein bisschen mit dir unterhalten.«
»Gut, Petra«, sagte Edu. »Komm nur her! Du darfst alles fragen, was du willst.«
»So habe ich es eigentlich nicht gemeint«, sagte sie, ein wenig aus der Fassung gebracht.
»Ich möchte nur mit einem Freund sprechen«, sagte Edu, »oder mit einer Freundin. Nicht mit einem Psychologen.«
»Das verstehe ich, Edu.« Sie sah ihn mit verdrießlicher Miene an. »Mach's gut, ich übergebe dich jetzt meinem Assistenten.« Es klickte leise und sie verschwand vom Bildschirm.
Edu seufzte und wandte sich dem Roboter zu. »Also fang an«, sagte er.

Die Farbflecke kamen ihm bekannt vor. Sie erinnerten ihn jedoch nicht mehr so häufig an die Wälder – wahrscheinlich, weil er nun selbst dort gewesen war. Was die Fragen betraf, so waren sie genauso langweilig und fast dieselben wie beim vorigen Mal. Edu lag auf seinem Bett, dünne Kabel führten von seinem Körper zum EEG-Gerät und zu weiteren Apparaturen. Diesmal gab er die Antworten ohne jede Zurückhaltung, aber er ärgerte sich mehr und mehr.
»Was finden Sie schlimmer: Verlogenheit oder Ungehorsam?«

»Verlogenheit …« – *Dieses Wort wird den Afroini unbekannt sein.*
»Welches Wort reimt sich auf ›alt‹?«
Edu war es auf einmal satt. »Auch diese Frage habe ich früher schon mal beantwortet«, sagte er. »Weshalb machen wir eigentlich diesen Test? Das hat doch keinen Sinn.«
»Nicht aufregen, Forscher Nummer elf«, sagte der Roboter, der neben ihm saß.
»Natürlich rege ich mich auf, und zwar mit Recht! Und im übrigen kann es dir doch egal sein, ob ich böse bin.«
»Ich weiß nicht, ob Sie böse sind. Vielleicht sind Sie auch ängstlich oder fröhlich.«
»Das ist der Gipfel! Du kennst nicht mal den Unterschied zwischen böse und froh oder ängstlich …«
»Ich weiß nur, dass Sie aufgeregt sind«, sagte der Roboter. »Ich bitte Sie: Konzentrieren Sie sich auf die Fragen! Das ist bei diesem Test nötig. Es wird nicht mehr lange dauern. Bleiben Sie bitte ruhig und geben Sie in Ruhe Ihre Antworten: Welches Wort reimt sich auf ›alt‹?«
»Wald«, sagte Edu. »Das ist es doch, was du hören wolltest? Ich weiß auch noch andere Wörter – bald, schallt, kalt, knallt … Zufrieden?«
»Noch nicht ganz«, sagte der Roboter. »Ihre grafischen Kurven schlagen immer wieder aus – in einer Art und Weise, die mit den Fragen nichts zu tun hat. Zählen Sie zusammen: fünfundzwanzig und siebenundsechzig.«
Edu setzte sich auf. »Nein, jetzt bin ich es aber satt«, sagte er. »Von mir aus ist es siebentausend! Könnt ihr euch nicht mal andere Fragen einfallen lassen? Ich hab noch all meine Sinne beisammen – und rechnen kann ich auch noch, sogar im Kopf. Sieben mal sieben ist neunundvierzig und acht mal acht vierundsechzig, und elf mal elf ist … hunderteinundzwanzig. Ich mag keine Buttercremetorte, wohl aber Pudding – warum, weiß ich nicht. Und ich habe um meine Stationierung auf der Venus gebeten, weil ich mir die Wälder ansehen wollte.«

»Forscher Nummer elf«, sagte der Roboter, »legen Sie sich wieder hin! Wollen Sie nicht? … Ich bitte Sie nochmals, ruhig zu bleiben.«
Mit geschickten Händen entfernte er die Instrumente. »Es scheint mir tatsächlich sinnlos weiterzumachen. Der Test ist hiermit beendet.«
»Und wie lautet deine Diagnose?« erkundigte sich Edu.
»Ich bin nicht befugt, Diagnosen zu stellen«, antwortete der Roboter. »Ich sammele nur die Fakten.«
»Und zwar, ohne böse zu werden oder ängstlich oder auch nur ungeduldig«, sagte Edu. »Aber verflixt noch mal, du ziehst doch wohl deine Schlüsse aus den Fakten? Du hast doch ein Gehirn, wenn auch ein elektronisches.«
»Natürlich«, antwortete der Roboter. »Meine Schlüsse sind jedoch rein logischer Art.«
»Nun, das ist doch phantastisch. Zu welchem logischen Schluss bist du also gekommen?«
»Ich bin nicht berechtigt, Ihnen darüber Auskunft zu geben«, sagte der Roboter. »Außerdem würde mein Resultat nicht mit der Wahrheit übereinstimmen.«
»Und warum nicht?« Edu hatte das Gespräch eigentlich nur begonnen, um reden zu können – sei es auch nur mit einem Roboter. Nun aber war sein Interesse wirklich geweckt. »Warum nicht?« wiederholte er seine Frage.
»Weil meine Schlüsse logisch sind, rational. Menschen dagegen denken nicht logisch oder rational.«
»Ach nein? Und warum nicht?«
»Weil das Denken des Menschen teilweise auf Emotionen beruht. Ein Roboter arbeitet mit logischen Gründen – ein Mensch mit Logik *und* Gefühlen. Und Gefühle sind nicht logisch, jedenfalls nicht für einen Roboter.«
»Also ist kein Mensch – vom Roboterstandpunkt aus betrachtet – richtig gescheit!«
»Ein Roboter maßt sich kein Urteil über Menschen an.« Der Assistent erhob sich und studierte das EEG.

»Also bedeutet Gedanken lesen auch Gefühle lesen«, sagte Edu nachdenklich. »Ja, ja, das stimmt …« Er sah den Roboter an. »Ich bin jedenfalls sehr erleichtert«, fügte er in spöttischem Ton hinzu, »dass du auf keinen Fall meine Gedanken lesen kannst.«

»Sie reden über Telepathie«, sagte der Roboter. »Es wäre möglich, mich so zu programmieren, dass ich die Hirnfunktionen anderer Roboter empfangen könnte. Aber diejenigen eines menschlichen Wesens werde ich niemals verstehen. Da ich jedoch auf diesem Gebiet nicht Bescheid weiß, ist es wohl besser, wenn ich mich nicht dazu äußere.«

»Ich frage mich nur, ob die Afroini jemals Robotergedanken verstehen könnten«, murmelte Edu vor sich hin.

Aber der Roboter mit seinem guten Gehör hatte seine Worte doch aufgeschnappt. »Die Afroini sind für mich ein neuer Begriff, der noch nicht in mir gespeichert worden ist. Allerdings habe ich alles, was ich darüber gehört habe, bereits geordnet und überdacht. Natürlich sind die Fakten noch zu unvollständig, um daraus Schlüsse zu ziehen; außerdem sind sie weder bestätigt noch mit anderen Fakten verglichen worden. Das würde Sache des Computers sein.«

»Aber du hast dir doch deine Gedanken darüber gemacht«, sagte Edu. »Sag mal, was hältst du davon?«

»Ich habe keine Meinung dazu«, sagte der Roboter. »Das heißt, ich halte überhaupt nichts davon, weil ich nicht weiß, wovon ich etwas halten soll. Formulieren Sie Ihre Frage bitte noch einmal, Forscher Nummer elf!«

»Wie lautet dein Urteil über die Afroini?«

»Ich kann sie nur als abstrakte Tatsachen beurteilen.«

»Als Hirngespinste …«

»Nein. Ich will damit sagen, dass meine Fakten ausschließlich auf dem beruhen, was Sie berichtet haben.«

»Na und? Was *hältst du davon*? Was hält dein logisches Gehirn von den Afroini?«

»Ich habe den Eindruck«, sagte der Roboter, »dass die Afroini

redlichere Wesen sind als die Menschen. Viel effizienter … ich würde am liebsten sagen: besser konstruiert.«
»Ist das dein Ernst? Wie kommst du darauf?«
»Nun ja, die Kommunikation zwischen euch und euren Artgenossen ist doch ziemlich unzulänglich. Menschen sind viel komplizierter zusammengesetzt als Roboter – aber wie viel Schwierigkeiten gibt es, wenn sie ihre komplizierten Hirnvorgänge einander mitteilen wollen! Das müssten Sie doch wissen, denn Sie sind ein Mensch. Wenn Sie mit jemand anderem in Gedankenaustausch treten wollen, müssen Sie sprechen und zuhören, schreiben und lesen und so weiter. Eine umständliche Methode! Die Afroini haben unmittelbaren Kontakt von Hirn zu Hirn. Das scheint mir viel einfacher und infolgedessen logischer zu sein.«
Edu betrachtete den Roboter aufmerksam. »Gegen diese Begründung lässt sich kaum etwas einwenden! Trotzdem bin ich sicher, dass die meisten Menschen anderer Meinung sein werden.«
»Meine Erfahrung sagt mir, dass Sie wahrscheinlich Recht haben«, sagte der Roboter. »Von Menschen ist so etwas zu erwarten und es gibt auch einen Grund dafür. Einen Grund, den ich persönlich nie verstehen werde, obwohl ich in der psychologischen Abteilung arbeite.«
»Und welcher Grund ist das?«
»Das fragen Sie besser die Psychologen«, antwortete der Roboter, »Psychologen haben Psychologie studiert. Das Wort ›Psychologie‹ kommt von Psyche und Psyche bedeutet ›Seele‹. Vielleicht ist das auch der Grund: dass Menschen glauben, dass sie eine Seele haben.«
»Haben sie denn eine Seele?«, fragte Edu.
»Ich weiß nicht, was eine Seele ist«, sagte der Roboter. »Diese Frage kann ich also nicht beantworten.«

5. Kapitel

Welcher Tag ist heute? Freitag.

War es wirklich erst drei Tage her, dass er durch die Wälder gegangen war? Er hatte das Gefühl, schon viel länger hier zu sein, eingeschlossen zwischen vier Wänden, ohne mit irgendeinem Menschen zu sprechen (außer mit Dr. Li, der sehr schweigsam war). Man hatte ihn wiederholt untersucht und immer wieder befragt, im übrigen war er auf seine eigenen Gedanken angewiesen. Kein Vorleseknopf oder Fernsehprogramm konnte ihn fesseln, aber seine eigenen Gedanken machten ihn schließlich auch ganz krank. Edu ging in seinem Zimmer auf und ab. Es klopfte an der Tür, aber er hatte keine Lust, den soundsovielten Roboter von der A.f.a.W. hereinzubitten. *Freitag.* Genau vor drei Wochen war er auf der Venus angekommen, auf dem Planeten, der nun plötzlich Afroi hieß ... Es klopfte erneut. Diesmal erhob er seine Stimme: »Ja, komm nur herein!«

Die Tür ging auf. *Petra!*

»Guten Tag, Edu«, sagte sie. »Ich wollte mal sehen, wie es dir geht.« Sie kam einen Schritt ins Zimmer hinein und lächelte ihm zu.

Das allererste, was Edu empfand, war Freude ... Freude, weil es Petra war? Oder nur deshalb, weil endlich wieder einmal ein Mensch aus Fleisch und Blut vor ihm stand? *Er wollte auf sie zugehen, sie berühren ... umarmen.* Aber als ihm dies bewusst geworden war, tauchte sofort die Frage auf, *warum* sie wohl zu ihm kam. So blieb er bewegungslos stehen und schaute sie nur an.

Sie trug nicht die mattgrüne Dienstkleidung, sondern war in Dunkelblau und Hellgelb gekleidet, und um ihren Hals hing eine Kette aus großen Perlen, die glänzten wie ihr kupferfarbenes Haar. »Wie geht es dir denn nun?«, fragte sie.

»Ausgezeichnet«, hörte Edu sich sagen. »Wie kommst du eigentlich auf diese Frage«, fuhr er fort und es klang ziemlich verbittert. »Mir fehlt nichts und ich werde behandelt, als ob ich eine ansteckende Krankheit hätte."

»Ganz so schlimm kann es nicht sein«, sagte Petra *(aber sie kam keinen Schritt näher)*. »Wie du siehst, hat man mir erlaubt, dich zu besuchen.«
»Ja, aber du bist in gewisser Weise auch ein Arzt.«
»Ich bin nicht im Dienst, Edu.« Petra drehte sich um und drückte auf den roten R-Knopf. »Du wolltest doch lieber mit einem Freund sprechen statt mit einem Psychologen«, sagte sie über ihre Schulter hinweg. – »Bringst du uns bitte zwei Kaffeenektar«, sagte sie zu dem Roboter, der ins Zimmer kam. »Du möchtest doch sicher auch einen, Edu.« Sie wandte sich um und setzte sich an den Tisch. »Du siehst fabelhaft aus«, sagte sie. »Ganz unter uns: Die Mediziner haben keine einzige Abweichung von der Norm festgestellt. Aber wir müssen natürlich auf Nummer sicher gehen.«
»Ach ja, das verstehe ich natürlich«, sagte Edu mit einem tiefen Seufzer. »Es ist nur so schwer, weil ich selbst mit absoluter Sicherheit weiß, dass ich mir keinerlei Schaden zugezogen habe. Als ich zurückkam, fühlte ich mich ... nun ja, so gut, wie ich mich noch nie gefühlt habe. Jetzt jedoch ...« *Ich werde bestimmt noch krank, wenn sie mich noch länger hinter Schloss und Riegel lassen.*
Der Roboter kam wieder herein. Er stellte zwei Gläser Kaffeenektar auf den Tisch und verschwand.
»Setz dich doch«, sagte Petra und zeigte auf den Sessel dicht neben ihrem.
Edu nahm Platz. Petra schien sich rundherum wohl zu fühlen. Sie saß neben ihm, als wären sie wie gewöhnlich im Aufenthaltsraum oder in der Kantine. Eine Weile saßen sie schweigend beieinander und genossen den Kaffeenektar in kleinen Schlucken. Dann fragte Edu (er konnte es nicht lassen): »Wie lange muss ich noch in Quarantäne bleiben?«
»Das entscheidet Dr. Li«, sagte Petra.
»Dann soll der gute Dr. Li sich gefälligst beeilen«, murmelte Edu. »Wie läuft es denn inzwischen in der Kuppel«, erkundigte er sich weiter. »Sind die anderen schon draußen gewesen?«

Petra begriff, was er wissen wollte, denn sie antwortete: »Nur zu den gewöhnlichen Untersuchungsexkursionen.«
»Gott sei Dank!«, sagte Edu vor sich hin. *Sie können doch nicht ohne mich in den Wald gehen! Aber sie warten verflixt lange damit. Drei Tage – welche Zeitvergeudung!*
»Du möchtest also wieder in den Wald?«, fragte Petra. Sie hatte sich in ihrem Sessel aufgerichtet und blickte ihn forschend an.
»In den Wald? Ja natürlich!«
»Zurück zu deinen grünen Männlein«, sagte Petra.
»Grüne Männlein«, wiederholte Edu und es gab ihm einen Stich. »So darfst du sie nicht nennen, Petra! Gewiss, sie sind grün – aber es sind keine Männlein. Es sind Venusgeschöpfe, Afroini. Und sie tragen keine Kleider.« Auf einmal schwebte ihm ein Bild vor Augen: *alle Menschen in der Kuppel ohne Kleider, ganz nackt, auch Petra* … Er konnte ein Lächeln nicht unterdrücken.
»Sei mir bitte nicht böse, Edu«, sagte Petra. »Ich habe nur eine Bezeichnung verwandt, die aus uralten Mythen und Geschichten stammt. Aus der Zeit, als die Erde noch wüst war.«
Edu unterbrach sie. »Wir sind hier nicht auf der Erde, Petra!« … *Weltenraum – und unser Gespräch wird gleich auf eine gewöhnliche Konversation hinauslaufen, während* … »Lass uns lieber über hier und heute sprechen!«
Petra fuhr fort, als habe er kein Wort gesagt. »Früher, als die Erde noch wüst war und fast so aussah wie die heutige Venus, glaubten die Menschen an allerlei merkwürdige Wesen, die in den Wäldern wohnten, auf den Bergen und in den Flüssen. Götter und Kobolde, Feen und Zwerge … und grüne Männlein.« Sie trank ihr Glas aus, ganz ruhig, als habe sie nichts Besonderes gesagt. »Daran wurde ich erinnert, als ich den Bericht über deine Venusgeschöpfe hörte.«
»Petra!«, rief Edu schockiert. »Du hältst meine Venusgeschöpfe, wie du sie nennst, doch nicht etwa für Märchenfiguren?«
»Das habe ich keineswegs behauptet!« Zum ersten Mal wirkte Petra nicht mehr so selbstsicher wie sonst.

»Aber du glaubst es trotzdem!«, sagte Edu böse.
»Nein, ich glaube es nicht«, entgegnete Petra. »Lass mich bitte aussprechen, Edu! Ich wollte nur sagen, dass deine Abenteuer im Wald sehr wunderlich gewesen sind. Ja, wunderlich ist der richtige Ausdruck.«
»Du redest um den Brei herum!«
»Um was rede ich herum?«, fragte Petra. »Ich komme dich ganz normal besuchen, um mich nett mit dir zu unterhalten, und dann stellst du dich an, als ob ...«
»Nett mit mir unterhalten!«, fiel Edu ihr ins Wort. »Dann wäre es besser, wenn wir unsere Stimmen gebrauchten, um Lieder zu singen! Ich rede keinen Unsinn, Petra. Firth hat es mir gesagt: Dazu gebrauchen die Afroini ihre Stimme – ich meine zum Singen. Ach, ich möchte eigentlich auch nur sagen, dass jetzt nicht der rechte Augenblick für ein harmloses Schwätzchen ist ...« Er seufzte.
Petra seufzte ebenfalls. »Was möchtest du denn sonst? Dass ich deine Abenteuer *nicht* wunderlich nenne? Du bist ja selbst ganz verwirrt davon, du, der so gern in den Wald wollte. Was erwartest du denn dann von mir?«
»Tut mir Leid, Petra. Ich hab mich nur geärgert, weil ich das Gefühl habe, dass wir aneinander vorbeireden und dass du meine Abenteuer nicht nur wunderlich, sondern auch unglaubwürdig findest.«
»Wie kommst du denn bloß darauf?! Ganz im Gegenteil: Ich möchte so gerne mehr darüber erfahren. Erzähl mir bitte davon!«
»Du hast doch meinen Bericht gehört!«
»Ja, das stimmt«, sagte Petra. »Aber es ist doch etwas anderes, wenn ich dich inoffiziell erzählen höre, einfach so ... jetzt ... jetzt, während wir hier beisammensitzen ... Los, Edu, fang schon an! Erzähl mir einfach, was du erlebt hast.« Sie schob ihr leeres Glas beiseite, stützte das Kinn in die Hände und blickte zu ihm auf.
Einfach drauflos erzählen, dachte er. *Ich kann es noch immer nicht ... Du müsstest selbst in den Wald gehen, um wirklich*

etwas darüber zu erfahren ... Die Farben, die Geräusche, der Duft ... Aber Petra sah aus, als ob sie sich ernsthaft dafür interessiere ... »Ich hatte Blumen für dich«, sagte er, »Blumen, Petra, die aussahen wie Sterne oder Flammen. Aber als ich den Wachroboter erreicht hatte, waren sie verwelkt.« Jetzt sah er in Gedanken alles wieder deutlich vor Augen: den lieblichen Wald in den bezaubernden Augenblicken, als er gerade erwacht war. Er umgriff eines von Petras Handgelenken. »Du kannst aber neue bekommen«, sagte er. »Lass uns zusammen dorthin gehen, dann werde ich sie dir zeigen. Versuch du jetzt mal, Dr. Li zur Vernunft zu bringen, dass er mich endlich nach draußen lässt ...«
»Ich werde mein Möglichstes tun, Edu«, sagte sie. Sie schien selbst zu spüren, dass es nicht sehr überzeugend klang, denn sie fügte rasch hinzu. »Wirklich!« Und nachdem sie einen Moment geschwiegen hatte: »Erzähl bitte weiter.«
Halte mich doch nicht länger zum Narren. Um Beherrschung ringend, sagte er: »Was möchten Sie denn noch wissen, Frau Dr. Moll?«
»Edu, was ist denn jetzt in dich gefahren?«, fragte Petra verletzt.
Edu schob mit einem Ruck seinen Sessel zurück und stand auf. »Du bist nicht hier als Petra, als ... als eine Freundin – *Freundin ... was würde Firth wohl darunter verstehen?* –, sondern als Frau Dr. Moll, Psychologin der Abteilung für allgemeines Wohlbefinden. Hab ich recht oder nicht? Gemütlich miteinander plaudern – dass ich nicht lache!«
Petra erhob sich. »Sei doch nicht so aggressiv, Edu.« Sie blieb neben dem Tisch stehen und betrachtete ihn mit sorgenvollem Blick.
»Du sagst nicht, was du denkst!«
Petra ging auf ihn zu. Sie stand nun dicht vor ihm. »Edu«, sagte sie ernst, »du und ich, wir sind keine Afroini. Wir können nicht gegenseitig unsere Gedanken lesen. Wir müssen einfach auf das vertrauen, was wir einander sagen.«
»Ausgezeichnet«, sagte er. »Aber dann müssen wir auch beide

die Wahrheit sagen. Bist du als Petra hier oder als Frau Dr. Moll?«

»Als beides«, gab sie nach kurzem Zögern zur Antwort.

»Ich glaube dir«, sagte Edu langsam. »Und du, glaubst du mir auch?«

»Wie meinst du das?«

»Glaubst du, was ich in meinem Bericht erzählt habe?«

»Ich ... ich habe ihn gründlich studiert. Ich glaube dir.« Es schien jedoch, als weiche Petra seinem Blick aus.

Sagt sie wirklich die Wahrheit? überlegte Edu. In diesem Moment schaute sie ihm direkt in die Augen. »Weshalb machst du dir eigentlich so viele Gedanken darüber, ob wir dir glauben oder nicht? Die Möglichkeit, dass du die Wahrheit gesagt hast, ist groß genug. Dem Computer zufolge sechzig Prozent.«

Jetzt fühlte Edu echte Wut in sich aufsteigen. »Dem Computer zufolge! Ich will wissen, was du persönlich denkst!«

Petra schaute ihn immer noch an; in ihren Augen spiegelte sich Verwunderung. »Ich hab dir doch gesagt, dass ich dir glaube!«

»Wahrscheinlich nur zu sechzig Prozent«, sagte Edu ärgerlich. »Und was hält der Computer von den übrigen vierzig Prozent? Märchen? Feen und Heinzelmännchen? Eine Lügengeschichte? Oder meint der Computer vielleicht, dass ich ...« *Meinst du, dass ich verrückt bin? Aus dem Wald zurückgekehrt, seines Verstandes beraubt ...* »Glaubst du, dass ich verrückt bin?«, rief er laut.

Petra legte ihre Hand auf seinen Arm. »Nein, Edu«, sagte sie nachdrücklich, »das glaube ich nicht! Hör mir jetzt mal ruhig zu. Setz dich hin.«

Edu gehorchte. *Ich glaube, dass sie sich wirklich Sorgen um mich macht!* Er lauschte ihrer beruhigenden Stimme mit halbem Ohr und achtete mehr auf den Ton als auf die Worte. Er versuchte in ihrem Gesicht zu lesen, was nun wirklich ihre Meinung war.

»... und es ist tapfer, was du getan hast, aber auch gefährlich«, sagte Petra, »und wider alle Vorschriften.«

Sie will mich beruhigen. Oder steckt etwas anderes dahinter? Hat sie Angst? Weiß sie im Grunde ihres Herzens, dass es wahr ist? Diese neue Erkenntnis bewirkte, dass er sie plötzlich mit anderen Augen betrachtete. *Ja, sie hat Angst! Darum möchte sie viel lieber glauben, dass die Afroini nur in meiner Phantasie existieren ... lieber das, als zugeben und in Kauf nehmen müssen, dass hier auf der Venus Geschöpfe leben, für die es keine Geheimnisse gibt. Für Petra ist dies noch beängstigender als für mich, denn sie weiß ja nicht, wie herrlich es in den Wäldern ist ...*
»Du verstehst doch sicher«, sagte Petra, »dass wir deinen Bericht von allen Seiten aus betrachten müssen.«
Ach, rede nur weiter, dachte Edu, der kaum mehr hinhörte. *Du bist der einzige Mensch, Petra, der das alles nicht so erstaunlich finden müsste ... sich in die Gedanken eines anderen zu versetzen, mit ihm zu fühlen ...*
»Da wirst du mir doch sicher Recht geben, oder?« fragte Petra.
»Ja natürlich«, sagte er. »Aber ...«
»Falls alles stimmt, was du berichtet hast, müssen wir selbstverständlich unser Urteil über diesen Planeten revidieren. Eine Welt, in der intelligentes Leben existiert, ist etwas ganz anderes als eine unbewohnte Wildnis. Das erfordert ganz besondere Wachsamkeit.«
Jetzt horchte Edu wieder auf. »Und warum?«
»Wer sagt uns denn, ob die Venusgeschöpfe uns nicht feindlich gesinnt sind?«
»Ich, ich sage es. Feindschaft entsteht aus Schwäche, aus Furcht – vielleicht auch aus Neid. All das sind Gefühle, die sie uns gegenüber nicht haben. Sie sind mächtiger als wir.«
»Das ist es ja gerade«, sagte Petra leise. »Sie wissen alles über *uns*, und wir wissen nichts über *sie*.«
»Aha, jetzt hast du es ausgesprochen! Ihr habt Angst. Ich übrigens auch, Petra. Aber das ändert nichts an den Tatsachen. Wir wissen nun, dass sie existieren. Und sie wissen, dass wir wissen, dass es sie gibt.«
»Falls es sie gibt«, sagte Petra.

Fängt sie nun wieder von vorne an? »Ich dachte, du glaubst mir!«

Petra zog die Stirn in Falten und zögerte einen Moment, bevor sie antwortete. »Vergiss bitte die vierzig Prozent nicht, Edu. Frag mich nur nicht wieder, ob ich den Eindruck hätte, dass du übergeschnappt bist; das ist natürlich nicht der Fall. Ich weiß jedoch, dass dich die Wälder immer schon fasziniert haben. Du hast sogar darüber gelesen! Und du träumtest von ihnen ...«

Das hat sie von Mick erfahren.

»Ich habe von Anfang an vermutet, dass du *deshalb* um einen weiteren Aufenthalt hier gebeten hast ...«

»Und das allein verstieß schon gegen alle Vorschriften«, warf Edu ein. »Ich finde das nach wie vor keineswegs verrückt!«

»Das Wort ›verrückt‹ trifft nicht den Kern der Sache«, sagte Petra in kühlem Ton. »Es war eher absonderlich.« Dann fuhr sie fort und ihre Stimme klang jetzt freundlicher: »Aber für denjenigen, der sich länger damit beschäftigt, doch nicht so absonderlich, Edu. Du bist gewiss nicht der einzige Mensch, der Sehnsucht nach ... ja, wie soll ich es ausdrücken? Du dachtest schon an die Wälder, bevor du je die Venus betreten hattest – stimmt's?«

»Ja«, sagte Edu, »als ich noch ein Junge war. Aber was tut das zur Sache?«

»Auf der Erde gab es früher ebenfalls Wälder. Vielleicht hast du dich unbewusst nach einer Zeit zurückgesehnt, die nun vorbei ist.«

»O nein.«

»Weißt du das ganz sicher, Edu? Ich kann dir auch etwas anderes erzählen. Du hast dich hier in der Kuppel eingeschlossen gefühlt – und einsam. Deshalb hattest du Visionen von weit ausgedehnten, zauberhaften Wäldern und von freundlichen Wesen, die alles verstehen.«

Die Idee ist nicht schlecht, aber sie stimmt nicht. Er sagte ganz ruhig: »Das ist nicht wahr, Petra, auch wenn euch das sehr recht wäre.« Auf einmal lächelte er. »Und das wirst du wahrscheinlich sehr bald merken.«

Er stand auf und das Lächeln verschwand aus seinem Gesicht. »Sie lesen immerhin Gedanken«, sagte er. »Deine und meine. Sie wissen genau, was hier besprochen worden ist, oder besser ausgedrückt, was hier überlegt und durchdacht worden ist ... Vielleicht brauche ich nur intensiv an Firth zu denken oder an seine Freundin, die mir ihre Blumen für dich mitgab – nur zu denken: ›Firth, man glaubt hier nicht an dich. Hilf mir bitte! Komm aus dem Wald heraus, zeig dich jedem hier in der Kuppel!‹«
»Mensch, Edu, hör auf!« Es klang fast wie ein Schrei, obwohl sie sehr leise sprach. Sie war blass geworden. Ihre Augen wirkten groß und angsterfüllt. Wie jung und hilflos sah sie nun aus. Edu ging einen Schritt auf sie zu. Er sah, wie rasch ihr Atem ging und dass an ihrem Hals eine Ader heftig pochte. *Liebe Petra* ... In diesem Moment hatte er Lust, sie zu küssen.
»Hör auf«, sagte sie noch einmal. »Und sieh mich bitte nicht so an ... Ach, du siehst mich ja nicht mal! Du denkst doch nur an die Wälder, immer an die Wälder.«
»Petra«, sagte Edu kopfschüttelnd, »du bist eine schlechte Psychologin.«
»Also gut, Edu«, sagte Petra, während sie sich erhob, »ich werde dich nicht länger ärgern. Ich gehe jetzt, mach's gut.«
Edu machte eine Bewegung, um sie zurückzuhalten. *Petra, so bleib doch! Bleib noch ein Weilchen ... Ach nein, lass sie gehen; sie versteht es ja doch nicht.*
Petra war schon an der Tür. »Nur noch eins, Edu«, sagte sie. »Ich wollte dir eigentlich nur helfen.«
Natürlich, Petra – liebe Petra, dachte Edu. Aber das einzige, was er laut sagte, klang nicht gerade freundlich: »Dann sorg bitte dafür, dass ich hier herauskomme!«

6. Kapitel

An diesem Abend ging Edu nach dem Essen zu Bett, wie er es auch an den vorausgegangenen Tagen getan hatte. Eine Stunde später jedoch kam ein Roboter mit der Nachricht, er solle aufstehen und sich wieder ankleiden. Edu gehorchte sofort, und zwar in hoffnungsvoller Stimmung, denn der Roboter hatte statt des grünen Morgenmantels von der A.f.a.W. seine eigene Kleidung mitgebracht. Kurz darauf kam Dr. Li herein; er musterte ihn von oben bis unten und sagte:

»So, so! Alles in Ordnung?«

»Ich glaube schon, Herr Doktor«, sagte Edu.

»Wir haben jedenfalls nichts entdeckt, was auf das Gegenteil hindeuten würde«, sagte Dr. Li. »Dein Gesundheitszustand ist gut … sogar ausgezeichnet«, fügte er hinzu und es klang fast ein wenig bedauernd. »Die Quarantäne ist von nun an aufgehoben, ich entlasse dich hiermit aus der medizinischen Abteilung.«

»Wie schön! Vielen Dank, Dr. Li.«

»Du musst dich jetzt sofort beim Kommandanten melden. Er möchte dich sprechen.«

Der Kommandant deutete auf einen der Sessel, die in seinem Zimmer standen. »Setzen Sie sich bitte, Forscher Nummer elf.«

Es klang eher nach einem Befehl als nach einer Einladung. Er selbst blieb stehen und blickte auf Edu herab. »Sie werden es wahrscheinlich schon von Dr. Li gehört haben«, sagte er. »Ihre körperliche Kondition lässt nichts zu wünschen übrig. Was Ihren geistigen Zustand betrifft – ja, der lässt sich nicht so leicht beurteilen … Bitte, lassen Sie mich aussprechen, Forscher Nummer elf! Zunächst muss ich Ihnen folgende Mitteilung machen: So, wie die Dinge zur Zeit stehen, kann ich Sie als Leiter des Forscherteams nicht brauchen. Forscher Nummer zwölf wird Sie in dieser Eigenschaft vertreten.«

Edu schlug seine Augen nicht nieder, obwohl er es in diesem Moment gerne getan hätte. Mit dieser Maßnahme hatte er rechnen müssen.

»Es steht nicht einmal fest, ob Sie Ihre Arbeit hier fortsetzen können«, fuhr der Kommandant fort. »Das, was Sie getan haben, war ein Verstoß gegen alle Vorschriften!«

»Herr Kommandant«, sagte Edu, »Sie haben Recht. Aber ... die Vorschriften taugen eben nicht!« Zu seinem großen Ärger stellte er fest, dass seine Stimme ängstlich und bittend klang.

Der Kommandant sagte nichts, er schaute ihn nur aufmerksam an.

»Wir sitzen immer nur hier drinnen und in unmittelbarer Nähe der Kuppel«, fuhr Edu fort, »wohl behütet und in Sicherheit. So, als ob wir alles schon wüssten! Dabei sind sogar die Expeditionsberichte von früher geheim. Und wer Lust hat, einen Ausflug zu unternehmen, wird gewarnt ... wovor eigentlich? Und weshalb? Ich bin schließlich Forscher ...«

»Das ist noch lange kein Grund zum eigenmächtigen Handeln!«, sagte der Kommandant barsch. Er schob einen Sessel heran und setzte sich ebenfalls. »Weshalb haben Sie mir Ihren Plan nicht vorgelegt?«, fragte er langsam. »Warum nicht offiziell um Genehmigung gebeten?«

»Aus dem Grund, den Sie eben selbst erwähnten. Weil ich wusste, wie die Antwort ausfallen würde. Sie sprachen über meine geistige Kondition – Sie hätten wahrscheinlich an meinem Verstand gezweifelt!«

»Über Ihren Verstand wollen wir jetzt nicht reden, Forscher Nummer elf!« Der Kommandant lehnte sich im Sessel zurück und sagte in weniger strengem Ton: »Ja, ich nenne Sie noch immer Forscher. Ihr Bericht klingt zu glaubwürdig, um ihn einfach ad acta zu legen; also muss so schnell wie möglich wieder jemand in den Wald. Und alles deutet darauf hin, dass Sie der geeignete Mann dafür sind.«

Edu saß nun kerzengerade. »Herr Kommandant!« war das Einzige, was er herausbrachte.

Der Kommandant schien seine Freude herauszuhören; auf seinem abweisenden Gesicht erschien die Andeutung eines Lächelns. »Spaziergang durch den Wald«, sagte er kopfschüttelnd. »Denken Sie bloß nicht, dass ich diesen Entschluss gefasst habe, um *Ihnen* eine Freude zu machen.«

»Nein, Herr Kommandant.«

»Alles, was ich tue, ist nämlich nur, meine Entscheidung hinauszuschieben«, sagte der Kommandant. Stimme und Aussehen wurden nun wieder so streng wie zuvor. »Sie werden nämlich nicht allein gehen. Ihre Befunde müssen von jemand anderem bestätigt werden können. Ihr Gefährte wird selbstverständlich ebenfalls ein Forscher sein, der Erfahrung im Außendienst hat.«

»Ja, Herr Kommandant«, sagte Edu und nach einer Weile fügte er hinzu: »Und wer ist es?«

»Forscher Nummer zwölf.«

»Mick Tomson ...«

»Mick Tomson«, bestätigte der Kommandant. »Vielleicht sollte ich Ihnen sagen, dass er der einzige von allen acht war, der sich freiwillig meldete. Forscher Nummer vierzehn kam natürlich nicht in Frage, weil sein Fußgelenk noch nicht ganz in Ordnung ist.«

Mick! dachte Edu. *Und gerade er hat solche Angst vor den Wäldern. Er hasst sie ...*

»Um zehn Uhr werden Sie starten«, sagte der Kommandant, »zu einem kurzen Ausflug, und zwar zu Fuß.« Er stand auf. »Ich meine damit: heute Abend noch!«

Edu erhob sich ebenfalls, aber der Kommandant ließ ihn noch nicht gehen.

»Noch etwas, Forscher Nummer elf. Natürlich weiß man hier das eine und andere über Ihre Erlebnisse, der vollständige Bericht ist jedoch nur der Leitung und der Abteilung für allgemeines Wohlbefinden bekannt. Schweigen Sie bitte vorläufig darüber, auf jeden Fall so lange, bis Sie und Forscher Nummer zwölf Bericht erstattet haben. Und es gibt da eine Sache, über die Sie generell nicht reden dürfen. Es betrifft die Venuswesen, denen Sie angeblich begegnet sind ...«

Sie standen einander nun gegenüber und musterten sich mit kritischen Blicken.
Glaubt er mir … oder nicht?
»Erzählen Sie niemandem, dass sie Gedanken lesen können.«
Ich wünschte, dass ich deine Gedanken wüsste! Es war immer schwer zu erraten, was in diesem Mann vorging. Seine Worte hatten jedenfalls nicht so geklungen, als spreche er mit einem Lügner oder Geistesgestörten.
»Niemandem«, wiederholte der Kommandant. »Das würde nur Unruhe ins Hauptquartier bringen. Ich hoffe, Sie verstehen das.«
»Ja, Herr Kommandant«, sagte Edu leise. »Ich verstehe es nur allzu gut.«
»Weitere Instruktionen erhalten Sie von Forscher Nummer zwölf, den Sie von jetzt an als Ihren Chef betrachten müssen.«
»Ja, Herr Kommandant.« Edu hatte nie Verlangen nach der Rolle des Leiters gehabt, aber nun schmerzte es ihn doch, dass man sie ihm genommen hatte.
»Forscher Nummer zwölf ist Ihr Chef«, sagte der Kommandant nochmals. »Sie werden jedoch sein Führer sein, Forscher Nummer elf«, fügte er hinzu. »Und in dieser Eigenschaft sind Sie für ihn verantwortlich.«

7. Kapitel

Edu machte sich auf die Suche nach Mick. Ein Roboter teilte ihm mit, dass dieser in die Kantine gegangen sei.
In der Kantine saß Mick mutterseelenallein beim Essen; zu dieser Zeit am Abend hielt sich natürlich jeder in den Aufenthalts- und Erholungsräumen auf. Er begrüßte Edu herzlich.
»Na, sehe ich dich endlich wieder«, sagte er. »Es wurde aber auch Zeit! Wir haben dich alle sehr vermisst … Komm, setz dich doch!«

Beide schwiegen einen Moment lang und sahen sich prüfend an.
»Wie geht es dir denn?«, fragte Mick. »Du siehst prima aus ... Wir durften dich nicht besuchen – ja, nicht mal über das Visiphon mit dir reden ... Aber die Hauptsache ist ja, du bist wieder obenauf. Du weißt sicher schon, dass wir gemeinsam losziehen sollen?«
»Ja«, sagte Edu. »Ich soll mir bei dir Instruktionen holen.«
Mick schien diese Antwort anders aufzufassen, als sie von Edu gemeint war. »Tut mir Leid, mein Junge«, sagte er entschuldigend, »ich kann auch nichts dafür, dass ich jetzt stellvertretender Leiter bin. Und in der Praxis bleibt es doch wie bisher. Du wirst mir übrigens den Weg zeigen müssen, ich bin kein Waldläufer ... Es ist alles ein bisschen schnell gegangen«, fuhr er fort. »Erst passierte gar nichts und heute Abend um sechs wurde ich plötzlich zu einem Gespräch mit dem Kommandanten gerufen. Anschließend bin ich beim Gesundheitsdienst durchgecheckt worden und habe den Auftrag zu einer speziellen Unternehmung erhalten ... Isst du ein Häppchen mit?«
»Vielen Dank«, sagte Edu, »ich hab schon gegessen.«
»Also, dann hör ich auch lieber auf, ich hab keinen Hunger.« Mick schob seinen Sessel zurück. »Sollen wir denn mal ...?«
Edu sah, dass Mick sein Essen kaum angerührt hatte, nicht einmal sein Glas Kaffeenektar hatte er ausgetrunken. *Er hatte Angst ...*
»Wie soll es eigentlich ablaufen?«, fragte er, während sie die Kantine verließen und zum Lift gingen.
»Ein Grundmobil bringt uns so nah als möglich an den Waldrand. Wir dürfen zwanzig Minuten lang in den Wald hineingehen und dann wandern wir wieder zurück.«
»Also nur ein kleines Stück. Schade! Es wird dir bestimmt gefallen, Mick.«
»Meinst du? Ich muss erst mal sehen. Nicht, dass ich dir nicht glaube ...«
Sie stiegen in den Lift. Mick drückte auf den Knopf.

Edu fragte: »Warum hast du dich eigentlich freiwillig gemeldet? Ich hörte, dass du der Einzige warst.«
»Ach«, sagte Mick leichthin, »das war ich doch wohl meinem Rang schuldig, oder? Außerdem«, er wirkte plötzlich verlegen, »außerdem sind wir so oft zusammen losgezogen … Ich konnte dich doch nicht im Stich lassen! Na ja …«
Ach, mein lieber Mick, dachte Edu. *Weshalb war ihm nie bewusst geworden, dass Mick nicht nur ein guter Kollege, sondern auch ein treuer Freund war?*
»Sag mal«, erkundigte er sich, »warst du auch derjenige, der vor drei Tagen seinen Schutzanzug angezogen hatte, um mich zu suchen?«
Mick starrte ihn entgeistert an. »Woher weißt du das?«, flüsterte er.
»Nun, einfach so«, begann Edu. »Ja, woher weiß ich das eigentlich …« *Von Sstrra*, dachte er. »Einer von euch wollte doch …« Er unterbrach sich. *Jetzt hatte er sich beinahe den Mund verbrannt.* »Oder stimmt das nicht?«, fragte er.
»Es stimmt«, sagte Mick. »Zumindest …«
»Wie bitte?«
Der Aufzug hielt an, die Türe öffnete sich automatisch; aber keiner von beiden achtete darauf. Micks Augen schauten in die Ferne und er sprach langsam – so, als wolle er sich alles wieder ins Gedächtnis rufen:
»Wir hatten schon eine Zeit lang auf dich gewartet und der Funkkontakt war unterbrochen. Schließlich mussten Arno und ich starten, um aus der Luft nach dir zu suchen, aber ich hielt das von vornherein für aussichtslos. Wenn wir dich finden wollten, hätten wir genau wie du zu Fuß in den Wald gehen müssen. Nun, wir kamen unverrichteter Dinge zurück und da dachte ich mir, ich müsse es einfach mal probieren. Ich war mir nicht ganz schlüssig, ob ich den Kommandanten um seine Zustimmung fragen sollte; es hätte ja auch sein können, dass er eiskalt ›nein‹ gesagt hätte. Deshalb ging ich zum Magazin, um mir einen der neuen Schutzanzüge zu besorgen. Dir war es geglückt, einen zu organisieren – warum

sollte es mir nicht auch gelingen.« Jetzt schaute er Edu wieder an. »Aber bevor ich so weit war, funkte ein Roboter die Nachricht, dass du bereits in Sicht seist, und da war es natürlich nicht mehr nötig. Und ich habe auch mit niemandem darüber gesprochen. Mit niemandem! Wieso weißt du denn davon?«

Durch die Afroini ... »Ach, ich habe es auf gut Glück geraten«, sagte Edu.

Doch Mick blickte ihn immer noch erstaunt an. »Ich finde es verdammt merkwürdig, dass du das einfach so rätst!«

»Auf jeden Fall rechne ich es dir hoch an«, sagte Edu. »Na, kommst du jetzt endlich? Der Aufzug steht schon lange still.«

Sie betraten den Gang, der zu einem der Ausgänge führte. Edu plauderte rasch weiter, in der Hoffnung, Micks Gedanken in eine andere Richtung lenken zu können.

»Es ist das erste Mal, dass wir Abenddienst haben ... Obwohl es nicht mal richtig Abend ist ... Mick, was weißt du eigentlich von meinem Bericht?«

»Ach, dein Bericht!«, sagte Mick und blieb stehen. »Ich weiß kein bisschen davon ... das heißt, nur ein ganz kleines bisschen. Natürlich gehen hier die tollsten Gerüchte um, aber man hat nur uns Forschern ein wenig erzählt – gerade genug, um unsere Neugier noch zu steigern. Vielleicht war das auch der Sinn der Sache. Und was das Schönste ist: Der Kommandant hat mir verboten, dir irgendwelche Fragen zu stellen. Er meinte, auf diese Art und Weise würden meine Beobachtungen objektiver und vorurteilsloser sein. Was hältst du eigentlich von all der Geheimnistuerei?«

Edu dachte an die ältesten Expeditionsberichte; *er hätte den Kommandanten danach fragen müssen. Wie war es nur möglich, dass jemand in geisteskrankem Zustand aus den Wäldern zurückgekehrt war* ... Währenddessen sagte er: »Es wundert mich überhaupt nicht! Aber eins verspreche ich dir, Mick: Es wird ein schöner, angenehmer Spaziergang werden.«

»Mein Leben lang hab ich mir anhören müssen, dass ich mich von den Wäldern fern halten müsse«, sagte Mick. »Und jetzt stellt sich heraus, dass sie überhaupt nicht gefährlich sind.«

»Die Gefahren stecken in einem selbst«, murmelte Edu, »und nicht im Wald.«
Mick machte ein Gesicht, als wolle er trotz des Verbots allerhand Fragen stellen. Er tat es jedoch nicht und es blieb ihm auch gar keine Gelegenheit mehr dazu, denn am Osteingang der Halle stand Igor und wartete auf sie.
Er drückte Edus Hand fast zu Mus und sagte in freundschaftlich barschem Ton: »So, so, da haben wir den Burschen! Erst übertritt er sämtliche Vorschriften und opfert den Wäldern ein Luftschiff, dann kommt er kerngesund wieder zum Vorschein und darf zur Belohnung noch mal nach draußen! Dass mein freier Abend dabei draufgeht, interessiert ihn überhaupt nicht – und dabei habe ich nicht mal das kleinste Restchen Kaffeenektar übrig!«
»Ich bin ganz schön in deiner Schuld«, sagte Edu lachend.
»Hast du heute Radiowache?«, fragte Mick.
»Ja natürlich, bei einer so wichtigen Erkundungstour muss der Chef persönlich anmarschieren.«
»Das Marschieren werden *wir* schon erledigen«, sagte Mick. »Ich wette, es macht dir großen Spaß, mit uns zu reden – in dem beruhigenden Gefühl, selbst drinnen zu sitzen.«
»Wie genau du das wieder weißt, Mick! Und ich bin wirklich neugierig, was ihr zwei mir gleich erzählen werdet.«
»Bist du über Edus Bericht informiert?«
Mick und Igor schauten sich an, dann blickten beide auf Edu.
»Bis zu einem gewissen Punkt, ja«, antwortete Igor vage. »Weißt du, Mick, ich kenne deinen Freund Edu nicht erst seit gestern und darum kann ich dir eines sagen: Er mag vielleicht ein Träumer sein, aber ein Fantast ist er gewiss nicht.«
Was mochte der Kommandant ihnen gesagt haben? überlegte Edu.
»Ich gehe jetzt auf meinen Posten«, sagte Igor. »Ich wollte nur eben Edu die Hand schütteln. Auf Wiedersehen!«
»Wir müssen jetzt auch machen, dass wir fortkommen«, sagte Mick. »Es ist schon kurz vor zehn. Da ist der Roboter, der uns in unsere Schutzanzüge hilft.«

»Schutzanzüge?« sagte Edu. »Die haben wir doch gar nicht nötig!« Mick ging auf den Roboter zu, der an der Tür zur Kleiderkammer, die neben dem Ausgang lag, auf sie wartete. Edu hielt ihn zurück. »Die haben wir doch nicht nötig«, wiederholte er. »Schutzanzüge – ich glaube, du spinnst!«

»Jetzt hör mir mal gut zu«, sagte Mick. »Meinetwegen kannst du getrost behaupten, dass es Spaß macht, nackt durch die Wälder zu laufen, aber ich vertraue trotzdem lieber meinem Schutzanzug.«

Edu folgte ihm in die Kleiderkammer. »Aber Mick, das ist wirklich Unsinn.«

Mick fing an, mithilfe des Roboters seinen Anzug anzuziehen.

»Es ist völlig überflüssig«, sagte Edu, »und sogar gefährlich. Jawohl, gefährlich …«

»Du stellst dich gefährlich an«, sagte Mick. »Hier ist dein Anzug. Los, zieh ihn an!«

»Nein.«

»Zieh ihn an!« sagte Mick nochmals. Und nach einem Augenblick der Stille: »Das ist ein Befehl!«

»Aber, Mick …«

»Bitte, Edu, sei jetzt nicht dickköpfig. Du wolltest doch so gerne wieder in den Wald, nicht wahr? Das ist aber ohne Schutzanzug nicht erlaubt, verstehst du? Mach voran, wir müssen gehen.«

8. Kapitel

Es war verblüffend, in den hellen Tag hinauszukommen – obwohl sie doch wussten, dass die Nacht unter der Kuppel nur künstlich war. Der Venusmorgen war noch immer nicht vorbei, erst nach sechs weiteren Erdentagen würde die Sonne ihren Mittagsstand erreicht haben.

Edu und Mick stiegen in das bereitstehende Grundmobil. Der Roboter am Steuer setzte es in Gang. »Ich bringe Sie so nahe an

den Waldrand heran, wie es meine eigene Sicherheit und die des Mobils zulässt«, sagte er. »Die letzten paar hundert Meter müssen Sie zu Fuß gehen. In einer Dreiviertelstunde hole ich Sie wieder ab.«
Kurze Zeit später standen sie zusammen auf der windigen Ebene. Sie sahen, wie das Mobil eilig davonfuhr und schließlich verschwand. Dann schauten sie zum Wald hinüber.
Diesen Moment hatte Edu herbeigesehnt. Der Anblick der flammenden, unirdisch wirkenden Bäume erfüllte ihn mit Freude und Aufregung; aber auch die Angst war noch nicht ganz vergangen. *Wie schön, dass diesmal ein Freund bei mir ist, der mir Gesellschaft leistet.*
»Mick«, sagte er.
Mick gab keine Antwort. Sein Gesicht wirkte angespannt, aber im übrigen ließ sich nichts daraus ablesen.
Erinnere dich doch daran, wie bang du selbst warst, beim letzten Mal.
»Mick«, sagte Edu, »ich weiß, wovon ich spreche, du kannst mir also ruhig glauben. Wir können so nicht in den Wald gehen, wir müssen unsere Schutzanzüge ausziehen.«
»Kommt nicht in Frage«, sagte Mick kurz und knapp. Er sprach in sein Mikrofon: »Forscher Nummer zwölf an Hauptquartier. Ende.«
»Hier Hauptquartier«, antwortete Igors Stimme.
»Ich bin im Begriff, mit Forscher Nummer elf zum Wald hinüberzugehen. Ich melde mich wieder, sobald wir da sind …«
»Mick«, sagte Edu, »ich bleibe dabei, dass wir …«
»Hör doch endlich mal damit auf!« Mick fiel ihm ungeduldig ins Wort. »Und komm bloß nicht auf die Idee, es selbst zu tun.«
»Hallo!«, rief Igor aus der Kuppel. »Hauptquartier ruft die Forscher Nummer elf und zwölf. Ich habe den Eindruck, ihr seid euch nicht einig. Hallo, ich bitte um Aufmerksamkeit für den Kommandanten.«
Klick. »Eine Mitteilung an Forscher Nummer elf«, sagte der Kommandant. »*Es ist jedem streng verboten, sich ohne Schutz-*

anzug außerhalb der Kuppel aufzuhalten. Diese Vorschrift gilt nach wie vor, Forscher Nummer elf! Aus Ihrem Bericht vom vergangenen Dienstag haben wir ersehen, dass die neuen Anzüge auf jeden Fall für einen Zeitraum von einer Dreiviertelstunde Schutz gewähren. Und Sie sollen ja nicht länger als vierzig Minuten im Wald bleiben.«

Klick. »Und jetzt geht's los«, sagte Igor.

Einige Minuten später rief Mick erneut die Kuppel an. »Forscher Nummer zwölf an Hauptquartier. Wir haben jetzt den Waldrand erreicht.«

»Hier Hauptquartier«, sagte Igor. »Alles Gute für euren Spaziergang, Jungens! Denkt daran: Nicht länger als zwanzig Minuten. Es ist jetzt achtzehn Minuten nach zehn – ihr müsst also um acht nach halb elf umkehren. Ich wiederhole noch einmal: um zehn Uhr achtunddreißig den Rückweg beginnen. Und bleibt die ganze Zeit mit uns in Kontakt!«

»Ja, wir bleiben in Kontakt ... Also, dann wollen wir mal«, sagte Mick. Er legte den Kopf in den Nacken und betrachtete die hohen Kronen der Laubbäume, dann starrte er auf die zahllosen Stämme vor sich und auf die dampfenden Pflanzen dazwischen.

»Es sieht fast so aus, als ob wir mitten in einen Brand hinein müssten«, sagte er.

»Das kommt durch all die glühenden Farben«, erklärte Edu. *Wenn wir doch nur unsere Anzüge ausziehen dürften! Aber der Wald wird uns schon bald dazu zwingen* ... Ihm war sehr warm und diesmal wusste er mit Sicherheit, dass er es sich nicht einbildete. Nun hatte er also endlich den Wald betreten, aber er war noch nicht richtig da, nicht wirklich ... Es war zu still ... *Wie schön, die Nebelfetzen zwischen den Bäumen* ...

»Was hängt da für ein bedrohlicher dunkler Nebel zwischen den Stämmen?«, sagte Mick. »He, Edu! Wo gehst du hin?«

»Ich suche den Pfad, den ich voriges Mal benutzt habe ...«

»Den Pfad? Gibt es hier denn Pfade? Ich glaube, du führst mich an der Nase herum.«

Ob Mick nichts von den Afroini weiß? fragte sich Edu. *Möglich wäre es. Das Hauptquartier wünscht einen objektiven Bericht. Um ganz sicher zu sein, dass ich kein Fantast bin …*

»Du hast Recht, hier ist wirklich ein Pfad!« sagte Mick. Es klang ziemlich erstaunt und außerdem leicht beunruhigt.

»Und jetzt schau dich einmal hier um!« sagte Edu.

Aber Mick sprach mit dem Hauptquartier: »Hier Forscher Nummer zwölf. Wir befinden uns jetzt im Wald.«

»Hallo«, erklang es aus weiter Ferne, »hier Hauptquartier. Wie …« Ein Geräusch übertönte den Rest.

»Hallo, was sagst du?« rief Mick. – »Hörst du das, Edu? Mein Funkgerät spielt jetzt schon verrückt. – Hallo, Igor, was hast du gesagt? Ende.«

»Hier Hauptquartier. Ich habe nur gefragt, wie es euch dort gefällt. Gibt's noch was Neues?«

»Edu hat eine Art Pfad entdeckt. Wir wollen ihm ein Stück folgen.«

»Ja, lass dich von Edu führen. Und achtet bitte auf die Zeit. Ihr habt noch siebzehn und eine halbe Minute zur Verfügung. Wie gefällt es dir, Mick?«

»Na ja … ach, eigentlich ungefähr so, wie ich es mir gedacht hatte. Ziemlich heiß hier.«

»Hauptquartier an Forscher Nummer elf und zwölf. Seht euch alles gut an, schaut euch gründlich um … Und pflückt unterwegs keine Blumen … Gibt es dort eigentlich Blumen?«

Mick sah sich nach allen Seiten um. »Ja«, antwortete er. »Weiße und giftgrüne. Sie strahlen Licht aus … Und es gibt Bäume, Bäume und nochmals Bäume … Mit knorrigen Wurzeln … Und irrsinnig große Farne.« Er setzte sich wieder in Bewegung. »Wir gehen jetzt weiter.«

»Okay, Jungens. Haltet aber weiterhin Kontakt mit uns und Forscher Nummer zwölf soll exakt berichten.«

Mick soll es erzählen. Mir vertraut man nicht.

Sie gingen langsam, denn der Pfad stieg ein bisschen an und der Boden war weich und glitschig. Bereits nach drei Minuten war es

Edu glühend heiß – das würde er nicht lange aushalten können. Mick schien es nicht viel besser zu gehen. Dabei hatte er ihm einen wunderschönen Spaziergang versprochen! Er begann zu reden, obwohl ihm eigentlich nicht der Sinn danach stand:
»Schau nur, Mick, welch ein Schwarm glitzernder Insekten … Und da im Baum sitzen Vögel …«
»Vögel? Ich sehe keinen einzigen«, bemerkte Mick. »Was für Tiere leben hier eigentlich? Hier kann sich ja alles Mögliche verbergen.«
Wo mochten die Afroini sein? Sie wussten natürlich, dass Mick und er hier waren. Nie mehr würde er so sorglos durch den Wald laufen wie damals, als er gerade aufgewacht war – nachdem er gemerkt hatte, dass er seinen Anzug nicht mehr anhatte. Jetzt würde er immer die Anwesenheit der Venusbewohner spüren.
Sie blieben einen Augenblick stehen, um zu verschnaufen.
»Forscher Nummer zwölf an Hauptquartier«, sagte Mick. »Da sind wir wieder. Es ist nun genau fünf vor halb elf.«
Igor erkundigte sich, wie es mit ihren Schutzanzügen gehe.
»Die bewähren sich ausgezeichnet«, sagte Mick. »Aber es stimmt, dass sie ziemlich beengend sind … schwer zu tragen … Du brauchst trotzdem nicht zu befürchten, dass ich ihn ausziehe! Aber ich sollte ja über alles und jedes berichten …«
»Was du nicht sagst! Sehr viel hast du uns bis jetzt noch nicht erzählt. Ich habe schon seit fünf Minuten deine Stimme nicht mehr gehört.«
»Wenn uns etwas Besonderes begegnet, werde ich das schon berichten … Ja, das möchte er wohl gerne«, sagte Mick zu Edu, »dass ich pausenlos mit ihm quatsche. Um Himmels willen, wir brauchen doch all unsere Energie, um vorwärts zu kommen … und um den Schutzhelm abzuwischen; das blöde Ding beschlägt dauernd … Die Scheibenwischer funktionieren nicht mehr.«
»Hallo!«, rief Igor von weither. »Ist was mit deinem Helm, Mick? Hallo, Forscher Nummer zwölf. Was hast du gesagt?«
»Nichts Besonderes«, antwortete Mick. »Ich habe mit Edu gesprochen.«

»Wie geht es denn Edu? Hallo, Edu, wie geht es dir?«
»Gut, Igor.«
Igor redete weiter. Seine Stimme sackte manchmal weg und tauchte dann wieder auf: »Schon alte Bekannte getroffen?«
Eine bedeutungsvolle Frage! »Nein, Igor«, antwortete Edu. »Wir bleiben in Kontakt. Bis bald ...«
Sie gingen mühsam weiter.
»Edu«, sagte Mick mit gedämpfter Stimme.
»Was ist?«
»Geh nicht so schnell ... Warte mal eben ...« Und dann noch leiser: »Mach dein Funkgerät aus ... Ich meine, du sollst die Verbindung mit dem Hauptquartier unterbrechen.«
»Mick ...«, begann Edu erstaunt.
Mick machte eine Geste, die ihm bedeutete, still zu sein. Dann formte er mit seinen Lippen die Worte: »Nun tu's schon endlich!«
Edu erfüllte ihm die Bitte.
»Danke«, sagte Mick. »So, jetzt können wir wenigstens sprechen, wie uns der Schnabel gewachsen ist!«
»Was willst du denn sagen?«
Mick antwortete nicht sofort. Er war erneut stehen geblieben und wischte seinen Helm blank. Sein Gesicht war blass, nur auf den Backenknochen brannten seltsame rote Flecken. »Ach, es stört mich einfach, dass Igor alles hören kann, was wir besprechen«, sagte er. »Er sitzt da seelenruhig in der Kuppel und befiehlt: Gebt uns einen genauen Bericht! – Ja, das ist leicht gesagt. Nur wir beide wissen, wie es hier ist ...«
Ein bebender Seufzer hallte in seinem Helm wider. »Du liebe Güte! Hier ist es so heiß wie in der Hölle.«
Er hat immer noch Angst ...
»Mick«, sagte Edu, »wir müssen unsere Anzüge ausziehen. Ich tue es auf jeden Fall!«
»Lass das bloß bleiben ...«, begann Mick, aber es klang keineswegs überzeugt.
»Du bist müde und dir ist zu warm«, sagte Edu. »Mir geht es

ebenso. Und das liegt nicht am Wald, sondern am Anzug. Es wird übrigens immer schlimmer werden. Verdammt noch mal, Mick – tu, was ich dir sage! Es ist eine Frage von Leben oder Tod.«
Mick sagte kein Wort.
»Was erwartest du denn sonst?«, fuhr Edu fort. »Dieses Prachtexemplar von Anzug wird auf die Dauer immer schlechter funktionieren ... Wir haben ihn wirklich nicht nötig! Ich weiß es aus Erfahrung.«
Mick wandte sich ab. Er ging ein paar Schritte weit, blieb dann wieder stehen und fragte: »Ist das wirklich wahr?«
»Ich schwöre es dir.« Edu fing an, seinen Helm loszumachen. »Sieh mich nur an!«
»Und was ist mit unseren Sprechfunkgeräten?«
»Die können wir doch auch so mitnehmen ...« *Wir müssen ja doch gleich den Kontakt mit dem Hauptquartier wiederherstellen. Mick wird sich bestimmt besser fühlen, wenn er den Anzug ausgezogen hat* ... Edu nahm seinen Schutzhelm ab und im selben Augenblick veränderte sich alles. Das lähmende, dumpfe Gefühl verschwand ... jetzt war er wirklich im Wald ... Zwei rasche Handgriffe und er konnte aus diesem elenden Anzug heraussteigen, sich frei bewegen.
»Da siehst du es!«, rief er Mick zu, der ungeschickt an seinem Helm herumfingerte. »Lass mich dir helfen.«
»Du weißt doch hoffentlich sicher ...«, flüsterte Mick.
»Ich hab es doch selbst auch getan ... So!«

Wie herrlich ist es doch hier – und wie gut es riecht! Edu schaute Mick an, der regungslos stehen geblieben war; er machte den Eindruck, als sei ihm zu kalt ohne Anzug.
»Mick«, sprach er ihn an.
Langsam bewegte sich Mick, er sah sich um und sagte leise: »Alles ist in Bewegung ... es lebt ... raschelt ... zirpt!« Seine Stimme zitterte vor Erregung – es war eine Erregung, die Edu nicht auf Anhieb einordnen konnte. Dann wusste er plötzlich, was sein Freund empfand: Grauen.

»Mick!«, sagte er noch einmal.
Mick reagierte nicht darauf. Er starrte weiterhin fassungslos auf die Bäume. Nach einer Weile jedoch rieb er sich heftig übers Gesicht, holte tief Luft, leckte sich die Lippen und fragte: »Wie spät ist es jetzt?«
Edu sah nach ... »Meine Uhr steht.«
»O Gott!«, flüsterte Mick. »Was jetzt?«
»Ich werde im Hauptquartier nachfragen, wie spät es ist«, sagte Edu beruhigend. »Hier ist dein Gerät. Möchtest du sprechen, Mick?«
Mick schüttelte den Kopf. »Nein, tu du das lieber.« Offensichtlich traute er seiner eigenen Stimme nicht.
Edu drückte den Knopf, der die Verbindung herstellte. Sofort hörte er Igor: »... ruft euch. Hauptquartier ruft euch. Hallo, warum antwortet ihr nicht? Hallo! Ende.«
»Wie spät ist es?« flüsterte Mick.
Edu betrachtete ihn voller Sorge, während er Igor antwortete. »Hallo, Hauptquartier, hier sind wir, hier sind wir ...«
»Es ist doch hoffentlich nichts passiert? Ende.«
»Nein ... Wir möchten nur wissen, wie spät es ist.«
»Genau halb elf. Ihr habt also noch acht Minuten Zeit.«
»Acht Minuten?« sagte Mick, als habe er einen Kloß im Hals. »Acht ... Sind wir denn erst zwölf Minuten unterwegs? Das ist unmöglich ... das glaube ich einfach nicht.«
»Hallo, hallo!« rief Igor aus der Kuppel. »Ich kann euch kaum verstehen. Hast du was gesagt, Edu? Ende.«
»Jawohl, ich bin es. Forscher Nummer elf an Hauptquartier«, antwortete Edu. Währenddessen hörte er, wie Mick vor sich hin murmelte:
»Acht ... zwölf ... acht Minuten ... er ist übergeschnappt ... Stunden und Stunden! ... Ich gehe zurück ... und zwar sofort.«
»Nein, Mick, warte einen Moment«, sagte er.
»Hier Hauptquartier«, fuhr Igor fort. »Funktioniert Micks Sprechgerät nicht mehr, Edu? Gib bitte Antwort!«

»Forscher Nummer elf gibt Antwort. *Ich* habe zur Zeit den Kontakt übernommen. Mick ...«
Mick rannte plötzlich davon. Er war anscheinend völlig durcheinander, denn er lief nicht zurück, sondern tiefer in den Wald hinein.
»He, Mick! Komm her!«, rief Edu und lief hinter ihm her. »Mick, bleib stehen!«
»Was ist denn los?«, fragte Igor. »Kann ich Mick einmal sprechen? Hallo, hallo ... Mick, Edu!«
»Mick läuft weg«, sagte Edu. »Ich gehe ihm nach. Mick!«, rief er nochmals. »Mick!« Er rannte, so schnell er konnte.
»Hauptquartier wartet auf Antwort!«, rief die Stimme im Sprechgerät, das um seinen Hals herumtanzte. »Ihr solltet ohne Unterbrechung berichten ...«
»Tut mir Leid, Igor ... Ich werde es dir gleich erklären«, japste Edu. Er konnte nicht gleichzeitig reden und rennen.
Mick verschwand hinter einer Biegung, die der Pfad machte.
Es ist meine Schuld, wenn ihm was passiert ...
Nasse Blätter klatschten gegen Edus Körper, irgendwelche kleinen Dinge flatterten ihm ins Gesicht, Wasser spritzte hoch auf, während er lief.
Währenddessen redete sein Gerät pausenlos weiter: »Hallo, hier Hauptquartier. Forscher Nummer elf und zwölf sollen sofort zur Kuppel zurückkehren! Edu, Mick, kommt zurück! Ich wiederhole: Forscher Nummer elf und zwölf ...«

9. Kapitel

Hinter der Biegung teilte sich der Pfad: Zwei schmale Wege führten tiefer in den Wald hinein.
Edu blieb stehen. Von Mick war nichts zu sehen. Er konnte doch gar nicht so weit weg sein. Raschelte dort etwas? Aber hier raschelte eigentlich alles! Er rief, er schrie: »Mick! Mick!«
Überall waren Geräusche, die in diesem Augenblick gar nicht

mehr so freundlich klangen, sondern schrill und gleichgültig. Stämme, die sich hin und her bewegten, Blätter, die zitterten. Das Sprechfunkgerät, das um seinen Hals hing, fuhr fort zu rufen, zu fragen, zu flehen und zu drohen. Was sollte er nur darauf antworten?

»Forscher Nummer elf an Hauptquartier. Macht euch keine Sorgen!« *Ich mache mir schreckliche Sorgen.* »Wir kommen so bald wie möglich zurück …« *Aber wann?*

Sah er da nicht einen Fußabdruck im weichen Moos? Waren die Zweige nicht geknickt und verbogen? Er lief zu der Stelle hin. »Mick, wo bist du?«

Das Funkgerät begann erneut zu toben … *Nun halt endlich den Mund, Igor …*

Er hörte etwas, irgendwo. Stimmen …

Und dann, ganz schwach, Mick, der seinen Namen rief: »Edu!«

»Ich komme!«, antwortete er. »Wo bist du? Ich komme!« Er eilte in die Richtung, aus der die Stimme kam, und verließ den Pfad.

»Edu!«, hörte er nochmals, aber diesmal war es nicht Mick, der rief …

Edu stolperte und fiel auf die Knie. Wieder hörte er Mick, jetzt ganz nahe: »Halt deinen Mund, du elendes grünes Monster! Halt deinen Mund …«

Er war wieder aufgestanden. Noch ein paar Schritte und dann sah er sie: Mick, der ihm den Rücken zuwandte, und – Firth!

»Mick, Mick«, sagte Firth, »ich sage nichts, was du nicht schon weißt. Hör zu …«

»Halt deinen Mund!«, schrie Mick.

Mit einem Sprung war Edu neben ihm und packte ihn bei der Schulter. Mick riss sich los und sah ihn verstört an.

»Mick, es ist Edu, dein Freund«, sagte Firth. Er kam einen Schritt näher auf sie zu.

»Komm nur nicht näher«, sagte Mick mit halb erstickter Stimme. »Ich bringe dich um … du Monster, du …«

»Mick, was ist los?«, rief Edu.
Firth blieb stehen und hob die Hände empor. »Still, still«, sagte er leise, aber nachdrücklich. »Hör doch zu.«
Mick fluchte. »Halt die Schnauze!«
Edu griff nach seinem Arm. »Mick, ich bitte dich! Komm zu dir! Was ist denn?«
»Edu …«, keuchte Mick außer Atem. »Wenn er noch etwas zu sagen wagt!«
Jetzt standen sie nebeneinander Firth gegenüber. Dieser wurde auch in Edus Augen einen Moment lang zu einem gespenstischen fremden Wesen.
»Was ist denn passiert?«, fragte Edu und legte seine Hand beruhigend auf Micks Arm. Mick begann zu beben. »Sprich ihn nicht an, lass mich gehen!«, rief er in panischer Angst. »Ich will weg, weg aus diesem verfluchten Wald!«
Firth sagte: »Ja, Edu, lass ihn gehen. Er darf hier nicht bleiben. Geh mit ihm, hilf ihm!« Jetzt wirkte er nicht mehr beängstigend – er war nur noch ein schmales, mageres, unbekanntes Männlein mit dunklen, traurigen Augen. »Geh! Bleib bei ihm!«
»Firth, was ist denn eigentlich geschehen?«, fragte Edu. »Was hast du ihm getan?«
»Nichts«, antwortete Firth. »Der Wald hat ihm etwas angetan. Er selbst hat es sich angetan.«
»Ich will weg, weg!«, unterbrach Mick ihn jammernd.
»Geh«, sagte Firth. »Du siehst doch wohl, Edu, dass du nicht länger warten darfst.«
»Weg!«, schrie Mick.
Edu wandte sich ihm zu und schlug ihn mitten ins Gesicht. Das half. Mick versuchte offensichtlich, wieder Herr seiner selbst zu werden. Er schluckte ein paar Mal und sagte leise: »Hör nicht auf ihn.«
Einige bange Erinnerungen schossen Edu durch den Kopf. *Der Wald will mich begraben … alles wird über mir zusammenwachsen … ich werde mich selbst vergessen …* So musste Mick sich nun auch fühlen!

»Also gut«, sagte er beruhigend. »Wir gehen. Komm, Mick!«
Mick ließ sich willenlos, wie betäubt, von ihm führen – quer durch die tropfnassen Pflanzen und dann zurück über den Pfad.
Firth blieb zurück, aber Edu sagte ihm in Gedanken: *Wir gehen jetzt. Aber ich werde wiederkommen, Firth. Ja, ich komme wieder!*

Radio Hauptquartier flüsterte.
Edu gab Antwort, langsam und deutlich: »Hier Forscher Nummer elf und zwölf. Hallo, hier Mick und Edu. Wir befinden uns auf dem Rückweg.«
Das Radio murmelte, rauschte und schwieg.
»Wie spät ist es?«, fragte Mick.
»Ich weiß es nicht. Mein Sprechfunkgerät funktioniert nicht mehr.«
»Ich hab meines verloren«, sagte Mick. »Sehr dumm von mir.«
»Es ist nicht mehr weit, wir werden jeden Moment aus dem Wald heraus sein. Wie geht es dir, Mick?«
»Gut ... Du brauchst mich wirklich nicht zu stützen. Ich kann auch allein gehen. Verflixt noch mal, Edu, jetzt lass mich doch endlich los!« Mick ließ einen tiefen Seufzer vernehmen. »Tut mir Leid. Ich glaube, ich bin etwas aus dem Häuschen.«
»Macht nichts, Mick. Du hättest *mich* mal sehen sollen, als ich zum ersten Mal im Wald war!«
»Wirklich?«, murmelte Mick. »Jetzt komm aber endlich«, sagte er nervös, als Edu plötzlich stehen blieb. »Warum gehst du nicht weiter?«
»Hier liegen unsere Schutzanzüge.«
Mick blieb ebenfalls stehen. Er fluchte leise vor sich hin: »Oje, wie sehen die aus!«, sagte er.
»Wir müssen sie mitnehmen«, meinte Edu. Er schüttelte die Anzüge aus. Tropfen flogen ihm um die Ohren und kleine Tiere krabbelten rasch davon. »In der Kuppel werden sie einen Blick

darauf werfen wollen. Hier, fass an! Kannst du deinen eigenen tragen?«

»Aber doch nicht wieder anziehen?«, fragte Mick. »Um Himmels willen, nein …«

Kurz darauf gingen sie weiter, die stark mitgenommenen Anzüge über dem Arm. Edu ließ seine Blicke immer wieder besorgt zu Mick hinüberschweifen, der neben ihm ging und so tat, als merke er es nicht.

Endlich wurde der Wald etwas lichter.

»Wir sind da!«, rief Edu.

»Du kanntest ihn«, sagte Mick, ohne Edu anzusehen.

»Wen meinst du?«

Mick redete weiter. Was er sagte, war kaum zu verstehen: »Das … dieses Geschöpf … das grüne Männlein … Du hast ihn mit Namen angeredet …«

»Ja. Ich durfte es dir vorher nicht erzählen, aber es wäre besser gewesen, wenn ich es trotzdem getan hätte. Es ist einer von den Afroini, den Venusmenschen.«

»Ich hatte davon gehört«, sagte Mick. »Aber der Kommandant wusste es nicht mit Sicherheit. Er dachte an … Halluzinationen.«

»Eine Halluzination war Firth aber bestimmt nicht!«

»Da bin ich mir nicht so ganz sicher«, murmelte Mick.

»Jetzt mach dir aber keinen blauen Dunst vor, Mick! Firth ist genauso leibhaftig vorhanden wie du und ich! Ich hätte es dir vorher sagen sollen, dann wärst du wenigstens darauf vorbereitet gewesen.«

Mick gab keine Antwort. Er beschleunigte seine Schritte und blieb erst stehen, als er den Waldrand erreicht hatte.

»Geh nicht noch weiter«, warnte Edu. »Außerhalb der Baumschatten ist es sehr heiß. Warte, bis du das Mobil siehst.«

»Es ist nicht da!«, sagte Mick. Er versuchte mit seinen Blicken den Nebel zu durchdringen.

»Vielleicht sind wir zu früh.«

»Unsinn«, sagte Mick. »Wie schlecht die Sicht wieder ist!«

»Ich glaube, es steht da drüben. Sieh nur!«
Mick wollte hingehen, aber Edu hielt ihn zurück. »Mick«, fragte er, »was ist zwischen dir und Firth vorgefallen?«
»Das geht dich nichts an.«
»Wir müssen aber gleich unseren Bericht schreiben, Mick. Hat er dir ... irgendetwas Böses getan?«
»Ich war stehen geblieben«, begann Mick zu erzählen, »und gab mir im Geist ein paar Ohrfeigen, weil ich mich so angestellt hatte. Da stand er plötzlich vor mir und er sagte ... Wir dürfen das Mobil nicht warten lassen«, unterbrach er sich selbst.
»Mick, bitte, antworte, bevor andere dabei sind!«
»Nein«, sagte Mick. »Nein, Edu. Nein, nein und nochmals nein!«
Erst als sie das Grundmobil erreicht hatten, kurz bevor sie einstiegen, schaute er Edu wieder an, drohend und zugleich verzweifelt. »Du behauptest, dass es keine Halluzination war«, flüsterte er. »Du sagst, du kennst ihn, du kennst dieses Venusgeschöpf. Aber weißt du wirklich *alles* über ihn, Edu?«

10. Kapitel

»Was hat dieses Venusgeschöpf zu Forscher Nummer zwölf gesagt?«, fragte zwei Stunden später der Kommandant unter der Kuppel.
Edu saß ihm gegenüber, er war gerade mit seiner Berichterstattung zu Ende. Die Zeitspanne davor hatte er in der Abteilung für allgemeines Wohlbefinden verbracht. Es war jedoch nicht er selbst gewesen, um den man sich dort Sorgen gemacht hatte. Mick befand sich noch immer dort; er war völlig mit den Nerven fertig. Kurz nachdem sie in der Schleuse angekommen waren, war er erneut zusammengebrochen. Dr. Li hatte von einem Nervenschock gesprochen.
Edu gab keine Antwort auf die Frage des Kommandanten. »Ich

habe Ihnen erzählt, was wir gesehen und getan haben«, sagte er kurz und bündig. »Ich habe nichts hinzuzufügen.«

»Wir wissen alle beide, dass Ihr Freund in Panik geriet«, sagte der Kommandant. »Und dieser Firth – so nannten Sie ihn doch? – machte es noch ein wenig schlimmer. Was hat er gesagt?«

»Was könnte Firth wohl gesagt haben? Ich weiß ja nicht mal, ob Sie an seine Existenz glauben.«

Der Kommandant tippte mit dem Finger an den Apparat, der auf seinem Schreibtisch stand. »Den hat Igor Ranof mir gerade gebracht. Es handelt sich um eine Aufnahme der Geräusche, die Ihr Sprechfunkgerät aus dem Wald übermittelte.«

Ein Tonband begann abzuspulen. Geräusche und Gezirp erklangen. Edu erkannte, wenn auch vage und verschwommen, die Melodie des Waldes. Er hörte seine eigenen Rufe: »Mick … Mick!« und dann: »Ich komme …«

Das Band lief weiter. Der Klang war von schlechter Qualität; manchmal blieb der Ton ganz weg oder es waren nur ein paar Bruchstücke zu verstehen: »Mick, was ist los …« Danach Micks Stimme: »Halt die Schnauze … etwas zu sagen wagt … sprich ihn nicht an … ich will weg, weg …«

Und dann, dünn und weit weg, unverkennbar eine andere Stimme: »Ja, Edu, lass ihn … geh mit ihm …« *Firth!* »Der Wald hat ihm etwas angetan, er hat es sich selbst …«

Der Kommandant brachte das Tonband mit einer Handbewegung zum Schweigen.

»Sie haben also nun den Beweis, dass die Afroini existieren«, sagte Edu.

»Ich habe es Ihnen schon immer geglaubt«, sagte der Kommandant sachlich. Er sah das Erstaunen in Edus Gesicht und fuhr fort: »Es ist meine Pflicht, Forscher Nummer elf, meine eigenen, subjektiven Gefühle so lange zu unterdrücken, bis ich objektive Gewissheit habe … aber wir schweifen ab. Ich habe Sie etwas gefragt. Wissen Sie, was dieser Firth zu Ihrem Kollegen gesagt hat?«

»Nein, Herr Kommandant.«

»Aber Sie haben doch sicher eine gewisse Vermutung.«
»Möglicherweise ja«, antwortete Edu. »Aber über meine Vermutungen brauche ich nicht zu sprechen.«

Mit Petra sprach er allerdings doch darüber. Als er den Gang entlangging, an dem die Krankenzimmer lagen, sah er sie dort stehen; sie unterhielt sich mit Dr. Li. Der Arzt wandte sich ihm sofort zu. »Soso, Edu Jansen!«, sagte er. »Das Ergebnis deiner Untersuchung ist positiv. Du brauchst also eigentlich gar nicht hier zu bleiben. Trotzdem möchte ich gerne, dass du diese Nacht noch hier verbringst.«
»Gut, Doktor«, sagte Edu. »Wo ist Mick? Wie geht es ihm?«
»Er hat Zimmer Nummer zwei, direkt neben deinem. Er schläft jetzt; ich habe ihm ein Beruhigungsmittel gegeben. Du kannst also im Augenblick nicht zu ihm.«
»Und wie geht es ihm?«
»Na ja, körperlich wird er morgen wohl wieder der Alte sein. Aber in psychischer Hinsicht …« Dr. Li und Petra wechselten viel sagende Blicke. »Wir wissen ja noch nicht, welchen Einfluss die Wälder auf die menschliche Psyche haben.« Er zuckte mit den Schultern. »Wir müssen abwarten. Mach dir nicht allzu große Sorgen«, fuhr er fort. »An deiner Stelle würde ich jetzt ins Bett gehen, es ist schon ein Uhr durch. Gute Nacht.« Er grüßte Petra und ging weg.
»Du hast doch sicher noch Lust auf einen kleinen Schlummertrunk?«, fragte Petra. »Gehst du mit, Edu?«
Ein Roboter betrat den Gang und stellte sich lautlos vor der Tür zu Zimmer zwei auf.
Edu folgte Petra in ihr Sprechzimmer. Ihr Assistent war noch bei der Arbeit, aber als sie hereinkamen, sagte er in bescheidenem Ton, dass er alles aufgeräumt habe. »Die Untersuchungsergebnisse von Forscher Nummer zwölf sind bereits sortiert«, fügte er hinzu.
»Gut, dann gib sie an den Computer weiter«, sagte Petra. »Also bis morgen, Roboter.«

»Gute Nacht, Frau Dr. Moll«, sagte der Roboter. »Gute Nacht, Forscher Nummer elf.« Und weg war er. Edu überlegte einen Moment lang, ob er jetzt wohl über das geplagte menschliche Hirn nachdenken würde, das so oft unter dem Einfluss unlogischer Emotionen zu leiden hatte.

Petra knipste alle Lampen aus bis auf eine einzige. Dann füllte sie zwei kleine, funkelnde Gläser mit einem durchsichtigen goldfarbenen Getränk. »Auf deine Gesundheit«, sagte sie, während sie ihm eins davon reichte.

»Trinken wir lieber auf Micks Gesundheit«, sagte Edu.

»Ja. Gut. Auf Mick!« Petra sah müde aus, sie hatte dunkle Ringe unter den Augen.

Edu fragte: »Hat er dir erzählt, was Firth zu ihm gesagt hat?«

»Nein«, antwortete sie. »Dr. Li und ich hätten es natürlich herausbringen können … aber ach, wozu eigentlich.« Sie ließ sich in einen Sessel fallen. »Ich verstehe auch so genug.«

»Verstehst du es wirklich?«, fragte Edu, während er sich neben ihr niederließ.

»Ja. Mick ist nicht wie du, Edu. Er ist in der Großstadt aufgewachsen und fühlt sich nur dort zu Hause. Er hat sich niemals für Dinge interessiert, die wachsen. Er hat seine Arbeit gut gemacht, aber es wäre ihm auch nicht im Traum eingefallen, sich in die Wildnis zu begeben. Er war in keiner Weise auf einen Waldspaziergang wie diesen vorbereitet!«

»Und ich habe sogar gehofft, dass es ihm Spaß machen würde«, sagte Edu. »Ich hätte sofort daran denken müssen. Dann wäre es vielleicht nicht so weit gekommen.«

»Der Fehler liegt mehr bei uns!«, sagte Petra. »Wir von der A.f.a.W. hätten es erkennen müssen. Du hast uns irritiert; du fühlst dich nicht fremd im Wald, aus welchem Grund auch immer. Mick jedoch geriet in Panik. Er wollte zur Kuppel zurück und da traf er dieses Venusgeschöpf.«

»Und Firth«, sagte Edu leise, »wusste haargenau, wie es in Micks Innern aussah. Er antwortete auf seine geheimsten Gedanken …«

»Mick schämte sich deswegen. Er hatte so gut wie möglich versucht, seine entsetzliche Angst zu verbergen ...«
»Ja, das stimmt«, sagte Edu. »Aber Firth wusste es trotzdem und sagte es ihm auch.«
»Dieser Schock war Schuld daran, dass Mick sein letztes bisschen Selbstbeherrschung verlor.«
Edu trank sein Glas leer. »Als ob das nötig gewesen wäre! So sehr hätte Mick sich das doch nicht zu Herzen nehmen müssen.«
»Wer weiß, was in Mick alles vor sich ging? Vielleicht war ihm einiges selbst kaum bewusst – Dinge, die er verdrängen wollte. Und dann taucht plötzlich solch ein unmenschliches Geschöpf auf, das ihn einfach durchschaut ...« Petra erhob sich und schenkte nach, dann setzte sie sich wieder.
»Ich würde Firth nicht als ›unmenschlich‹ bezeichnen. Natürlich ist er kein Mensch, aber ... er ist nicht bösartig.«
»Bösartig nicht, aber trotzdem gefährlich, Edu. Schon allein deshalb, weil er so ist, wie er ist.«
»Also, ich werde auf jeden Fall die Sache nicht auf sich beruhen lassen«, sagte Edu. »Ich gehe zurück, sobald ich kann.« Petra schaute ihn an, ein wenig ängstlich, aber voll Respekt.
»Zurück in den Wald? Ist das dein Ernst?«
»Ja, natürlich! Was hattest du denn gedacht?« *Aber ich habe Angst davor. O mein Gott, ich habe Angst ...*
»Du hast Recht«, murmelte Petra.
»Und wenn es nur wäre, um Firth gehörig Bescheid zu sagen!«
Auf Petras Gesicht erschien ein flüchtiges Lächeln. »Das hast du doch bereits getan!«
»Das stimmt! Ich habe zur Genüge an ihn gedacht ... oder muss ich es anders ausdrücken: zu ihm hingedacht? ... Hoffentlich kommt Mick drüber weg.«
»Oh, davon bin ich überzeugt«, sagte Petra. »Er *muss* einfach drüber wegkommen.« Nachdenklicher fuhr sie fort: »Es bleibt uns offenbar nichts anderes übrig, als unsere Einstellung zu ändern. Es müssten viel *mehr* Leute in den Wald gehen. Du kannst doch nicht der Einzige bleiben.«

Edu erhob sich. Er begann auf und ab zu gehen. »Ich hoffe nicht!« Er blieb stehen. »Aber Petra, es wird hier doch bestimmt ein paar Leute geben, die mit mir gehen möchten ...«
Sie machte ein besorgtes Gesicht. »Die es gerne möchten, ja. Aber ob sie es auch können? Es ist eigenartig, du findest es dort richtig schön, stimmt's?«
»Beim ersten Mal ging es mir so. Firth sagte ...« Edu verstummte. »Firth wäre in der Lage, es uns zu sagen«, meinte Petra langsam. »Er kann herausfinden, wer von uns bereit und geeignet ist, in den Wald zu gehen.«
»Du meinst, man sollte Firth fragen ... ? Ja, das wäre möglich«, sagte Edu nach kurzem Nachdenken. »Trotzdem halte ich diese Idee nicht für gut. Es ist so, als ließe man ihn etwas ausspionieren. Nein, lieber nicht.«
»Ich finde es auch nicht gerade angenehm«, sagte Petra. »Ich finde es sogar gruselig. Aber es könnte doch in unserem eigenen Interesse sein.«
»Vielleicht ja«, gab Edu zu. »Aber wir können auch einen anderen Weg probieren, Petra. Lass den Kommandanten alles bekannt machen, und gib den Leuten hier ein wenig Zeit, sich an den Gedanken zu gewöhnen. Lass die Forscher ohne Schutzanzug nach draußen gehen ... Nicht gleich in den Wald, sondern einfach hier in der Nähe ... Sie müssten dann allerdings so etwas wie einen Sonnenschirm mitnehmen«, fuhr er fort. »In der Nähe der Kuppel gibt es keine Bäume, infolgedessen auch keinen Schatten ... Und nicht nur die Forscher müssten nach draußen gehen«, sagte er mit wachsender Begeisterung, »sondern jeder aus der Kuppel! Auch du, Petra .... Was hältst du davon?«
Petra antwortete nicht sofort. Dann nickte sie. »Ein guter Plan.«
»Hättest du denn Lust, nach draußen zu gehen?«
Sie sah ihn ein wenig unsicher an.
»In welcher Richtung liegt dieses Zimmer?«, erkundigte sich Edu unvermittelt. Die Abteilung für allgemeines Wohlbefinden lag in einem der äußersten Flügel.

Er schob einen Vorhang zur Seite und klopfte auf das verdunkelte Fenster, das dahinter lag. »Kannst du es öffnen?«
Petra stellte sich neben ihn und drückte auf einen Knopf. Allmählich wurde das Glas durchsichtig, das Fenster befand sich tatsächlich in einer Außenwand. Funkelndes Tageslicht fiel ins Zimmer und machte den Schein der Lampe matt und sinnlos. Sie schauten hinaus auf die azurblauen und goldenen Felder vor der Kuppel.
»Das ist die echte Venus!« sagte Edu.
»Afroi«, flüsterte Petra.
Eine Zeit lang standen sie da und schauten nach draußen.
Dann sagte Edu lächelnd, aber dennoch ernst: »Lass in Zukunft deine Fenster offen, Petra.«
»Ja, ich werde es tun«, versprach sie. »Aber nur tagsüber ...« Sie zog die Vorhänge wieder zu. »Und nun musst du allmählich machen, dass du ins Bett kommst. Es ist schon spät und du hast anstrengende Stunden hinter dir.«
Sie begleitete ihn bis zu dem Gang, an dem sein Zimmer lag. Dann streckte sie ihm die Hand hin und sagte: »Gute Nacht, Edu. Ich fand es schön, mich mit dir zu unterhalten.«
»Ich auch ... Bekomme ich keinen Gutenachtkuss?« fragte er, sich zu ihr hinüberneigend.
Sie hob ihr Gesicht zu ihm empor und küsste ihn flüchtig.
»Nein, Edu«, sagte sie einen Augenblick später, »jetzt ist es genug.«
Edus Blick fiel auf den Roboter, der noch immer neben der Tür zu Zimmer zwei stand. »Lass dich durch ihn nicht irritieren«, sagte er, »Gemütsbewegungen berühren ihn nicht; er wird nie böse sein oder ängstlich oder froh ...« *oder verliebt*, dachte er.
Petra schüttelte den Kopf. »Geh ins Bett!«, sagte sie. »Schlaf gut.«

11. Kapitel

Auch die Abteilung für allgemeines Wohlbefinden wünschte ihm offenbar eine gute Nacht, denn neben seinem Bett lag eine Schlaftablette bereit. Edu hielt sie eigentlich für überflüssig, aber er schluckte sie dann doch. Er schlief sofort ein; aber nach einer Weile schreckte er aus dem Schlaf empor, in Schweiß gebadet und mit klopfendem Herzen. Ein Roboter stand vor seinem Bett und redete sanft auf ihn ein:

»Was ist los, Forscher Nummer elf? Haben Sie mich gerufen?«

»Nein …« Edu versuchte sich zu erinnern, wodurch er wach geworden war. »Ich glaubte, es habe mich jemand gerufen … Mick … Ist was mit Forscher Nummer zwölf?«

»Nein, Forscher Nummer elf. Ich habe Sie im Schlaf sprechen hören. Deshalb kam ich, um nach Ihnen zu sehen.«

»Oh … dann habe ich sicher geträumt.« *Aber was*? dachte Edu. Die Traumbilder waren undeutlich und wirr. *Firth ist dabei gewesen – ich bin bei Firth im Wald gewesen … Auch andere waren zugegen: Petra, Mick … Sie hatten mir etwas mitzuteilen, aber sie redeten alle durcheinander – sie überschrien sich sogar gegenseitig.* »Ich glaube, es liegt an der Tablette«, sagte er zu dem Roboter. »Ich habe früher schon mal so geträumt … Ja, es war die Tablette …« Er begann wieder schläfrig zu werden.

»Die Wirkung der Tablette fängt gerade erst an«, sagte der Roboter von ferne. »Sie sind ja erst vor fünf Minuten zu Bett gegangen …«

Das war alles, was Edu hörte. Er schlief schon wieder.

Am nächsten Morgen wurde er erst spät wach. Er zog sich an und ging zu Micks Zimmer. Der Roboter, der dort noch immer Wache hielt, berichtete ihm, dass Forscher Nummer zwölf gleich wieder zum Arzt müsse und daher nicht zu sprechen sei.

Kurz darauf erschien Dr. Li selbst. Er teilte Edu mit, dass er die Abteilung verlassen dürfe. »Und wenn du deinen Freund besuchen willst«, sagte er, »komm bitte in einer Stunde noch mal wieder.«

Edu ging in die Kantine. Dort war es genauso ruhig wie am vorigen Abend, denn die meisten Leute waren schon lange bei der Arbeit. Aber Igor war da, er saß vor einem späten Frühstück. Während sie zusammensaßen und aßen, gesellte sich auch Iman zu ihnen.

»So, da warst du aber ein Schlaumeier«, sagte der Letztere zu Edu, »dass du erst jetzt wieder aufgetaucht bist!«

»Wieso?«, fragte Edu.

»Na, du hast doch schließlich alles ins Rollen gebracht und jeder hier brennt darauf, mit dir zu reden! Aber du wolltest sicher erst in Ruhe frühstücken.«

»Ich komme gerade aus der A.f.a.W.«, sagte Edu. »Wovon sprichst du eigentlich?«

»Weißt du das denn wirklich nicht?«, rief Iman. »Der Kommandant hat heute Morgen über Intercom bekannt gemacht, dass es hier auf der Venus intelligentes Leben gibt und dass du es warst, der dies entdeckt hat ... Vernunftbegabte Geschöpfe in deinen Wäldern ...« Er sah Edu neugierig an. »Und du sitzt da am Tisch mit undurchdringlicher Miene, als ob nichts Besonderes passiert wäre. Also los, erzähl endlich!«

»Warte lieber ab, bis sein Bericht freigegeben wird«, sagte Igor trocken, »und stör uns nicht beim Futtern. Was tust du hier eigentlich, Iman? Hast du keinen Dienst?«

»Och, Dr. Li meint, ich muss mein Fußgelenk noch ein bisschen schonen. Ich darf aber trotzdem gleich nach draußen, ich bin sogar speziell dazu beauftragt worden. Ich soll mich ohne Schutzanzug auf ein schattiges Plätzchen setzen oder mich einfach ins Moos legen und dann berichten, wie es mir gefällt. Aber ich gehe nicht hier weg, bevor ich nicht etwas von dir erfahren habe, Edu ... Wo ist Mick?«

»Mick ist noch in der A.f.a.W.«, sagte Edu.

»Kein Ausflug in den Wald ohne eine gründliche Nachuntersuchung«, ergänzte Igor.

Igor wusste natürlich alles darüber und aus seinen Worten ging deutlich hervor, dass noch immer nicht alles *bekannt gemacht worden war. Was Micks Zustand betraf, so war es selbstverständlich, dass er darüber schwieg …*

»Wie ist das mit diesen Venuseingeborenen«, fuhr Iman fort, »sind sie tatsächlich intelligent? Gleichen sie den Menschen?«

»Sie wirken irgendwie menschlich«, antwortete Edu. »Oder menschlich … ach, es hängt eigentlich davon ab, was man erwartet, von welcher Warte aus man sie betrachtet.«

»Wie hast du sie denn entdeckt? Wie hast du Kontakt zu ihnen bekommen?«

»Sie haben mich entdeckt … jedenfalls einer von ihnen. Firth … Und was den Kontakt betrifft, der ist ja gerade erst geknüpft worden; das gegenseitige Kennenlernen muss noch weiter fortgesetzt werden.«

»Durch Expeditionen in den Wald?« – »Ja.«

»Und weshalb, um Venus willen, haben wir sie bisher nie zu sehen bekommen? Sie hätten uns doch hier besuchen können.«

»Ich glaube nicht, dass sie Lust dazu haben.«

»Haben sie Angst vor uns?«

»O nein, durchaus nicht.«

»Woher weißt du das?«

»Sie haben es mir gesagt.«

»Gesagt?«, wiederholte Iman. »Du willst doch wohl nicht behaupten, dass du mit ihnen gesprochen hast?«

»Weshalb nicht? Hat der Kommandant nichts davon erzählt?«

»Doch – dass sie sprechen können und sogar einige Worte aus unserer Sprache kennen. Aber das heißt noch nicht, dass man ein vernünftiges Gespräch mit ihnen führen kann … oder etwa doch?«

»Man kann sich auch mit wenigen Worten unterhalten«, sagte Edu.

»Meinst du mit Gebärdensprache? Ja, sicher. Aber wie ist es möglich, dass sie die wenigen Worte gelernt haben? Doch nicht von dir …«

»Doch, auch ein bisschen von mir«, sagte Edu langsam. *Aber nicht so, wie du denkst.*

Iman blickte ihn prüfend an. »Sehr mitteilsam bist du nicht gerade«, sagte er. »Ich habe gehört, dass du deine Privatexpedition schon lange geplant hattest. Aber jetzt brauchst du doch nicht mehr so geheimnisvoll zu tun!«

»Nein, Iman. Ich möchte dich allerdings sehr gerne fragen, ob du mich einmal begleitest, um selber mit den Afroini zusammenzutreffen.«

»In den Wald hinein?«

Edu schaute Iman genauso forschend an wie Iman ihn selbst. Er fragte: »Hast du noch nie mit diesem Gedanken gespielt?«

Iman blickte kurz weg, zu Igor hinüber, der in aller Ruhe weiter frühstückte, aber dennoch das Gespräch höchst aufmerksam verfolgte. »Ja sicher«, rief er dann. »Ich bin schließlich Forscher von Beruf, genau wie du.«

»Möchtest du mit mir gehen? Vielleicht wirst du es zuerst nicht so angenehm finden.«

»Natürlich möchte ich mit! Sobald Dr. Li uns die Erlaubnis gibt.«

Möchtest du es wirklich? Willst du es und kannst du es auch, Iman? Edu sagte: »Im Wald kannst du keinen Schutzanzug tragen.«

»Das habe ich den Worten des Kommandanten bereits entnommen«, sagte Iman. Er wirkte ernst, aber nicht ängstlich. »Aber warum sollte ich es dort nicht angenehm finden, Edu? Hast du mir irgendetwas verschwiegen?«

»Ich kann dir nicht alles erzählen, Iman. In den Wäldern sein, das ist etwas, was man sich einfach nicht vorstellen kann … wenigstens nicht bis ins Letzte. Es ist …« Edu suchte nach Worten. »Etwas ganz Neues …« *Firth*, sagte er in Gedanken, *was geht in Iman vor? Kann er kommen?* Er versuchte konzentriert zu denken, damit seine Frage den Wald erreichen könne …

»Bäume und Blumen und namenlose Gewächse«, sagte Igor. »Ich hätte ebenfalls Lust, mir das mal anzusehen.«

»Du? Du bist doch kein Forscher«, sagte Iman.
»Na und? Was soll's!« Igor winkte einen Roboter heran. – »Bitte noch ein paar Biskuits. – Aber ich warte natürlich erst ab, wie es dir gefällt, Iman. Es wird langsam Zeit, dass die Forscher was tun für ihr Geld.«
Der Roboter, der die Biskuits brachte, hatte eine Nachricht für sie: »Zwei Forschern habe ich Meldungen zu übermitteln. Forscher Nummer elf soll sich um elf Uhr beim Kommandanten melden. Forscher Nummer vierzehn soll sich nach draußen begeben.«
»Jetzt sofort?«, fragte Iman.
»Jetzt sofort«, bestätigte der Roboter.
Iman erhob sich. »Also bis bald ... Viel schlauer bin ich noch nicht geworden«, fügte er hinzu.
»Du wirst noch von mir hören, Iman«, sagte Edu. »Bis dann ... Bring uns zwei Kaffeenektar«, bat er den Roboter, »von meiner Ration natürlich.« Er wandte sich an Igor. »Iman wird sicher doch dahinter kommen.«
Igor blickte ihn fragend an.
»Dass die Afroini Gedanken lesen können ... Dr. Brim hat es so nett ausgedrückt: Dies ist eine Welt, in der Dolmetscher überflüssig sind.«
»Mein lieber Junge«, sagte Igor, »ich glaube dir natürlich. Aber dass die Afroini Gedanken lesen können, ist noch nicht bewiesen.« Er machte eine Geste mit der Hand. »Fall mir jetzt bitte nicht ins Wort. Es stimmt höchstwahrscheinlich und für mich steht es sogar fest. Aber einen schlüssigen Beweis haben wir noch nicht. Infolgedessen wird über diesen Punkt noch geschwiegen.«
»Der Kommandant hat mir einen anderen Grund dafür genannt.«
»Ja, der kommt noch hinzu, und zwar mit Recht.« Igor rührte im Nektar, den der Roboter vor ihn auf den Tisch gestellt hatte. »Weißt du, Edu, ich schlafe meistens gut, aber letzte Nacht lag ich wach, weil ich plötzlich zum ersten Mal an meine eigenen Ge-

danken denken musste. Ich grübelte sozusagen über das nach, was ich dachte, und ich merkte, dass ich nicht an das dachte, was ich eigentlich denken wollte, und konnte auch nicht aufhören zu denken – und ich zerbrach mir den Kopf, ob jetzt wohl irgendjemand anderes teilnahmsvoll über meine Gedanken lachte …«
Igor selbst musste auch lachen. »Du liebe Zeit, so ein Unsinn«, sagte er. »Als ob meine Gedanken so wichtig wären, dass sich jemand anderes – und dazu noch so ein Venusmännlein – in sie vertiefen würde.«
»War es dir Ernst, dass du auch gerne mal einen Blick in den Wald werfen möchtest?«, erkundigte sich Edu.
»Ich und einen Spaziergang machen? Du bist verrückt. Aber ich würde es doch gerne mal sehen, das ja. Immer unter der Kuppel sein wird auch auf die Dauer langweilig, obwohl Waldspaziergänge nichts für mich sind.«
Du sagtest, dass die Venus nichts von uns Menschen wissen will und darum wolltest du auch nichts von der Venus wissen … Wie denkst du denn jetzt darüber, Igor? Du bist meiner Frage ausgewichen.
»Ich habe heute Morgen schon mit Petra gesprochen«, fuhr Igor fort. »Sie hat sich gedreht wie ein Blättchen im Wind. ›Lass die Fenster offen und geh nach draußen.‹ Demnächst erzählt sie uns noch, dass wir um unserer Gesundheit willen einen Waldlauf machen sollen! Ihr zuliebe würde ich es sogar tun.« Er sah Edu kopfschüttelnd an. »Das ist *deine* Schuld, bilde dir nur nicht ein, dass ich dir das jemals verzeihe.« Der scherzhafte Ton verschwand aus seiner Stimme, als er fragte: »Wie geht es Mick?«
»Ich durfte noch nicht zu ihm«, sagte Edu. »Ich gehe jetzt erst hin.« Er schaute auf seine Uhr. »Zehn vor elf. Dann werde ich mich jetzt auf die Socken machen, erst zum Kommandanten.«
»Bestell Mick Grüße von mir«, sagte Igor. »Ich hoffe, dass er sich wieder erholt hat.«

Als Edu nach dem Gespräch mit dem Kommandanten Mick besuchen wollte, musste er von Dr. Li erfahren, dass Forscher Nummer zwölf schlafe und nicht gestört werden dürfe. Auf seine Frage, wann man ihn denn endlich zu seinem Freund lassen werde, gab der Arzt nur eine vage Antwort: »Vielleicht heute Abend, sonst morgen …« Er fügte noch hinzu, dass Forscher Nummer zwölf in guter gesundheitlicher Verfassung sei, nur noch sehr müde wegen der Aufregungen, die er durchgemacht hatte. Edu gelang es nicht, Näheres zu erfahren, und deshalb ging er zu Petra – sie würde vermutlich mitteilsamer sein. Außerdem wollte er sie gerne einen Augenblick lang sehen.

Petra berichtete ihm jedoch nicht viel mehr als der Arzt. »Mick ist nicht krank«, sagte sie. »Er hat nur einen Schock erlitten und ist von sich selbst enttäuscht. Du musst ihm noch ein bisschen Zeit lassen, Edu.«

Aber Edu war noch nicht beruhigt. »Ich komme gerade vom Kommandanten«, sagte er. »Ich habe ihn nach den ältesten Expeditionsberichten gefragt …« *Einer kam todkrank zurück*, dachte er, *ein anderer geistesgestört* … Der Kommandant hatte ihm erzählt, dass solche Dinge tatsächlich geschehen seien, obwohl man einige Vorfälle angesichts der jüngsten Entdeckungen vielleicht anders beurteilen müsse. Einer der Zurückgekehrten hatte in seinen Fieberträumen von Stimmen gesprochen, die ihn riefen, von grünen Geistern, die zu ihm redeten. Auch der Geisteskranke hatte von grünen Wesen gesprochen. Aber trotzdem …

»Es ist anscheinend eine Tatsache«, meinte er, »dass es Menschen gibt, die den Wald nicht vertragen können.«

»Edu«, sagte Petra, »ich habe dir doch gesagt, dass du dir um Mick keine Sorgen zu machen brauchst. Glaub mir bitte!«

»Hast du die Expeditionsberichte gehört, Petra?«

»Teilweise – das, was ich für meine Arbeit wissen musste. Es ist ja eine unserer dienstlichen Aufgaben, die Menschen vor seelischen Schocks zu bewahren. Aber solche Gefahren drohen nicht nur hier auf der Venus, Edu. Du brauchst nur an die ersten Expedi-

tionen auf dem Mond zu denken oder die Flüge zum Mars. Das völlig Fremde, das Neue und Unbekannte ist immer gefährlich! Aber es gibt eben Menschen, die sich besser anpassen als andere.« Petra blickte durch das geöffnete Fenster nach draußen. »Ich habe mir überlegt«, sagte sie, »dass unsere frühen Vorfahren, die von Reisen zu den außerirdischen Welten nur träumen konnten, sich vielleicht auf der Venus nicht so fremd gefühlt hätten wie wir ... Wenn es heute auf der Erde noch Wälder gäbe, vielleicht würden wir uns dann hier weniger davor fürchten.«
»Mag sein«, sagte Edu. »Ich glaube jedoch, dass man die Wälder hier nicht mit den irdischen vergleichen kann. Ich gehe gleich wieder hin«, fügte er hinzu. »Allein.«
»Jetzt gleich?«, fragte Petra beinahe flüsternd. »Hast du die Erlaubnis dazu?«
»Ja, es ist sogar mein Sonderauftrag. Der Kommandant und ich haben uns eine Zeit lang unterhalten. Und jetzt«, sagte Edu mit einem Anflug von Spott in der Stimme, »wird ein neuer Rang für mich geschaffen; ich weiß noch nicht, wie man mich nennen wird: Forscher für außergewöhnliche Aufgaben, Verbindungsoffizier ... oder vielleicht einfach Waldläufer ...« Er wurde wieder ernst. »Wenn ich nur nicht zu lange der Einzige bleibe.«
»Bestimmt nicht, Edu!« Petra legte eine Hand auf seinen Arm. »Aber du musst Geduld haben.«
»Hättest du Lust, mit mir zu gehen, Petra?«
Ihre Augen weiteten sich. »Ich? Warum gerade ich?« Sie ließ ihn los und trat einen Schritt zurück.
»Und warum solltest du nicht? Du bist Psychologin, es würde sehr lehrreich für dich sein. Ein Bericht über deine Erfahrungen ... Ach ja, aber deshalb habe ich dich nicht danach gefragt«, unterbrach sich Edu. »Ich hab' dich früher schon einmal darum gebeten und es ist mir ernst damit, einfach so. Willst du mich begleiten?«
Zögernd sagte sie: »Ich weiß nicht so recht ...« Ein bisschen traurig fuhr sie fort: »Nein, nein, ich traue mich nicht, Edu, jetzt noch nicht.«

»Macht nichts, Petra«, sagte Edu rasch. »Vielleicht ein andermal.« Er lachte ihr zu. »Ich werde noch mal versuchen, Blumen für dich mitzubringen. Nur kann ich sie natürlich nicht in die Kuppel hineinschmuggeln.«

12. Kapitel

Zum ersten Mal verließ Edu die Kuppel ohne Schutzanzug; er trug gewöhnliche Sportkleidung und hatte nichts anderes bei sich als ein kleines Sprechfunkgerät sowie einen der funkelnagelneuen Allwetterschirme, die ein geschickter Techniker vormittags angefertigt hatte. Iman kannte einen anderen Namen für das Ding – er kam gerade anspaziert, als Edu über die Terrasse ging. Auch er war wie Edu luftig gekleidet und hielt den Wetterschirm über seinen Kopf. »Weißt du, wie das Ding hier heißt?«, fragte er. »Ein Parasol. Das hat mir Dr. Petra Moll erzählt, es ist der authentische alte Name. Vor hundert Jahren besaß auf der Erde jeder so ein Ding. ›Parasol‹ bedeutet ›gegen die Sonne‹ … Die sieht man hier zwar nicht«, fügte er hinzu, »aber dafür spürt man sie umso mehr.«

»Ist dir sehr heiß?«, fragte Edu.

»Und ob! Und während der nächsten Tage wird es noch wärmer werden. Aber es ist trotzdem schön; stell dir vor, ich brauche nichts zu tun! Ich hab eine Zeit lang da gesessen und in die Gegend geschaut, in der Hoffnung, irgendein interessantes Tier zu sehen … mit Venusmännlein brauchte ich ja nicht zu rechnen … Kommst du mit? Ich kenne ein hübsches Fleckchen.«

Iman sah Edu neugierig an. Er wollte natürlich noch mehr erfahren.

»Jetzt nicht, ein andermal gerne«, sagte Edu. »Ich warte auf ein Mobil.«

»Gehst du wieder in den Wald?«

»Ja … Was hast du eben gesagt, wie dieses Ding heißt?«, fragte Edu, bevor Iman weiterreden konnte. »Ein Parasol?«

»Genau. Und wenn man es gegen den Regen benutzt, nennt man es Parapluie. Sie müssten nur noch einen erfinden, den auch der Wind nicht umbläst ...«

Dicht neben ihnen stoppte ein Grundmobil. »Forscher Nummer elf«, sagte der Roboter, der es bediente, »steigen Sie bitte ein.«

»Hör mal, Edu«, sagte Iman, »lass *mich* dich hinbringen, ja?«

Edu sah ihn zweifelnd an.

»Dagegen ist doch nichts einzuwenden!«, fuhr Iman fort. »Ob ich es nun tue oder ein Roboter ...«

»Ich finde es prima«, sagte Edu langsam. »Ich weiß nur nicht, ob das Hauptquartier auch dieser Meinung ist.«

»So ein Quatsch. Wenn du es doch gut findest. Bist du nun der Leiter oder bist du es nicht?«

»Nicht mehr, Iman.«

»Willst du damit sagen, dass man dich degradiert hat?«

Edu überlegte, welche Antwort er darauf geben sollte. *Welchen Rang habe ich jetzt eigentlich? Man hat mir zwar eine neue Aufgabe zugeteilt, aber ...* »Ich weiß nur, dass ich kein Gruppenleiter mehr bin«, sagte er, »aber ich frage mal eben an«, fügte er rasch hinzu, während er in das Mobil stieg und Kontakt mit der Kuppel aufnahm.

Er musste auf die Antwort ein wenig warten, aber schließlich bekam Iman die Erlaubnis – unter der Bedingung, dass er in sicherem Abstand vom Wald bleiben würde.

Iman übernahm den Platz des Roboters und startete das Mobil. Mit mäßiger Geschwindigkeit bewegten sie sich auf den östlichen Wachroboter zu.

»So, dieses Mal darf ich an ihm vorbeifahren«, sagte er, als sie ihn passierten. »Und die Wälder werde ich auf jeden Fall einmal gut sehen können; das ist ja auch das Mindeste, wenn du mir schon nichts erzählen willst.«

»Sorry, Iman«, sagte Edu. »Ich werde dir gerne alles erzählen, sobald man mir die Erlaubnis dazu gibt ... und wenn ich noch mehr weiß. Darum gehe ich ja jetzt wieder hin.«

»Oh, du brauchst keine Angst zu haben, dass ich dir weiter in den Ohren liege«, sagte Iman. »Ich komme lieber selbst dahinter.« Es klang nicht gerade freundlich.

Edu blickte ihn von der Seite an. *Ich habe mit dem Gedanken gespielt, dich ins Vertrauen zu ziehen, damals, nach der Sache mit dem Regenbogenflügelfalter – erinnerst du dich? Du warst der Einzige, der es begriffen zu haben schien.* Aber er sprach seine Gedanken nicht aus – was hatte das jetzt noch für einen Sinn? Außerdem war er sich jetzt nicht mehr sicher, ob er es wirklich getan hätte, selbst wenn Iman sich damals nicht den Fuß verstaucht hätte.

Dann kam der Wald in Sicht. Iman brachte das Mobil abrupt zum Stehen und fluchte leise vor sich hin. »Hier sieht es ja ganz anders aus als von oben aus der Luft!«, sagte er und fügte gleich danach hinzu: »Es ist doch eigentlich ein Wahnsinn, dass während der ganzen Zeit niemand hingegangen ist.« Er lachte kurz auf. »Das Hauptquartier wird schön sauer sein, dass du alle Theorien über den Haufen geworfen hast!«

Das ist durchaus möglich! Edu selbst hatte sich noch nicht den Kopf darüber zerbrochen.

Iman starrte noch immer zum Waldrand hinüber. »Menschen betreten den Wald nicht«, zitierte er. »Was hast du nun eigentlich für ein Gefühl, Edu? Erst degradiert man dich, weil du es *doch* getan hast, und jetzt schickt man dich wieder hin. Weshalb tun sie es jetzt? Und damals nicht?«

»Nimm mal die ältesten Expeditionsberichte unter die Lupe«, sagte Edu.

»Das werde ich bestimmt tun.«

»Falls es dir erlaubt wird – so einfach ist das nämlich nicht!« Edu schob die Tür auf. »Ich muss jetzt gehen. Danke fürs Herbringen!«

Iman öffnete den Mund und schloss ihn wieder. »Soll ich auf dich warten?«, fragte er nach einem Augenblick des Schweigens.

Das Mobilradio klickte. »Hauptquartier an Forscher Nummer vierzehn«, sagte eine Stimme. »Forscher Nummer vierzehn soll sofort zur Kuppel zurückkehren.«

»Für mich also immer noch verboten«, knurrte Iman. *War er neidisch?* »Ja, Hauptquartier«, antwortete er. *Oder hatte er sich damit abgefunden?* »Ich kann dich nachher wieder abholen kommen, Edu«, sagte er.
Edu schüttelte den Kopf. »Vielen Dank, Iman, aber ich weiß nicht, wie lange ich bleiben werde.«
»Hauptquartier an Forscher Nummer elf«, sprach die Stimme aus der Kuppel. »Wir bitten Sie, nicht zu weit in den Wald hineinzugehen und alle Risiken zu vermeiden ... Wiederholung für Forscher Nummer vierzehn: Bitte kehren Sie sofort zurück. Sie müssen sich in der Abteilung für allgemeines Wohlbefinden melden.«
Edu gab Iman die Hand. »Ich hoffe, dass du beim nächsten Mal mit von der Partie bist. Tschüss!«
»Vergiss deinen Parasol nicht«, sagte Iman. »Hast du sonst gar nichts bei dir?«
»Nein, nur ein Sprechfunkgerät, obwohl das eigentlich Unsinn ist. Es funktioniert doch nicht länger als eine halbe Stunde. Funkgeräte, Uhren, Kompass – all das ist im Nu kaputt. Am besten würde man überhaupt nichts mitnehmen.«
Edu hatte den Eindruck, dass diese Worte Iman mehr trafen als alles, was er vorher gesagt hatte. Er stieg aus und hatte Mühe, seinen Parasol aufzuspannen.
Iman wendete das Mobil, ganz langsam, als ob es ihm widerstrebe, und glitt davon in Richtung Kuppel. Edu blickte ihm mit gemischten Gefühlen nach. Er war erleichtert, dass Iman dem Befehl des Hauptquartiers nachgekommen war, ohne sich dagegen zu wehren; andererseits bedauerte er, dass er nicht darauf bestanden hatte mitzugehen. Und doch war es so am besten; diesmal musste er allein losziehen – um mit den Afroini zu sprechen, vor allem mit Firth.
Träge machte er sich auf den Weg. Sein Wetterschutz war nun ein Parapluie, der Regen prasselte auf den Plastikschirm. Aber auch der Wind zerrte daran, und als er den Waldrand fast erreicht hatte, gab er Iman recht, dass man das Ding besser konstruieren

müsse. Er faltete es zusammen und steckte es in den Boden – im Wald würde er es nicht brauchen. Er schaute noch einen Augenblick lang nachdenklich auf den Schirm nieder. Wie würde er ihn wohl nachher wieder finden? Ob er mit goldgelbem Schimmel überzogen sein würde? Vielleicht würde er in diesem Erdreich sogar Wurzeln schlagen und sich in eine seltsame Pflanze verwandeln, die nicht mehr wieder zu erkennen war?
Das Sprechfunkgerät an seinem Hals tickte. Er drückte den Knopf und sagte: »Hier Forscher Nummer elf. Ich habe den Wald erreicht. Eine Frage: Ist Forscher Nummer vierzehn schon bei der Kuppel angekommen?«
»Forscher Nummer vierzehn kommt gerade an«, antwortete das Hauptquartier. »Nummer elf, Forscher in außergewöhnlicher Mission, der Kommandant wünscht Ihnen eine erfolgreiche Exkursion.«
Was versteht er unter erfolgreich? Wie wird es mir wohl diesmal im Wald gefallen?

13. Kapitel

Es regnete, es rauschte, es raschelte.
Edu hatte die Schuhe ausgezogen und ging barfuß über den schmalen Pfad, den er nun schon mehrmals entlanggelaufen war – mit Sstrra und mit Mick. Zuerst dachte er dauernd an die Afroini und erwartete jeden Moment, dass einer von ihnen auftauchen würde. Es kam jedoch niemand. Nach einer Weile war es ihm schließlich egal – es würde schon alles so kommen, wie es kommen musste. Ohne lange zu überlegen, wählte er an der Stelle, an der der Pfad sich teilte, einen der beiden Wege. Er wanderte gemächlich weiter und fühlte sich wieder von der wilden und doch lieblichen Umgebung aufgenommen.
Vielleicht werde ich hier einmal mit Petra spazieren gehen … Warum sollte man sich hier eigentlich ängstigen? Und doch … bin ich denn eine Ausnahme? Mick …

Seine beinahe traumhaft friedliche Stimmung verschwand plötzlich. Er blieb stehen und betrachtete alles mit anderen Augen. Zum Beispiel dieser Baum dort – so hoch, dass er die Spitze kaum sehen konnte, ziemlich schief und mit rauer, schuppiger Rinde. Der Stamm hatte die Farbe von Asche, in der noch letzte Funken glühten, und überall sprossen Äste hervor, die sich wanden wie Schlangen. Genau besehen ein gruseliger Anblick. Dieser Baum sah aus, als ob er schon Jahrhunderte alt sei, aber er war noch stark und voller Leben ... Schön war es trotzdem ... Von einer grimmigen Schönheit, die zugleich bezauberte, verwirrte und Angst einflößte.

Er ging ein Stück weiter und blieb dann auf einer kleinen Lichtung stehen. Dort ließ er sich zu Boden gleiten. *Nach jedem Lémai soll man kurz ausruhen ... Wie viel ist ein Lémai eigentlich?*

Er rief das Hauptquartier an und fragte, wie spät es sei. (Er hatte keine Uhr bei sich – zwei Armbanduhren hatte er hier schon eingebüßt.) Die Stimme von Jan oder Joe (er glaubte, dass es Jan war) teilte ihm mit, dass es ein Uhr war.

Ein Uhr ... Dann aß man in der Kuppel gerade zu Mittag. Die Forscher würden von ihren Beobachtungs- und Entdeckungstouren zurück sein. Die meisten Leute saßen jetzt in der Kantine. Petra war sicher auch dort und Igor hatte keinen Dienst – also saß er vermutlich bei ihr am Tisch. Iman würde immer noch in der A.f.a.W. unter die Lupe genommen werden. Dort befand sich auch Mick; vielleicht war er inzwischen aufgewacht ...

Edu berichtete im Telegrammstil, dass es ihm gut gehe; dann brach er die Verbindung ab. Er legte sich auf den Bauch und strich mit den Fingern über das Moos. Er beobachtete ein kleines Tier, das aussah wie eine Eidechse. Es lief dicht neben ihm herum und schien vor der Bewegung seiner Hand überhaupt keine Angst zu haben. Wenn er den Kopf hob, sah er ein Stück jenes erstaunlichen Baumes – aber dessen Anblick beunruhigte ihn nun nicht mehr.

Ach, Mick, es tut mir so Leid, dass der Wald zu viel für dich war ... Eine leise Stimme sagte:

»Wenn jemand zum ersten Mal Wasser sieht, forderst du ihn dann sofort zum Schwimmen auf?«

»Nein«, antwortete Edu. Einen Augenblick lang dachte er nicht darüber nach, *wer* da wohl gesprochen hatte. Vielleicht hätte es ihn nicht einmal gewundert, wenn der alte Baum plötzlich eine Stimme bekommen hätte. Dann richtete er sich auf und schaute sich um.

Er sah ihn dicht neben sich stehen: nicht von dem hellen Smaragdgrün wie die Afroini, die ihm früher begegnet waren, sondern bronzefarben und braun, mit einem knochigen, ja fast knorrigen Körper. In seinem Gesicht jedoch befanden sich Augen, die gleichsam durch ihn hindurchschauten – dunkel und doch irgendwie hell, mit Lidern, die sich beinahe nicht bewegten. Edu überlegte, wie lange er diesem Blick wohl standhalten könne. Er zwang sich dazu, seine eigenen Augen nicht abzuwenden – er hatte das Gefühl, als sei dies eine Probe, die er bestehen müsse.

Der andere senkte die Augenlider und setzte sich gemächlich neben ihn. Er antwortete auf Edus unausgesprochene Frage:

»Ich bin Wisi-u, der Älteste.«

»Wisi-u, der Älteste«, wiederholte Edu im Flüsterton.

»Ich bin der Anführer der Afroini in diesem Wald – dem Wald, der zwischen den ›Hastenden Höhen‹ (ihr nennt sie die ›Wandernden Berge‹), zwischen Kahler Glut und zwischen Meer und Moor liegt … Ich bin hierher gekommen, um mit dir zu reden.« Wisi-u streckte einen seiner langen Arme aus, zog einen Halm aus dem Boden und begann darauf herumzukauen. Nach einer Weile fuhr er fort: »Dein Kommandant möchte, dass du eine Verbindung schaffst zwischen uns und der Kuppel. Das ist gut. Wenn er uns aber kennen lernen will, dann muss er selbst hierher kommen, in den Wald, in dem wir wohnen.«

»Ich werde es ihm sagen, Wisi-u … Aber wollen die Afroini … wollt ihr nicht zu uns kommen?«, fragte Edu.

»Ich will nicht zu euch kommen.« Wisi-u nahm den Halm aus dem Mund und blickte ein Weilchen darauf nieder. »Es könnte passieren, dass ich eure Kuppel vernichte. Dies ist keine Drohung, Edu. Wir Roi-Afroini tragen den Wald bei uns, wir nehmen ihn überallhin mit. Ist das nicht gefährlich für eure Bauwerke?«

»Ja, das ist es«, antwortete Edu, obwohl er wusste, dass er eigentlich nichts zu sagen brauchte.

»Die Kuppel darf stehen bleiben«, sagte Wisi-u, »obwohl wir sie voll Mitleid betrachten. Sie ist ein lächerliches Ding.«

Von seinem Standpunkt aus betrachtet, hatte der Älteste der Afroini wahrscheinlich Recht, aber Edu spürte doch ein wenig Ärger in sich aufsteigen. »Sollen wir etwa alle in den Wald kommen?«, fragte er.

»Ich weiß nicht, was ihr tun sollt«, antwortete Wisi-u ruhig. »Ihr seid Fremde auf Afroi. Wenn ihr nicht nach draußen wollt, müsst ihr eben verschwinden.«

Edu schaute ihn ein wenig beunruhigt an.

»Hab keine Angst vor uns, du Mann von der Erde«, sagte Wisi-u. »Wir werden niemand etwas zu Leide tun. Ihr seid genau wie wir Geschöpfe, die denken und träumen können. Wieso sollten wir euch also Böses zufügen wollen?« Er warf den Halm weg und fuhr fort: »Sag deinem Kommandanten, dass er nicht länger zögern darf. Er soll so handeln, wie seine wahren Gedanken, seine besten Gefühle es ihm eingeben ...«

Es kam Edu vor, als begebe sich Wisi-us Geist, während er sprach, in die Kuppel und schaue dem Kommandanten ins Herz ...

»Er erinnert sich an die Zeit seiner Jugend«, fuhr der Älteste fort. »Er war ein Forscher wie du, der seine eigene Welt verließ – unterwegs zu etwas Neuem und nicht auf der Suche nach etwas, das er schon kannte. Seine Gedanken und Gefühle von damals hat er noch nicht vergessen. Das ist gut. Sag ihm das.«

Wie wird der Kommandant es wohl auffassen, wenn ich ihm diese Worte überbringe? überlegte Edu.

Wisi-u sagte: »Ich hätte es ihm lieber persönlich gesagt, aber er will nicht herkommen; er glaubt, dass er es noch nicht kann. Und ich sage dir noch etwas, Edu: Ihr dürft ruhig in unseren Wäldern

herumlaufen und spielen, nur müsst ihr dann so gesinnt sein wie wir.«
»Wollt ihr, dass wir so werden wie ihr?«, fragte Edu.
Wisi-u schaute ihn von der Seite her an. »Ihr wollt ihr selbst bleiben.«
Ja natürlich! dachte Edu.
»Aber *weißt* du denn, wer du bist?«, fragte Wisi-u.
Ja ... Nein ... Ich weiß es nicht ... Aber ich weiß auch nicht ...
»Das stimmt, Edu«, sagte Wisi-u. »Du weißt auch nicht, wie *wir* sind.«
Ja, wie sind die Afroini? Vielleicht sind sie weise, friedliebend ... Ja. Aber auch gefährlich.
»Gefährlich«, sagte Wisi-u. »Wir sind einander begegnet und daraus kann Gutes entstehen oder auch Schlechtes. Gefährlich.«
Edu dachte wieder an Mick.
Wisi-u sagte: »Dein Freund Mick ist wach und denkt an dich. Von jetzt an wird er ein wenig anders sein. Sein Zustand kann sich verbessern oder verschlechtern. Ich kann ihm nicht helfen. Aber du kannst es. Du kannst ihm helfen ... Und denke nicht weiter darüber nach, was Firth wohl zu ihm gesagt hat. Das geht dich nichts an.«
»Nichts an!«, sagte Edu ein wenig empört. »Es geht Firth auch nichts an, was Mick denkt oder was ich denke. Die Afroini ...«
Wisi-u machte eine Handbewegung. »Versuche nicht, über uns zu urteilen, ehe du uns nicht besser kennst! Du hörst unsere Stimme, du siehst unsere Gestalt, aber du bist taub und blind unseren Gedanken gegenüber ...«
Sie waren beide eine Zeit lang still. Über ihren Köpfen ließ ein Vogel ein paar melodische Triller hören, dann flog er mit rauschendem Flügelschlag davon. Das eidechsenartige Tierchen kam unter einem Blatt hervorgekrochen und verschwand wieder.
Der Älteste begann erneut zu sprechen: »Wir lesen Gedanken und ihr fürchtet diese Macht. Aber ihr beneidet uns auch darum. Ich will dir etwas erzählen, etwas, das unter eurer Kuppel passie-

ren kann: Da ist ein Zimmer, zwei Menschen führen dort ein Gespräch – ein Gespräch, das ihr vertraulich nennen würdet. Du weißt, dass es nicht für deine Ohren bestimmt ist, aber du bist neugierig ... Horchst du dann an der Tür? ... Wenn du an der Tür horchst, bist du noch nicht reif, Gedanken zu lesen.«

»Ach wirklich?«, sagte Edu. »Die Afroini tun schließlich nichts anderes.«

»Wir horchen nicht an der Tür«, sagte Wisi-u. »Ja, wir haben nach deinen Gedanken gefahndet und wir haben uns durch deinen Geist hindurchbewegt ... aber nicht aus gewöhnlicher Neugier ... nicht einmal deswegen, weil ihr Eindringlinge seid, die aus dem Himmelsraum auf unsere Welt herabgestiegen sind ...« Sein Mund öffnete sich zu einem leisen Seufzer. »Ich erzähle dir das alles in höchst unvollkommener Weise«, sagte er, »denn ich bin es nicht gewohnt zu sprechen und du bist nicht daran gewöhnt zu verstehen.« Er richtete sich langsam auf. »Ich weiß«, sagte er, »dass du viel an uns gedacht hast – indem du Fragen stelltest. Wir werden deine Fragen beantworten, falls wir es können. Und wir werden freundlich zu euch sein, so wie ihr freundlich seid zu den Blinden und Tauben.«

»Vielen Dank, Wisi-u«, sagte Edu, der sich durch diese Worte unangenehm berührt fühlte. »Ich werde es ...«

Wisi-u wandte sich ab.

Edu sprang auf. »Gehst du weg?«

»Ja«, lautete die Antwort. »Ich habe für lange Zeit genug gesprochen. Aber Firth ist hier.«

Firth? Wo?

»Er ist mit seinen Gedanken hier«, sagte Wisi-u. »Er wird auch selbst zu dir kommen.« Er entfernte sich ein paar Schritte weit, blieb dann stehen und schaute sich noch einmal kurz um. »Sei nicht böse, Edu, Mann von der Erde. Geh durch unsere Wälder. Wir freuen uns, dass du sie liebst – wirklich!«

14. Kapitel

Edu sah Wisi-u nach, bis er ihn aus den Augen verlor …
Eine Ehrfurcht gebietende, aber auch beunruhigende Persönlichkeit! Es lohnte sich, über das, was er gesagt hatte, nachzudenken, wenn auch nicht alles gleichermaßen ermutigend geklungen hatte. »Blinde und Taube …« *Der Älteste der Afroini hat keine besonders hohe Meinung von mir und meinesgleichen …* »Ihr dürft in unseren Wäldern herumlaufen und spielen« – als ob er Kinder vor sich hätte und nicht Menschen, die die Entfernung zwischen Planeten überwunden und ihren eigenen Planeten unter Kontrolle gebracht haben … *Und die Wälder dort vernichtet haben.*
Was jetzt? Es war sicher an der Zeit, zur Kuppel zurückzukehren und dort Bericht zu erstatten. Er versuchte, das Hauptquartier anzurufen, bekam aber keine Antwort. Er war also mit Sicherheit schon über eine halbe Stunde hier … *Ach, warum habe ich mein Funkgerät nicht angestellt, während Wisi-u sprach! Daran habe ich überhaupt nicht gedacht, das wird man mir nachher bestimmt unter die Nase reiben. Wie würde der Älteste wohl dieses Kommunikationsmittel beurteilen? Wahrscheinlich fände er es sehr primitiv. Seine eigenen telepathischen Fähigkeiten werden nicht durch atmosphärische Störungen oder durch heiße, feuchte Wälder beeinflusst … Selbst Entfernungen sind wahrscheinlich kein Hindernis.*
Während Edu darüber nachdachte, begann er langsam zurückzugehen. *Zur Kuppel … Aber Firth wollte doch zu mir kommen …* Er warf einen Blick nach allen Seiten. *Ob ich den Weg wohl noch weiß? Auf jeden Fall bin ich an diesem hohen, alten Baum vorbeigekommen … Wie alt mag Wisi-u wohl sein? Ich bin noch nie einem Menschen begegnet, der so alt aussah. Trotzdem sah Wisi-u keineswegs verbraucht aus – im Gegenteil, er wirkte stark und zäh. Genau wie dieser Baum … Welches Alter die Afroini wohl erreichen konnten?*
Edu blieb stehen. Hier gab es viel mehr Pfade, als er auf dem Hin-

weg bemerkt hatte. Die meisten waren sehr schmal und sie führten kreuz und quer in alle Richtungen. Die Umgebung kam ihm plötzlich unbekannt vor. Das konnte allerdings auch daher kommen, dass sich die Beleuchtung verändert hatte: Dunst und Nebelschwaden wechselten ständig ihre Lage. Er versuchte seine eigenen Fußspuren wieder zu finden, aber er sah keine. Das hätte er sich eigentlich denken können. Auf dem Moos verschwanden sie sofort und die Spuren auf dem glitschigen Boden waren natürlich inzwischen vom Regen verwischt.

Ich bin wirklich ein toller Waldläufer! sagte er zu sich selbst. *Werde ich denn jedes Mal hier einen Lotsen nötig haben*? Er regte sich jedoch nicht weiter darüber auf, sondern entschied sich für den Pfad, den er für den richtigen hielt, und ging weiter. Nach einiger Zeit merkte er, dass er auf dem verkehrten Weg war – zwischen den Bäumen sah er Wasser schimmern, kleine Seen und Tümpel, die er nie zuvor bemerkt hatte.

In welche Richtung gehe ich wohl? Soll ich umkehren? Oder lieber warten, bis ich einen der Afroini sehe? Weshalb ist Firth nicht gekommen?

»Edu!« rief jemand von weitem. »Geh weiter, Edu, ich komme!« Es war Firth, der ihm entgegenkam. »Wisi-u hat dir doch gesagt, dass ich kommen würde«, sagte er, als sie einander erreicht hatten.

»Hast du mitgehört?«, fragte Edu. »Ich meine ...«

»Ich weiß, was Wisi-u denkt«, antwortete Firth, »also auch, was er gesagt hat. Aber ich habe nicht gehorcht, Edu. Wisi-u sprach in unser aller Namen.«

»Ist das bei euch so: Was der eine denkt, denkt auch der andere?«

»Ja und nein«, sagte Firth. »Die Afroini sind nicht jeder für sich allein wie ihr Menschen. Aber sie sind auch nicht alle gleich ...«

Er schaute zu Edu empor. »Ich will dir etwas von mir selbst erzählen. Ich bin neugierig.«

»Neugierig? Worauf?«

»Neugierig«, sagte Firth noch einmal. »Auch auf Dinge, die mich nicht betreffen.« Er begann zu gehen, in dieselbe Richtung, die Edu eingeschlagen hatte. Edu schritt neben ihm her. *Liegt es daran*, überlegte er, *dass ich zuallererst Firth begegnet bin, dass ein Gespräch mit ihm mir am leichtesten fällt? Ist Firth ein Außenseiter unter den Afroini – so, wie ich mich auch manchmal unter der Kuppel fühle? Neugierig auf das Unbekannte …* »Wohin gehen wir eigentlich?«, fragte er. »Ist das der Weg zur Kuppel?«
Firth gab zuerst Antwort auf seine Gedanken, dann erst auf seine Frage. »Ich bin neugierig auf euch Menschen«, sagte er. »Ich werde dir gleich den Weg zur Kuppel zeigen, aber zuerst werden wir uns irgendwo ausruhen; ich weiß einen guten Platz. Du bist nicht zu müde, um noch ein Stückchen zu laufen.«
Edu nahm den Faden des Gesprächs wieder auf. »Neugierig auf uns Menschen«, sagte er. »Findet Wisi-u das nicht gut?«
»Warum sollte er es nicht gut finden?«, sagte Firth. »Er hat es dir doch gesagt: Aus unserer Begegnung kann Gutes oder Böses entstehen. Das hängt von uns selbst ab – den Menschen und den Afroini.«
Edu fragte: »Wäre es euch lieber gewesen, wenn wir nicht gekommen wären?«
»Diese Frage solltest du gar nicht stellen, Edu. Ihr seid nun einmal gekommen. Unser Wille spielt keine Rolle mehr.«
»Und doch habt ihr euch vor uns verborgen gehalten!«
Firth blieb stehen. Edu tat dasselbe. »Wir haben euch gerufen«, sagte Firth, »aber ihr habt uns nicht gehört. Einige Afroini wandten damals ihre Gedanken von euch ab. Aber andere riefen weiter. Und warteten … warteten, bis jemand zu uns kommen würde … zufällig oder geplant …« Er machte eine Bewegung, um weiterzugehen. »Und das ist geschehen. Du …«
Edu rührte sich nicht von der Stelle. *Ich war nicht der Erste!*
Firth sagte nichts.
»Früher sind auch schon Menschen in den Wald gegangen … Na, warum gibst du keine Antwort?«, fragte Edu. »Du weißt doch wahrscheinlich davon!«

»Ich weiß es«, sagte Firth.
»Und es ist ihnen schlecht ergangen …«
»Edu, du vertraust uns nicht mehr«, sagte Firth. »Was wir dir gesagt haben, was Wisi-u gesagt hat, ist das, was wir denken … Das ist wahr, Edu.«
»Und was ist mit den anderen?«
»Das ist nicht unsere Schuld.« Firth kam näher. Er streckte eine Hand aus, als ob er Edu berühren wolle, aber er tat es dann doch nicht. »Oder vielleicht doch«, fuhr er in nachdenklichem Ton fort. »Ganz am Anfang wart ihr uns völlig fremd. Wir wussten nicht, wie sehr ihr die Wälder fürchtet und hasst – dieselben Wälder, die wir lieben. Wir waren noch nie vernunftbegabten Wesen begegnet, die nichts von dem empfangen, was andere denken. Wir wussten nicht, dass es so etwas gibt. Wir näherten uns euch in der falschen Art und Weise … Afroi versetzte euch nur in Angst und Schrecken.«
Edu erinnerte sich an Petras Worte: *Nicht bösartig, aber gefährlich. Einfach deshalb, weil er so ist, wie er ist … er durchschaut uns … Mick …*
»Die Sache mit Mick tut mir Leid«, sagte Firth leise. »Ich wollte ihm nur helfen, ihn einsehen lassen, dass …« Er schwieg.
»Wisi-u hatte mich gewarnt«, fuhr er fort, »aber ich habe nicht genügend auf ihn gehört. Ich wusste noch nicht genug von eurer Schwäche. Ich hatte zu wenig Verständnis für euch … Ihr habt immer einen großen Teil eurer Gedanken für euch behalten – die bösen und die guten, und …« Er brach erneut ab. »Ich kann das nicht in Worte fassen«, meinte er. »Aber ich verstehe es nun besser. Wir werden in Zukunft vorsichtiger sein.«
Sie gingen langsam weiter. »Noch eins, Edu«, sagte Firth. »Du darfst nicht mehr an das Wort ›geisteskrank‹ denken. Micks Gedanken sind nicht krank, er hat nicht den Verstand verloren.«
»Ihr müsst uns doch für sehr armselige Wesen halten!«
»Nein, Edu, das stimmt nicht. Für mich jedenfalls nicht. Vielleicht würde ich mich in euren Städten fürchten oder in euren fliegenden Schiffen …«

»Aber du kennst sie doch bereits! Durch unsere Gedanken.«
»Ich kenne sie durch euer Denken. Aber sie sind mir noch immer fremd. Und es gibt etwas, das mir noch mehr Angst einjagen würde: wenn ich merkte, dass ich keine Gedanken mehr lesen könnte ... Auch die Afroini kennen das Gefühl ›Furcht‹ ...« Firth blieb wieder stehen. »Ich möchte dir etwas versprechen, Edu. Ich werde nicht auf deine Gedanken horchen, wenn du es nicht willst ... Das ist nicht so einfach, wie du vielleicht denkst. Weißt du, es geht ganz von selbst – besonders wenn wir dicht beisammen sind und miteinander sprechen.«
Firth. Vielleicht können wir echte Freunde werden. Endlich fühlte Edu sich wieder so wohl in seiner Haut wie damals, als sie sich gerade erst begegnet waren. Er sah, wie Firths Gesichtsausdruck sich veränderte; zum ersten Mal entdeckte er etwas darin: Freude ... vielleicht auch ein Lachen.
»Wir können uns mit unseren Stimmen unterhalten«, sagte Firth, »und das macht auch Spaß.«
»Findest du das wirklich?«
»Natürlich, Edu. Ich bin sehr redselig. Auch in meiner eigenen Sprache. Ich finde es schön, Worte zu behalten, die andere vergessen. Darum sagte Wisi-u zu mir, dass ich zu dir gehen solle. Ich kann am besten mit dir sprechen.«
Wisi-u sagte ... Hat Wisi-u es dir befohlen?
»Wisi-u befiehlt nicht«, sagte Firth. »Er ist nicht so wie eure Anführer. Sagen diese nicht häufig ›tu dies‹ und ›lass jenes‹, ohne zu erklären, warum? Wisi-u lehrt uns zu verstehen. Er denkt mehr nach als die meisten unter uns. Er denkt weiter und tiefer und besser. Er hat ein langes Leben hinter sich und er hat wenig vergessen: deshalb ist er der Älteste.«
»Wie alt ist er?«, fragte Edu, als sie ihren Weg fortsetzten.
Diese Frage konnte Firth nicht auf Anhieb beantworten, weil ihre Zeitbegriffe und deren Einteilung so weit auseinander klafften. Außerdem stellte es sich heraus, dass ihre Rechenmethoden verschieden waren: Edu war mit dem Dezimal- und mit dem Dualsystem aufgewachsen, während die Afroini mit der Grundzahl

sieben rechneten. Firth rief einen gewissen Rrilu-i zu Hilfe, einen der Afroini, die sich an einer anderen Stelle des Waldes aufhielten. »Rrilu-i kann gut rechnen«, sagte er. »Ich nicht. Aber er tut es einfach zu seinem Vergnügen.«
Nachdem die Gedanken eine Zeit lang hin- und hergependelt waren, berichtete Firth, dass Wisi-u fast tausend Tage und tausend Nächte erlebt habe. »Tage und Nächte von Afroi«, sagte er. »Jetzt kannst du ausrechnen, wie viel das in irdischen Jahren ist.«
»Ich weiß nicht, ob ich das so schnell im Kopf rechnen kann!«, sagte Edu. *Ich werde lieber nachher den Computer befragen ...*
Der weit entfernte Rrilu-i schien dazu keinen Computer zu benötigen. »Er meint, das seien gut dreihundert von euren Jahren«, teilte Firth mit.
»Das ist sehr alt«, sagte Edu.
»Sehr alt«, wiederholte Firth. Dann antwortete er auf Edus unausgesprochene Frage: »Wir Afroini sind nicht unsterblich.« Er fuhr fort: »Rrilu-i erzählt mir, dass er gerade damit beschäftigt ist, Bulduns zu pflücken, gemeinsam mit Sstrra. Aill ist auch dabei; sie wird uns ein paar mitbringen, wenn sie kommt. Bulduns sind Früchte – klein, rund und lecker!«
»Vielen Dank«, sagte Edu. »Aber ich habe schon gegessen, bevor ich mich auf den Weg machte.«
»Du hast Angst, dass du davon krank werden könntest«, sagte Firth. »Ich glaube nicht, dass es so ist.«
»Bestimmt nicht? Ich möchte aber auf jeden Fall gerne eine haben – um sie zur Kuppel mitzunehmen.«
»Ja, tu das nur«, sagte Firth. »Dann können die gelehrten Menschen dort dir sagen, ob sie gut oder schlecht sind. Pass auf, Edu. Hier gehen wir den Berg hinunter.«
Edu blickte in eine nebelerfüllte Tiefe hinab, und als sie langsam einen steilen, glatten Hang hinuntergingen, sah er Wasser glitzern. Es war ein See, der – wie Firth erzählte – mit Strömen in Verbindung stand, die unter der Oberfläche verliefen, und der darum wunderbar kühl war. »Zur Zeit ist der Wasserspiegel

niedrig«, sagte Firth. »Manchmal, wenn es eine Zeit lang Nacht gewesen ist, füllt das Wasser das ganze Tal. Aber dann ist es gefährlich, darin zu schwimmen. Und auch zu kalt.«
Der See war groß. Hier und da schwebte Dampf über ihm, an anderen Stellen jedoch spiegelte er die flammenden Farben der Bäume, die bis dicht ans Ufer standen – Bäume mit riesigen, seltsam geformten Stelzwurzeln. Die Seeoberfläche war für ein stehendes Gewässer ungewöhnlich bewegt. Das Wasser kräuselte sich fortwährend in kleinen Wellenbewegungen und die Spiegelbilder schienen ein eigenes Leben zu führen.
»Und nun«, sagte Firth, als sie unten waren, »wollen wir aufhören, zu reden und zu denken.« Er lief vor Edu her, überquerte den schmalen Streifen grasartigen Bodens, der sie vom Rand des Wassers trennte, und sprang in den See.
Edu beobachtete ihn. Firth schien sich im Wasser zu Hause zu fühlen wie ein Fisch; *wenn er schwimmt, sieht er plötzlich wie ein groteskes Wassertier aus* … »Komm auch schwimmen!«, rief er Edu zu.
Edu hatte große Lust dazu, aber er zögerte noch ein bisschen. Dann zog er langsam seine Sachen aus. Erst jetzt fiel ihm auf, wie sie aussahen: als ob er nicht nur ein paar Stunden, sondern wochenlang durch den Wald gelaufen sei. Er entdeckte auch, dass er seine Schuhe verloren hatte; nach seinem Gespräch mit Wisi-u hatte er sie liegen lassen … Kurz darauf lag er im Wasser. Es war angenehm und kam ihm eher lau als kühl vor. Und Firth hatte Recht: Jede Lust zum Sprechen oder Nachdenken verschwand, er war nur noch im Stande zu genießen.

Eine Weile später lagen sie nebeneinander am Ufer. Edu hatte einige Kleidungsstücke wieder angezogen, ein paar andere hatte er liegen lassen – sie waren durch den gelben Schimmel verdorben, wie auch sein Funkgerät. Firth hielt Kleidung für puren Unsinn. »Sie ist doch überhaupt nicht nötig!«, sagte er.
»Ach«, sagte Edu, »ich bin nun mal daran gewöhnt.« Er dachte an die Kuppel … *Lieber Himmel, ich muss zurück!*

»Du hast noch Zeit genug«, sagte Firth. »Weshalb teilt ihr Menschen die Zeit so ein? Es ist, als ob ihr eure Atemzüge zählen wolltet ... Außerdem hattest du noch einige Fragen, Edu. Fragen, auf die du meine Antwort wissen wolltest. Du fragtest nach ... Iman.«

Edu setzte sich auf. »Ja, das stimmt.«

»Bleib liegen«, sagte Firth. »Lass deinen Leib ruhen, während dein Geist arbeitet ... Ich horchte auf das, was Iman dachte, Edu, als du ihn fragtest, ob er mitgehen möchte. Er hat Angst, aber er ist auch neugierig. Seine Neugier ist stärker als seine Angst. Iman soll herkommen, er will es ja selbst. Ich weiß allerdings nicht, wie es ihm gefallen wird, wenn er erst einmal hier ist ... Und lass deinen anderen Freund auch kommen; er möchte sehr gerne ...«

»Meinen anderen Freund?«, fragte Edu. »Welchen?«

»Du hast mich danach gefragt, Edu. Du dachtest an ihn mit einer Frage ... Ihr wart zusammen: du, Iman und er ...«

»Igor!«

»Igor«, sagte Firth. »Du bist erstaunt?«

»Ja ... Igor in den Wald ... Das hatte ich nicht erwartet. Er sagte ...«

»Ich weiß nicht, was er dir gesagt hat. Ich weiß nur, was er dachte. Er hat nicht mal Angst.«

Nein, Igor war kein ängstlicher Typ. Aber er liebte auch keine Bäume oder Blumen oder, wie er selbst es ausdrückte: *namenlose Gewächse*.

»Daran hat er nicht hauptsächlich gedacht«, sagte Firth. »Er dachte ... Ich sage dir nicht alles, was er dachte; nur dies eine: Er will *uns* kennen lernen. Er findet es schön, anderen zu begegnen ... Menschen und auch Afroini.«

Ja, das passt allerdings zu Igor, wenn man es recht bedenkt. Eigentlich merkwürdig, überlegte Edu. *Innerhalb weniger Tage habe ich mehr über meine Freunde und Kollegen erfahren als in der ganzen Zeit davor ... Ihr auf der Erde, ihr müsst einander doch sehr häufig missverstehen ... ›Blinde und Taube‹, hat Wisi-u gesagt.*

»Denk nicht zu viel an diese Worte: ›Blinde und Taube‹«, sagte Firth dicht neben ihm. »Denn ihr Menschen könnt uns auch Dinge erzählen, die *wir* nicht wissen. Wir haben auch versucht, fliegende Schiffe zu bauen, aber es ist uns nicht geglückt. Wir haben noch nie den Himmelsraum gesehen; rund um Afroi schweben ständig Wolken. Wir haben noch nie die Sterne gesehen, nicht einmal die Sonne.« Er machte eine Pause. »Edu«, sagte er dann, »Edu, denk etwas Schönes für mich. Lass mich die Sterne sehen.«

Edu schaute zum Himmel empor, zwischen den sich bewegenden Blättern wirkte er fast grün.

»Bitte, lass mich die Sterne sehen.« Er konnte zwar an sie denken, aber das Bild wurde nicht scharf … Er musste die Augen schließen, seine Umgebung vergessen, sich konzentrieren. »Die Sterne«, murmelte er, während er versuchte, sie sich deutlich vorzustellen. »Durch ein Fenster des Raumschiffs Morgenstern … nein, in einer Sternwarte auf der Erde …« *Eine Frostnacht am Polarkreis*, dachte er, *oder eine Tropennacht am Äquator. Schau nach oben. Ich sehe die Sterne.*

Er sah sie wirklich. Er blickte wie gebannt auf die Sternbilder, die er aus der Erinnerung hervorgeholt hatte – Orion, das Kreuz des Südens … er sah die leuchtende Milchstraße, den roten Stern, welcher der Planet Mars war … die Venus als Abendstern … alle Sternennächte, die er je erlebt hatte …

Er hörte Firth flüstern: »Die Sterne. Prachtvoll, Edu, aber auch zum Fürchten. Man kann so weit schauen. Es ist so kalt …«

Oh, wie sehne ich mich nach der Erde! Edu hielt seine Augen geschlossen. *Die Erde … Nein, ich befinde mich im Venuswald.*

Er wandte sich Firth zu. Sie schauten einander an und für einen winzigen Augenblick verstanden sie einander vollkommen. Edu empfand es zumindest so, doch dieses Gefühl verschwand wieder, sobald er sich dessen bewusst wurde.

»Es ist merkwürdig«, flüsterte Firth. »Ihr habt keine Angst vor diesem weiten Sternenraum … Und hier … warum habt ihr hier Angst?«

15. Kapitel

»Edu von der Erde und Firth.« Es war Aill, die sie angesprochen hatte. Sie hatte sich ihnen unbemerkt genähert. Genau wie beim vorigen Mal trug sie Blumen um den Hals und sie hatte die Hände voll von rosafarbenen Früchten. Sie ließ eine fallen und Edu hob sie auf.

»Behalte sie«, sagte sie. »Für dich, Edu … zum Aufessen oder zum Mitnehmen.«

Sie legte die anderen Früchte auf den Boden und setzte sich neben Firth. Sie sagte nichts, aber zweifellos teilte sie ihm etwas in der Gedankensprache mit.

»Aill, meine Freundin«, sagte Firth. »Edu ließ mich die Sterne sehen – andere Welten, weit, weit von hier.«

»Schade«, sagte Aill in langsamem, singendem Tonfall.

»Edu …« Sie schaute ihn an.

Firth sagte: »Aill findet es schade, dass ich dir nicht auch etwas vor Augen zaubern kann.«

»Es ist ein Spiel, einander etwas sehen zu lassen«, sagte Aill. »Wir Afroini …« Sie schwieg erneut.

»Erzählen ist so umständlich«, sagte Firth.

»Ach ja, aber ich bin nun mal taub und blind!«, sagte Edu ein wenig bitter.

»Aber du hast Gedanken«, begann Aill, während sie ihn noch immer anblickte.

»Ich kann sie aussenden, aber nicht empfangen.«

»Und doch, Edu«, sagte Aill, »hast du einst gehört, hast du einst gesehen …« Sie schloss die Augen und fuhr in raschen, immer wieder abgebrochenen Sätzen fort: »Wir empfinden deine Gedanken … deine Sehnsucht nach dem, was auf Afroi wächst … Dein Denken suchte nach uns. Wir dachten zu dir zurück … zu dir mehr als zu den anderen … Wir riefen dich, Edu … Firth rief dich. Viele Male …« Sie brach ab und schwieg.

»Ihr habt mich gerufen?«, fragte Edu. Er blickte sie abwechselnd an, aber keiner von beiden reagierte. »Fahre fort, Aill.«

Aill sagte: »Firth will nicht, dass ich es dir sage.«
»Du hast es doch schon gesagt, Aill«, sagte Firth.
Aill öffnete die Augen. »Dir wäre es lieber gewesen, wenn ich es nicht gesagt hätte.«
»Warum nicht?«, fragte Edu.
»Es ist zu früh, zu schnell«, sagte Firth. »Lass ihm Zeit!«
»Nein!«, sagte Edu. »Jetzt musst du weitersprechen. Hast du mich gerufen, Firth? Was wollte Aill mir erzählen? Gib Antwort! Ich kann dich nur verstehen, wenn du sprichst, Gedanken gegenüber bin ich taub, das weißt du doch!«
Es war Aill, die ihm antwortete: »Einst warst du nicht taub, du hörtest Firth, du hörtest uns ... Deine tiefsten Gedanken antworteten uns, als du in der Kuppel schliefst.«
Mein Traum! Edu hatte nicht daran gedacht, vielleicht hatte er nicht daran denken wollen ... Jetzt aber kam er ihm wieder deutlich ins Bewusstsein ... *Ich rufe dich, Edu, vergiss es nicht* ...
»Nur ein Teil deines Wesens antwortete uns«, sagte Firth. »Der andere Teil wollte nicht hinhören.«
»Und nannte es einen Albtraum ... Aber Firth«, sagte Edu, »du hast es doch selber auch gesagt: Jeder fürchtet sich vor Dingen, die neu und fremd für ihn sind ... Du möchtest nicht so werden wie ich. Weshalb sollte *ich* dann so werden wollen, wie ihr seid? Und doch ... ich habe dich gehört ...« Er unterbrach sich für einen Moment. *Nicht nur einmal, mehrere Male* ... »Firth, hast du vielleicht gedacht, dass ich meinen Schutzanzug ausziehen solle, als ich hier durch den Wald torkelte?«
»Ja, das stimmt«, antwortete Firth. Sie schwiegen alle drei ein Weilchen. *Es jagt mir Angst ein. Wäre ich nur auf der Erde geblieben. Ach nein, nein, ich musste einfach in die Wälder; ich bereue es nicht ... Aber dadurch ist nun alles verändert. Ich will mich nicht ändern ...*
»Denk jetzt einmal nur daran, dass du lebst«, sagte Firth mit seiner sanften, beruhigenden Stimme. »Entspanne dich.«
Aill nahm ein paar von den Früchten und gab Firth eine. »Isst du auch einen Buldun?«, fragte sie Edu.

Edu schüttelte den Kopf. *Jetzt nicht*, dachte er, *noch nicht.*
Aill und Firth begannen zu essen. Er roch den leichten, herben, süßsauren Duft der Früchte. Er wandte seinen Blick ab und schaute zum See hinüber. Am jenseitigen Ufer sah er grüne Gestalten, die sich hin und her bewegten … Noch mehr Afroini – waren sie schon die ganze Zeit über da gewesen? Sie liefen zwischen den Stelzwurzeln umher, dann verschwanden sie aus seinem Blickfeld. Firth und Aill warfen die Kerngehäuse ihrer Früchte ins Wasser und streckten sich gemütlich auf dem Gras aus.
»Edu, entspanne dich«, sagte Firth nochmals.
Ich lebe, sagte Edu zu sich selbst. *Ich liege auf dem Rücken im Venuswald und betrachte die Lichtkringel im Laub … Man wird hier träge, um nicht zu sagen faul … Hatte Mick das nicht gesagt? Mick. Ich werde ihm alles erzählen. Wie war das noch … Nicht schwimmen gehen, bevor man an Wasser gewöhnt ist. Nicht an der Tür lauschen … Die Kuppel. Ich muss zurück … Sofort. Zu träge, zu faul …*

16. Kapitel

Edu hatte die Augen geschlossen. Um sich herum fühlte er eine endlose Weite. Er hörte leise, zwitschernde Geräusche – weit weg, ganz weit weg. Und ein Geflüster: *Edu, Edu* … Und eine Frage: *Edu, wo bist du?* Ohne die Lippen zu bewegen, gab er Antwort: *Ich bin hier, im Wald*. Ohne die Augen zu öffnen, sah er etwas – undeutlich, wie durch beschlagenes Glas –, einen Mann, der durch einen Wald ging … Plötzlich sah er, dass er es selbst war … Das Bild verschwand sofort wieder, aber die leise, fragende Stimme war noch da: *Wo ist Edu jetzt? Er wird sich doch wohl nicht verirrt haben?*
Nein, Petra, sagte er.
Ich habe Angst, flüsterte sie.
Es ist herrlich hier, Petra.

Edu hatte das Gefühl, sich an zwei Stellen gleichzeitig zu befinden. Er wusste, dass er noch immer im Wald war, doch zugleich war er bei Petra, die in ihrem Sprechzimmer unter der Kuppel am offenen Fenster stand. Er hörte ihr zu:

Blumen. Edu sagte etwas von Blumen ... Edu, zusammen mit dir würde ich es wagen, in den Wald zu gehen ...

Petra! sagte er.

Sie hörte ihn nicht. Ihr Bild und das Zimmer in der Kuppel verschwanden. Aber sie sprach noch immer mit ihm, sie rief ihn. Sie sagte so deutlich, als säße sie unmittelbar neben ihm:

Edu, komm nach Hause!

Erschrocken sprang Edu auf. »Petra! Petra ist hier.«

»Hier ist niemand außer uns«, sagte Aill.

»Ich komme, Petra!« rief Edu. »Ich habe dich gehört, ich komme ...« Im Wald raschelte es. *Hast du gehört ... Träumte ich? Habe ich es nur gedacht?*

»Ja, du hast es nur gedacht«, sagte Firth. »Und jemand anderes hat an dich gedacht.«

Edu setzte sich wieder hin. Er sah Firth fassungslos an. »Ich ... ich ... kann es ... auch«, stammelte er.

»Vielleicht wirst du es einmal lernen«, sagte Firth. »Ihr Menschen könnt doch nicht alle taub und blind sein.«

»Still! Lass mich denken ...« Edu presste die Hände gegen die Augen und versuchte seine Gedanken, die Fieberphantasien glichen, in den Griff zu bekommen. *Petra, Petra* ... Aber er hörte nichts mehr.

»Nicht so, Edu. Nicht so«, sagte Firth. »Du darfst nicht deine eigenen Gedanken denken ... Es ist schwierig, dir zu erklären, wie es geht«, fuhr er fort. »Schauen mit geschlossenen Augen, hören ohne Ohren. Du musst gleichzeitig einschlafen und hellwach werden.«

Edu wischte sich übers nasse Gesicht. »Ich weiß nicht«, sagte er mit unsicherer Stimme, »ob ich das wirklich möchte ... selbst wenn ich es könnte.«

»Warte in Ruhe ab«, sagte Firth.

»Abwarten! Was? Warum? Ich *will* es nicht!« Edu erhob sich von neuem. »Ich muss weg. Zur Kuppel.«
»Ich werde dich ein Stückchen begleiten«, sagte Firth. Er war ebenfalls aufgestanden und reichte Edu die Frucht, die er hatte liegen lassen.
Edu wandte sich Aill zu, um sich mit einem Gruß zu verabschieden.
»Auf Wiedersehen, Edu von der Erde«, sagte sie freundlich. »Wenn du wiederkommst, dann bring jemanden mit …«
»Bald wirst du selbst den Weg kennen«, sagte Firth. »Du kommst ja doch zurück, Edu. Du weißt noch lange nicht alles von Afroi.«
Ja, ich komme zurück. Ich kann nicht mehr anders … Aber ich will ich selbst bleiben …
Firth wiederholte leise Wisi-us Worte: »*Weißt* du denn, wer du bist, Edu? Denk erst einmal darüber nach.«

Vierter Teil

Die Kuppel und der Wald

1. Kapitel

Der Rückweg zur Kuppel verlief genauso wie beim ersten Mal: Nach Firth waren es andere Afroini, die Edu den Weg zum Waldrand zeigten. Er bekam auch wieder einen Blättermantel, der ihn im offenen Gelände schützen sollte (den Sonnenschirm hatte er nicht mehr wieder gefunden). Die letzte Meile legte er im Grundmobil zurück, das ihm vom Hauptquartier entgegengeschickt worden war. Diesmal standen jedoch Menschen draußen vor der Kuppel, die auf ihn warteten: zwei Gestalten dicht nebeneinander unter einem großen Parapluie … Petra und Igor. *Ach, nun habe ich keine Blumen bei mir für Petra.*

»So, da ist also unser Waldläufer!«, begrüßte ihn Igor. »Du siehst ja lustig aus, du unverbesserlicher Abenteurer …« Er hatte noch weitere Kommentare auf Lager, was die Fetzen betraf, die von Edus Kleidung übrig geblieben waren. Aber Edu hörte es kaum; seine Aufmerksamkeit galt Petra – obwohl er bemerkte, dass Igor seinen Arm um sie gelegt hatte.

Petra sagte nur seinen Namen, aber ihre Stimme klang ausdrucksvoll und in ihrem Gesicht stand Freude geschrieben … *Oder scheint das nur so, weil ich ein wenig von ihren Gedanken weiß …?* Edu wurde plötzlich verlegen. Er wollte sich nicht anmerken lassen, dass er mehr von ihr wusste, als ihr vielleicht lieb war.

Währenddessen antwortete er automatisch auf Igors Geschwätz, bis ein Roboter neben ihm auftauchte, der ihn warnte: »Forscher Nummer elf, würden Sie bitte anderen Menschen nicht zu nahe kommen, bis Sie in der Schleuse gewesen sind!«

»Ja, ja, diese Wanderwut könnte unter Umständen ansteckend sein«, sagte Igor. »Aber für mich ist es sowieso zu spät, Roboter; ich *bin* schon infiziert. Ich bin eine halbe Stunde lang zu Fuß gegangen, das ist doch wirklich nicht mehr normal. Wenn du nicht mitgekommen wärst, Petra …«

Petra blickte immer noch Edu an. »Wie war es?«, fragte sie. »Du bist lange geblieben …«

»Forscher Nummer elf muss erst durch die Schleuse gehen«, sagte der Roboter. »Befehl des Hauptquartiers.«
»Ja, ich muss auch wieder hinein«, sagte Petra.
Igor ließ sie los. »Natürlich! Der Psychologe ist unentbehrlich. Sieh ihn dir doch ein bisschen genauer an, Frau Doktor, vielleicht kannst du mehr von ihm lernen, als er von dir.«
Petra gab keine Antwort darauf.
»Ich habe eine Menge zu erzählen«, sagte Edu. »Also bis gleich!« Er folgte dem Roboter zum Eingang der Schleuse. *Aber ich werde nicht alles erzählen*, dachte er.
Nein, er konnte nicht alles erzählen – zum Beispiel, dass er Firth im Traum hatte rufen hören oder dass er eine Spur von Petras Gedanken aufgefangen hatte ... Das bedeutete allerdings noch nicht, dass er über die Gabe der Telepathie verfügte. Auf jeden Fall war es ohne seinen Willen geschehen; vielleicht würde ihm das nie wieder passieren ... Fast wünschte er sich, dass es so sei. Aber wie auch immer: Er wusste, dass er darüber schweigen würde, bis er selbst Klarheit gefunden hatte.
Klarheit ... Offenheit! »Geben Sie alles bekannt«, hatte er dem Kommandanten gesagt. Und jetzt hatte er selbst etwas zu verbergen ... Den Afroini blieb nichts verborgen ... *Aber ich bin ein Mensch; ich will und kann nicht so werden wie sie ...*
Edu grübelte weiter darüber nach – während seines Aufenthaltes in der Schleuse und während der Untersuchung, die anschließend erfolgte –, bis Dr. Li ihn in die Wirklichkeit zurückrief.
Dieser schaute ihn forschend an. »Bist du sehr müde?«, fragte er.
»Nein, Doktor.« Das entsprach der Wahrheit. Körperlich fühlte er sich ausgezeichnet.
»Gut. Dann iss jetzt etwas. Das Essen steht schon bereit. Danach sollst du sofort zum Kommandanten kommen.«
Als Edu beim Essen saß, kam Petra herein. Sie hatte sich umgezogen und trug wieder ihre Dienstkleidung.
»Oje«, sagte Edu. »Jetzt auch noch ein psychologischer Test?«
»Nein, das ist nicht nötig«, antwortete Petra. »Ich komme nur

nachsehen, ob du fertig bist. Sie warten auf dich: der Kommandant, der Rekorder und der Chef der wissenschaftlichen Abteilung. Sie sind neugierig auf deinen Bericht. Ich übrigens auch.«
Es stellte sich heraus, dass Petra ebenfalls dabei sein sollte …
Also doch ein Test. Aber es war ihm ziemlich egal.
Während sie unterwegs zum Zimmer des Kommandanten waren, sprach er sie wortlos an: *Du hattest mich gerufen, Petra. Aber es war Igor, mit dem du das erste Mal nach draußen gingst … Zusammen mit mir würdest du … Wie stehst du jetzt dazu, Petra?*
Er bekam jedoch keine Antwort.

Edu trug seinen Bericht vor. Ihm gegenüber saßen der Kommandant und der Chef der Planetenwissenschaftler. Petra saß an einem anderen Tisch, neben dem Rekorder mit seinen Aufnahmegeräten.
Mitten in seinem Bericht stockte Edu plötzlich. Er wartete einen Moment und wiederholte dann seine letzten Worte: »Sage deinem Kommandanten, dass er nicht länger zögern soll!« »Was Wisi-u noch sagte, gilt vielleicht für Sie persönlich …«, fügte er hinzu.
»Ach ja?«, sagte der Kommandant. Auch er machte eine kurze Pause, bevor er weiterredete: »Fahren Sie fort, Forscher Nummer elf. Und lassen Sie bitte nichts aus.«
Edu gehorchte. Es machte ihm keine Mühe, Wisi-us Worte exakt wiederzugeben. Die Fortsetzung seines Berichtes war jedoch nicht so vollständig. Er erzählte, dass er mit Firth gesprochen hatte, während sie zusammen durch den Wald spazierten, dass sie geschwommen und an einem kühlen See ausgeruht hatten.
Schließlich schwieg er und wartete auf Reaktionen. Er spürte sehr bald, dass sein Bericht viele Fragen wachrief – vor allem Dr. Brim war noch lange nicht zufrieden.
»Was Sie erzählt haben, ist sehr interessant«, sagte er. »Aber es ist alles noch sehr undeutlich. Was haben Sie nun eigentlich von diesem Firth erfahren? Sie mögen ja gemütlich miteinander geplaudert haben, aber ich kann Ihr Verhalten nicht unbedingt als

zielbewusst oder wissenschaftlich bezeichnen … Es sieht eher so aus, als hätten Sie einen Ferienausflug unternommen! Sie kommen mit intelligenten Wesen von einem fremden Planeten in Berührung – und was machen Sie? Zuerst vergessen Sie, Ihr Sprechfunkgerät anzustellen. Und danach, als Sie Firth treffen, nehmen Sie da etwa die Gelegenheit wahr, ein ernsthaftes Gespräch zu führen? Nein. Sie gehen stattdessen mit ihm schwimmen!«

»Ich könnte mir denken, lieber Dr. Brim«, sagte Edu, »dass Sie haargenau dasselbe getan hätten, wenn Sie an meiner Stelle gewesen wären.«

»Eine unsinnige Behauptung!«, sagte Dr. Brim verächtlich. Es war Edu nicht ganz klar, was er so unsinnig fand: die Idee, dass er schwimmen gehen sollte, oder allein die Vorstellung, nach draußen zu gehen. – »Ihre Aufgabe ist es, Forscher Nummer elf, Fakten zu sammeln. Wir Wissenschaftler erwarten, dass Sie mit konkreten Ergebnissen in die Kuppel zurückkommen.«

»Dies da ist auf jeden Fall etwas Konkretes«, sagte Edu und deutete auf die rosa Frucht, die zwischen ihnen auf dem Tisch lag. Sie war inzwischen gewaschen und möglicherweise poliert worden, denn sie glänzte und strahlte nur so.

»Der Buldun«, sagte der Rekorder.

»Da haben wir zum Beispiel eine von all den Unklarheiten«, sagte der wissenschaftliche Leiter. »Bedeutet ›Buldun‹ einfach nur ›Frucht‹ oder ist damit diese spezielle Frucht gemeint?«

»Sie sieht jedenfalls verlockend aus«, sagte der Kommandant.

»Toll, diese Farbe!«, sagte Petra. »Alle anderen Farbtöne wirken dagegen blass.«

»Der Duft ist auch nicht zu verachten«, meinte der Rekorder.

»Für meinen Geschmack ist das ein bisschen zu viel des Guten«, murmelte Dr. Brim. »Sozusagen eine ziemlich aufdringliche Frucht …« Er hob den Buldun mit vorsichtigen, weißen Fingern auf und betrachtete ihn, als ob er fürchte, das Ding könne ihn infizieren.

»Von innen ist er hellgrün«, sagte Edu, »mit einem Kerngehäuse in der Mitte, einem Kerngehäuse mit kleinen Kernen.«

»Sie haben doch nicht etwa einen gegessen!«
»Nein«, sagte Edu. Er bekam plötzlich Lust, Dr. Brim die Frucht aus der Hand zu nehmen und hineinzubeißen. *Werde ich dann auf der Stelle tot umfallen, oder …*
»Zum Glück sind Sie vernünftig gewesen«, sagte der Chef der Planetenwissenschaftler. »Wir werden dieses Exemplar sorgfältig untersuchen …«
Vor Edus geistigem Auge erschien ganz deutlich ein Bild:
Dr. Brim in seinem Labor, umringt von allen anderen Wissenschaftlern. Die Frucht wird schön ordentlich in gleiche Teile zerlegt und feierlich verzehrt …
»Warum lachen Sie?«, fragte Dr. Brim.
»Habe ich gelacht?«, fragte Edu mit Unschuldsmiene. »Oh, ich weiß nicht … Einfach nur so.«
Dr. Brim legte die Frucht wieder hin. »Ich verstehe, dass Ihre Aufgabe nicht einfach ist«, sagte er einlenkend. »Sie sind schließlich nicht für Streifzüge durch den Wald und Kontakte mit intelligenten Lebewesen ausgebildet worden. Selbstverständlich ist Ihr Bericht dennoch recht wertvoll.«
»Wenn Sie sich näher damit befasst haben, können Sie sich erneut mit Forscher Nummer elf in Verbindung setzen«, sagte der Kommandant. Unbemerkt von den anderen, zwinkerte er Edu zu – was bei der unbewegten Miene und der sachlich klingenden Stimme überraschend wirkte. »Dann können Sie ihm auch mitteilen, worauf er beim nächsten Mal besonders achten soll.«
»Das werde ich mit Sicherheit tun«, sagte Dr. Brim. »Es wird nötig sein, einen neuen Dienstplan aufzustellen, auch eine abgeänderte Dienstordnung … Ich nehme an, dass nächstens auch andere Forscher mit ihm gehen werden.«
»Dazu wollte ich gerade etwas sagen«, meinte Edu. »Lassen Sie bitte Iman – Forscher Nummer vierzehn – morgen mit mir gehen.«
»Sie wissen ja, dass dies nicht ungefährlich ist«, sagte der Kommandant. »Denken Sie an Forscher Nummer zwölf.«
»Der unbekannte Faktor«, sagte der Rekorder im Hintergrund.

»Ich hoffe, dass der Computer uns in Kürze mehr darüber berichten kann.«
»Forscher Nummer vierzehn«, sagte Dr. Brim. »Er hat heute Mittag in der Bibliothek nach den ältesten Expeditionsberichten gefragt. Diese tolle Idee hatte er natürlich von Ihnen, Forscher Nummer elf!«
»Die Expeditionsberichte stehen im Augenblick nicht zur Verfügung«, sagte der Rekorder. »Der Computer ist damit beschäftigt, sie neu auszuwerten, in Verbindung mit den jüngsten Entdeckungen.«
Dr. Brim wandte sich an Petra. »Ist Forscher Nummer vierzehn bereits getestet worden?«
»Ich habe Firth danach gefragt«, sagte Edu, bevor Petra antworten konnte. »*Er* sagt, dass Iman kommen soll.«
Der Chef der wissenschaftlichen Abteilung wandte sich ihm wieder zu. »Sie haben also Firth danach gefragt«, wiederholte er. »Und Firth las seine Gedanken ...« Er schwieg. In seinen Augen blitzte es.
Edu sah förmlich, wie er überlegte: Welche Vorteile ... und welche Nachteile die gedankenlesenden Afroini den Menschen wohl bescheren könnten. »Firth hat mir nur etwas über Imans Gefühle dem Wald gegenüber erzählt«, sagte er. »Ich glaube nicht, dass die Afroini sich jemals für unsere eigenen Zwecke einspannen lassen werden.« Er richtete seinen Blick auf den Kommandanten. »Sie brauchen auch keine Angst vor ... Spionage zu haben. Wir dürfen nur nicht vergessen, was Wisi-u gesagt hat!«
Es blieb eine Zeit lang still, bis der Kommandant das Schweigen brach:
»Fassen wir also den folgenden Entschluss: Morgen unternehmen die Forscher Nummer elf und vierzehn gemeinsam eine Expedition.«
»Morgen ist Sonntag«, warf der Rekorder ein.
»Darauf können wir jetzt keine Rücksicht nehmen«, sagte der Kommandant kurz und bündig. »Am Donnerstag erreicht die Sonne ihren höchsten Punkt. An diesem und an den darauf fol-

genden Tagen wird es sehr heiß sein. Möglicherweise ist es in den Wäldern etwas kühler, aber wir dürfen nicht allzu viel Zeit verlieren.« *Wir haben bereits Jahre verloren*, dachte Edu. »Jedenfalls können wir während der Nachmittagsstürme nicht nach draußen.« Der Kommandant sah nun wieder Edu an. »Sie gehen also zusammen mit Forscher Nummer vierzehn … Ich hoffe, dass sich in der nächsten Zeit noch mehr Leute melden werden«, fügte er hinzu, indem er Dr. Brim einen schrägen Blick zuwarf. »Nicht nur aus dem Kreis der Forscher.«

Jetzt muss ich Igor erwähnen, dachte Edu. Aber er tat es nicht. Er sagte: »Ich habe noch einen Vorschlag, Herr Kommandant. Kann Frau Dr. Moll nicht einmal mit mir gehen?«

»Dr. Petra Moll!«, sagte der Kommandant. »Haben Sie …«

»Nein«, sagte Edu. »Ich habe Firth nicht danach gefragt. Es war meine eigene Idee … Frau Dr. Moll ist Psychologin, ihre Eindrücke wären besonders wertvoll. Immerhin ist sie es, die die Leute für den Außendienst testet.«

Aller Augen richteten sich auf Petra – sie schlug die ihren nieder und gab keine Antwort.

»Frau Dr. Moll müsste natürlich selber *wollen*«, fügte Edu rasch hinzu. »Ich habe sie schon einmal darum gebeten und da hat sie nicht entschieden Nein gesagt. Du nimmst es mir doch hoffentlich nicht übel, Petra, dass ich dich nun nochmals frage?«

Sie hob die Augen, schüttelte den Kopf und lächelte ein wenig unsicher. »Nein, Ed …« Dann sagte sie zum Kommandanten: »Forscher Nummer elf hat Recht, ich bin nicht ganz abgeneigt.«

»Na gut, aber denken Sie zuerst einmal in Ruhe darüber nach«, sagte der Kommandant. »Dann beende ich jetzt die Sitzung. Morgen früh erwarte ich Sie alle wieder hier bei mir. Dann kann Forscher Nummer elf seinen Bericht noch ergänzen. Anschließend werden wir die nächste Exkursion vorbereiten. Guten Abend, Frau Dr. Moll, guten Abend, meine Herren.«

2. Kapitel

»Edu«, sagte Petra, »hast du Firth wirklich nicht danach gefragt?«

»Nein, Petra«, antwortete Edu, »wirklich nicht.«

Sie hatten das Zimmer des Kommandanten verlassen und standen in der Halle, um sich noch ein wenig zu unterhalten.

»Und wenn ich es nun doch getan hätte?«, fragte Edu. »Würdest du das denn so schrecklich finden?«

»Nein …«, sagte Petra langsam. »Es war ja meine eigene Idee. Ach was, lass es mich lieber ehrlich sagen: Ich fände es abscheulich, Edu! Da kann der Älteste ruhig um den heißen Brei herumreden, von wegen nicht an der Tür horchen; die Afroini horchen doch, da bin ich mir sicher. Es ist eben ihre Art, sie können einfach nicht anders. Wir können schließlich auch nicht aufhören, zu hören und zu sehen – es sei denn, wir würden uns die Ohren zustopfen und die Augen verbinden. Du hältst mich sicher für einen komischen Psychologen«, fuhr sie fort. »Igor hat mir auch schon seinen Kommentar dazu gegeben. Angst haben vor einer telepathischen Welt … Warum sagst du nichts, Edu?«

»Was soll ich denn sagen? Ich überlegte gerade, wie *unsere* Welt aussehen würde, wenn es dort Telepathie gäbe.«

»Es gibt sie tatsächlich, Edu. Auch in unserer Welt.«

»Tatsächlich?«

»Ja. Aber nur in geringem Maße, nicht richtig entwickelt, regressiv … von keinerlei Bedeutung! Mit der Fähigkeit der Afroini überhaupt nicht zu vergleichen … Weißt du, Edu, ich glaube, dass ich das am schlimmsten finde: dass Fremde, denen ich im Grunde gleichgültig bin, wissen, was ich denke und fühle … Wenn es noch ein Mensch wäre, ein Mensch, den ich gern habe …«

Petra hatte sich halb abgewandt. Edu sah nur ihr Haar und ein Stück von ihrer Wange. *Ich hab dich lieb*, dachte er. *Hast du mich auch lieb?* Es fehlte ihm jedoch der Mut, dies laut auszusprechen.

Sie blickte ihn an. »Ist irgendwas?«
»Nein … nein, was sollte denn sein?«
Edu hatte das Gefühl, dass seine Stimme laut und unnatürlich klang.
»Wie hat es dir draußen gefallen?«
»Es hat mir gut gefallen«, antwortete sie. »Aber in den Wäldern ist es bestimmt ganz anders … Ich meine schöner und voller Überraschungen … Hab ich Recht?«
»O ja, sicher! Wie fand Igor den Spaziergang eigentlich?«
»Ach, mit Igor kann man nie ernsthaft reden. Er sagte, die Wälder würden mir bestimmt nicht gefallen. Aber ich habe meinen Entschluss gefasst, Edu. Ich gehe mit.«
Endlich hat sie es gesagt! »Und wann, Petra?«
»Sobald mir der Kommandant die Erlaubnis gibt. Und falls du mich mitnehmen willst …«
»Aber das weißt du doch! Nichts lieber als das!« *Jetzt werde ich es ihr sagen …*
Aber Edus Gedanken blieben unausgesprochen, denn in diesem Augenblick kam der Kommandant aus seinem Zimmer.
»Das ist also abgemacht«, sagte Petra schnell. »Wir gehen zusammen.«
»Geht es noch immer um dienstliche Angelegenheiten?«, fragte der Kommandant in leicht ironischem Ton. »Ich glaube, dieser Tag war lang genug. Sehe ich Sie gleich noch im Aufenthaltsraum, Frau Dr. Moll? Und Sie auch, Forscher Nummer elf? Falls Sie es nicht vorziehen, früh zu Bett zu gehen …« Er nickte ihnen zu und verschwand.
»Ich muss mich noch umziehen.« Petra schien es plötzlich eilig zu haben.
»Und ich muss auch rasch fort«, sagte Edu. »Ich gehe zu Mick.«
»Edu … Moment mal. Ich glaube, Mick schläft schon.«
»Es ist ja noch nicht mal neun Uhr! Dann werde ich ihn eben wecken. Es ist höchste Zeit, dass ich mal mit ihm rede.«
»Nein!« Petra biss sich auf die Lippen und zögerte. »Ich will es

dir lieber sagen, Edu. Es ist besser, wenn du nicht zu ihm gehst.«

»Nicht zu ihm? Wieso nicht? ... Will Mick mich etwa nicht sehen?«

»Du hast es erraten. Dr. Li erzählte ihm heute Morgen, dass du ihn besuchen wolltest, und da hat Mick gesagt, dass er dich nicht sehen möchte. Ich selbst habe auch mit ihm darüber gesprochen, aber er wurde furchtbar aufgeregt, und ... Ach, Edu, nimm es Mick nicht übel! Ich werde es dir erklären ...«

»Ich verstehe es, Petra«, fiel Edu ihr leise ins Wort. »Mick schämt sich.«

Mick schämt sich vor mir ... Von jetzt an wird er ein wenig anders sein ... du kannst ihm helfen ... Aber wie? Er will mich nicht sehen, und zwar nur deshalb nicht, weil ich Zeuge davon war, wie er im Wald in Panik geriet ... Wie würde er denn erst reagieren, wenn er hörte, dass ich seine Gedanken lesen könnte? Aber so weit ist es noch nicht. Zum Glück nicht ...

Edu saß auf seinem Bett, zum ersten Mal wieder in seinem eigenen Zimmer. Es war noch zu früh, um schlafen zu gehen, aber er hatte keine Lust, sich in den Aufenthaltsraum zu setzen, wo ihn alle anstarren und ihm Fragen stellen würden.

»Vielleicht wirst du es irgendwann einmal lernen«, hatte Firth gesagt. Ganz nebelhaft taten sich vor Edu gewaltige Perspektiven auf, wenn dies wirklich eintreten sollte; aber bei dem Gedanken, dass es ihn selbst betreffen könnte, lief ihm ein Schauder über den Rücken. Um auch nur annähernd die telepathischen Fähigkeiten der Afroini zu erreichen, war eine geistige Grundhaltung erforderlich, über die er in keiner Weise verfügte ... die er auch nie würde erwerben können, ohne sich selbst zu verleugnen ... *Ich tauge einfach nicht dazu*, dachte er.

Und doch. »In unserer Welt gibt es das auch ... aber von keinerlei Bedeutung. Nicht richtig entwickelt. Regressiv ...« Er wusste nicht, was regressiv bedeutete. Er könnte in die Bibliothek gehen, es dort nachsehen und fragen, ob es einen Ohrknopf über das Thema Telepathie gab.

Er stand auf – *ja, nur weg aus diesem Zimmer, dessen vier Wände ihn bedrückten!* – und setzte sich dann wieder hin. *Ach nein. Nicht weglaufen. Man kann nicht vor sich selber weglaufen …*

Er nahm den Ohrknopf von seinem Nachttischchen und ließ ihn in der Hand hin- und herrollen. Er brauchte ihn nicht noch einmal zu hören; das eine Gedicht kannte er auswendig. *Ich sah Cäcilia kommen … Cäcilia … Petra.*

Du bist nicht ehrlich gewesen, Edu, sagte er zu sich selbst. *Weshalb hast du nicht gesagt, dass auch Igor gern mit in den Wald möchte?*

Er legte den Ohrknopf wieder hin und seufzte. *Weil ich eifersüchtig bin … Ich will derjenige sein, der Petra alles zeigt. Aber ich kann es ja immer noch sagen; natürlich wird Igor mich einmal begleiten.*

Natürlich.

Wer die Gedanken anderer lesen kann, muss es auch für selbstverständlich halten, dass andere die seinen kennen.

Edu erhob sich abermals, er ging im Zimmer auf und ab. *Hör auf!* rief er sich selbst zu. *Worüber regst du dich eigentlich so auf? Nun ja, du hast etwas sehr Merkwürdiges erlebt: eine Vision, eine Halluzination … in einem Traum, zwischen Wachen und Träumen …*

Ein Traum.

Er blieb stehen. Gestern – nein, in der vergangenen Nacht hatte er auch geträumt. Firth, Petra und Mick hatten auf ihn eingeredet … *War das ein gewöhnlicher Traum gewesen oder etwas anderes, dasselbe …?* »Ich nehme an, dass es durch die Tablette kommt«, hatte er zu dem Roboter gesagt. *Die Schlaftablette!* In der Nacht seines ersten Traumerlebnisses hatte er auch eine genommen … Sollten diese beiden Dinge etwas miteinander zu tun haben? Es gab genügend Mittel, die die Psyche beeinflussten, die das Bewusstsein verengten oder erweiterten … In dieser Tablette konnte sich durchaus ein Bestandteil verbergen, der auf künstliche Art und Weise einen Geisteszustand hervorrief, den Firth um-

schrieben hatte als ›einschlafen und zugleich hellwach werden‹.
Edu zog die Schublade des Nachttischchens heraus. Ja, sie war leer. Er hatte seine Tablette genommen und eine neue gab es nur nach Rücksprache mit der A.f.a.W. Aber Moment mal … in Micks Nachttisch musste noch eine liegen.
Einen Augenblick später betrachtete er die Tablette, die er aus Micks Schublade genommen hatte. *Ob das gut ist, was ich vorhabe?* Aber er wusste genau, dass er es ausprobieren würde …

Es wurde ein abscheuliches Erlebnis, das ihm fast die Kehle zuschnürte.
Er war in einen tiefen Brunnen gefallen, die Hände gefesselt und mit verbundenen Augen. Um ihn herum standen Menschen; es kam ihm vor, als hätten sie einen Kreis gebildet, der ihn noch stärker gefangen hielt. Er hörte, wie sie atmeten, seufzten, schnieften. Er selbst bekam beinahe keine Luft mehr. Er versuchte zu sprechen, er wollte bitten, rufen: *Lasst mich frei!* Aber es gelang ihm nicht, er hatte keine Stimme mehr. Er bemühte sich verzweifelt, seine Fesseln zu lösen; er war nahe daran zu ersticken … Und während der ganzen Zeit wusste er mit einem Teil seines Geistes, dass dies alles nicht wirklich war, dass er nur träumte.
In diesem Teil seines Bewusstseins fand er die Kraft, nicht in Panik zu geraten, sich an gewisse Dinge zu erinnern …

Die Venus ist aus Kupfer,
die anderen haben Tupfer,
die anderen sind aus Blech …

Er schrie tonlos: »Petra, Petra!«
Keine Antwort.
Nur nicht deine eigenen Gedanken denken …
Die unsichtbaren Menschen, die um ihn herumstanden, begannen zu flüstern, sie murmelten alle durcheinander, sie machten ›ssst‹, aber er konnte kein Wort verstehen. Er vergaß, dass er

träumte, und zerrte an seinen Fesseln, bis sie entzweibrachen. Er war frei. Und es wurde still. Ganz still.
Er bewegte seine Arme und Beine; er schien zu schweben ... Das Tuch fiel von seinen Augen. Jetzt war es, als befände er sich unter Wasser, in der Tiefe des Sees, in dem er mit Firth geschwommen war. Er ruderte mit den Armen. *Zurück! Zur Oberfläche* ...
Grünes Dämmerlicht, wedelnder Tang, vage Umrisse von großen Fischen ... einige blickten ihn mit runden, leuchtenden Augen an.
Aus der Stille kam eine Stimme: *Nicht so, Edu, nicht so. Was du jetzt tust, ist nicht gut* ...
Firth? Wisi-u?
Hinauf, nach oben! Wach werden!

Das glückte jedoch nicht sofort. Zuerst flitzten allerlei Bilder an ihm vorüber: der See, ein Fluss, Wasser, das Meer, eine liebliche Vision des Waldes, die er vergebens festzuhalten versuchte ... dann wieder angstvolle Erinnerungen, der Augenblick seiner Notlandung, Mick, der weglief ... noch weitere Bilder, die immer schneller an ihm vorbeizogen, immer wirrer und drohender wurden ...
Alle Wälder und Seen und Berge der Venus kamen auf ihn zu ... ein Orkan fegte die Kuppel hinweg – bis er endlich mit einem Schrei aufwachte.

3. Kapitel

»Iman soll hierher kommen; er will es selbst ... Aber ich weiß nicht, wie es ihm gefallen wird«, hatte Firth gesagt.
Wie mag es Iman wohl gefallen? fragte sich Edu. Es war Sonntagmorgen (nach irdischer Zeitrechnung) und sie waren im Begriff, den Wald zu betreten. Edu beobachtete seinen Gefährten; ganz beruhigt war er nicht.

Iman schwieg eine ganze Weile. Dann fluchte er leise und sagte: »Wie kommen sie nur darauf!«

In ihren Sprechfunkgeräten begann eine Stimme aus der Kuppel zu reden. »Forscher Nummer vierzehn! Was sagten Sie eben?«, fragte der Chef der Wissenschaftler.

Iman fluchte noch einmal, indem er den Weltraum und alle Planeten zu Hilfe nahm.

»Hallo, hallo!«, sagte jemand anderes. »Hauptquartier an Forscher Nummer elf und vierzehn. Edu und Iman ...« Die vertraute Stimme von Igor sorgte dafür, dass Edus schlechtes Gewissen sich wieder meldete. *Igor sollte eigentlich bei uns sein ...*

»Hallo«, ertönte es nochmals. »Seid ihr schon unterwegs?«

Iman antwortete. »Wir gehen, wir gehen«, sagte er. »Mach dir keine Sorgen, wandern ist nun mal unsere Aufgabe ... Kommst du?«, sagte er zu Edu. Man merkte, dass er sich große Mühe gab, sich zu beherrschen; aber er konnte seine Aufregung und innere Spannung doch nicht verbergen.

Sie gingen in den Wald hinein und wanderten über den schmalen, von hohen, rauschenden Bäumen umsäumten Pfad.

»Wie angenehm ist es hier – fast kühl!«, sagte Iman. Er ging sehr langsam und schaute sich immer wieder um. »Kennst du den Weg?«

»Wir werden uns nicht verirren«, sagte Edu.

»Und die Afroini ... ?«, begann Iman in fragendem Ton.

»Vielleicht werden sie kommen, vielleicht auch nicht. Wir müssen es abwarten.«

Iman blieb stehen und holte tief Luft.

»Hier Hauptquartier«, sagte Igor aus der Kuppel. »Denkt bitte daran, ständig in Kontakt mit uns zu bleiben.«

»Wir bleiben in Kontakt«, antwortete Edu, »und wir werden alles melden, was uns auffällt.« Dr. Brim hatte ihnen vor der Abfahrt eine ganze Menge Fragen und Instruktionen vorgelesen, aber die meisten kamen ihnen jetzt bedeutungslos und wirklichkeitsfremd vor. Und in diesem Augenblick nahm Iman seine ganze Aufmerksamkeit in Anspruch.

»Wir werden alles melden«, wiederholte Iman. Er sprach in sein Funkgerät. »Edu hat gut reden, aber ich werde bestimmt ein ganzes Jahr dazu nötig haben!«
»Bist du es, Iman?«, sagte Igor. »Was hast du uns denn zu erzählen?«
»Es ist wundervoll!«, antwortete Iman. »Aber bevor ich mehr erzähle, will ich mich erst noch etwas umschauen. Es sind nicht nur die Pflanzen, Igor ...« Er brach ab.
»Fahren Sie fort, Forscher Nummer vierzehn!«, sagte Dr. Brim im Befehlston.
Iman blickte empor und schnitt eine Grimasse, weil ihm ein Tropfen ins Auge fiel. »Es beginnt zu regnen«, sagte er und drückte auf den Knopf, der die Verbindung mit der Kuppel unterbrach. »Sollen wir weitergehen, Edu?«
»Forscher Nummer elf an Hauptquartier«, sagte Edu schnell. »Wir halten euch auf dem Laufenden ... Du darfst den Kontakt nicht unterbrechen«, sagte er zu Iman. »Denk an die Vorschriften.«
»Die Vorschriften können mir gestohlen bleiben«, sagte Iman. Er lachte fröhlich. »Mach nicht so ein bedenkliches Gesicht, Edu! Du bist doch derselben Ansicht wie ich.«
Nun lachte Edu auch; er fühlte sich plötzlich erleichtert. *Iman hat keine Angst, auf jeden Fall nicht die Angst, die Mick hatte. Wenn er überhaupt so etwas wie Angst spürt, dann ist es der angenehme Schauder, der ein Abenteuer noch aufregender macht ...*
Edu dachte auf einmal an seine Jugendzeit zurück ... Damals war er mit ein paar Freunden auf Entdeckungsfahrt durch die Stadt gezogen und in einer Gegend gelandet, in der es keinen Straßenverkehr gab und auch keine rollenden Bürgersteige – in der alte, unbewohnte Häuser standen, die abgerissen werden sollten. Sie hatten die Umgebung ausgekundschaftet und es dort schaurigschön gefunden ... Wie herrlich hatten sie dort gespielt, in jenen finsteren Straßen hinter dem Flohmarkt ...
Jetzt beherrschte ihn das gleiche Gefühl wie damals. Iman und er

zogen durch den Wald – sie waren auf Entdeckungsreise, als ob sie wieder Kinder seien. Sie suchten nach neuen Pfaden und zeigten einander voller Begeisterung, was sie sahen: Vögel und Blumen, seltsame Insekten, merkwürdig geformte Samenflocken, die auf den Boden herabschwebten. Und nach allen Seiten hin erstreckte sich der Wald, so weit das Auge reichte, überall warteten neue Entdeckungen hinter dem geheimnisvollen Nebel …

Sie wurden immer wieder daran erinnert, dass man weit weg, in der Kuppel, mithorchte. Ab und zu gab Igor einen Kommentar und Dr. Brim meldete sich noch viel häufiger, um allerlei Fragen auf sie niederprasseln zu lassen.

Obwohl weder Edu noch Iman Lust hatten, diese Fragen zu beantworten, erzählten sie schon jetzt genug, um den Biologen unter der Kuppel für viele Wochen Arbeit zu geben. Aber der Chef der wissenschaftlichen Abteilung war nicht so leicht zufrieden zu stellen; er bat um immer weitere Informationen.

»Hören Sie jetzt mal gut zu, Dr. Brim!«, sagte Iman schließlich ungeduldig. »Ich sehe hier hundert Insekten, aber es hat wenig Sinn, wenn ich Ihnen erzähle, ob ein spezielles Tier Hautflügler oder Schmetterlingsflügler oder Gliederfüßler ist. Ich sehe hunderttausend Pflanzen … na ja, auf jeden Fall mehr, als ich bisher in meinem ganzen Leben gesehen habe. Wie können Sie dann einen vernünftigen Bericht von uns erwarten? Der wird schon noch kommen. Morgen oder so.«

Von der anderen Seite ertönte ein undeutliches, aber unverkennbar zorniges Gemurmel.

Iman und Edu schauten einander an und lachten wie Schuljungen hinter dem Rücken eines lästigen Lehrers.

»Ich verstehe jetzt, dass du wenig davon erzählen konntest«, sagte Iman. »Man muss es einfach selber sehen. Glaubst du an … an einen Schöpfer, Edu?« Er wies mit seinen Armen in die Runde. »Falls es einen gibt, dann frage ich mich, wie er sich all das hat ausdenken können.«

»Hauptquartier an beide Forscher«, sagte Igor. »Versteht ihr mich? Hört mal, ihr beiden: Wir bitten euch dringend, diese Expedition ernst zu nehmen und uns auf dem Laufenden zu halten. Eure Funkgeräte sind zwar zusätzlich gesichert aber ihr seid schon eine gute halbe Stunde unterwegs, und viel länger als eine Dreiviertelstunde können wir den Kontakt nicht aufrechterhalten. Hallo, Ende.«

»Hier Forscher Nummer elf und vierzehn«, antwortete Edu. »Wir *nehmen* diese Expedition ernst, Hauptquartier. Aber wir sind hier im Wald, nicht in der Kuppel.«

»Gute Antwort«, nickte Iman.

»Sie sind im Wald, ja sicher«, sagte Dr. Brim mit schwacher Stimme. »Sie haben sich freiwillig für diese Aufgabe zur Verfügung gestellt. Und wir bitten Sie, uns auch davon ...« Der Rest blieb unverständlich.

»Kommen Sie doch her, wenn Sie das alles auch genießen möchten!«, rief Iman ... »Meinst du, Edu, diese Liane würde halten, wenn man sich daran hängt?«

»Tu, was du nicht lassen kannst! Aber sei ein bisschen leise dabei«, sagte Edu. »Ich wette, dass Dr. Brim jetzt voll Sorge über Punkt 5a der Dienstordnung nachdenkt.«

»Die Venusluft übt auf bestimmte Menschen einen nachteiligen Einfluss aus«, nickte Iman. »Was du da sagst, ging mir gerade auch durch den Kopf. Ich fühle mich, als wenn ich ein bisschen betrunken wäre ...« Er streckte vorsichtig einen Finger nach einem gelb getupften raupenähnlichen Tier aus, das mit ruckartigen Bewegungen über ein großes Blatt kroch. Bevor er es berühren konnte, rollte es sich zusammen und kehrte eine Menge kleiner Stacheln hervor. Iman zog hastig seine Hand zurück. »Ein bisschen beschwipst«, sagte er. »Es ist zwar ein angenehmes Gefühl, aber ...« Er schien plötzlich beunruhigt zu sein. »Glaubst du, es kommt tatsächlich durch die Luft hier? Ich meine ... ist das wohl normal?«

»Was nennst du normal?«, sagte Edu. »Es ist zwar kein alltägliches Gefühl, aber doch angenehm, wie du selbst sagst.«

»Gestern hast du gesagt, ich würde es vielleicht nicht so schön hier finden. Weshalb?«

»Wegen deiner augenblicklichen Gedanken. Du findest es wunderschön hier, aber dir fehlt das rechte Vertrauen.«
Iman betrachtete nachdenklich das kleine Tier, das sich nun wieder geglättet hatte; es rollte zurück in seine normale Haltung und setzte seinen Weg über das Blatt fort. Dann sagte Iman unerwartet: »Ich habe Lust, ein Stückchen zu laufen.« Er ließ die Tat auf dem Fuße folgen und schnellte davon, indem er über Tümpel und Priele hinwegsprang. Edu folgte ihm; er war ihm direkt auf den Fersen, aber es gelang ihm nicht, ihn einzuholen. Es war, als spielten sie Räuber und Gendarm. Durch den wilden Lauf schien Iman alle Furcht hinter sich gelassen zu haben, denn als er endlich stehen blieb, blickte er Edu japsend, aber vergnügt an.
»Und jetzt ... kurz ausruhen«, sagte Edu, ebenfalls außer Atem. »Wir haben uns viel zu viele Gedanken gemacht ... ist dir das klar?«
»Du hast Recht«, seufzte Iman. »Ich bin ganz schön verrückt ... Wie viel Wasser es hier gibt, es rauscht überall. Das erinnert mich daran, dass ich dringend mal muss ...«
Die Stimme des Hauptquartiers unterbrach ihn – ihre Funkgeräte funktionierten noch immer, wenn auch der Ton sehr schwach und schlecht geworden war. Dr. Brim bat in seiner trockenen und irritierenden Art erneut um Informationen.
Der Ärmste kann ja nichts dafür, dachte Edu. *Er kapiert natürlich überhaupt nichts.*
»Was tun Sie zur Zeit, Forscher?«
»Ich verstärke gerade den Bach!«, antwortete Iman. »Ich mische mein eigenes Wasser der Strömung bei.«
Dr. Brim reagierte mit Empörung. »Ich finde, dass Sie Ihre Aufgabe sehr leichtsinnig auffassen«, sagte er. »Außerdem habe ich ...« Seine Stimme erstarb.
»Hallo!«, sagte Edu. »Ich kann Sie nicht verstehen. Ende.«
Kurze Zeit später nahm Igor das Gespräch wieder auf. »Dr. Brim würde gerne mit den Afroini Kontakt bekommen. Hört ihr mich, Edu und Iman? Ich glaube, dass ihr eine Tracht Prügel gebrauchen könntet!«

»Die Afroini haben sich noch nicht gezeigt«, antwortete Edu. »Und Igor, erkläre Dr. Brim, dass er versuchen soll, uns zu verstehen ... Mir fällt gerade ein, dass wir genau das getan haben, was Wisi-u zu mir gesagt hat: Ihr dürft in unseren Wäldern spielen ...«

4. Kapitel

»Wisi-u?«, fragte Iman. Er saß auf dem Boden, an einen Baum gelehnt, um auszuruhen. »Wer ist Wisi-u?«
»Einer von den Afroini«, antwortete Edu.
»Und er sagte ...«
»Richtig. Er sagte ...«
»Was sagte er?«
»Er gab mir eine Botschaft mit für alle Menschen in der Kuppel: ›Ihr dürft ruhig in unseren Wäldern herumlaufen und spielen.‹«
»Oh«, Iman beugte sich herunter und rieb sich die Beine. Währenddessen sah er sich um, als suche er nach den Venusbewohnern.
Aber dann müsst ihr so gesinnt sein wie wir, dachte Edu. *Iman weiß nicht, wie sie sind, die Afroini* ... Er hatte noch immer nicht erzählt, dass sie Gedanken lesen konnten; der Kommandant hatte es ihm verboten. *Ob sie wohl kommen würden – Firth, Aill und die anderen? Oder hatten sie beschlossen, lieber wegzubleiben, um die Menschen nicht zu beunruhigen*? Edu seufzte; seine Unbeschwertheit war wie weggeblasen.
»Du, Edu – der Wisi-u!«, begann Iman und schwieg abrupt. Zwischen zwei Bäumen tauchte eine schmächtige Gestalt auf. Nein, es war nicht Firth, sah Ed ... es war ein anderer ... und doch kannte er ihn ...
»Sstrra«, sagte der Afroin. Er näherte sich ihnen bis auf wenige Meter und blieb dann unbeweglich stehen, als ob er sich gründlich betrachten lassen wolle.

Iman starrte ihn in der Tat an. Sein Mund stand offen und er saß da wie angewurzelt.

Jage ihm jetzt nur keinen Schrecken ein, Sstrra, dachte Edu.

Sstrra hob langsam eine Hand und zeigte auf ihn. »Edu!« Er zeigte auf sich selbst: »Ich bin Sstrra.« Dann schaute er Iman an. »Und du bist …«

»Ich? Eh … Iman«, antwortete dieser ein wenig stammelnd.

Sstrra kam näher. »Ich bin ein Mann von Afroi. Du: ein Mensch, wie Edu. Ich sage, Wisi-u sagt, wir Afroini sagen: Willkommen, Iman, in unseren Wäldern … Wisi-u ist der Älteste«, fügte er hinzu. »Unser Oberhaupt.«

»Oberhaupt«, murmelte Iman, während er ihn immer noch anstarrte.

»Ihr seid müde«, sagte Sstrra, »müsst ausruhen.«

»Nein, nein, jetzt nicht mehr«, sagte Iman.

»Doch«, sagte Sstrra. »Kommt. Kommt mit, Edu und Iman.«

Eine Stimme von weither wiederholte die letzten Worte. »Edu und Iman … Hallo, Forscher! Hier Hauptquartier.«

Iman krabbelte vom Boden hoch, hastig und ungeschickt. »Warte!«, sagte er mit einer Geste in Richtung Sstrra. Er sprach nervös in sein Funkgerät: »Hallo, hier Iman. Warte, hör genau hin!«

Edu begriff sofort, was er wollte. Er begann, es Sstrra zu erklären: »Durch dieses Gerät sprechen wir mit den anderen Menschen in der Kuppel« – aber er hörte schnell wieder auf, weil Sstrra es natürlich schon verstanden hatte. Dieser streckte die Hand aus, um Imans Funkgerät zu nehmen.

Iman trat unwillkürlich einen Schritt zurück. »Hauptquartier, versteht ihr mich?«, sagte er und zu Edu gewandt: »Lass ihn irgendwas sagen: halt dein Sprechfunkgerät vor sein Gesicht …«

»Was ist los?«, fragte Igor aus der Kuppel. »Die Afroini?«

»Ja, Igor«, antwortete Edu. Sstrra hatte sich neben ihn gestellt; er fragte: »Muss ich hier hineinsprechen?«

»Wenn du möchtest? Einer meiner Freunde würde dich gerne einmal hören.«

»Freund«, sagte Sstrra.
»Hallo«, ließ sich das Hauptquartier langsam und nachdrücklich vernehmen: »Hier Igor Ranof, ich spreche aus der Kuppel zum Venuswald.«
Sstrra blickte eine Zeit lang das Mikrofon an, das Edu ihm vorhielt; dann sprach er hinein: »Igor …«, und dann folgte eine Reihe völlig unverständlicher Laute.
Die Antwort war ein einziges Fauchen und Spucken; anschließend hörte man mehrmals ein undeutliches »Hallo!« von Igor.
»Wer hat eben gesprochen?«, klang es anschließend aus dem Funkgerät. »Hallo, wer hat das gesagt? Ende.«
»Das war Sstrra«, antwortete Edu laut. »Einer von den Afroini.«
»Sag ihm, er soll es noch einmal wiederholen.«
Sstrra sprach noch einmal; es schienen die gleichen, fremd klingenden Worte zu sein.
Quer durch die Störgeräusche des Sprechfunkgerätes kam Igors Antwort wie ein Gemurmel, genauso unverständlich wie das, was Sstrra gesagt hatte. Eine andere Stimme unterbrach ihn; das musste Dr. Brim sein. Aber Edu hörte nicht mehr als: »Versucht … Gespräch …« Dann folgte Geknatter und anschließend Stille.
»Funktioniert dein Gerät noch?«, fragte er Iman. Sie vernahmen, dass Dr. Brim gerne mit dem Afroin sprechen wollte, aber dann gab auch Imans Funkgerät seinen Geist auf.
»Kaputt«, sagte Sstrra.
»Ja, kaputt«, sagte Iman. Er schaute den Venusbewohner forschend an. »Was weißt du denn davon?«
»Ich weiß«, war alles, was Sstrra sagte. Iman blickte ihn immer noch unverwandt an, ihm schien nicht ganz wohl in seiner Haut zu sein.
»Komm!«, sagte Sstrra. Er ging weg, ohne die Antwort abzuwarten.
»Müssen wir mitgehen?«, fragte Iman leise.
»Ja, natürlich«, sagte Edu.

Sstrra ging nur ein kurzes Stück weiter, dann blieb er an einem Teich stehen, der im Gegensatz zu den vielen Tümpeln dunkel und trüb war. »Hier ausruhen«, sagte er und setzte sich nieder. Edu folgte sofort seinem Vorbild, während Iman zögernd stehen blieb.

»Du, Iman, hier ans Wasser«, sagte Sstrra. Er deutete auf den Teich. »Dein Knöchel tut weh.«

Wieder starrte Iman ihn an, verwundert und zugleich ein wenig misstrauisch.

»Tu dein Bein ins Wasser, in den Schlamm«, sagte Sstrra. »Das ist gut, der Schmerz geht weg.«

»Tu, was er sagt!«, meinte Edu. »Macht dir dein Knöchel Schwierigkeiten?«

»Ein bisschen schon«, murmelte Iman zwischen den Zähnen. Er setzte sich hin und ließ seine Beine ins schlammige Wasser hängen. »Aber woher weiß er das?«

»Vielleicht hast du gehinkt«, begann Edu.

»Ich habe kein bisschen gehinkt«, sagte Iman.

»Und jetzt ausruhen«, sagte Sstrra mit seiner hellen, singenden Stimme. »Danach …« Er blickte Edu an. »Firth.« Mehr sagte er nicht, aber Edu konnte sehr wohl erraten, was er meinte: *Firth kommt hierher* … oder: *Du gehst zu ihm hin*. Eines war sicher: *Firth denkt an dich, Edu*.

Sstrra hatte das Kinn auf seine Knie gestützt und schloss die Augen. Iman ließ die Beine ins Wasser baumeln und beobachtete ihn mit gerunzelter Stirn.

»Wer ist Firth?«, erkundigte er sich.

»Ein anderer Venusmann«, antwortete Edu. »Derjenige, den ich zuallererst getroffen habe.«

»Und er sprach dich an?«, fragte Iman, ohne seine Augen von Sstrra abzuwenden. »Genau wie er hier? Und wie … das Oberhaupt, wie heißt er gleich wieder …«

»Wisi-u. Ja, wir haben miteinander gesprochen.«

»Wie ist das nur möglich?«, murmelte Iman. »Können Sie … kannst du uns gut verstehen?«, fragte er Sstrra.

»Ja, Iman«, kam die ruhige Antwort.
»Sind wir – Edu und ich – die ersten Menschen, denen du begegnet bist?«
»Edu und du, ihr seid die ersten Menschen, mit denen ich gesprochen habe.«
»Wie hast du denn unsere Sprache gelernt?«
Sstrra gab dieselbe Antwort, die Firth einst Edu gegeben hatte: »Durchs Zuhören.«
Iman fragte nicht weiter. Er zog seine Beine aus dem Wasser und rieb sich den Knöchel. »Es hat wahrhaftig geholfen«, sagte er, mehr zu sich selbst als zu den anderen. Dann blieb er plötzlich regungslos sitzen und schaute …
Edu folgte seinem Blick und sah einen Regenbogenflügelfalter, der mit vibrierenden Flügeln auf einem dünnen Stängel balancierte.
»Rrisi«, sagte Sstrra. Er neigte sich herab, pflückte eine kleine, pelzige Blume und reichte sie Iman. »Nimm dies, Iman. Reibe es zwischen deinen Fingern – wegen des Duftes … Strecke deine Hand aus und warte; der Rrisi wird kommen.«
Zögernd nahm Iman die Blume an.
»Strecke deine Hand aus«, sagte Sstrra nochmals, »und warte.«
Iman tat, was man ihm gesagt hatte.
Die zerriebenen Blütenblätter verbreiteten einen kaum wahrnehmbaren süßlichen Duft. Doch die Libelle bewegte ihre glitzernden, gebogenen Fühler und erhob sich von ihrem Stängel …
Edu und Iman hielten den Atem an.
Der Regenbogenflügelfalter flog geradewegs auf Imans Hand zu; er ließ sich darauf nieder und blieb sitzen. Endlich konnte Iman ihn aus der Nähe betrachten: den zierlichen Leib, den Kopf mit seinem einzigen Auge voller kleiner Fassetten, die irisierenden Flügel … »Er kribbelt«, flüsterte er und kurz darauf: »Siehst du, er ist völlig zahm … Wenn sie das jetzt in der Kuppel sehen würden!«
Plötzlich flog die Libelle auf und schoss davon. Sie sahen sie noch

kurz zwischen den Bäumen umherflitzen; dann war sie verschwunden.
»Weg ...«, murmelte Iman nachdenklich. Etwas schien ihn zu beunruhigen. Dann beugte er sich zu Edu hinüber. »Müssen wir nicht allmählich umkehren?«
»Firth!«, sagte Sstrra. Mit einer geschmeidigen, unerwarteten Bewegung stand er auf den Füßen. »Firth zeigt euch den Weg zur Kuppel. Kommt.«
Edu erhob sich ebenfalls, aber Iman blieb sitzen.
»Firth ist nicht weit von hier«, sagte Sstrra. »Am ›Kalten See‹.«
Er ging weg, schaute sich noch einmal um und winkte ihnen.
»Ist irgendwas, Iman?«, fragte Edu. »Du denkst doch wohl nicht ...«
»Ich denke allerdings«, fiel Iman ihm leise ins Wort. »Denk bitte auch mal nach, Edu ... über die Art und Weise, in der wir uns mit ihm unterhalten haben. Mein Knöchel ... und der Flügelfalter. Welche Schlüsse ziehst du aus alledem?«
»Und welche Schlüsse ziehst du?«, lautete Edus Gegenfrage.
»Das sage ich nicht. Versuche erst mal, selber dahinter zu kommen.« Iman stand auf und folgte Sstrra.
»Hier hinunter«, sagte Sstrra kurze Zeit später. »Firth wartet.«
Er drehte sich um und war in Windeseile verschwunden.
»Donnerwetter«, sagte Iman. »Er ist abgehauen.«
»Oh, wir werden ihn bestimmt noch wieder sehen«, meinte Edu.
Wahrscheinlich ist er überhaupt nicht weg; seine Gedanken sind noch hier ... »Kommst du mit, Iman?«, fügte er hinzu. »Ich habe große Lust zu schwimmen.«
Sie stiegen hinab zum Ufer des Sees. Dort stand Firth und erwartete sie.
»Edu«, sagte er, »und ...«
»Iman. Das ist Iman«, fiel Edu ihm ins Wort. »Und Iman, das ist Firth.«
»Iman«, sagte Firth. »Zieht eure Kleider aus, alle beide, und geht schwimmen.«

Edu nickte, aber Iman sagte: »Ich *kann* nicht schwimmen.«
»Geh schwimmen«, wiederholte Firth, als ob er es nicht gehört hätte. »Das Wasser ist schön kühl. Ich bin schon darin gewesen. Geht ihr …«
»Es klingt allerdings verlockend«, sagte Iman langsam. Er schaute sich um. »Schön ist es hier.«
Edu zog seine Sachen aus – die waren inzwischen so gut wie überflüssig geworden: Sie hingen in Fetzen herunter. Iman folgte seinem Beispiel. »Geh nicht zu weit hinein«, sagte Edu zu ihm. »Dicht am Ufer kannst du stehen.«
»Hab keine Angst«, sagte Firth ruhig. »Iman schwimmt ebenso gut wie du.«
Es stellte sich heraus, dass er Recht hatte.
Erfrischt und wie neugeboren, lagen sie ein Weilchen später neben Firth am Ufer.
»Jetzt geht es mir erheblich besser«, sagte Iman mit einem Seufzer der Erleichterung. Dann setzte er sich auf und blickte Edu und Firth abwechselnd an. »Sag es nur, Iman«, sagte Firth.
»Was denn?«
»Was du denkst … Oder möchtest du mit Edu alleine sprechen? Ich werde nicht zuhören.«
»Ja … nein. Ach, es ist eigentlich egal. Wenn es stimmt, was ich meine …«
»Was meinst du denn?«, fragte Edu.
»Hast du denn noch immer keinen Verdacht?«, fragte Iman. »Dieser Sss … Stra eben – ich kann seinen Namen nicht aussprechen –, er kapierte viel zu schnell, worüber wir uns unterhielten. Zum Beispiel mein Knöchel, Edu; ich hatte mir nichts davon anmerken lassen, und doch …« Er wandte sich an Firth. »Und du bist auch nicht darauf hereingefallen, als ich sagte, ich könne nicht schwimmen. Oder bist du doch darauf hereingefallen? Ich habe das nämlich absichtlich gesagt.«
»Das weiß ich«, sagte Firth. »Und Edu weiß es auch.«
»Es stimmt also tatsächlich«, flüsterte Iman. »Ihr … die Afroini verstehen sich auf Telepathie.«

»Telepathie«, sagte Firth. »Ihr Menschen habt also auch ein Wort fürs Gedankenlesen. Dann muss es euch also nicht ganz unbekannt sein.«

»Nun, mir war es jedenfalls unbekannt«, brummelte Iman. Und ein wenig lauter sagte er: »Hier ist es also üblich, auf diese Art und Weise miteinander zu sprechen – durch Übertragung der Gedanken. Und Edu wusste es!«

»Ich durfte nicht darüber sprechen«, sagte Edu.

»Und weshalb nicht?«

»Eure Anführer fürchten, dass das Wissen um diese Dinge euch erschrecken könnte«, sagte Firth.

»Ich muss bekennen«, sagte Iman, »dass sie mit dieser Befürchtung nicht ganz falsch liegen. Gedanken sind frei.«

»Das hat Edu mir auch einmal gesagt!«, meinte Firth. »Leg dich doch hin, Iman. Es ist wirklich nicht so unheimlich, wie du denkst ... Ruh dich auch ein wenig aus«, sagte er zu Edu. »Du hast letzte Nacht nicht gut geschlafen. Du hattest Angstträume.«

»Um Himmels willen!«, sagte Iman. »Wisst ihr denn auch, was wir träumen?«

»Edu dachte an mich während seines Traumes«, antwortete Firth. »Darum wusste ich, was er träumte.« Seine Augen waren noch immer auf Edu gerichtet und dieser glaubte zu verstehen, was ihm darüber hinaus – ohne Worte – gesagt wurde:

Ich habe nicht gehorcht; du hast mich gerufen ... Ich kenne deine Sorgen sehr genau ... Beunruhige dich nicht ...

»Es war kein guter Traum«, sagte Firth. *Du musst die Dinge nicht forcieren* (meinte Edu zu verstehen). *Behalte gut, was ich dir gesagt habe: Warte ab. Auch euch Menschen ist Telepathie nicht ganz unbekannt ...* »Deine eigenen Gedanken, Edu«, sagte Firth zum Schluss laut, »machten einen Albtraum daraus.«

»Das kannst du ihm nicht verübeln«, sagte Iman. »Ich kann sehr gut verstehen, dass man Albträume davon bekommt. Sag mal«, fuhr er nach einer kurzen Pause fort, »ist hier jeder telepathisch? Ich meine, auch die Tiere?«

»Mehr oder weniger ja«, antwortete Firth. »All die Lebewesen, die ihr Tiere nennt, haben Gedanken – wenn auch zum Teil nur sehr verschwommene, nicht so wie die der Menschen und Afroini. Aber trotzdem spüren alle Tiere etwas von dem, was wir denken und wollen.«

»Der Regenbogenflügelfalter«, flüsterte Iman. »Weißt du, Edu, ich wollte ihn wirklich nur einmal von nahem besehen – wenigstens anfangs. Aber sobald ich an die Kuppel dachte, flog er weg ... Oder nein – als ich mir ausdachte, dass ich ihn am liebsten festhalten würde, ihn einfangen und studieren ...«

»Der Rrisi weiß nichts von dem, was ihr Menschen ›Wissenschaft‹ nennt«, sagte Firth. »Aber er spürt sehr wohl, wenn ihm Gefahr droht. Habt ihr Menschen nicht viele Tiere getötet, um zu wissen, wie sie sind?«

»Ja. Aber wie sollte man sonst ...«

»Kein Tier will getötet werden.«

Iman richtete sich halb auf und betrachtete das Seewasser. »Die Fische! *Hier* schwimmen noch Fische ... Aus dem Nordstrom bei uns sind sie verschwunden.«

»Ob das wohl denselben Grund hat?«, flüsterte Edu.

Firth sagte: »Was habt ihr mit den Fischen gemacht?«

»Wir haben sie gefangen ... Und die anderen Fische haben davon erfahren ... ja natürlich ...«

»Und seitdem schwimmen sie durch Gewässer, die ihnen sicherer scheinen«, ergänzte Iman.

»So ist es«, sagte Firth. »Ihr merkt es allmählich: Immer wieder wird eine von euren Fragen beantwortet. Aber fragt nicht zu viel auf einmal. Zuerst müsst ihr euch hier fühlen wie ... wie zu Hause. Sonst werdet ihr Afroi nie richtig kennen lernen.«

»Afroi ...«, wiederholte Iman nachdenklich. Er legte sich wieder hin. »Dr. Brim wäre damit zwar nicht einverstanden, aber du hast Recht, Firth.«

»Nur Dinge, die einem fremd sind, jagen einem Angst ein«, sagte Firth. »Nachher in der Kuppel, Iman, muss Edu dir erzählen, was Wisi-u gesagt hat.«

Alle drei machten nun die Augen zu. Edu konnte sich lebhaft vorstellen, was Iman empfand, er erinnerte sich an seine eigene erste Begegnung mit den Afroini. Er selbst fühlte sich nun völlig entspannt – auch der Traum der vergangenen Nacht versetzte ihn jetzt nicht mehr in Angst und Schrecken. *Es ist seltsam: der Wald übt mit Sicherheit einen befreienden und beruhigenden Einfluss aus … Auch auf Iman … Auf Mick aber nicht … Obwohl, wer weiß, nach einer gewissen Zeit …*

Er hörte, wie Iman sich bewegte, und ein wenig später Firths Stimme: »Ja, es gibt hier viele davon, sehr viele, und noch mehr.«

Edu öffnete die Augen. »Wovon viele?«

Iman lag auf dem Bauch und sah unverwandt eine graublättrige Kletterpflanze an, die mit roten Blütenkelchen übersät war.

»Blumen«, sagte Firth. »Iman denkt … ich darf es doch sicher sagen, Iman? Er denkt, dass es schade ist, dass ihr ihnen keine Namen geben könnt – jetzt, nachdem ihr sie endlich entdeckt habt.«

»Sie haben natürlich schon Namen«, sagte Iman.

»Du darfst ihnen aber auch einen Namen geben«, sagte Firth. »Wir nennen diese Pflanze Karmill – das bedeutet ›Rote Blume‹. Es gibt viele verschiedene rote Blumen auf Afroi, aber uns reicht das eine Wort, weil wir einander zeigen können, welche Blume wir meinen.«

»Ihr braucht also eigentlich gar keine Worte«, sagte Iman.

»O doch«, sagte Firth. »Ich glaube, doch … Es gibt Afroini, die überhaupt nicht mehr sprechen, denen das Denken genügt. Aber ich und die meisten Roi-Afroini, wir wollen unsere Stimme benutzen, auch um zu reden. Neue Worte können vielleicht sogar neue Gedanken hervorbringen … Gib dieser Blume also einen Namen, Iman, einen Namen in der Menschensprache.«

Iman überlegte nicht lange. »Ich nenne diese rote Blume Joy.«

Joy … Imans Freundin in der Kuppel … Edu dachte an Petra.

»Joy«, wiederholte Firth. »Dieser Name bedeutet viel, Iman … Und du, Edu, du hast auch eine Blume gesehen, der du einen Namen geben möchtest.«

»Ja«, sagte Edu, »als ich zum ersten Mal hier war – eine leuchtende Blume mit einem purpurfarbenen Herzen.«
»Ich weiß, welche du meinst«, sagte Firth.
»Und wie nennst du deine Blume?«, fragte Iman.
»Meine Blume?«, sagte Edu langsam, »Cäcilia.«
»Cäcilia? Es gibt niemanden in der Kuppel, der so heißt.«
»Na und? Das ist doch auch nicht nötig? Mir gefällt dieser Name …« *Ich werde es nur Petra erzählen. Cäcilia ist Petra, in gewisser Weise* … »Und da du gerade die Kuppel erwähnst – Iman, wir müssen uns langsam auf den Rückweg machen.«

5. Kapitel

In der Kuppel mussten sie die unvermeidliche Untersuchung über sich ergehen lassen. Edu brachte sie ziemlich schnell hinter sich; Iman dagegen, der von seiner ersten Exkursion zurückkam, war nicht in dieser glücklichen Lage. Als Edu fertig war und die A.f.a.W. verlassen wollte, traf er ganz unerwartet mit Mick zusammen.
Sie blieben voreinander stehen und suchten beide nach Worten; keiner wusste so recht, was er sagen sollte.
Edu war es, der schließlich die peinliche Stille überwand: »Na endlich, Mick! Ich bin froh, dass du wieder in Ordnung bist!«
Aber er fand, dass Mick schlecht aussah – er wirkte so verspannt.
»Was hattest du denn gedacht?«, sagte Mick. »Vielleicht, dass ich krank wäre? Mir fehlt nichts … na ja … außer einer leichten Erkältung. Bei all dem Regen kein Wunder. Darum hält man mich noch in Quarantäne.«
Das ist nicht wahr, Edu wusste es. Er hatte auf einmal Mitleid mit Mick, der so gerne den Couragierten spielte, obwohl er es in Wirklichkeit nicht war.
Mick trat einen Schritt zurück. »Komm mir lieber nicht zu

nahe …« Seine Stimme klang beinahe feindselig. »Sonst steckst du dich noch bei mir an.«

»Davor habe ich keine Angst«, sagte Edu. Er musste die Abwehrhaltung irgendwie durchbrechen. *Ich kann ihm helfen* … »Ich finde es schön, dich wieder zu sehen, Mick. Soll ich mit dir in dein Zimmer gehen? Ich würde gerne ein wenig mit dir plaudern.«

»Plaudern? Nein danke, ohne mich!« Mick hüstelte gequält. »Sorry, Edu, aber ich habe keine Lust dazu. Außerdem darf ich keinen Besuch haben.«

»Das darfst du sehr wohl und du weißt es ganz genau!« Edu hatte inzwischen genug von dem ganzen Drumherumgerede. »Und es ist mir völlig egal, dass du keine Lust dazu hast. Um so nötiger ist es, dass wir miteinander reden.«

Mick presste die Lippen aufeinander und wich seinem Blick aus.

»Ich will mit dir über den Wald reden und auch über unseren Weg dorthin. Und ich möchte dir erzählen, was Wisi-u mir gesagt hat.«

»Was dieser Soundso dir gesagt hat, weiß ich längst! Ich hab deinen Bericht gehört, Edu!« Mick schaute ihn wieder an; in seinem Blick lag nun offene Feindschaft. »Und was du mir sonst noch zu sagen hast, interessiert mich einen Dreck!«

»Mick, sei doch nicht so kindisch! Du musst mir erst mal zuhören.«

»Hör du lieber zu, was die Afroini dir zu erzählen haben!«, sagte Mick giftig. »Wenn du dir genügend Mühe gibst, bringen sie dir vielleicht auch noch bei, wie man Gedanken lesen kann. Auf jeden Fall können sie dir eine Menge Geheimnisse zuflüstern … stimmt's?« Er ließ ein unangenehmes Lachen hören. »Ja, da bist du platt«, sagte er. »Übrigens, was das Miteinanderreden betrifft: es wird Zeit, dass dir mal einer die Meinung sagt.«

»Warum stellst du dich bloß so an, Mick? Ich habe dir doch nichts getan, oder?«

»O nein, gar nichts, Edu. Du warst ausgesprochen freundlich zu mir, sehr verständnisvoll … und tapfer. Aber ich verzichte darauf, mir noch mal deine schönen Geschichten über die edlen Afroini anzuhören.« Mick hatte einen roten Kopf bekommen; er sprach immer schneller und lauter. »Du stehst ganz und gar auf *ihrer* Seite … ›Marsch, in die Wälder! Sie sind unsere Freunde und haben Verständnis für uns Blinde und Taube‹ … Bah, das kotzt mich allmählich an! Ich bin ein Mensch, und der will ich bleiben – kapiert?«

»Mick!«, rief Edu. Es näherten sich schnelle Schritte; irgendjemand kam auf sie zu.

»Oh, was ich zu sagen habe, darf ruhig jeder hören«, fuhr Mick fort. »Was wissen sie hier eigentlich davon, hier unter der Kuppel? Bist du nun der große Entdecker, Edu? Pass nur auf, dass sie dich demnächst nicht anders nennen … einen Verräter, einen Überläufer!«

»Mick«, sagte jemand anderes. Es war Petra, die sich zwischen die beiden schob. Sie schaute sie abwechselnd an; ihre Augen verrieten Besorgnis, aber ihre Stimme klang wie immer, als sie sagte: »Ich würde dieses Gespräch lieber ein andermal fortsetzen, wenn ihr euch beruhigt habt.«

»Aber gewiss, Frau Dr. Moll«, sagte Mick. »Bewahren wir vor allem die Ruhe, und wenn die ganze Kuppel einstürzen sollte. Haben Sie gehört, was ich soeben sagte? Ich hoffe es sehr! Sie brauchen mich nicht so anzusehen, als ob ich ein Patient sei. Es wäre besser, wenn Sie sich mit Edu beschäftigten.«

»Mensch, Mick«, sagte Petra, »hört bitte auf, bevor ihr Dinge sagt, die euch später Leid tun.«

Mick seufzte. »Sorry«, sagte er. »Ich hab es nicht böse gemeint. Aber es ist mir ernst mit dem, was ich gesagt habe. Ich wollte Edu nur warnen. Er soll aufpassen mit seinen verfluchten Wäldern!«

»Das brauchst du mir wahrhaftig nicht noch mal zu sagen«, begann Edu heftig. »Ich weiß sehr wohl …«

»Ach, halt den Mund!«, sagte Mick verärgert. »Du weißt das alles viel zu gut.«

Edu war ebenfalls böse geworden; er spürte jedoch zugleich sehr deutlich Micks innere Zerrissenheit und sie übertrug sich auch auf ihn.
Mick wandte sich an Petra. »Frau Dr. Moll …«
»Petra«, unterbrach sie ihn leise.
»Du hast Recht, Petra, ich halte besser meinen Mund. Aber du auch, Edu!«
Er drehte sich um und ging weg. Petra sah Edu an und wollte etwas sagen. Als er den Kopf schüttelte, schwieg sie jedoch und folgte Mick. Aber Mick verschwand in Zimmer Nr. 2 und schloss hinter sich die Tür.

Mittags erhielten sämtliche Kuppelbewohner den Auftrag, sich im Aufenthaltsraum zu versammeln; der Kommandant werde ihnen wichtige Neuigkeiten mitteilen. Nur Mick und Iman waren nicht dabei, weil sie noch bis zum nächsten Morgen in der A.f.a.W. bleiben mussten. Aber sie konnten auf einem Bildschirm alles mit verfolgen. Edu hatte die Erlaubnis erhalten, nach Belieben überall hinzugehen; offensichtlich betrachtete man ihn jetzt als abgehärteten Waldläufer.
Endlich wurde nun alles, was man bislang über den Wald und die Afroini wusste, bekannt gemacht. Der Rekorder hatte die wesentlichsten Punkte aus den verschiedenen Berichten zu einer kurzen, übersichtlichen Reportage zusammengefügt, die vom Kommandanten vorgelesen wurde. Er verheimlichte nicht, dass die neuen Entdeckungen in gewisser Hinsicht beängstigend waren, wenn auch Micks Reaktion in keiner Weise erwähnt wurde.
»In Kürze werden sich alle unsere Forscher in den Wald begeben«, sagte der Kommandant. »Aber auch die anderen werden einmal dorthin gehen müssen. Und zum Beweis, dass dies nicht gefährlich ist, wird zuallererst unsere Psychologin, Frau Dr. Moll, einen Ausflug in den Wald machen – in Begleitung von Forscher Nummer elf. Sie wird uns ausführlich über ihre Eindrücke berichten.«

Ein allgemeines Gemurmel erfüllte den Saal. Alle Blicke wandten sich Petra zu, voll Bewunderung, Staunen und Teilnahme.
»Wenn du es wagst«, flüsterte Igor, der neben Edu saß, »sie auch nur der geringsten Gefahr auszusetzen!«
»Ich werde gut auf sie Acht geben«, versprach Edu.
»Das möchte ich dir auch raten.« Igor schwieg, weil der Kommandant um Ruhe bat.
Der Chef der wissenschaftlichen Abteilung ergriff das Wort. Er machte einige Anmerkungen zum Bericht des Rekorders und betonte ausdrücklich, dass sie erst am Beginn aller Entdeckungen ständen. Er sprach auch über die Afroini, vor allem über Wisi-u.
»Sie sind vielleicht betroffen über die Geringschätzung, die dieser Älteste für uns zu empfinden scheint«, sagte er. »Lassen Sie sich dadurch bitte nicht entmutigen! Wir Menschen haben viel geleistet, worauf wir stolz sein können – sorgen Sie dafür, dass dieser berechtigte Stolz sich nicht in Scham verkehrt. In diesem Sonnensystem sind wir die Ersten und die Einzigen, die außerirdische Welten erreicht haben. Begegnen Sie also den Afroini mit Festigkeit und Selbstvertrauen.«
»Begegnen Sie ihnen aber auch unvoreingenommen«, fügte der Kommandant hinzu, »und in ehrlicher Freundschaft. Sie haben sicher verstanden, dass Sie ihnen gegenüber nicht heucheln können.« Er gab dem Rekorder ein Zeichen. »Zum Schluss möchte ich Sie noch etwas hören lassen: eine Aufnahme der Stimme eines der Afroini, selbst für die Skeptiker unter Ihnen ein Beweis, dass sie jeden von uns verstehen und mit jedem sprechen können.«
Ein Tonband begann abzuspielen; die leisen Geräusche des Waldes zirpten durch den Saal.
Für Edu war es eine eigenartige Empfindung, all das wieder zu hören, was Iman und er am Morgen erlebt hatten – dieses Mal jedoch von der anderen Seite aus: so, wie Igor es in der Kuppel gehört hatte.
»Die Afroini?«, ertönte es deutlich und ganz nah.
»Ja, Igor«, hörte Edu sich selbst aus der Ferne sagen.

Und dann die unirdische Singsangstimme von Sstrra: »Muss ich hier hineinsprechen?«
Igor versetzte Edu einen Knuff in die Seite; er beugte sich ein wenig vor und lauschte andächtig seinen eigenen Worten: »Hier Igor Ranof. Ich spreche aus der Kuppel zum Venuswald.«
»Igor ...«, flüsterte Sstrra. »My Afróini w lesú obtaschtschájemsja k tebé i priwétstwujem tebjá.«
Was sagte Sstrra eigentlich? dachte Edu. Er blickte Igor von der Seite an, der lächelnd seine eigene, erstaunt klingende Antwort anhörte:
»Bósche moi! Hallo, hallo ... Wer hat eben gesprochen? Hallo, wer hat das gesagt? Ende.«
Kurz darauf flüsterte Sstrra es noch einmal: »My Afróini w lesú obtaschtschájemsja k tebé i priwétstwujem tebjá.«
Igor antwortete: »Spasibo-Sdráwstwuj ...« Klick. Das Band schwieg.
Ein paar Augenblicke lang war es mäuschenstill. Dann wurde überall Gemurmel laut, das jedoch sofort wieder erstarb, als der Kommandant erneut zu sprechen begann.
»Als Forscher Nummer elf zum ersten Mal den Afroini begegnete«, sagte er, »unterhielt er sich mit ihnen in seinem eigenen Dialekt. Beim nächsten Mal, in Begleitung des Forschers Nummer zwölf, wurde natürlich das allgemeine Eurikanisch benutzt. Ebenso während der Exkursion mit Forscher Nummer vierzehn – jedenfalls so lange, wie Kontakt mit der Kuppel bestand.« Er schwieg einen Moment und ließ seine Blicke durch den Raum schweifen. Dann fuhr er fort: »Sie haben gehört, wie unser Radio-Chef Ranof sich persönlich an Sstrra wandte: in Eurikanisch. Die Antwort dagegen ... Nun, lassen Sie sich das von Igor Ranof selbst erzählen.«
Igor stand auf. »Ja, das verhält sich folgendermaßen«, sagte er. »Ich hatte schon eine Weile über die Sprache der Afroini nachgedacht; wie sie das eigentlich schafften, unsere Sprachen durch Telepathie zu lernen. Ich komme aus Osteuropa, wie Ihnen vielleicht bekannt ist, und ich überlegte, ob sie mich wohl in meiner

eigenen Sprache anreden würden. Und als ich diesen Sstrra hörte, dachte ich wieder daran; ich dachte sozusagen in meiner Muttersprache. Und tatsächlich – Sstrra antwortete mir in meinem Osteuropäisch.«

»Unglaublich!«, murmelte jemand. Ein anderer sagte nachdenklich: »Ja, wie machen sie das nur? Wir denken doch nicht nur in Worten, auch in Bildern oder abstrakt.«

»Was macht das schon aus, wie wir denken«, sagte ein dritter in bissigem Tone. Es war Sim Rap, der Roboterspezialist. »Wirklich wichtig ist allein die Tatsache, dass diese Geschöpfe draußen im Wald alles auffangen. Ich möchte allerdings, dass …« Er brach ab.

Arno, Forscher Nummer dreizehn, stellte Igor eine Frage: »Was hat dieser Venusmann eigentlich zu dir gesagt?«

»Das geht dich einen Dreck an!«, antwortete Igor lebhaft. Er setzte sich wieder hin und flüsterte Edu zu: »Ich möchte gerne noch eine Kleinigkeit für mich behalten! Um eines bin ich froh, Edu: dass sie hier in der Kuppel wenigstens keine Gedanken lesen können.« Dann blinzelte er Anna zu, der Biologin, die ebenfalls aus Osteuropa kam und daher eine der wenigen war, die wussten, was Sstrra zu ihm gesagt hatte.

6. Kapitel

Sonntagabend im Aufenthaltsraum. In der Mitte glänzte die kreisförmige Silberfläche, aber niemand tanzte. Sogar die Musikbox war ausgeschaltet. Die meisten Anwesenden hatten dicht beieinander Platz genommen; einige unterhielten sich im Flüsterton oder auch laut, andere schwiegen.

Edu saß mit einigen Forschern zusammen an einem Tisch; er hatte viel erzählen müssen, aber nun waren sie ein Weilchen still. Da kam Petra auf sie zu, in ihrem feinen blau-weißgelben Kleid, das sie nur selten trug. Igor war bei ihr; er schob zwei Sessel an den Tisch.

»Wie hübsch du aussiehst, Petra«, sagte Arno. »Wir feiern doch kein Fest?«
»Heute Abend ist doch Tanz«, sagte Petra.
»Es ist Sonntag«, ergänzte Igor. »Wir haben Musik bestellt.«
Aus den Lautsprechern rieselten leise, melodische Klänge in den Saal, von rhythmischem Klingeln untermalt. Die Fernsehwand wurde in Aktion gesetzt; Farbflecke tanzten über sie hin: abstrakte Bilder, die im Takt der Musik auf- und abwogten.
Petra lächelte und spielte mit der Kette, die um ihren Hals hing. Vergebens versuchte Edu, ihre Gedanken zu erraten. Sie sah wirklich blendend aus – *vielleicht hatte sie eine Fitnesspille genommen.* »Warum tanzen wir eigentlich nicht?«, fragte sie.
»Ich habe keinen, mit dem ich tanzen könnte«, sagte jemand anderes schmollend. Es war Joy, die sich bei ihnen niederließ und sich an Petra wandte: »Weshalb darf Iman nicht hierher kommen? Edu ist doch auch da!«
»Für Iman war es die erste Exkursion«, antwortete Petra. »Sie hat ihm gut gefallen, aber die A.f.a.W. will ihn doch bis morgen früh unter Beobachtung halten.«
»Sieht Iman genauso blühend aus wie du?«, erkundigte sich Joy bei Edu. Trotz aller Wolken und Schatten war Edu nach den wenigen Malen, die er ohne Schutzanzug draußen verbracht hatte, braun gebrannt heimgekehrt.
»Und Mick?«, fragte Arno. »Wo bleibt der? Er ist jetzt schon drei Tage lang in der A.f.a.W.«
»Mick wird auch morgen entlassen. Er hatte sich erkältet; darum musste er länger in Quarantäne bleiben.«
»Ja, das hat Edu auch schon gesagt. Es ist doch nichts Ernstes?«
»Nein, nichts Ernstes«, sagte Igor. Edu und er wechselten einen kurzen Blick.
Petra wandte sich an Arno und die anderen Forscher. »Euch wird so etwas nicht passieren; ihr werdet allesamt geimpft, bevor ihr loszieht.«
Nun drehte sich das Gespräch wieder um das übliche Thema –

wie konnte es auch anders sein! Aber gerade jetzt hatten sich ein paar Leute im Saal erhoben; einige Paare tanzten auf der Silberfläche. Die Tür zum Heimwehzimmer stand offen – *wie viele mochten wohl da sitzen?*

Petra ergriff wieder das Wort. »Ja«, sagte sie, »wir waren sozusagen eingeschlafen: unser Traum war die Scheinwelt, mit der wir uns umgeben hatten. Jetzt sind wir alle unvermutet wachgerüttelt worden und müssen aus unseren Betten steigen.« Während sie sprach, blickte sie Edu an. »Einige sind bereits hellwach«, fuhr sie fort, »andere möchten lieber noch ein wenig weiterdösen oder erneut einschlafen und weiterträumen. Aber es hilft nichts, wir müssen aufstehen.«

Igor klopfte ein paar Mal auf den Tisch. »Du hast gut reden! Hoffentlich steigen wir nicht mit dem falschen Bein zuerst aus dem Bett! Aufstehen und marsch in den Wald zum Spazierengehen! Ich verstehe immer noch nicht, Petra, wie du darauf kommst. Das ist doch nichts für dich!«

Petra richtete sich auf. »Warum denn nicht?«

»Petra will es selbst, Igor«, sagte Edu. »Sie hat eine Schwäche für Blumen.«

»Ja, für einen hübschen Strauß in der Vase!«, unterbrach ihn Igor. »Aber nicht für tausende von wilden Pflanzen.«

»Ich bin sehr neugierig auf die tausend wilden Pflanzen«, sagte Petra entrüstet.

»Und auf die Afroini«, sagte Igor.

»Ja, auch auf die Afroini«, entgegnete Petra.

Igor schüttelte den Kopf. »Wie kann man nur einen Psychologen zu den Afroini schicken! Das ist fast genauso verrückt wie Wasser ins Meer tragen. Oder sind die Rollen vertauscht, Petra, und du lässt dich von *ihnen* testen?«

»Ach, halt den Mund, Igor!«, sagte Petra ungeduldig. »Du hast ja keine Ahnung, worum es geht.«

»Ich bewundere deinen Mut, Petra«, sagte Arno. »Eigentlich müsste es ganz anders sein. Wir Forscher ...«

»Ich bin nicht besonders mutig«, unterbrach sie ihn. »Ich gehe einfach aus Neugier und weil ... weil Edu mich darum gebeten hat.«

Die Musik, die aus den Lautsprechern ertönte, wechselte jetzt den Rhythmus; eine muntere Weise im Dreivierteltakt erklang. Petra sah sich im Kreis um. »Ich möchte tanzen.«

»Ich hab keine Lust zum Tanzen», sagte Igor.

Petra beachtete ihn nicht – aber ebenso wenig Edu, der gerade aufstehen wollte. Sie wählte Arno und Saboe als Partner und kurz darauf tanzte sie zwischen ihnen auf der silbernen Fläche. Sie tanzten die zierlichen und komplizierten Figuren des Walzers-für-Drei in offensichtlich fröhlicher und sorgloser Stimmung.

Igor bewegte die Lippen und sagte unhörbar: »Psychologin!«

Edu machte sich plötzlich Gedanken darüber, ob Petra in gewisser Weise auch jetzt im Dienst sei. Sie gehörte immerhin zu den Leuten, die dafür sorgen mussten, dass sich hier jeder sicher und glücklich fühlte. »Na ja«, sagte er, »Arno und Saboe sehen jedenfalls so aus, als hätten sie all ihre Sorgen vergessen.«

»Du nimmst mir das Wort aus dem Mund«, sagte Igor. »Ich wünschte, sie würde mit dem Ablegen ihrer Berufskleidung auch mal ihren Beruf vergessen.«

»Im Wald wird sie ihn vergessen«, sagte Edu leise. »So wie auch Iman und ich vergaßen, dass wir Planetenforscher sind ...«

»Iman?«, fragte Joy. »Vergessen? Wieso?«

Edu wollte antworten und ihr etwas andeuten von dem wilden Glücksgefühl, das im offiziellen Bericht nicht erwähnt worden war. Aber plötzlich tauchten Gedanken in ihm auf, die ihm die Sprache verschlugen.

Vergessen. Der Wald lässt einen alles vergessen ... Ist das eigentlich so wundervoll? Ist es nicht genau das, wovor der Computer gewarnt hat: etwas, das die Menschen dazu bringt, sich selbst zu verraten ...

Verräter, Überläufer! hörte er wieder Micks Stimme in der Erinnerung.

Ich möchte dich nur warnen. Warnen! Vor dem unbekannten gefährlichen Faktor, der die Menschen vernichten will.

»Was ist, Edu?«, fragte Joy.

Edu versuchte, eine fröhliche Miene aufzusetzen.

Es ist nicht wahr! Lass dir nicht Bange machen. Etwas, das so schön ist, kann nicht schlecht sein … »Es gibt dort prachtvolle Blumen, Joy«, sagte er. »Iman und ich … Nein, es ist besser, wenn er es dir morgen selbst erzählt. Oh, es sind nur schöne Dinge«, fügte er hinzu. »Warum meint ihr bloß, dass die Wälder unheimlich sind?«

»Wenn wir dir glauben sollen, dann bist du dort nur zu deinem Vergnügen herumspaziert«, antwortete Joy. »Jedenfalls lasse ich dir gerne den Vortritt. Meinst du, Edu, es ist dem Kommandanten ernst damit, dass wir alle hinaus müssen?«

»Magst du keine Blumen?«

»Doch, natürlich. Aber das bedeutet noch lange nicht, dass ich sie selber pflücken muss!«

Edu seufzte. »Abwarten, Joy«, sagte er. »Komm, lass uns tanzen!«

Er tanzte mit Joy und danach mit anderen. Er bemühte sich, alle problematischen Gedanken aus seinem Geist zu verbannen, und nach einer Weile glückte ihm dies erstaunlicherweise auch. Immer wieder schaute er zu Petra hinüber, die der fröhliche Mittelpunkt der ganzen im Saal versammelten Gesellschaft war. Er tanzte auch ein einziges Mal mit ihr, in schweigender Harmonie, ohne darüber nachzugrübeln, was sie wohl denken mochte.

Morgen gehen wir – zusammen. Morgen!

Der Morgen brach früh an. Edu wurde aus einem traumlosen Schlaf geweckt, von einem Roboter, der leise auf ihn einsprach:

»Forscher Nummer elf, haben Sie ausgeschlafen? Forscher Nummer elf, können Sie jetzt aufstehen?«

»Ja sicher«, sagte Edu und rieb sich die Augen. »Wie spät ist es denn?«

»Halb fünf«, sagte der Roboter.

»Halb fünf. Warum denn so früh?«

»Frau Dr. Moll hat mich geschickt. Sie teilt Ihnen mit, dass sie gerne um fünf Uhr abfahren möchte, falls Sie nichts dagegen haben.«

»O nein, ganz und gar nicht«, sagte Edu. »Sage ihr nur, dass ich komme.«

»Sie wird am östlichen Ausgang auf Sie warten«, sagte der Roboter.

Eine Viertelstunde später stand Edu dort bereit. Es dauerte noch zehn Minuten, bis Petra auf ihn zukam.

Er war ziemlich überrascht, als er sie sah: Sie trug noch immer das blau-weißgelbe Kleid, das sie am vergangenen Abend angehabt hatte.

»Bist du überhaupt nicht im Bett gewesen?«, erkundigte er sich.

»Aber natürlich«, sagte Petra. »Ich fühle mich frisch und ausgeruht.«

»Aber ... musst du dich nicht umziehen? Ich meine ... warum gerade dieses Kleid?«

Zum ersten Mal, seit er sie kannte, sah Edu Petra erröten. »Es ist ein sehr gutes Kleid«, begann sie zu erklären, »und angenehm zu tragen.«

»Aber nicht gerade praktisch für einen Waldspaziergang. Es steht dir ausgezeichnet, aber ...«

»Ich freue mich, dass du das findest, Edu«, sagte Petra, »denn ich behalte es an!«

»Du musst es natürlich selbst wissen, Petra, aber ich finde es ...«

»Du findest es lächerlich, nicht wahr? Auf den ersten Blick sieht das auch so aus, aber ich habe meine Gründe dafür. Ich hab euch nach Hause kommen sehen, dich und Iman, und was von eurer Kleidung übrig geblieben war, war nicht der Rede wert. Ihr hättet geradeso gut nackt herumlaufen können. Dieses Kleid hier«, Petra strich über den samtweichen Stoff, »dieses Kleid ist das wertvollste, das ich besitze; ich trage es nur bei besonderen Gelegenheiten. Und weißt du auch, weshalb es so kostbar ist, Edu? Sieh es dir mal genau an: echte Baumwolle! Ohne eine einzige synthetische Faser. Baumwolle ist ein pflanzenartiges Material und die Wahrscheinlichkeit ist groß, dass dieser Stoff gegen die Feuchtigkeit und den Schimmel im Wald immun ist.«

Nun musste Edu lachen. »Jetzt hab ich es begriffen! Du willst nicht riskieren, nachher nackt …«

»Genau!«, fiel sie ihm ins Wort.

»Also, mich würde das überhaupt nicht stören!« Edu betrachtete Petra noch immer schmunzelnd.

Auch ihre Mundwinkel zitterten verdächtig. Aber sie sagte in zurechtweisendem Ton: »Vergiss nicht, Edu, dass wir nicht zu unserem Vergnügen zusammen losziehen.«

»Dienst ist Dienst«, nickte Edu.

»Sieh mich nicht so an! Wir müssen unsere persönlichen Gefühle dem Dienst unterordnen.«

»Dem Dienst am allgemeinen Wohlbefinden der Menschen unter der Kuppel.«

»Genau«, sagte Petra nochmals. »Jetzt aber Spaß beiseite, Edu.« Ihre Finger spielten ein wenig nervös mit dem Sprechfunkgerät, das sie an Stelle der Kette um den Hals hängen hatte.

»Wer hat Radiodienst?«, fragte Edu. »Igor?«

»Nein, Igor beginnt erst um acht Uhr.«

Ob sie wohl deshalb so früh weg wollte?

»Es ist fünf Uhr«, sagte Petra. »Sollen wir gehen?« Sie legte ihren Arm in den seinen.

Edu ging durch den Kopf, was er Igor gesagt hatte: »Ich werde gut auf sie aufpassen.« *Es ist doch wirklich nicht gefährlich …? Natürlich nicht!*

»Ja, lass uns gehen«, sagte er. »Komm mit, Petra, meine Freundin.«

7. Kapitel

Edu sang – nicht laut, sondern unhörbar, in seiner Seele; sein ganzes Wesen war ein einziges Singen und Klingen. Er ging mit Petra durch den Wald, durch die endlosen Wälder jenes Planeten, dem die irdischen Menschen den Namen einer Liebesgöttin gegeben hatten. Er ging, aber er hatte das Gefühl, als ob er tanze. Petra war bei ihm und sie hatte nun keine Angst mehr. Zu Beginn war sie natürlich ein wenig ängstlich gewesen, aber er hatte den Arm um ihre Schultern gelegt und sie beruhigt. Und schon sehr bald war sie genauso fasziniert wie er selbst. Sie blieb immer wieder stehen, um alles anzuschauen; und jedes Mal weigerte er sich, weiterzugehen, bevor sie sich geküsst hatten. Sie war nun nicht mehr kühl oder distanziert – *Petra, meine Freundin …* »Jetzt möchte ich ein wenig ausruhen«, sagte sie nach einer Weile.

»Selbstverständlich! Wir sind bestimmt schon mehr als einen Lémai gelaufen.«

»Wie viel ist ein Lémai?«

»Das weiß ich immer noch nicht«, sagte Edu. »Vielleicht ist es überhaupt kein Längenmaß in unserem Sinne. Ich glaube, es ist so: Wenn man Lust hat, sich hinzusetzen oder zu legen, tut man das einfach und sagt: ›Ich bin einen Lémai gelaufen, und das ist genug.‹«

Petra lachte. »Oder wenn man Lust hat, schwimmen zu gehen.«

»Möchtest du das gerne?«

»Ja, allmählich bekomme ich Lust dazu.« Petra ließ sich auf dem Moos nieder; ihr Kleid war triefnass, aber im übrigen noch wie neu. »Ist der ›Kalte See‹ weit von hier entfernt?«, fragte sie.

»Ich glaube nicht, aber ob ich den Weg noch weiß …« Er setzte sich neben sie. »Ich kann die Afroini danach fragen.«

Sie ließ ihre Blicke nach allen Seiten schweifen, ein klein wenig scheu. »Warte noch ein bisschen damit … Merkwürdig, wir haben noch keinen gesehen.«

Im Gegenteil, das ist sehr gut verständlich. Ein sympathischer Zug an ihnen … Sie wissen natürlich, dass ich jetzt am liebsten mit Petra allein bin!

Petra drückte den Knopf ihres Sprechfunkgerätes. »Wir dürfen die Kuppel nicht vergessen. Hier, sprich du!«

»Nein, du hast zuerst daran gedacht. Ich bin nicht in der Stimmung, um einen nüchternen Bericht zu geben.«

»Hallo, Hauptquartier«, sagte Petra. »Hier sind wir, Dr. Moll und Forscher Nummer elf.«

»Hier Hauptquartier«, erklang es von fern. »Alles in Ordnung? Wir versuchen schon seit einer Viertelstunde, Kontakt mit euch zu bekommen.«

»Du bist es doch wahrscheinlich, Joe?«, sagte Petra. »Uns geht es ausgezeichnet, das haben wir auch regelmäßig gemeldet. Wenn wir zurückkommen, werden wir ausführlich berichten.«

»Wir möchten schon jetzt gerne etwas hören«, flüsterte die Kuppel. »Der Kommandant ist hier, er hört mit. Hallo, wo ist Forscher Nummer elf?«

»Er sitzt hier neben mir«, antwortete Petra.

»Funktioniert sein Funkgerät nicht mehr?«

Edu sagte: »Hier Forscher Nummer elf. Wir haben uns auf eine gemeinsame Kommunikation geeinigt …« Er küsste Petra.

»Was heißt das?«, erkundigte sich das Hauptquartier.

»Das ist sparsamer«, sagte Edu. »Besser *ein* Funkgerät zum Teufel beziehungsweise den Wäldern geopfert als zwei – nicht wahr?« (Er küsste Petra noch einmal.)

»Hallo«, beharrte das Hauptquartier. »Könnt ihr uns nicht etwas mehr erzählen? Ende.«

Petra schubste Edu zur Seite und nahm das Gespräch wieder auf. »Wir sitzen hier zusammen an einen Baum gelehnt«, sagte sie, »an einen dicken Baum, der mit Moos bewachsen ist. Auch der Boden ist mit ganz weichem Moos bedeckt.« Sie schwieg einen Augenblick. »Hört ihr die Vögel? Es ist schade, dass wir kein Brot bei uns haben. Oder mögen Venusvögel kein irdisches Brot?«, flüsterte sie Edu zu.

»Frau Dr. Moll, ich kann Sie nicht richtig verstehen!«, kam die Meldung vom Hauptquartier.
»Das liegt an unserem Sprechfunkgerät«, antwortete Petra. »Außerdem fürchte ich, dass mein Bericht nachher zu viel Ähnlichkeit mit einem Märchen haben könnte … ja, mit einem Märchen. Habt ihr vielleicht schon mal die Geschichte von den Kindern im Wald gehört? Von Hänsel und Gretel?«
Edu nahm ihr das Funkgerät aus der Hand. *Hänsel und Gretel?* Er begann selbst zu sprechen: »Forscher Nummer elf an Hauptquartier. Wir werden versuchen, den ›Kalten See‹ zu finden, und danach kommen wir zurück zur Kuppel.«
»Und die Afroini?«, erklang es fragend.
»Wir suchen wieder Kontakt mit euch, sobald wir sie treffen. Bis gleich.« Edu brach die Verbindung ab.
»Das ist eigentlich nicht in Ordnung«, sagte Petra. »Wir müssten in ständigem Kontakt miteinander bleiben.«
»Unsinn, Petra. Du gehörst nicht zu den Forschern und außerdem … Ach, das ist mir auch völlig schnuppe! Du hast eben von Hänsel und Gretel gesprochen. Wer war das?«
Petra lachte. »Sie haben nie existiert!«
»Das weiß ich. Aber wer waren sie denn – was ist das für eine Geschichte?«
»Ein Märchen … ich weiß die Handlung nicht mehr genau. Ein Junge und ein Mädchen, die in den Wald gingen … Die Vögel aßen ihr Brot auf … Sie verirrten sich. Und dann kam irgendetwas Schreckliches, eine Hexe oder so was … Aber es ging alles gut aus.«
»Der Menschenfresser hat sie also nicht aufgefressen«, murmelte Edu.
»Kennst du es denn doch?«
»Nein. Von solchen Geschichten habe ich nicht viel Ahnung. Aber …«
»Ich glaube, Edu, dass ich erst jetzt anfange, Märchen ein wenig zu verstehen … Ich wünschte, ich könnte mich wieder an die ganze Geschichte erinnern. In Märchen kommt immer ein gro-

ßer, finsterer Wald vor. Dort lauern Gefahren, aber dort wohnt auch das Glück.«

»Ich sah Cäcilia kommen, in einer Sommernacht ... das ist nur ein Gedicht«, unterbrach sich Edu. *Eine Polonäse für Petra.* »Hänsel und Gretel kommen auch darin vor.«

»Und wie geht es weiter?« fragte Petra.

Edu begann zu rezitieren; dann schwieg er etwas verlegen.

»Wie eigenartig ist dieses Gedicht«, sagte sie leise. »Ich verstehe es kein bisschen und trotzdem ist mir der Sinn klar.«

Sie schauten einander in die Augen.

»Komm«, sagte Petra, »lass uns weitergehen. Es beginnt zu regnen.«

»Das ist doch egal! Warte noch ein bisschen ...«

»Nein, nein, ich möchte weiterspazieren. Zu dem See.« Petra zog ihre Schuhe aus; sie sagte, sie seien geschrumpft. Hand in Hand gingen sie durch den Wald.

»Wie Hänsel und Gretel«, sagte Edu leichthin.

Petra nickte. »Ja ...«, sagte sie nachdenklich. »Oder doch nicht? Waren Hänsel und Gretel nicht Geschwister?«

Noch ein einziges Mal bekamen sie Sprechfunkkontakt mit dem Hauptquartier. Dann versagte das Gerät endgültig den Dienst.

Sie bewunderten die bunte Vielfalt der Blumen, aber nirgendwo entdeckten sie die große Blume mit dem purpurroten Herzen. Edu erzählte Petra aber von ihr – von der Blume, die er »Cäcilia« getauft hatte.

Dann stand unerwartet ein zartes, grünes Geschöpf vor ihnen.

»Guten Tag, Edu ... und Petra von der Erde«, ertönte der Gruß wie ein Lied. »Ich bin Aill.«

Edu war schon an das plötzliche Erscheinen der Afroini gewöhnt. Er dachte, Petra würde erschrecken; aber das war keineswegs der Fall. Sie sah Aill zwar voller Erstaunen an, aber antwortete dann freundlich und ruhig: »Guten Tag, Aill.«

Aill bedeutete ihnen mit einer Handbewegung, sich zu setzen. Dann sagte sie: »Ich zeige euch den Weg, wenn ihr zur Kuppel zurückgeht ... Edu, Firth grüßt dich in Gedanken ...«

»Firth«, sagte Petra. »Du bist die Freundin von Firth.«
»Ja, Petra«, antwortete Aill. »Wir freuen uns, dass auch du Afroi liebst, genauso wie Edu.«
»Es ist wunderschön hier!«, sagte Petra. »Ich weiß nicht, was mir am allerbesten gefällt ... die Blumen ...«
»Ja, die Blumen«, sagte Aill. »Wir haben neue Namen gelernt. Einer von uns hat ein Lied daraus gemacht. Ein neues Lied zum Singen ... wenn wir einander treffen.«
Edu beobachtete Aill und Petra mit einigem Erstaunen. Petra benahm sich völlig ungezwungen; das hatte er nicht erwartet. Dann wusste er auf einmal, woher das kam: *Petra befindet sich noch immer in einem Zauberwald und Aill ist für sie nicht wirklich existent; sie betrachtet sie als eine lebendig gewordene Märchenfigur, als kleine grüne Frau, als eine Fee ...*
»Wenn ihr euch trefft?«, erkundigte sich Petra.
Es stellte sich heraus, dass wenigstens einige hundert Afroini im Wald wohnten. Obwohl sie in sehr lockerem Stammesverband lebten, standen sie natürlich in engem Kontakt miteinander. Und ab und zu trafen sie sich alle, um einander ›zu hören, zu sehen und anzufassen‹, wie Aill es ausdrückte. Während der ›Zeit des Lichtes‹ (des Venustages) schwärmten sie durch den Wald; in dieser Periode sorgten sie auch dafür, einen Nahrungsmittelvorrat für die ›Kalte Dunkelzeit‹ zu sammeln. Auf Petras Frage, wie sie die Nacht verbrächten, antwortete Aill, dass sie zunächst einfach im Wald blieben. Dann hing die Wärme noch zwischen den Bäumen und es gab eine Menge Pflanzen, die Licht verbreiteten. Später, wenn es kälter wurde, zogen einige Afroini in die Gegend der ›Heißen Seen‹; andere wanderten zu den Wohnungen, die sich irgendwo in den Bergen befanden.
»Ihr habt also auch Häuser?«, fragte Petra.
Aill erzählte: »Ja, Häuser ... dort schlafen wir viel, aber wir denken auch ... so erreichen wir die Afroini, die weit weg wohnen – in Gegenden, wo es Tag ist, wenn wir hier Nacht haben. Und wenn die Nacht sich dem Ende zuneigt, zünden wir Feuer an und warten, bis das Licht wiederkommt ...«

Aills Schilderung war ziemlich allgemein gehalten; und doch zauberte sie das Bild eines friedlichen, liebenswerten und harmonischen Lebens vor Augen, eines Lebens, das ganz anders war als das irdische.
Petra lauschte hingerissen, aber noch immer hörte sie sich alles an, als ob es nicht mehr als eine hübsche Geschichte sei …
Es war Aill persönlich, welche diese Verzauberung unterbrach. Sie stand auf und sagte langsam: »Wir Afroini sind echt, Petra. Ich sehe zwar anders aus als du, aber ich bin wirklich.«
»Was meinst du damit?«, begann Petra.
Edu sah jedoch ihrem Gesicht an, dass sie verstanden hatte.
»Ein lebendes Wesen«, sagte Aill. »Mit Gedanken und Gefühlen. Wie ein Mensch.«
»Wie ein Mensch«, flüsterte Petra. »Aber du weißt …« Sie sprach den Satz nicht zu Ende. Sie stand auf und sagte: »Edu … ich will nach Hause.«
»Ich zeige dir den Weg«, sagte Aill. »Aber du kommst doch noch einmal wieder?«
»O ja. Ja«, sagte Petra rasch.
»Zusammen mit Edu?«, fragte Aill.
Sie ging weg, ohne die Antwort abzuwarten.
Petra hakte sich bei Edu unter und schweigend folgten sie ihr.
»Hier weiter geradeaus«, sagte Aill nach einer Weile. »So kommt ihr zum Waldrand. Du hast Firth nicht gesehen, Edu. Trotzdem war er bei dir. Meine und seine Gedanken gehen denselben Weg …«
Sie verschwand im Gewirr der Blätter.
»Firths Freundin«, flüsterte Petra.
»Und du? Bist du meine Freundin?« fragte Edu.
»Das weißt du doch … ja, Edu. Aber ob es genauso ist wie bei ihr und Firth? Ich weiß es nicht … das weiß ich nicht.«
Er nahm sie in seine Arme. »Du weißt doch, dass ich dich liebe, Petra!«
»Ja, Edu … Und ich … Küss mich noch einmal, Edu!«
Sie hob ihr Gesicht zu ihm empor und schloss die Augen. Doch

bevor er ihre Lippen berührt hatte, machten ihre Gedanken einen Sprung auf ihn zu … es war eigentlich nur ein einziger Gedanke … eine Sekunde, ein winziger Augenblick … ein heftiges Gefühl des Verlangens …
Igor, Igor, Igor …

8. Kapitel

Der Schock ließ Edu erstarren. Es war, als habe sie ihn ins Gesicht geschlagen. Ganz langsam ließ er sie los.
Sie liebt mich nicht.
Er wandte sich von ihr ab. Durch einen Nebel wirrer Gedanken, die teils seine eigenen und teils die ihren waren, hörte er ihre Stimme, fragend und ein wenig erschrocken: »Edu?«
Er wagte es nicht, sich umzudrehen.
»Wir müssen weiter.« Noch immer fing er Fetzen ihrer Gedanken auf …
Edu … Igor … Nicht Igor, Edu … »Was hast du, Edu?«, fragte sie.
Edu gab die erstbeste Antwort, die ihm einfiel: »Ich dachte, ich hätte etwas gesehen …« Er schaute sich um. »Dort!«
Die Afroini! dachte sie. *Aill. Aill hat es gewusst. Ich will weg von hier …*
»Ach nein, es ist nichts«, sagte Edu laut, quer durch die Gedanken hin. *Ich will nicht wissen, was du denkst!*
»Du jagst mir einen Schrecken ein«, sagte sie mit einem Seufzer.
Jetzt war er in der Lage, sie wieder anzusehen. »Tut mir Leid, Petra. Es kann nur einer der Afroini gewesen sein.« *Du hast es doch hoffentlich nicht gemerkt? Nein, du weißt es nicht. Ich wünschte, dass ich es auch nicht wüsste – dass ich es vergessen könnte …*
Sie hatten den Waldrand erreicht. Sie kniffen die Augen halb zu, so grell war das Licht über der Ebene, und dann blickten sie nochmals zurück zu dem schattigen Pfad, über den sie gekom-

men waren. Ein Afroin kam auf sie zu, mit einem großen Flickenteppich aus schimmernden Blättern.
»Ein Wetterschutz«, murmelte Edu. »Vielen Dank.«
Der Afroin verschwand hastig, als wolle er nicht stören.
Haben sie gehorcht? Aill, Aill weiß es …
»Es tut mir fast Leid, dass wir zurück müssen«, sagte Petra neben ihm.
»Wie fandest du es denn?«, fragte er.
»Bezaubernd schön.« *Und das ist ihr Ernst.* »Ich danke dir, Edu«, fügte sie hinzu, »und ich werde es niemals vergessen …«
Du hast mich in den Wald geführt, fuhr sie in Gedanken fort. *Du hast mir Blumen gezeigt und du hast meine Hand gehalten, als ich Angst hatte. Darum hab ich dich gern.*
Nein, du liebst mich nicht, antworteten seine Gedanken, *jedenfalls nicht richtig.*
Sie gingen dicht nebeneinander über die Ebene und hielten nach dem Mobil Ausschau, das ihnen vielleicht aus dem schimmernden Nebel entgegenkommen würde.
Ich war verliebt, sagte Petra schweigend. *Ich dachte, dass ich dich liebte … Aber ich liebe Igor. Noch immer … Warum wohl? Wenn ich das nur wüsste! Igor, der mich nicht ernst nimmt …*
Igor ist in dich verliebt, dachte Edu. *Das weißt du doch wohl!*
Er merkte, dass ihr seine Antwort nicht bewusst wurde. *Denk nicht an Igor! Was weiß er denn schon von dir! Liest er deine Gefühle so gut wie ich?*
Petra folgte ihrem eigenen Gedankengang; er konnte es nicht lassen, weiter zuzuhören.
Edu liebt mich – das ist sicher. Und er glaubt, dass ich … Es ist meine eigene Schuld … Er guckte so komisch … ob er es wohl vermutet?
Ich weiß es, Petra. Aber ich will es nicht, ich will es nicht.
Ein kräftiger Windstoß griff nach den Blättern, die sie sich umgehängt hatten, und ließ sie nach Luft schnappen. »Ich hoffe, dass ein Mobil auf uns wartet«, sagte Edu laut. »Wie geht's dir, Petra?«

»Ausgezeichnet, Edu. Mach dir keine Sorgen. Wahrscheinlich ist es sogar sehr gesund …«
Wie spät mag es wohl sein? fragte sie sich. *Igor ist sicher schon lange auf seinem Posten … Nicht an Igor denken … Weißt du, Edu, bei dir finde ich etwas, das ich immer vermisst habe. Und doch …*
Ich verzichte aber nicht auf dich, Petra! Igor wird dich mir nicht wegnehmen. Edu umgriff sie fester mit seinem Arm. *Bleib meine Freundin, meine Liebste, Petra.*
Sie hörte ihn noch immer nicht. *Ich sehne mich nach Hause … Aber der Wald … Prachtvoll … Es scheint schon jetzt wie ein Traum …*
Es war Wirklichkeit, Petra!
Aber sie antwortete ihm nicht, so leidenschaftlich er auch an sie dachte.

Später, in der Kuppel, sagte er mit gespielter Fröhlichkeit: »So, wir sind wieder zu Hause, Petra. Du hast dich bei mir bedankt und jetzt bedanke ich mich bei dir. Gib mir noch einen Kuss, Petra, bevor wir uns bei der A.f.a.W. melden und wegen unseres Berichtes beratschlagen.«
Er wollte ihre Gedanken wirklich nicht mehr wissen, aber er fing aufs Neue einige Fetzen auf und es kostete ihn Mühe, seinen Geist davor zu verschließen.
Liebe Petra … Ach, lass uns Abschied nehmen … Du bist meinen Gedanken gegenüber taub. Ich bleibe allein, auch wenn ich dich küsse …

9. Kapitel

Ich bin allein. Dies war das Gefühl, das Edus Gedanken auch weiterhin unterschwellig begleitete.
Telepathie … eine beneidenswerte Kunst? Nein, eher eine verfluchte Gabe.

»Aber dann besitzt ihr ja eine schreckliche Macht«, hatte er zu Firth gesagt. Das stimmte in der Tat. Aber wer sollte sich nach dieser Macht sehnen? Wenn man wusste, was jemand anderes dachte, konnte man eine Menge Dinge erfahren, von denen man lieber nichts wissen wollte. Man konnte sich selbst nichts mehr vormachen.

Bis jetzt wusste er nur etwas von Petra. Kam es daher, dass er sie liebte? Er überlegte, ob es ihm gelingen würde, auch die Gedanken anderer Leute zu erfahren, wenn er dies versuchen würde …

»Vielleicht wirst du es einmal lernen«, hatte Firth gesagt. »Aber ich will es ja gar nicht«, sagte er zum soundsovielten Male zu sich selbst.

Zu seiner Erleichterung hörte er, dass er diesmal keinen Bericht zu verfassen brauche; allerdings erwartete man von ihm, dass er an diesem Vormittag nochmals in den Wald gehen werde, und zwar zusammen mit Forscher Nummer vierzehn. Es war erst neun Uhr; es blieb also noch genügend Zeit.

Nach der kurzen Untersuchung in der A.f.a.W. – gestärkt durch eine Fitnesstablette und ein gutes Frühstück – begab er sich zu Iman. Dieser erkundigte sich, wie ihm der Spaziergang mit Petra gefallen habe.

»Sehr gut«, antwortete Edu. *Ja, das entsprach trotz allem der Wahrheit; es war ein wunderbares Erlebnis gewesen.*

»Ich hoffe, dass ich Joy auch einmal mitnehmen kann«, sagte Iman. »Jedenfalls wenn es mir gelingt, sie davon zu überzeugen, dass es wirklich nicht gefährlich ist. Könntest du Petra nicht bitten, einmal mit ihr darüber zu sprechen? Ich habe sie gerade gesprochen – ich meine Petra. Allerdings nur ganz kurz, denn sie musste zum Kommandanten …« *Ob sie wohl berichten wird?* fragte sich Edu. »Aber für Petra war es natürlich kein Problem, die Erlaubnis zu bekommen, nach draußen zu gehen«, fuhr Iman fort. »Bei ihrer Tätigkeit und ihrem Rang … Obwohl das für sie sicher nicht der entscheidende Grund war …«

»Ach meinst du?«, sagte Edu.

»Spiel jetzt nur nicht den Unschuldsengel, sie ist doch bestimmt deinetwegen mitgegangen! Oder irre ich mich?«, fragte Iman. »Ich hatte den Eindruck, dass du sie ganz gerne magst.«

»Wem geht das hier nicht so?«, sagte Edu leichthin.

»Und sie mag dich auch«, fuhr Iman fort. »Seit voriger Woche bist du in ihren Augen sogar eine Art Held!«

»Unsinn! Sie betrachtet mich eher als einen interessanten psychologischen Fall.« – *Nein, das ist Petra gegenüber nicht nett. So ist es nicht; vielleicht war es am Anfang so, aber jetzt nicht mehr …* – »Na ja«, sagte Edu, »jetzt weiß sie jedenfalls auch, dass es einfach Spaß macht, im Wald spazieren zu gehen.«

»Glaub nur nicht, dass es so schön bleiben wird!«, sagte Iman, während er eine bekümmerte Grimasse schnitt. »Wir gehen schließlich nicht zu unserem Privatvergnügen auf Wanderschaft, Forscher Nummer elf.«

»Das weiß ich, Forscher Nummer vierzehn. Wir haben eine viel zu leichtsinnige Auffassung bezüglich unserer Aufgabe.«

»Stimmt«, nickte Iman. »Komm mit zum Kommandanten. Dr. Brim hat schon jede Menge Instruktionen erarbeitet. Ich habe sogar davon läuten hören, dass es einen ganz neuen Dienstplan geben soll.«

Petra war nicht mehr beim Kommandanten. Dr. Brim jedoch war anwesend und er hatte ihnen tatsächlich viel zu sagen. Die Zahl seiner Instruktionen hielt sich dagegen in Grenzen. Er sagte, es gehe in erster Linie darum, die Venusgeschöpfe besser kennen zu lernen.

»Ich kann Ihnen nicht warm genug ans Herz legen, wie wichtig das ist«, sagte er. »Man kann nicht länger die Augen davor verschließen, dass sie beängstigend gut über unsere Sitten und Gewohnheiten Bescheid wissen. Ich habe allerdings ganz erhebliche Zweifel, ob sie *alles* wissen – unsere Technologie zum Beispiel müsste ihr Begriffsvermögen übersteigen, denn sie leben ja so ungefähr in der Steinzeit –, aber immerhin …«

»Vielleicht sollten wir sie nicht zu sehr mit irdischen Maßstäben messen«, fiel ihm der Kommandant dezent ins Wort.

»Mag sein«, gab Dr. Brim zu, »aber mit anderen Maßstäben lässt es sich schwer arbeiten. Auf jeden Fall gilt es, mehr über sie in Erfahrung zu bringen. Wie können wir uns sonst mit ihnen messen?«

»Uns mit ihnen messen?«, unterbrach ihn der Kommandant zum zweiten Mal. »Das ist keinesfalls der Sinn der Sache.«

»Oh, ich weiß, was Sie sagen wollen, Dr. Ricardi; sie würden uns zu Recht als Eindringlinge betrachten. Sie können uns jedoch kaum verbieten, andere Planeten zu betreten. Entdeckungsreisen sind nun mal unvermeidlich mit dem Lauf der Geschichte verbunden, mit der Geschichte der Menschheit ...«

»Und der der Afroini«, murmelte Edu. *Wäre es euch lieber gewesen, wenn wir nicht gekommen wären? – Diese Frage solltest du nicht stellen, Edu ...*

Dr. Brim sah ihn mit durchdringendem und nachdenklichem Blick an. »Sie haben sich ganz zwanglos mit ihnen unterhalten«, sagte er, »in entspannter und freundschaftlicher Atmosphäre. Trotzdem rate ich Ihnen, auf der Hut zu bleiben, ich bin davon überzeugt, dass sie noch viel vor uns verbergen.«

Ja, ja ... Wir müssen ihre Geheimnisse entlarven ... Aber würde uns das nicht einen Schrecken einjagen, Dr. Brim?

»Und Wisi-u kann sagen, was er will – Sie sind nicht hier, um zu spielen«, fuhr der Chef der Planetenwissenschaftler fort. »Wenn Sie das vorziehen würden, wären Sie besser auf der Erde geblieben.«

»Auf der Erde ist so wenig Platz«, murmelte Edu vor sich hin.

»Wer weiß, vielleicht wird die Venus einmal ein Erholungszentrum!«, sagte Iman, »ein Ferienort.«

Das ist doch wohl nicht dein Ernst! Aber auf der Erde denkt man vielleicht genauso darüber. Was würden wohl die Afroini davon halten?

»Ich meine, wir sollten nicht den zweiten Schritt vor dem ersten tun«, sagte der Kommandant. »Es sind ja noch nicht einmal alle Forscher im Wald gewesen! Sie werden jetzt darauf vorbereitet. Frau Dr. Moll wird sie testen.«

»Kann Igor Ranof jetzt sofort mit uns gehen?«, fragte Edu plötzlich.
Der Kommandant zog kurz die Augenbrauen zusammen. »Igor Ranof? Der ist doch kein Forscher …«
»Na und? Petra ist es genauso wenig.«
»Radio-Chef Ranof? Das widerspricht den Dienstvorschriften«, begann Dr. Brim.
»Ich weiß, dass er es selber gerne möchte«, sagte Edu.
»Hat er Ihnen das gesagt?«, fragte der Kommandant.
»Ja«, sagte Edu zögernd.
»Ist das wirklich wahr?«, fragte Dr. Brim ungläubig.
»Die Afroini … ?«, meinte der Kommandant.
»Ja«, sagte Edu. »Firth hat es mir erzählt.«
»Oh«, sagte der Kommandant. »So, so!«
»Firth!«, flüsterte Iman dicht neben Edu. »Firth?«
Der Kommandant stand auf und Dr. Brim folgte seinem Beispiel.
»Über Igor Ranof wird zu gegebener Zeit entschieden werden«, sagte der Kommandant. »Zunächst müssen Sie beide sich fertig machen. In einer halben Stunde können Sie starten.«
Als die Forscher gehen wollten, hielt er Edu zurück. »Nummer elf, bleiben Sie bitte noch einen Moment! Ich möchte Sie etwas fragen.«

Dr. Brim und Iman hatten das Zimmer verlassen. Edu war mit dem Kommandanten allein.
»Forscher Nummer elf«, sagte der Kommandant, »Firth hat es Ihnen erzählt. Aber heute Morgen haben Sie nur jemand anderes getroffen: Firths Frau. Oder hat sie in seinem Auftrag gesprochen?«
»Nein …«, sagte Edu langsam.
»Firth hat es Ihnen also schon früher erzählt. Weshalb berichten Sie dann erst jetzt darüber?«
Edu fand keine Antwort.
Der Kommandant wartete nicht lange darauf. Er sagte in ruhi-

gem und nicht unfreundlichem Ton: »Ich bitte Sie, Forscher Nummer elf, Ihre persönlichen Gefühle nicht zwischen Sie und Ihre Arbeit kommen zu lassen!«

Wieso weiß er … Er *kann doch keine Gedanken lesen … Aber Petra hat ja auch berichtet …* – »Ja, Herr Kommandant«, sagte Edu.

Wie immer zeigte das Gesicht seines Chefs auch jetzt keine Gefühlsregung, aber Edu wusste nun mit Sicherheit, dass solche vorhanden waren. Er hatte sogar den Eindruck, dass es ihm diesmal überhaupt nicht schwer fallen würde herauszufinden, was den Kommandanten bewegte. Die zur Schau getragene Kühle war nur eine Maske; dahinter verbarg sich ein intelligenter Geist, voller Verständnis.

»Also, Forscher Nummer elf?«

Edu wurde schockartig klar, dass er im Begriff gewesen war, zu … *ja, wozu? … An der Tür zu lauschen …*

»Ja, Herr Kommandant«, sagte er verwirrt.

»Haben Sie noch etwas auf dem Herzen?«

»Nein, Herr Kommandant.«

»Also gut. Sie können gehen.«

»Sag mal, wann hat Firth dir das eigentlich erzählt?«, fragte Iman. Er stand neben Edu in der Halle, in der Nähe eines Ausgangs.

»Was meinst du?«, erwiderte Edu, obwohl er die Frage durchaus begriff.

»Das von Igor … . Firth sagte doch etwas über Igor … Aber nicht gestern, als wir zusammen im Wald waren …«

»Nein, das war schon vorher.«

Iman blickte Edu forschend an. »Hast du danach gefragt?«

»Nein«, antwortete Edu.

Imans Blick ließ ihn nicht los. »Hat Firth dir auch etwas über mich erzählt? … Los, raus mit der Sprache!«

»Nicht mehr, als er auch von Igor gesagt hat: dass du gerne in den Wald möchtest.«

»Aha!«, sagte Iman mit betont schwingender Stimme. »Also deshalb durfte ich dich begleiten! Nur zu, Edu. Du kannst mir bestimmt noch eine Menge anderer Dinge erzählen, die die Situation erhellen.« Der unangenehme Spott in seiner Stimme verwandelte sich in Hinterlist: »Hast du wirklich nichts gefragt?«

»Hör mir mal gut zu, Iman«, sagte Edu. »Falls du glaubst, dass ich die Afroini dazu benutze, um mehr über euch zu erfahren, dann bist du auf dem Holzweg!«

»Reg dich bloß nicht auf, Edu. Der Gedanke ist dir doch bestimmt mal gekommen! Mir übrigens auch; ich bin schließlich auch nicht auf den Kopf gefallen.« Iman lachte, während er das sagte, und seine Stimme klang nun beinahe gutmütig.

Aber du vertraust mir in dieser Hinsicht doch nicht mehr. »Ich verstehe dich, Iman«, sagte Edu. »Aber du brauchst wirklich keine Angst zu haben. Die Afroini würden mir nicht mal antworten wollen, wenn ich etwas über ... über irgendjemand in der Kuppel fragen würde. Du kannst es ja selber mal probieren. Sie werden dir sagen, dass es dich nichts angeht.«

»Ja ... ja, das werden sie *mir* vielleicht sagen«, murmelte Iman. Er wandte seinen Blick ab und schaute nach draußen.

Auf der anderen Seite der Glastür waren ein paar Forscher zu sehen, die unter großen und kleinen Sonnenschirmen auf dem Moos spazieren gingen – noch immer ein ungewohnter Anblick.

Schwere Schritte veranlassten Edu und Iman, sich umzusehen. Ein weiterer Forscher hatte die Halle betreten; er trug einen Außenanzug. Es war Mick.

»Ha, Mick!«, sagte Iman. »Hat die A.f.a.W. dich endlich aus ihren Klauen entlassen?«

»Ja, ich darf wieder an die Arbeit«, sagte Mick. Er wandte sich an Iman und tat, als sehe er Edu nicht. »Gut verpackt wegen meiner Erkältung«, redete er rasch weiter. »Aber morgen oder übermorgen werde ich sicher wieder mit euch Nacktläufern mitdürfen. Und dann geht's in den Wald!« Er warf Edu einen Blick zu, der besagte: ›Mach den Mund auf, wenn du dich traust!‹

Dann murmelte er einen Gruß, ging weg und verschwand nach draußen.
»Dieser Mick! Ich glaube, er fühlt sich nicht so recht wohl in seiner Haut«, sagte Iman und blickte ihm nach. Edu sagte nichts.
»Was hält er eigentlich von alledem?«, fragte Iman.
»Mick? Das müsstest du doch besser wissen als ich. Du warst doch bis heute Morgen in der A.f.a.W. Ich habe noch kaum ein Wort mit ihm gewechselt.«
»Du hast doch die Expedition mit ihm unternommen!«
Jetzt fang bitte nicht wieder mit der Fragerei an … »Ja, und jetzt starten wir zur Expedition«, sagte Edu. »Unser Mobil wartet sicher schon …«
Iman blieb jedoch stehen, wo er stand. »Du hast noch immer etwas zu verbergen, stimmt's?«, fragte er. »Und diesmal rede ich nicht von Mick … Ich denke an die Afroini … Im Vertrauen, Edu, hast du keine Ahnung, was Mick davon hält? Er traut ihnen doch nicht über den Weg … Und ich selbst«, fügte er langsam hinzu, »traue ihnen auch immer weniger.«
»Und weshalb?«
Iman zuckte mit den Schultern.
»Warum rückst du nicht endlich mit der Sprache raus?«, sagte Edu heftig. »Dass du *mir* nicht traust, Iman, weil … weil ich so verrückt war, mitten im Wald zu landen, weil ich allein mit den Afroini gesprochen habe … und weil niemand mit Sicherheit wissen kann, ob ich ehrlich und vollständig darüber berichtet habe! … Hab ich nicht Recht?«
»Na, na, immer mit der Ruhe, bitte!«, sagte Iman, ganz aus der Fassung gebracht. »So meine ich es nicht.«
Doch, so war es gemeint! Woher weiß ich das eigentlich … Aber ich wäre ja dumm, wenn ich das nicht erraten könnte …
»Ich hab nichts gegen dich, Edu«, sagte Iman, »und das meine ich ernst. Es kommt nur durch …« Er lachte gezwungen. »So ein ganzer Wald voll Gedanken lesender Afroini in der Nähe, das kann einen schon ein bisschen durcheinander bringen! Da schießt einem so manches durch den Kopf …«

»Davon kann ich ein Liedchen singen«, sagte Edu beruhigt.
Iman seufzte. »Aber lass uns Menschen dann wenigstens ehrlich zueinander sein, in Venus Namen ...« Er wartete einen Augenblick und ging dann zum Ausgang.
»Iman«, sagte Edu, während er ihm folgte, »ich könnte dir keine einzige konkrete Tatsache berichten, die du nicht schon wüsstest.«
Iman blieb stehen. »Nichts Konkretes ... Du hast also immerhin Vermutungen, Gedanken ...«
»Natürlich habe ich so meine Gedanken. Aber die sind auch hier noch immer frei. Und ich glaube nicht, dass die Afroini Böses im Sinn haben.«
»Solange ich im Wald war, glaubte ich das auch nicht. Erst als ich zurück in die Kuppel kam, begann ich zu grübeln.«
»Also komm, lass uns jetzt mit der Grübelei aufhören und wieder in den Wald gehen!«
»Ja«, sagte Iman. »Vielleicht ist das wirklich am besten.«
Sie gingen hinaus. Die Hitze schlug ihnen entgegen. Die anderen Forscher waren aus ihrem Blickfeld verschwunden, aber das Mobil stand noch da und wartete auf sie.
Edu dachte: *Petra liebt mich nicht, Mick weicht mir aus, Iman traut mir nicht ... Und alle machen sich ihre Gedanken über die Afroini ... Was würden sie wohl sagen, wenn ich ihnen erzählte, dass ich vielleicht auch Gedanken lesen kann? O mein Gott, nein, nur das nicht!*

10. Kapitel

»Hauptquartier an Forscher Nummer elf und vierzehn im Mobil. Bitte stoppen. Stoppen und warten.«
Der Roboter am Steuer gehorchte sofort. Kurz hinter dem östlichen Wachroboter brachte er das Mobil zum Stehen.
»Hier Forscher Nummer elf«, sprach Edu ins Mikrofon. »Wir haben angehalten. Was ist los?«

»Sie sollen auf ein zweites Mobil warten, das jetzt gleich startet«, antwortete die Kuppel. »Unser Chef Ranof wird Sie begleiten.«

»Geht Igor mit?«

»Ja, und er tut sogar so, als ob er das schön fände!« Die Antwort klang echt teilnahmsvoll.

»Das ist fabelhaft. Wir warten auf ihn.«

Kurz darauf kam das zweite Mobil angesaust. Igor winkte ihnen zu. Auf dem Fahrerplatz neben ihm saß kein Roboter, sondern der Kommandant höchstpersönlich.

»Es wird Zeit, dass ich mir die Wälder auch einmal ansehe«, teilte er über das Mikrofon mit. »Ich werde mich ihnen so weit nähern, als es erlaubt ist.«

Er würde also nicht mitgehen. *Vielleicht* darf *er das nicht mal*, dachte Edu. Der Kommandant war vermutlich an ebenso viele Vorschriften gebunden wie die Leute, die unter seinem Kommando standen. Er war derjenige, der alles koordinierte, während andere auf Entdeckungsfahrt gehen mussten. Er durfte sein Leben nicht riskieren; er musste in der Kuppel bleiben, weil so viel von ihm abhing ... Edu überlegte, wie es wohl sein mochte, wenn man die Verantwortung für die kleine und doch so komplizierte Niederlassung auf diesem Planeten tragen müsste ...

Währenddessen glitten die beiden Mobile nebeneinander vorwärts und bremsten schließlich in sicherer Entfernung vom Wald. Die Bäume glichen von hier aus mehr denn je rauchenden Federbüschen, sie standen zitternd vor dem vibrierenden Himmel.

»Findet ihr das wirklich so schön?«, tönte Igors Stimme herüber. »Mir wird schon vom Hinsehen heiß!«

»Im Wald selbst ist es viel kühler«, sagte Iman.

»Ich hoffe es, euretwegen«, sagte der Kommandant. »Unsere Wetterexperten erwarten im Schatten erträgliche Temperaturen, sie kündigen für die nächsten Tage keine Stürme an. So, Ranof – möchtest du aussteigen oder fährst du doch lieber mit mir zurück?«

»Nein, Herr Kommandant. Jetzt, wo ich so weit gekommen bin, mache ich auch weiter«, antwortete Igor. »Außerdem habe ich Lust, mich mal wieder in meiner Muttersprache zu unterhalten.«

Unter den Bäumen war es feuchtwarm, aber die drei Waldläufer fühlten sich ausgezeichnet. Iman wies darauf hin, dass es in ein, zwei Tagen auch hier sicher zu heiß sein würde. Edu meinte jedoch, dass es an manchen Stellen durchaus erträglich bleiben würde, zum Beispiel am ›Kalten See‹.

»›Kalter See‹«, brummte Igor. »Das verlockt mich am meisten ... schwimmen!« Er stapfte durch den Wald, als habe er nie etwas anderes getan; die Umgebung schien ihn nicht gerade in Begeisterung zu versetzen, aber auch nicht zu ängstigen. »Es ist alles sehr eigenartig«, sagte er, »aber genau besehen ist es hier nicht merkwürdiger als an vielen anderen Orten. Ich bin da schon einiges gewöhnt, Edu! Die Grauen Krater auf dem Mond, die Roten Berge des Mars ... sogar auf der Erde findet man ab und zu noch was Besonderes. Die Unterseeplantagen im Stillen Ozean zum Beispiel ... Allerdings ist es da sehr, sehr still. Wisst ihr, was ich hier am nettesten finde? All die Vögelchen!« Er schaute sich nach allen Seiten um. »Wo sind denn die Afroini?«

Als ob sie darauf gewartet hätten, kamen zwei zum Vorschein. Der erste war Sstrra und der andere war einer, dessen Namen Edu schon einmal gehört hatte: Rrilu-i, der so gut rechnen konnte.

Edu warf einen Blick auf Igor, gespannt auf dessen Reaktion. Es zeigte sich, dass Igor durchaus sein inneres Gleichgewicht behielt. Er war natürlich auf diese Begegnung vorbereitet gewesen, aber daran allein konnte es nicht liegen. Ihr Aussehen, das sich doch sehr stark von dem der Menschen unterschied, schien ihn überhaupt nicht zu beeindrucken. Er unterhielt sich mit ihnen genauso, wie er es mit jedem unter der Kuppel tat. Auch das Hauptquartier mischte sich ins Gespräch, über das einzige Sprechfunkgerät, das sie bei sich hatten.

Eine Weile später waren sie zu fünft unterwegs zum ›Kalten See‹. Rrilu-i erzählte Edu und Iman, dass Firth dort auf sie warte. Igor ging mit Sstrra vor ihnen her; sie sprachen lebhaft miteinander, aber weder Edu noch Iman wussten, worüber sie sich unterhielten, denn sie waren in die osteuropäische Sprache übergewechselt.

»Eigentlich ist das doch unhöflich!«, sagte Iman. »Ich glaube, Edu, dass uns gar nichts anderes übrig bleibt, als ebenfalls das Gedankenlesen zu lernen.«

»Willst du das wirklich?«, fragte Edu.

»Es hat natürlich sehr viele Vorteile«, antwortete Iman. »Besonders jetzt. Wenn man jedoch alle Konsequenzen bedenkt … Nein, dann lieber doch nicht.«

»Du sprichst von dir selbst«, sagte Rrilu-i. »Wenn es aber *alle* Menschen eines Tages könnten …«

»Wenn alle Menschen …«, wiederholte Iman. »Dann bräche der Himmel über uns zusammen! Du liebes Weltall, das würde unsere ganze Gesellschaft aus den Angeln heben!« Er blieb stehen, rekelte sich und gähnte. »Solche Fragen darfst du mir jetzt nicht stellen. Nachher, in der Kuppel, will ich gerne darüber nachdenken. Oder gleich, wenn ich mich durch ein Bad erfrischt habe. Ist es noch weit bis zum ›Kalten See‹?«

»Noch einen Lémai«, antwortete Rrilu-i. »Das ist übrigens eine ganz bestimmte Entfernung, Edu. Ich kann dir sagen, wie viel es ist: für dich etwas mehr als sechshundert Schritte.«

Am ›Kalten See‹ trafen sie nicht nur Firth, sondern auch Aill und etwa zehn andere Afroini. Zum ersten Mal sahen sie Kinder – kleine, quicklebendige Wesen, die immer wieder ins Wasser sprangen und herauskletterten und jeden nassspritzten, der sich in ihrer Nähe befand. Sie waren nicht verlegen, im Gegenteil: Ab und zu bildeten sie einen Kreis um die drei Menschen, starrten sie mit großen schwarzen, unergründlichen Augen an, stupsten einander und ließen melodische Ausrufe hören. Sie sprachen nur in ihrer eigenen Sprache; die drei Menschen waren jedoch davon überzeugt, dass sie genau wie ihre Eltern Gedanken lesen konn-

ten und dass sie einen viel unbescheideneren Gebrauch davon machten als die erwachsenen Afroini.
Nach einer Weile schien Firth zu finden, dass es jetzt reiche, und er machte eine Gebärde mit der Hand. Wahrscheinlich dachte er dabei: *Weg mit euch!*, denn alle Kinder stoben gleichzeitig davon. Sie sprangen wieder in den See und schwammen zum anderen Ufer. Anschließend verschwanden auch die anderen Afroini einer nach dem anderen – einige fast unbemerkt –, und als Edu, Iman und Igor, nachdem sie ins Wasser getaucht waren, wieder am Rand des Sees saßen, war nur noch Firth da. Igor versuchte, Kontakt mit der Kuppel zu bekommen; es zeigte sich jedoch, dass das Sprechfunkgerät, das sie an einen Baumast gehängt hatten, nicht mehr funktionierte.
»Wo ist Aill?«, fragte Edu.
»Sie paßt auf die Kinder auf«, antwortete Firth.
Edu fragte sich, in welcher Art und Weise sie das wohl tat; behielt sie sie wirklich im Auge oder war das nicht nötig? Er spähte zur gegenüberliegenden Seite hinüber. Einige Kinder spielten dort im Wasser, andere krabbelten zwischen den Stelzwurzeln herum. Eines saß unbeweglich auf der äußersten Spitze eines Astes, der über den See ragte, und schaute in ihre Richtung.
»Wetten, dass der kleine Schlingel dahinten unseren Gedanken lauscht?«, flüsterte Iman ihm zu.
»Er ist noch zu jung, um alles zu verstehen«, sagte Firth.
»Das sind doch wohl nicht alles deine Kinder?«, fragte Igor.
»Sämtliche Kinder gehören uns allen zusammen«, antwortete Firth. »Jedenfalls in gewisser Weise … weil wir Afroini gemeinsam für sie sorgen. Ich selbst habe einen Sohn, den dort drüben auf dem Ast.«
Die kleine Gestalt in der Ferne ließ sich fallen und blieb nur noch mit den Füßen am Ast hängen. Dann ließ sie los und schlug einen Purzelbaum, ehe sie im Wasser landete.
»Gut so!«, sagte Igor. »Ein tüchtiger Junge!«
»Er ist der Sohn von Aill und mir«, sagte Firth.
»Von Aill, deiner Freundin«, murmelte Edu.

»Freundin«, wiederholte Igor leise. Er lag auf dem Bauch, das Kinn in die Hände gestützt, und ließ seine Blicke über den See schweifen. »Du hast Recht, Edu, es ist verflixt schön hier«, sagte er.

Igor denkt an Petra, dachte Edu, *und ich auch ... Iman schaut zu den roten Blumen hinüber, aber er ist zu faul, um aufzustehen und sich eine zu pflücken. Und ich ... Wie kommt es nur, dass ich so ruhig bin? Ich war doch so unruhig, ich hatte so viele Fragen auf dem Herzen ... Ich habe noch immer viele Fragen auf dem Herzen. Firth, ich muss mit dir sprechen. Allein. Aber das geht jetzt nicht ... Schläft Iman? Nein. Und Igor? ... Ach Firth, Firth, was würdest du tun, wenn Aills Gedanken nicht mehr bei dir blieben, sondern sich einem anderen zuwendeten?*

»Ich nenne Aill meine Freundin«, sagte Firth. Es schien, als setze er einfach ihr träge dahinfließendes Gespräch fort. »Das ist nur eins von euren Worten. Für meine Gefühle reichen Worte nicht aus. Freundin, Frau, Geliebte – dies alles ist Aill für mich und auch die Mutter meines Kindes. Ihr Menschen lebt sehr weit voneinander entfernt und doch kennt auch ihr diese Gefühle – wenn auch recht unvollständig.«

Da regte sich Igor wieder. »Unvollständig? Davon hast du doch wohl keine Ahnung!« brummte er.

»Wenn ihr Menschen einander lieb habt, könnt ihr einander sehen«, sagte Firth. »Ihr könnt miteinander sprechen, euch berühren, miteinander schlafen. Eure Gedanken jedoch bleiben voneinander getrennt. Aill und ich denken zusammen, leben zusammen.«

»Das tut ihr Afroini doch allesamt«, sagte Iman.

»Ja, wir sind ein Ganzes und wir haben keine Geheimnisse voreinander. Aber es gibt noch eine festere Verbindung – eine Frau und ein Mann, die alles miteinander teilen, die gemeinsam denken und fühlen ... für eine lange oder kurze Zeit.« Dann antwortete Firth endlich auf Edus Frage: »Und wenn Aills Gedanken lieber bei einem anderen weilen würden, dann ließe ich sie gehen – was sollte ich auch anders tun?«

»Hm .... ja«, sagte Igor lang gezogen.
Iman schlug die Augen auf. »Ich bin sehr verliebt in Joy«, sagte er, »aber ich habe keinerlei Verlangen danach, auch meine Gedanken mit ihr zu teilen. Im Gegenteil ...«
»Das ist für uns Afroini kaum zu verstehen«, sagte Firth. »In diesem Punkt unterscheiden wir uns von den Menschen. Für euch ist das Leben viel schwerer. Manchmal denke ich, dass ihr vielleicht sogar zu bewundern seid. Ihr müsst einander vertrauen, ohne richtig Bescheid zu wissen; ihr müsst versuchen, einander zu verstehen, ohne euch richtig zu kennen ...«
Alle vier schwiegen. Vom jenseitigen Ufer des Sees klangen gedämpft die fröhlichen Stimmen der Kinder herüber.
Dann richtete sich Iman mit einem Ruck auf. »Ich muss noch mal ins Wasser, um einen klaren Kopf zu bekommen. Ich bin schließlich nicht zum Einschlafen hierher gekommen!«
»Da hast du Recht», sagte Igor. »*Ich* kann gemütlich liegen bleiben. Aber du und Edu, ihr seid hier auf Entdeckungsreise. Das habt ihr beinahe vergessen, ihr Faulpelze!«

11. Kapitel

Der Wald lässt dich alles vergessen ... Gefährlich ... Nicht seine eigenen Gedanken zu denken bedeutet auch, sich selbst zu vergessen. Sich selbst zu vernichten ...
»Wer sich selbst vergisst, braucht sich selbst noch nicht zu verlieren«, sagte Firth.
»Wovon sprichst du denn jetzt wieder?«, fragte Igor.
»Vom Gedankenlesen«, antwortete Firth.
Igor drehte sich auf den Rücken und murmelte etwas Unverständliches.
»Ich kann dir nicht erklären, wie wir das machen«, sagte Firth. »Du würdest es doch nicht verstehen.«
»Du hast gut reden«, sagte Igor. »Wir können es aber trotzdem

nicht lassen, uns immer wieder den Kopf darüber zu zerbrechen. Hab ich nicht Recht, Edu?«

Edu nickte. *Und was ist mit mir?* dachte er.

»Wenn du die Antwort wissen möchtest, musst du dich ändern«, sagte Firth. »Das habe ich schon einmal gesagt.«

Ich will mich aber nicht ändern, das habe ich auch schon einmal gesagt.

»Wenn du dich nicht ändern willst, kann ich dir auch keine Antwort geben«, sagte Firth.

»Ändern!«, sagte Igor. »Das ist leichter gesagt als getan.«

»Hast du dich denn nicht schon verändert?«, fragte Firth.

»O nein! ... Oder doch, vielleicht doch ein wenig ...« Igor zog die Stirn kraus. »Ich hätte mir zum Beispiel nie vorstellen können, dass ich aus eigener Initiative hierher kommen und es außerdem noch schön finden würde ... Und vielleicht sind mir während der letzten Tage sogar ein paar neue Ideen gekommen. Ich habe verschiedene meiner Vorstellungen korrigieren müssen. Wenn du das ›sich ändern‹ nennst ...«

Und ich? dachte Edu. *Muss ich meine Vorstellungen ebenfalls korrigieren? Was soll ich mit den Gedanken anderer Leute anfangen? Ich habe nicht darum gebeten, Firth.*

»Du bist nicht der erste«, sagte Firth, »und auch nicht der Einzige.«

Nicht der erste und auch nicht der Einzige. Aber was hilft mir das?

Iman kletterte ans Ufer. Er schüttelte sich wie ein junger Hund.

»Die Fische hier verdienen genauer studiert zu werden«, sagte er. »Könnten wir nun nicht dafür sorgen, dass sie auch wieder in den Nordstrom kommen? Wenn wir uns ehrlich vornehmen würden, ihnen nichts Böses zu tun ...«

»Reich diesen Plan dem Hauptquartier ein«, sagte Igor ein bisschen schläfrig. »Und dann kann man nur hoffen, dass niemand heimlich Appetit auf Fisch hat ... Die Afroini sind sicher Vegetarier.«

»Ja, das sind wir«, sagte Firth.

Iman schaute einem Vogel nach, der über den See strich. »Ich frage mich, inwieweit all diese Tiere denken«, sagte er.

»Sie sind da«, sagte Firth, »und sie fühlen. Ihre Gedanken sind nicht so kompliziert wie die der Menschen und der Afroini.«

»Und sie sprechen nicht«, sagte Iman. Er setzte sich zu ihnen. »Habt ihr das schon immer gekonnt, Gedanken lesen?«, fragte er.

»Wir tun es schon sehr lange«, antwortete Firth. »Aber wahrscheinlich war das nicht immer so. Vor langer Zeit, als Afroi noch jung war, war das Leben ein geschlossenes Ganzes: Die Tiere und die Afroini teilten ihr Denken miteinander. Die Afroini dachten jedoch immer mehr, immer weiter – und es tauchten so viele neue Gedanken auf, dass sie Worte daraus bildeten und sprechen lernten. So lautet die Geschichte, die wir einander seit hunderten von Tagen und Nächten erzählen. Die Afroini bekamen eine Sprache und mit Hilfe dieser Sprache machten sie ihre Gedanken durchsichtiger, klarer. Aber je mehr Worte dazu kamen, desto schwieriger wurde es, einander zu verstehen, ohne zu sprechen. Sie entdeckten, dass sie etwas sagen konnten, was sie nicht dachten, und etwas denken, was sie nicht sagten. Und dann kam eine Zeit, in der viele einander nicht mehr verstanden. Die Gabe ging jedoch nie ganz verloren, vor allem nicht bei den Wasser-Afroini. Sie waren es, welche die Gefahr erkannten und dafür sorgten, dass auch die anderen es von neuem lernten. Auch das ist schon wieder lange her und niemand weiß mit Sicherheit, ob es sich so abgespielt hat. Aber ich glaube es schon, denn wir erleben dasselbe bei unseren Kindern. Wenn sie klein sind, sprechen sie nicht und teilen nur ihre Gedanken mit; wenn sie dann sprechen lernen, vergessen sie dies manchmal. Sobald sie aber heranwachsen, tun sie es wieder und lernen es immer besser.«

»Und wenn ihr nun überhaupt nicht sprechen würdet?«, fragte Iman.

»Wir Roi-Afroini möchten unsere Stimme und Sprache nicht missen«, sagte Firth. »Und das hat sich auch als gut erwiesen – wie hätten wir sonst mit euch reden können? Die Hhaafr-Afroini

denken anders darüber. Sie sprechen überhaupt nicht mehr; ja, sie könnten es nicht einmal mehr.«
»Die … was für Afroini?«, fragte Igor.
»Hhaafr-Afroini«, wiederholte Firth.
»Die Afroini des Wassers?«, erkundigte sich Edu.
»Ja, des Wassers. Sie leben in den Meeren«, sagte Firth. »Aber sie müssen manchmal an die Wasseroberfläche kommen, um Atem zu holen.«
»Gleichen sie euch?« fragte Iman. Er hatte sich aufgerichtet.
»Nein«, antwortete Firth. »Überhaupt nicht. Ich meine jetzt äußerlich.«
»Also innerlich gleichen sie euch wohl«, sagte Igor.
»Ja, sie sind Afroini … wie drückt ihr das aus … intelligente, vernunftbegabte Geschöpfe.«
»Wie sehen sie denn aus?«, fragte Iman.
»Wie … wie Wasserwesen«, antwortete Firth. Er hielt kurz inne. »In euren Augen sehen sie Fischen ähnlich.«
»Fischen«, wiederholte Iman.
»Sie sind sehr groß«, sagte Firth.
Auch Igor hatte sich aufgesetzt; er sah wieder hellwach aus. »Große Fische?«
Etwa mit Rüsseln? dachte Edu. Ein Verdacht stieg in ihm auf, der ihm Angst machte. *Und wenn sie an die Wasseroberfläche kommen, dann …*
»Dann speien sie hohe Wasserfontänen«, sagte Firth.
»Um Himmels willen«, flüsterte Iman. »Das ist doch wohl nicht möglich …«
»Die ›Speienden Fische‹!«, sagte Edu.
Die drei Menschen blickten einander an; auf ihren Gesichtern lasen sie die Erinnerungen an wahre und unwahre Schauergeschichten. *Die ›Speienden Fische‹ fallen alle Menschen an, sie vernichten ihre Schiffe …*
»Ja, die ›Speienden Fische‹«, sagte Firth. »So nennt ihr sie; ihr saht in ihnen Tiere ohne Vernunft – nur deshalb, weil sie so wenig Ähnlichkeit mit Menschen haben. Und als ihr sie zum ersten

Mal saht, da waren sie in euren Augen Ungeheuer … oder aber Beute. Ihr habt sie gejagt, ihr habt sie getötet. Anfangs versuchten sie, euch mit ihren Gedanken zu erreichen und sogar mit Hilfe von Zeichen. Aber ihr habt es nicht gehört und nicht gesehen. Dann war ihre Geduld zu Ende und sie vertrieben euch von ihren Meeren.«

»Ja aber«, begann Iman und schwieg dann doch. »Sie betrachten uns also doch als Feinde«, sagte er nach einer Weile.

»Bósche moi! Wir können doch schließlich nicht dafür, dass wir nicht telepathisch begabt sind«, sagte Igor. »Wenn sie es uns hätten *sagen* können …«

»Sie haben es auf ihre Art und Weise ja gesagt«, sprach Firth. »Hätten sie euch nicht ebenso gut als Ungeheuer betrachten können, weil ihr Gedanken aussendet, aber keine empfangt? Aber sie sehen euch nicht als Feinde an.«

Es war jedoch schwer, dies zu glauben. Die Menschen rückten unwillkürlich dichter zusammen, als ob sie sich gegen Firth verbünden wollten, der selbst für Edu plötzlich wieder ein Fremder wurde, obwohl er nicht zu den Wasser-Afroini gehörte.

»Sie werden euch Menschen nichts tun«, sagte Firth, »es sei denn, dass ihr sie wieder bedroht. Sie wissen, dass ihr in den Wald gegangen seid …«

»Und was halten sie wohl davon?«, fragte Igor mit gedämpfter Stimme.

Edus Blicke schweiften zum See hinüber; er hätte sich vorstellen können, dass auch dort, unter der sich kräuselnden Oberfläche, riesige Fische waren, die ihnen zuhörten. Er wäre am liebsten weggelaufen; sie saßen so dicht am Wasser.

»Sie sind weit weg von hier«, sagte Firth beruhigend.

Wie konnte ich mich auch nur einen Augenblick lang vor dir fürchten! dachte Edu.

»Einigen Hhaafr-Afroini ist es gleichgültig, was ihr tut«, fuhr Firth fort; »andere finden es gut, dass ihr hier seid und dass ihr uns Roi-Afroini begegnet seid. Aber keiner der Hhaafr-Afroini will mehr mit euch sprechen.«

»Das würde auch kaum möglich sein«, brummte Igor.
»Ich meine damit: durch uns sprechen – das ginge doch. Sie wollen aber nur dann sprechen, wenn sie unmittelbaren Kontakt mit euch aufnehmen können.«
»Unmittelbar? Also, was mich betrifft, nicht für Geld und gute Worte«, murmelte Iman.
Edu dachte dasselbe.
»Ihre Gedanken sind gar nicht so abschreckend«, sagte Firth. »Sie unterscheiden sich nicht sehr von den unsrigen. Und von vielen Dingen wissen sie mehr als wir.«
»Ich weiß jedenfalls vorläufig genug«, sagte Iman. Er machte Anstalten aufzustehen.
»Mir tut es Leid, dass ihr nicht mit ihnen sprechen könnt«, sagte Firth. »Das ist mein Ernst, Edu …« Er blickte sie der Reihe nach an. »Ihr wollt jetzt zurück nach Hause.«
»Ich fand es sehr schön hier«, sagte Igor, »und ich komme gern noch einmal wieder … ich meine hierher in den Wald. Aber auch noch ein Meer voller Afroini, das scheint mir ein bisschen zu viel des Guten.«
In Firths Stimme schwang so etwas wie ein Lachen mit, als er sagte: »Ihr werdet euch schon daran gewöhnen.«
»Vielleicht«, sagte Igor. »Falls du bloß nicht von mir erwartest, dass ich mich ebenfalls mit Telepathie beschäftige. Dafür sind Menschenhirne nun mal nicht geeignet.«

12. Kapitel

»Jetzt auch noch ein EEG?«, fragte Igor. »Die A.f.a.W. hat mich doch schon regelrecht auf den Kopf gestellt und jetzt reicht es mir allmählich. Ich bin nur ein normaler Funktechniker, kein Forscher wie Edu und Iman, deine Freunde.«
»Es gehört nun mal dazu«, sagte Dr. Petra Moll.
»Schon wieder?«, fragte Edu. »Nach jedem Ausflug dasselbe Theater.« *Bitte, nur das nicht!*

»Unsere Gehirne arbeiten immer noch normal«, sagte Iman, »trotz der Außenluft und obwohl die Afroini unseren Geist ganz schön durchlöchert haben …«

»Also kannst du es diesmal ruhig ausfallen lassen«, sagte Igor. »Sonst überarbeiten sich die Psychologen von der A.f.a.W. womöglich noch.«

»O nein, *diese* Arbeit kann ich den Assistenten überlassen«, sagte Petra. »Aber gut, wir werden erst euren Bericht abwarten. Und heute Nachmittag seid ihr vom Dienst befreit.«

»Und du, Petra«, begann Igor, »du nimmst dir doch sicher auch frei?«

»Das überleg ich mir noch«, sagte Petra rasch. »Ich fühle mich ausgezeichnet nach meinem Spaziergang heute Morgen.«

Zusammen mit Edu, dachte Igor. *Blumen. Tausend wilde Pflanzen …*

Aber sie wäre lieber mit dir *dort gewesen*, dachte Edu.

Du siehst nicht glücklich aus, Petra, fuhr Igor in Gedanken fort. *Vielleicht liebst du Edu, aber …* »Du glaubst doch wohl nicht, dass du unentbehrlich bist!«, sagte er.

»Natürlich denke ich das nicht«, sagte Petra kurz angebunden. »Und kümmere dich bitte um deine eigenen Angelegenheiten.«

Na ja, reg dich ruhig über Nichtigkeiten auf, dachte Iman. *Als ob es keine wichtigeren Dinge gäbe, über die man sprechen könnte …*

Edu schaute von einem zum anderen. Er wusste nicht, ob all diese Gedanken tatsächlich existierten oder ob er sie nur phantasiert hatte. Doch kurze Zeit später zog er Igor kurz beiseite, ehe sie zum Kommandanten gingen.

»Igor«, sagte er, »hast du Petra gern?«

»Komische Frage!«, sagte Igor und spielte den Erstaunten. »Wer hier hat sie wohl *nicht* gern?«

»Die Frage ist ernst gemeint, Igor!«

»Und ich antworte dir allen Ernstes, Edu … Ich weiß sehr wohl, dass du in sie verliebt bist; tu also, was du nicht lassen kannst.«

»Ich spreche nicht von mir, sondern von dir.«

Igor sah Edu kopfschüttelnd an. »Nur ja immer seriös bleiben, nicht wahr? Mensch, Junge, mach doch nicht so ein Problem daraus. Lass jeden lieben, wen er will.«
»Du hast meine Frage immer noch nicht beantwortet!«
»Mein lieber Edu, die Antwort weißt du schon lange. Ich bin so durchsichtig wie Glas.« Igor lachte, aber es klang nicht besonders fröhlich. »Außerdem ist deine Frage völlig unwichtig. Es geht nur darum, was Petra denkt.«
»Liebst du sie?«
»Ich bin ganz verrückt auf sie.«
»Weshalb sagst du es ihr dann nicht?«
»Das wird ja immer schöner! Ich hab es ihr schon hundertmal erzählt ...«
»Dann hast du es ihr nicht deutlich genug gesagt.« Igor wurde nun endlich ernst. »Aber Edu ...«, fing er an.
»Ich meine es genauso, wie ich es gesagt habe«, fiel Edu ihm ins Wort. »Und jetzt halt lieber den Mund ...«
Glücklicherweise gesellte sich Iman zu ihnen. Edu wollte nicht länger bei diesem Thema verweilen; er hatte gesagt, was er sagen musste.
Igor hat Recht – soll doch jeder lieben, wen er will. Es geht nur darum, was Petra empfindet ... Er selbst empfand merkwürdigerweise kaum noch etwas – außer Leere und einer unbestimmten Traurigkeit.
Edu war müde – nicht körperlich, sondern geistig, denn all die Gefühle und Erlebnisse hatten ihn erschöpft. Nachmittags irrte er ziellos durch die Gebäude unter der Kuppel; er hatte keine Lust, sich auszuruhen, aber ebenso wenig Lust, sich den Anstrengungen im Sport- oder Aufenthaltsraum auszusetzen. Hinaus wollte er auch nicht; es war außerdem sehr fraglich, ob ihm das zum dritten Mal an einem Tag erlaubt werden würde. Er war kurz auf einem der überdachten Plätze gewesen, wo man durch das Plexiglas den Venushimmel sehen konnte. Aber es war dort viel zu warm und zu kahl und die künstlichen Pflanzen, die von der Erde stammten, wirkten nur lächerlich.

Er versuchte sich die Waldblumen wieder vorzustellen. Das machte ihm Mühe, wie er merkte. *Die mit dem purpurfarbenen Herzen … Nein, die nicht … die leuchtend grüne …* Er schloss die Augen, um sie sich näher heranzuholen; er versuchte in Gedanken ihre Blütenblätter zu zählen. Eine sinnlose, törichte Beschäftigung … *Eins, zwei, drei … sind es nun sechs oder sieben – eine gerade oder ungerade Zahl …*

Gerade oder ungerade … überhaupt keine Blättchen … Drähte! Kurzschluss. So ein Elend … was tu ich hier bloß. Wo steckt nur der Fehler … Warum kannst du es mir nicht sagen? Du hast doch ein Gehirn, du dummer Roboter …

Er sah das Gewirr von Metalldrähten in einem aufgeschraubten Roboterkopf vor sich.

Ich habe Kopfschmerzen … kann meinen eigenen Kopf nicht reparieren … Weshalb muss das Fenster eigentlich offen sein … Vorschrift … Und Max pfeift immer weiter, immer dasselbe Lied … ›Da scheint der Mond, da scheint die Sonn'‹ … Verdammt noch mal, hör endlich auf damit. Und mach das Fenster zu … Warum bin ich hier? Scheißplanet … ›Lasst mich doch nach Neu-Babylon‹ … Die Erde …

Sehnsüchtige Gedanken … Drähte in einem Roboterkopf … Ein Haus in einer Stadt auf der Erde. *Kurzschluss.*

Was soll ich hier eigentlich? Ich will nach Hause … Heimweh … Heimweh …

Eine Explosion heftiger Gefühle, die nicht seine eigenen waren, rüttelte Edu wach. Er merkte, dass er ging; ja er lief in höchster Eile durch einen der Gänge unter der Kuppel. Er war wieder er selbst, Edu; einen Augenblick jedoch war er ein anderer gewesen. Er wusste auch, wer – ohne auch nur einen Moment lang zu überlegen. Er fing immer noch diese fremden Gedanken auf, aber nun kamen sie unverkennbar von außerhalb seines eigenen Gehirns. Es war eine schwache Stimme, die aus einer unerträglichen Einsamkeit heraus rief … *Heimweh.*

Er blieb stehen und entdeckte das Schildchen an einer der Türen: ROBOTERWARTUNG. Dann erst zögerte er. Er wischte sich den Schweiß von der Stirn. *Was soll ich hier bloß? Eine Halluzination* … Aber er konnte nicht mehr zurück. Er öffnete die Tür.

»Hör auf!«, rief Sim Rap. Er hockte vor einem Roboter, dem der äußere Mantel fehlte.

Doch jetzt erhob er sich. In seiner Hand blitzte ein metallenes Werkzeug. Er sah Max an, seinen Kollegen vom Roboterwartungsdienst. Keiner von beiden merkte, dass Edu hereingekommen war.

»Nun halt aber mal die Luft an!«, sagte Max. »Darf ein Mann bei der Arbeit nicht pfeifen? Du bist einfach ungenießbar …« Er spitzte die Lippen, aber es kam kein Ton mehr heraus.

Sim Rap schrie: »Jetzt reicht es mir aber!«, und stürzte sich auf ihn.

Edu sprang hinzu, packte ihn mit eisernem Griff und hielt ihn zurück. Sim Rap fluchte und versuchte sich loszuwinden; aber dann gab er sich geschlagen. Sein schweres Werkzeug schlug scheppernd auf dem Boden auf.

»Mensch, hab ich nun …«, sagte Max erschrocken. »Das war genau zur rechten Zeit!«

Edu und er sahen den kleinen Roboterspezialisten an, der schwer atmend zwischen ihnen stand und abwechselnd rot und bleich wurde.

»Du hättest mich glatt ermorden können«, sagte Max. »Einfach so, wie der Blitz aus heiterem Himmel. Wegen einer Lappalie.«

»Wegen einer Lappalie … du Blödmann, du Idiot!«, schrie Sim Rap. Seine Stimme überschlug sich. Er versuchte sich aus Edus Griff loszuwinden. »Ich hab dich bestimmt zehnmal gebeten …«

»Sim, ich glaube, mit dir stimmt was nicht …«

»Es wäre besser, wenn du den Mund hieltest, Max«, sagte Edu. »Und mach das Fenster zu.«

»Aber es muss offen stehen«, protestierte Max.

»Lass mich los«, flüsterte Sim Rap.
»Mach das Fenster zu!« wiederholte Edu laut.
Max gehorchte. Dann wandte er sich um und sagte: »Ich sehe nicht ein, warum …«
»Und fall ihm nicht länger auf die Nerven!«, unterbrach ihn Edu. »Lass ihn lieber in Ruhe.« Er ließ Sim Rap los. »Hast *du* nie mal so einen richtigen Koller?«
»Doch, aber das ist noch lange kein Grund, einem an die Kehle zu springen! Mensch, du hast es doch selbst gesehen, er versuchte glatt, mich umzubringen. Ich werde es bei der A.f.a.W. melden.«
»Das solltest du unbedingt tun!«, sagte Edu böse. »Mach es ihm ruhig noch etwas schwerer. Komm mit, Sim! Was du jetzt brauchst, ist eine ordentliche Portion Schnaps.«
»Jetzt hör mir mal gut zu, Herr Forscher«, sagte Max beleidigt. »Ich verstehe nicht, in was du dich da einmischst! Was suchst du hier eigentlich?«
»Ich kam zufällig vorbei. Und zwar gerade noch zur rechten Zeit, wie du selber gesagt hast …«
»Gerade noch zur rechten Zeit«, wiederholte Sim Rap tonlos. »Es war nicht meine Absicht, Max … O Gott, ich weiß es auch nicht mehr …«
»Und das alles wegen einem belanglosen Lied und einem kaputten Roboter«, sagte Max. »Ich glaube, du solltest doch zur A.f.a.W. gehen.«
»Ich denke gar nicht daran!«, rief Sim Rap, der sich von neuem aufregte.
Edu ließ ihn nicht aussprechen. »Komm jetzt erst mal mit«, sagte er. »Ein Weilchen ruhig sitzen und was trinken, das wird dir gut tun.«
»Ach Sim, nimm's doch nicht so schwer«, sagte Edu. »Gut, es war alles ein bisschen viel für dich … Ich bin auch schon mal schlecht gelaunt, wenn alles schief geht … und wenn mich das Heimweh plagt.«
Sie hatten sich im Heimwehzimmer niedergelassen, weil dort nie-

mand anderes saß, und tranken das alkoholische Getränk, das ihnen ein Roboter gebracht hatte.

»Du? Heimweh?«, sagte Sim Rap. Zuerst hatte er nur apathisch dagesessen; jetzt wurde seine Stimme lebhaft vor ungläubigem Staunen. »Dabei bist *du* gerade derjenige, der nirgends lieber ist als hier …«

»Meinst du, dass ich deshalb nie Sehnsucht nach zu Hause hätte?«, sagte Edu. Und während er weiterredete, merkte er, dass er sogar die Wahrheit sagte: Er hatte tatsächlich Heimweh, eine verzweifelte Sehnsucht nach der Erde, wo alles bekannt und vertraut war. *Hier* konnte er nicht einmal seinen eigenen Gedanken trauen.

Petra … ja, das kann ich verstehen. Ich liebe sie … Aber Sim Rap, den ich kaum kenne und der mir eigentlich gleichgültig ist …

Er stand auf und schaltete die künstlichen ›Aussichten‹ an. Eine Zeit lang schauten sie schweigend darauf. Dann begann Sim Rap von zu Hause zu erzählen: von der Stadt, aus der er stammte. Edu war nie dort gewesen, aber alle Städte auf der Erde glichen einander. Und doch war jede von ihnen in den Augen ihrer Bewohner etwas Einmaliges.

Sag nicht zu viel, Sim, dachte er. *Vielleicht tut es dir nachher leid …*

Sim Rap schien es jedoch gut zu tun, er lehnte sich entspannt in seinem Sessel zurück. Edu hörte ihm zu; hier und da warf er ein Wort dazwischen. Aber seine Gedanken waren ganz andere:

Was habe ich eigentlich mit deinen Problemen zu tun? Hättest du mich jemals von dir aus um Hilfe gebeten? Bestimmt nicht … Aber ich bin der einzige, der dich rufen hörte. Ja schlimmer noch, ich war du – einen Augenblick lang fühlte ich, was du fühltest … Stell dir das mal vor: all die Gedanken um uns herum! Wenn ich die alle mitdenken müsste, würde ich verrückt …

13. Kapitel

Es passierte immer dann, wenn er nicht seine eigenen Gedanken dachte, so hatte Firth es ihm gesagt: wenn er sich so entspannt hatte, als ob er einschlafen würde, wenn sein Geist vor Müdigkeit leer war oder aber dann, wenn er sich in einer träumerischen Glücksstimmung befand, in der er sich mit jemand anderem verbunden fühlte …

Edu wollte sich nicht noch einmal dieser Erfahrung preisgeben. Er musste sich einfach vor all diesen fremden Gedanken verschließen.

Und das bedeutete, dass er seine Augen und Ohren weit offen halten musste – dass er seine Aufmerksamkeit den Dingen zuwenden musste, die konkret und greifbar waren. Aktiv musste er sein, seinen Grips gebrauchen und darüber vergessen, dass auch noch ein sechstes Sinnesorgan existierte. Als Sim Rap gegangen war, suchte er sich andere Gesellschaft, erst in der Sporthalle und später im Aufenthaltsraum.

Viel sprechen und antworten, ohne zu überlegen, ob der andere auch meint, was er sagt … sich nicht in versteckte Anspielungen vertiefen … die Gedanken nicht von den sicht- und hörbaren Dingen abschweifen lassen …

Und doch gab es immer wieder Kleinigkeiten, die ihm einen Schrecken einjagten: Bemerkungen wie etwa »du nimmst mir das Wort aus dem Mund« und »Jetzt sagst du genau das, was ich gerade dachte« oder »Woher weißt du das eigentlich, Edu?«

Es war nicht das erste Mal, dass er diese Erfahrung machte, und es konnte natürlich Zufall sein. Aber hatte er während der letzten Tage nicht *zu viel* gehört? Las er unbewusst noch öfter Gedanken, als er wusste?

Kartenspielen im Aufenthaltsraum. Edu gewann dreimal hintereinander und Arno, der immer wieder verloren hatte, sagte halb im Spaß und halb verärgert: »Ist das wirklich nur Glück? Ich glaube, du kannst durch die Karten hindurchsehen!«

Edu hatte nicht den Mut, eine vierte Runde zu beginnen, schon deshalb nicht, weil die Kartenspieler ein Gespräch über die Afroini begannen (»Verflixt noch mal, mit denen wäre ein Pokerspiel unmöglich!«). Zum Glück war es kurz vor dem Abendessen, und so konnte er zur Kantine gehen.

Die ersten, die er dort erblickte, waren Petra und Igor; sie schienen in ein vertrauliches Gespräch vertieft. Meistens speiste er in ihrer Gesellschaft, jetzt aber suchte er sich einen Platz bei Mick, der ganz gegen seine Gewohnheit allein an einem der Tische saß. Ehe sie jedoch ein Wort gewechselt hatten, erhob sich Mick, murmelte eine fadenscheinige Entschuldigung und verschwand. Einen Augenblick später setzte sich Iman auf seinen Platz. Edu rief einen Roboter herbei und bestellte zwei Klare.

»Darf ich Sie daran erinnern«, sagte der Roboter, »dass Sie bereits zwei Gläser getrunken haben und dass maximal drei erlaubt sind?«

»Ich weiß, Roboter«, sagte Edu kurz angebunden. »*Eins* ist für Forscher Nummer vierzehn.« *Petra und Igor schauen zu mir herüber; nun reden sie bestimmt über mich.*

»Ist dieses Glas für mich?«, fragte Iman. »Vielen Dank, aber ich habe auch schon Kaffeenektar.«

»Macht nichts«, sagte Edu. »Dann trinke ich es eben.«

Er begann zu reden, schnell und hektisch. Natürlich wandte sich das Gespräch sofort dem morgendlichen Ausflug zu und schon bald tauchten darin auch die ›Speienden Fische‹ auf.

Die Afroini des Wassers, dachte Edu. Hab ich sie nicht schon mal gesehen? Nein, nur im Traum …

Er merkte, dass Iman ihn mehr als einmal forschend anblickte, und so war er froh, als er aufstehen konnte. Er fühlte sich seltsam schwerelos. *Wie dumm von mir. Vier Gläser und fast nichts gegessen. Schnell einen Nektar hinterher …*

Im Aufenthaltsraum konnte er Petra und Igor nicht gut schon wieder aus dem Weg gehen, denn Petra rief ihn: »Warum setzt du dich nicht zu uns, Edu?«

Als er dies jedoch getan hatte, schwiegen sie alle drei, als genierten sie sich voreinander.

Da waren Petras liebe, sprechende Augen: *Du weißt es, nicht wahr, Edu? Du verstehst es … Es tut mir wirklich Leid.*

Ich liebe dich trotzdem, dachte er. *Wenn ich wollte, würde ich dich besser kennen, als es Igor jemals möglich sein wird … Wenn ich wollte. Wenn ich den Mut dazu hätte. Und wenn auch du verstehen würdest, was* ich *denke … Aber das tust du nicht. Sag nichts, es hat doch keinen Sinn.*

Aber Petra sprach trotzdem: »Edu …«

Still. Ich kann dir doch keine Antwort geben.

»Du hast zu viel …«

»Zu viel getrunken! Ja natürlich …«

Jetzt fragst du nicht weiter, und das ist auch gut so. Du würdest darüber erschrecken, weißt du das? Vielleicht wolltest du überhaupt nichts mehr mit mir zu tun haben.

»Hier, trink deinen Nektar aus«, sagte Igor. »Auf deine Gesundheit!«

Igors freundliches Gesicht, voller Hochachtung … *Oh, ich bin wirklich nicht so edel!* dachte Edu. *Aber du bist mein Freund. Und Petra mag mich auch … Ihr seid beide ein wenig beunruhigt und besorgt. Alle beide. Zusammen. Ihr gehört zueinander. Ich bin allein …*

Er trank sein Glas leer. »Auch auf *eure* Gesundheit!«, sagte er und er lächelte Petra und Igor zu. »Entschuldigt mich, ich muss eben etwas fragen gehen.«

Ich habe nichts zu fragen, dachte er, *ich will reden, nicht denken. Lasst die Musikbox spielen, macht das Fernsehen an …* Währenddessen ging er durch den Saal und blieb bei Dr. Brim stehen, weil dieser ihn zufällig ansah. Neben ihm saß der Rekorder, eine Mappe voller Karten vor sich.

»Guten Abend, gibt's schon was Neues vom Computer?«, fragte Edu und setzte sich zu ihnen.

»Ich dachte, Sie wollten in Ihrer Freizeit niemals über dienstliche Angelegenheiten sprechen«, sagte der Chef der Planetenwissenschaftler. »Selbst wenn Sie zu Forschungszwecken unterwegs sind …«

»Halte ich mich nicht an die Instruktionen«, ergänzte Edu. »Aber wenn ich mich immer an die Instruktionen gehalten hätte, wären wir noch immer nicht weiter als vor drei Jahren.«

»Darauf werden Sie sich doch wohl nichts einbilden!«, sagte Dr. Brim förmlich. »Wie Sie es auch betrachten mögen, Ihre Entdeckungen sind das Ergebnis schlichten Ungehorsams. Das Ergebnis eines reinen Zufalls!«

»Genau«, sagte Edu in höflich-freundlichem Ton. »Ungehorsam, Zufall ... Der unbekannte Gefahrenfaktor ...« Er sah den Rekorder an. »Hat der Computer schon einen Teil des Problems gelöst? Ich meine, das Problem des Unbekannten und Gefährlichen beziehungsweise des X in der Gleichung. Antwort: X ist gleich Afroini.«

»Ja, die Afroini«, nickte der Rekorder. »Aber damit ist die Aufgabe noch nicht gelöst; die Gleichung enthält noch mehr Unbekannte.«

»Also ein kompliziertes Problem«, sagte Edu. »Eine zweite Frage: Was ist das Ergebnis der Begegnung zwischen Menschen und den Afroini?«

»Also des Kontaktes zwischen Erde und Venus«, sagte der Chef der Planetenwissenschaftler. »Das werden die Computer und wir erst nach einiger Zeit wissen.«

Und berücksichtigt dabei bitte auch den unbekannten Faktor im Menschen ...

»Wir müssen noch viel mehr Fakten sammeln«, sagte der Rekorder.

»Deshalb steht für morgen früh wieder eine Exkursion auf dem Programm«, sagte Dr. Brim. »Die Temperatur steigt nun sehr rasch, aber im Wald wird es noch erträglich sein ... Es ist alles schon geregelt. Das Grundmobil, das Sie bringen und abholen wird, kann ohne weiteres näher an den Wald heranfahren, jedenfalls wenn es nicht zu lange dort stehen bleiben muss. Wir werden die Afroini bitten, uns bei der Zeitplanung zu helfen. Und zwar einfach dadurch, dass wir in dem Augenblick an sie denken, in dem das Mobil, das Sie abholen wird, hier losfährt. Dann können sie Ihnen sagen, dass Sie sich auf den Heimweg machen müssen. Dazu werden sie doch wahrscheinlich bereit sein?«

»Selbstverständlich«, sagte Edu. »Warum nicht?« *Schon wieder eine Exkursion? Da gehe ich nicht mit.*

»Es ist schade, dass nur ein einseitiger Kontakt möglich ist«, sagte Dr. Brim. »Wir könnten ebenfalls gut einen Telepathen gebrauchen.«

Edu überhörte diese Worte. »Wer zieht denn morgen los?«

»Wir haben vier von den Forschern ausgewählt ...« Dr. Brim ließ seine Blicke durch den Saal schweifen. Edu folgte ihnen; all seine Kollegen waren da, nur Mick nicht.

»Es sind zwei Neue dabei«, fuhr Dr. Brim fort. »Die Forscher Nummer dreizehn und achtzehn.« Das waren Arno und Saboe.

»Wir wollten erst einfach der Reihe nach gehen«, sagte der Rekorder, »aber Forscher Nummer achtzehn hat ein Plus gegenüber den anderen: sein Vater und Großvater waren Aufseher eines Naturreservats auf der Erde; er ist daher ziemlich vertraut mit der Vegetation.«

»Forscher Nummer vierzehn geht auch mit«, sagte Dr. Brim, »und Sie natürlich.«

»Ich? ... Nein, ich nicht«, sagte Edu.

Dr. Brim und der Rekorder sahen ihn erstaunt an.

»*Was* haben Sie da gesagt, Forscher Nummer elf?«, fragte der erstere. »Sie nicht? Was soll das denn heißen?«

»Ich war jetzt schon vier Tage hintereinander draußen«, sagte Edu. »Heute sogar zweimal. Lassen Sie es jetzt mal jemand anderes machen.«

»Und gerade Sie waren doch immer so scharf darauf hinauszugehen!«

Ja, ich habe Sehnsucht nach dem Wald, immer noch ... Der Regen, der Bach ... Einen Lémai wandern und dann ausruhen. Wenn ich jedoch ruhe ... nein, gerade da lauert die Gefahr.

»Sie müssen morgen mit«, sagte Dr. Brim.

»Ich will aber nicht.«

»Sie weigern sich, Forscher Nummer elf?«

»Ja.« Edu stand auf. »Ich werde aber noch mit dem Kommandanten darüber sprechen.« … *aber nicht jetzt!* Der Kommandant war gerade in den Saal gekommen; er stand bei Petra und Igor und unterhielt sich mit ihnen. »Ich werde Sie heute Abend nicht länger mit dienstlichen Angelegenheiten langweilen«, fügte Edu rasch hinzu.
Einige Augenblicke später starrte er auf die Fernsehwand – dort bewegten sich fröhliche Filmgestalten. Aber die Bilder fesselten ihn nicht; nach einer Weile verloren sie jeglichen Sinn und waren nur noch Flecken, die sich bewegten. *Licht und Dunkelheit … Rot und Gelb … Turmhoch und meilenweit …*

Angst. Ich bin ein Feigling; demnächst geht jeder in den Wald, und ich muss ebenfalls dorthin, aber ich traue mich nicht … Die Afroini wissen es und Edu weiß es erst recht …
Das bin nicht ich, das ist Mick! …
Ich bin ein Feigling, was soll ich nur tun …
Hör auf, Mick!
Edu …
Du kannst ihm helfen.

Edu …
Das ist ein anderer. Iman?
Edu war als Erster dort; wäre ich es doch gewesen, verdammt noch mal!

Zwei Asse, zwei Zehner. Ich habe Durst, nimm noch einen …

Er hält mit irgendetwas hinter dem Berg, Edu. Wald. Rote Blumen … Joy, bleib bei mir

Igor, ich liebe dich
Ich will das nicht hören!

Wach liegen, Angst

drei Asse
Morgen Expedition
Ich melde es doch bei der A.f.a.W.
Expedition in den Wald ... fürchte mich davor ... Edu und Iman können alles Mögliche behaupten ...
Forscher Nummer elf ist ein besonders irritierender junger Mann und von ihm hängt so viel ab
beunruhigend
Wer kann mir helfen
beunruhigend
Expedition morgen ich melde es doch Hilf mir Afroini sehr beunruhigend mich juckt es stell die Musikbox lauter Flammende Bäume allwissende Monster in unvorstellbar tiefen Meeren stell die Musikbox leiser hilf mir doch Edu Igor Petra Herzbube Pik As Hilfe

Hilfe! Hört auf!
Edu hatte sich aufgerichtet. Er glaubte, er hätte es laut hinausgeschrien und hielt sich mit der Hand den Mund zu.
Aber die Leute im Saal blieben ruhig sitzen und fuhren fort mit dem, was sie gerade taten – sich unterhalten, trinken, Karten spielen, fernsehen ... Doch unter der Fassade blieben ihre Gedanken; gleich würden sie wieder auf ihn zukommen, ihn von allen Seiten bestürmen. Sie würden flüstern und klagen, rufen und kreischen – alle zugleich und wild durcheinander.
Edu zitterte, der kalte Schweiß brach ihm aus.
»He, setz dich endlich«, sagte jemand hinter ihm. »Du versperrst mir die Aussicht.«
Edu ging durch den Saal, langsam und vorsichtig. Seine Knie zitterten. Er schaute in die Gesichter von Petra und Igor, die sich ihm fragend zuwandten. Auch der Kommandant blickte auf.
Edu hätte weglaufen mögen, sich verstecken ... Mit äußerster Anstrengung brachte er es fertig, normal zu gehen und eine nor-

male Miene aufzusetzen. *Nur weg! Bevor es wieder anfängt ... Da ist die Tür ...*
Sobald er den Aufenthaltsraum verlassen hatte, begann er zu laufen und hielt nicht inne, bis er sein Zimmer erreicht hatte. Er ging hinein und schloss hinter sich die Tür. Er seufzte erleichtert auf. Doch im nächsten Moment wusste er, dass dies nichts änderte. Er konnte nicht davor flüchten; er musste der Tatsache ins Auge sehen.
Nicht der Erste und auch nicht der Einzige, sagten seine Gedanken in die Stille hinein, die jetzt seinen Geist umfing. *Was hat Firth damit gemeint? Es ist einmal einer aus dem Wald zurückgekehrt. Geisteskrank. Seines Verstandes beraubt.*

14. Kapitel

Edu lauschte und ließ seine Augen umherwandern. Niemand anderes befand sich in dem kleinen Zimmer. Aber Abstand war kein Hindernis. *Hilf mir!* Jetzt war er es selbst, der rief. Wo war Mick? *Kann irgendjemand mir helfen?*
Unter der Stille bewegte sich etwas ... Aber er wollte die Antwort nicht wissen. Nur weit weg im Wald konnten sie ihn hören, hier in der Kuppel nicht – nein, seine Mitmenschen in der Kuppel nicht. Sie konnten ihn zwar durch das Chaos ihrer Gedanken an den Rand des Wahnsinns treiben, aber wenn er verzweifelt zurückschrie, blieben sie taub.
Ich bin Mensch, und das will ich auch bleiben. Nicht ein Spielball aller zufälligen Gedanken rund um mich herum.
Er ging im Zimmer auf und ab – sechs Schritte hin, sechs Schritte zurück. Er ging in die Nasszelle und ließ sich kaltes Wasser übers Gesicht laufen. Er betrachtete sich im Spiegel. *Du siehst noch so aus wie immer ... Weißt du eigentlich, wer du bist, Edu?*
Er ließ sich auf sein Bett fallen. Wieder bewegte sich etwas in der stillen Tiefe unter seinen Gedanken. *Lass* es *nicht an die Oberflä-*

che kommen … Eine flüchtige Vision: sich kräuselndes Wasser und darunter lauernde Fische … *Ich höre euch nicht zu*, sagte er zu den Afroini. *Täte ich es, so würde ich mich selbst verlieren … Dieser Planet ist uns wesensfremd … Wer hatte das doch gesagt? Jock Martin. Er hatte Recht. Und doch wurde er von ihm angezogen. Genau wie ich, wie ich …*
Er richtete sich auf und horchte auf das Pochen seines Blutes und die hastigen Atemzüge. Er verschanzte sich hinter seinen eigenen Gedanken und wartete auf einen neuen Anfall. Und als die Tür aufging, starrte er voller Angst dorthin – in der unbegründeten Furcht, dass körperlose Gedankenströme plötzlich Gestalt annehmen könnten.
Aber es war nur ein Roboter, der sich höflich entschuldigte: »Ich wusste nicht, dass Sie hier sind …«
»Was ist denn?« fragte Edu. Seine Stimme bebte, aber das war einem Roboter gleichgültig.
»Ich bin von Forscher Nummer zwölf geschickt worden. Er hat hier etwas liegen lassen.«
»Mick? Wo ist er denn?«
»In seinem Zimmer.«
»Aber *dies* hier ist doch sein Zimmer! Er ist doch nicht mehr in der A.f.a.W.«
»Nein, Forscher Nummer elf. Aber er hat um ein eigenes Zimmer gebeten.«
»Ein eigenes Zimmer?«
»Ein Zimmer für sich allein. Er hat jetzt den Reserveraum am Ende des Flurs bekommen«, sagte der Roboter. Er kam näher. »In der Schublade neben seinem Bett liegt noch eine Schlaftablette. Er bat mich, sie ihm zu holen …«
»Stopp! Bleib stehen, warte.«
Der Roboter gehorchte. »Ja, Forscher Nummer elf?«
»Wenn Forscher Nummer zwölf etwas haben will, muss er selbst hierher kommen«, sagte Edu. »Hörst du, was ich dir sage, Roboter? Du bekommst die Tablette nicht. Mick kann sie selber holen kommen. Sag ihm das nur. Dies ist ein Befehl.«

»Ja, Forscher Nummer elf.« Der Roboter drehte sich um und verschwand geräuschlos.
Edu ließ sich zurück aufs Bett fallen und dachte: *Mick … ein Zimmer für sich allein. Das geht wirklich zu weit … Er muss hierher kommen, ich will mit ihm reden … Ich traue mich nicht, allein zu bleiben …*
Er hatte dem Roboter einen Befehl gegeben; dieser musste also gehorchen. Er stellte sich vor, wie das Gespräch verlaufen würde – froh, dass sich seine Gedanken mit einem anderen Thema beschäftigen konnten.
Mick würde sehr böse sein und am liebsten würde er natürlich seinen eigenen Befehl wiederholen. Ein Roboter konnte den Befehl oder das Verbot eines Menschen nicht außer Acht lassen – es sei denn, dass es mit dem Gesetz, der Hausordnung oder der allgemeinen Sicherheit in Widerspruch stand. Wenn er jedoch zwei entgegengesetzte Aufträge bekam, geriet er in Schwierigkeiten – in diesem Fall ganz bestimmt, denn seine Auftraggeber waren beide Forscher, also im gleichen Dienstrang. Falls Mick bei seinem Befehl blieb, würde dem Roboter nichts anderes übrig bleiben, als jemand anderes entscheiden zu lassen; er würde das Problem entweder dem Computer oder dem technischen Roboterdienst vorlegen. Das würde allerhand Räder in Bewegung setzen. Auch Mick wusste das sehr wohl und er würde sich bestimmt davor scheuen. Dann blieb ihm nur eine Wahl: entweder selbst herkommen oder die Sache auf sich beruhen lassen …
Und wenn Mick nun das letztere tat? Dann würde er nicht einschlafen können und sich immer mehr aufregen.
Komm her, Mick, komm her!
Edu merkte, dass er es laut aussprach. Gleichzeitig wurde ihm bewusst, dass er versucht hatte, Micks Gedanken aufzufangen. Erneut brach ihm der Angstschweiß aus; er kapselte seinen Geist ab. *Aber das kannst du auf die Dauer nicht durchhalten, Edu … Ich drehe durch, wenn keiner kommt …*
Schnelle, energische Schritte. Die Tür wurde von neuem geöffnet

und da stand Mick – im Schlafanzug, mit zerwühltem Haar und böser Miene.

»Was soll der Quatsch?«, sagte er ärgerlich. »Weshalb hast du den Roboter weggeschickt?«

»Das weißt du doch ...«, sagte Edu im Flüsterton. Als er jedoch fortfuhr, klang seine Stimme laut und fest: *»Dies* hier ist dein Zimmer, Mick, und wenn du was brauchst, kannst du selbst deswegen kommen ...«

»Red keinen Unsinn, Edu«, sagte Mick. Mit wenigen großen Schritten erreichte er sein Bett.

»Warum willst du nicht mehr hier schlafen?«, fragte Edu. Er setzte sich langsam auf. »Hast du etwa Angst vor mir?«

»Ich will nur meine Ruhe haben«, antwortete Mick unfreundlich.

»Ach Mick, stell dich doch nicht so an!«

Mick zog die Schublade auf, kramte darin herum und fluchte leise. »Keine mehr drin!«

»Das weiß ich«, sagte Edu.

Wieder sah Mick ihn an. Seine Lippen bewegten sich, aber er sagte nichts.

»Ich habe mir erlaubt, deine Tablette zu nehmen«, sagte Edu ruhig, »gestern oder vorgestern, als ich nicht schlafen konnte.«

»Verdammte Scheiße, das ist der Gipfel!«, explodierte Mick. »Wie kannst du das wagen ... und mich umsonst hierher kommen lassen!«

Wenn er mich jetzt ins Gesicht schlagen würde, dachte Edu, ohne sich auch nur im Geringsten darüber aufzuregen, *würde mich das nicht wundern ...*

»Was fällt dir eigentlich ein?«, sagte Mick, indem er auf ihn herabschaute.

»Ich will mit dir reden ...« *– hörst du mich, mit dir reden; notfalls offenen Krach anfangen ...*

»Reden? Ohne mich. Ich bin es satt! Gute Nacht.«

»Mick!«, rief Edu. »Bleib hier!« Er wollte aufstehen, traute aber seinen Beinen nicht.

Mick war schon an der Tür. »Und lass mich demnächst in Ruhe«, sagte er über die Schulter hinweg.
»Bleib hier!«, sagte Edu flehend. »Lass mich nicht allein …«
Nun wandte sich Mick ihm wieder zu. Endlich merkte er, dass irgendetwas nicht in Ordnung war.
»Was fällt dir eigentlich ein, Edu?«, fragte er zum zweiten Mal.
Edu antwortete spontan, unfähig, eine Ausrede zu erfinden oder drum herum zu reden: »Ich habe Angst.«
Dann schlug er die Augen nieder und senkte den Kopf, er überlegte, ob er nicht besser geschwiegen hätte, und suchte nach Worten, die er noch hätte sagen können. Aber er konnte sie nicht finden – nur die Wahrheit: *Ich habe Angst …*
Er hörte Mick näher kommen und spürte seinen Blick. Und da wusste er plötzlich, dass er durch dieses Bekenntnis, ganz ohne es zu wollen, die Mauer niedergerissen hatte, die Mick zwischen ihnen aufgerichtet hatte.
Ja, ich habe Angst. Du weißt doch, was das heißt! Genauso wie du im Wald … Ich wage nicht mal mehr, etwas zu sagen, weil ich dann vielleicht anfangen würde zu schreien … oder in Tränen ausbrechen würde.
»Edu!«, sagte Mick wie aus weiter Ferne.
Ein komisches Gespann sind wir beide … Wisi-u sagte, dass ich dir helfen könne. Und stattdessen bitte ich dich *um Hilfe. Sorry, Mick. Geh ruhig weg, geh nur.*
Aber Mick ging nicht weg. »Edu, was ist?« Er war nicht mehr böse, nur noch besorgt. »Angst? Wovor?«
Edu hob den Kopf. »Angst«, wiederholte er. Aber es war nicht mehr ganz so schlimm wie zuvor; die lähmende, eiskalte Angst war ein Stück zurückgewichen und hielt ihn nicht mehr in ihren Fängen.
Mick setzte sich neben ihn. »Wovor?«, fragte er. »Vor was?«
»Vor Venus …«, flüsterte Edu und schwieg. Er spürte sofort, dass Mick einen Schrecken bekam. »Nein … so meine ich es nicht«, sagte er stammelnd. »Es hat nichts mit dem zu tun, was du … Ach, ich kann es dir nicht erklären!«

»Jetzt reg dich nur nicht auf«, sagte Mick beruhigend. »Es droht doch keine unmittelbare Gefahr!«
Nun habe ich ihn mit meiner Angst angesteckt …
»Nein, Mick, nein … Es ist etwas Persönliches …«
»Was ist denn passiert?«
»Nichts.«
»Jetzt mach mir bloß nichts vor!«, sagte Mick nachdrücklich. Er war jetzt wieder ganz der Alte. »Du jagst mir einen Riesenschreck ein und siehst aus, als ob du ein Gespenst gesehen hättest, und jetzt sagst du, es ist nichts …«
»Nichts, was ich erzählen kann … Ich fühle mich schon ein bisschen besser. Wenn du noch ein Weilchen hier bleibst und einfach ein wenig redest …«
Edu schloss die Augen. *O Gott, was bin ich müde … nur nicht nachgeben …*
Mick stand auf und ging durchs Zimmer. Edu flog aus den Kissen.
»Wo gehst du hin?«
»Wenn irgendjemand reden muss, dann bist du es!«, sagte Mick. »Hier, ich hab dir etwas Wasser geholt. Trink mal einen Schluck, so … Und jetzt sag es mir ruhig, ich werde es niemand weitererzählen. Wovor hast du Angst?«
»Ich habe Angst, verrückt zu werden«, sagte Edu langsam.
Einen Augenblick lang war es still. Dann sagte Mick erstaunt, mit einem Unterton von Furcht: »Bist du eigentlich von allen guten Geistern verlassen? Wie kommst du denn darauf?«
Nein, du weißt nichts von den ältesten Expeditionsberichten. Aber du hast mich trotzdem gewarnt. War es dir damals ernst mit dem, was du sagtest?
»Du – verrückt? Wie kommst du nur auf solche Ideen?«, sagte Mick. »Ich habe noch nie so einen Blödsinn gehört. Wie in Venus' Namen kommst du darauf?«
»Mick, zuallererst: Ich finde es herrlich, im Wald spazieren zu gehen.«
Wieder war es still.

»Na und?«, sagte Mick dann leise. »Glaubst du deshalb, dass du verrückt bist? Es hat sich doch inzwischen herausgestellt ... dass du gerade damit Recht hattest. Dann kannst du genauso gut behaupten, dass *ich* verrückt bin, weil ich ...«
»Weil du die Wälder hasst, den Wald und die Afroini. Du wirfst mir vor, dass ich auf ihrer Seite stehe ...«
»Aber Edu – so hab ich es nicht gemeint!«
Ich darf es dir nicht sagen, dachte Edu. *Der Schock wäre zu groß für dich ... Du würdest es mir übel nehmen, auch wenn du es nicht wolltest ... Selbst jetzt habe ich das Gefühl, dass ich mir nur ein wenig Mühe geben müsste, um genau zu wissen, was in dir vorgeht ...* Er hatte sich wieder zurückgelegt und starrte zur Decke empor, ohne etwas zu sehen. Er hörte, dass Mick sich auf sein eigenes Bett setzte. *Ich kann es dir nicht erzählen. Du würdest weggehen, mich allein lassen ... Ich* bin *schon allein. Die Kuppel ist voller Gedanken. Aber kein Mensch hört, was* ich *denke ...*
»Und was haben der Wald und die Afroini damit zu tun?«, fragte Mick.
»Ich weiß es nicht«, sagte Edu matt. »Ach, vielleicht habe ich mir alles nur eingebildet.«
»Jetzt hör mir mal zu, Edu, so kommen wir keinen Schritt weiter!«, sagte Mick. »Möchtest du lieber mit jemand anderem sprechen?«
»Nein.«
»Ich kann zur A.f.a.W. gehen ...«
»Nein!«
»Nur, um dir eine Beruhigungstablette zu besorgen.«
»Nein, Mick. Nein!«
»Was willst du denn sonst? Jetzt sieh mich mal an ...«
Edu gehorchte. Mick betrachtete ihn mit gerunzelter Stirn. »Du sagst mir, dass du denkst, dass du ...« Er unterbrach sich.
»Der Ausdruck ›verrückt‹ ist vielleicht übertrieben ...!«
»Aber Edu, so was sagt man doch nicht zum Spaß! Was ist passiert? Los, antworte mir!«

Edu wandte sein Gesicht ab. »Also gut«, sagte er. »Ich kann Gedanken lesen … Ich fürchte wenigstens, dass ich es kann; ich glaube, dass ich es könnte. Und ich will es nicht; es ist abscheulich.«

15. Kapitel

»Vielleicht funktioniert es so ähnlich wie ein Radio«, sagte Mick.

»Ein Radio?«, wiederholte Edu fragend. Er hatte es Mick erzählt, ihm sein Herz ausgeschüttet, und er hatte nur wenig verschwiegen – nur den Inhalt fremder Gedanken, die ihn selbst eigentlich auch nichts angingen … Und Mick war dageblieben, er hatte andächtig zugehört; wenn er einen Schrecken bekommen hatte, ließ er es sich jedenfalls nicht anmerken. Wieder war Edu sicher, dass er erfahren könnte, was Mick nun tatsächlich davon hielt, aber er gab sich keinerlei Mühe. Es wäre einem Freund gegenüber auch nicht ehrlich gewesen.

»Es gibt Radiosender und -empfänger«, sagte Mick.

»Oh, so meinst du es. Und ich bin beziehungsweise habe außer einem Sender auch einen Empfänger … Aber begreifst du denn nicht, wie schlimm das ist! Gerade eben im Aufenthaltsraum … es war einfach nicht zum Aushalten.«

»Das glaube ich gerne«, sagte Mick. »Aber jetzt stell dir mal vor, du siehst zum ersten Mal einen Rundfunkempfänger …« Er saß aufrecht da und versuchte, seine Gedanken in Worte zu fassen: »Du weißt nicht, wie man mit solch einem Ding umgehen muss und wie man es auf einen bestimmten Sender einstellen kann. Du fummelst ein bisschen an den Knöpfen herum und du hörst einen Wellensalat von allen möglichen Sendern. Davon könntest du auch verrückt werden! Aber jeder kann lernen, mit einem Radio umzugehen.«

»Da ist was dran«, sagte Edu nachdenklich. »Lernen, damit umzugehen. Aber lieber würde ich überhaupt kein Empfänger sein.«

»Du musst den Knopf auch umdrehen können«, sagte Mick, »das Instrument ausschalten. Aber frag mich nur nicht, wie!«

»Ja, ja, natürlich ...« *Und wer kann mir das beibringen?* dachte Edu. *Die Afroini* ... Die Afroini würden jedoch nicht verstehen, dass es für ihn etwas ganz anderes war als für sie ... »Ich frage mich nur«, sagte er leise vor sich hin, »warum dies gerade mir passieren musste.«

»Das finde ich, ehrlich gesagt, gar nicht so verwunderlich«, sagte Mick.

»Glaubst du, dass es durch den Wald kommt?«

Mick machte ein besorgtes Gesicht. »Ich weiß es nicht«, sagte er unsicher.

Sie schwiegen beide, jeder mit seinen Gedanken beschäftigt.

»Wahrscheinlich hat der Wald doch irgendetwas damit zu tun«, sagte Edu schließlich. »Aber nur deshalb, weil man sich dort so gut entspannen kann. Und das ist zum Gedankenlesen nötig, sagt Firth.«

»Hm«, sagte Mick. Und dann plötzlich: »Weißt du, was ich jetzt denke?«

»Nein, und ich will es auch nicht wissen.«

»Du darfst es, ich erlaube es dir. Versuch's doch mal!«

»Nein, ich hab keine Lust, es zu demonstrieren.« Aber der neue, rätselhafte Bezirk in Edus Hirn konnte doch nicht der Versuchung widerstehen, Micks Gedanken anzupeilen ... »Du denkst an den Wald«, sagte er. »Erschrick bitte nicht, ich höre schon nicht mehr hin. Aber da war auch noch etwas anderes, etwas Merkwürdiges.«

»Sag's ruhig!«

»Etwas Rotes und Leuchtendes«, sagte Edu langsam. »Es glich einem Raumschiff. Aber ich denke trotzdem an etwas anderes. An etwas von früher ... Spielzeug.«

»Das darf doch nicht wahr sein!«, flüsterte Mick. »Ich versuchte an etwas zu denken, was du unmöglich wissen konntest. An ein

Raumschiffmodell, das ich zu meinem sechsten Geburtstag bekam.« Er sah Edu mit großen Augen an. *Es ist doch unheimlich!*
»An den Wald habe ich auch gedacht«, sagte er, »aber das hättest du auch erraten können. Weißt du, Edu, ich habe mir vorgenommen, noch mal dorthin zu gehen. So bald wie möglich … Obwohl ich mich zu Tode fürchte«, fügte er hinzu.
»Das ist aber schön, Mick«, sagte Edu. Er musste plötzlich schlucken. »Und noch was: Ich verspreche dir auf mein Ehrenwort, dass ich niemals deine Gedanken abhorchen werde – jedenfalls nie ohne deine Zustimmung und ohne dein Wissen … Nicht, solange es an *mir* liegt …« *Aber kann ich dieses Versprechen auch halten?*
»Das möchte ich dir auch geraten haben!«, sagte Mick, der versuchte, wieder einen normalen, scherzhaften Ton anzuschlagen. »Weiß wirklich niemand anderes davon?«, erkundigte er sich.
»Nein, du bist der Einzige. Erzähl es bitte nicht weiter.«
»Willst du es … musst du es eigentlich nicht offiziell berichten?«, fragte Mick zögernd.
»Vielleicht doch. Aber jetzt noch nicht, noch nicht … Ich wäre hier meines Lebens nicht mehr sicher, Mick, wenn sie es wüssten. Außerdem, was kann ich denn bis jetzt? Ich kann überhaupt noch nicht mit diesem Empfänger, wie du ihn nennst, umgehen.«
»Das stimmt, aber … Vielleicht solltest du mal mit jemand darüber sprechen, der von solchen Dingen mehr versteht als ich … Zum Beispiel ein Psychologe … Ja, mit Petra.«
»Nein, nein, bitte nicht«, sagte Edu.
»Ich meine nicht in der A.f.a.W., sondern einfach so … Ihr seid doch so gute Freunde!«
»Nein, Mick.«
»Mach mir bloß nichts vor, Edu. Ihr beiden …«
»Hör auf, Mick!« Edu sah seinen Freund an. »Ach, warum solltest du es nicht wissen … Das ist es ja gerade: Ich bin ganz verrückt nach ihr, aber sie liebt mich nicht.«
»Bist du da ganz sicher?«

»Ich *weiß* es.«
»Oh … Ja. Ich verstehe«, sagte Mick und schwieg.
»Auf jeden Fall hat es mir gut getan, mit dir darüber zu sprechen«, sagte Edu nach einer Weile. *Das ist ernst gemeint und doch hat sich eigentlich nichts geändert.*
»Geteiltes Leid ist halbes Leid«, sagte Mick.
Ein leises Klopfen an der Tür … Der Roboter kam herein und sagte: »Guten Abend, meine Herren. Forscher Nummer zwölf, in Ihrem Zimmer brennt noch Licht.«
»Dies hier ist mein Zimmer«, sagte Mick. »Ich schlafe von jetzt an wieder hier.«
»Gut, Forscher Nummer zwölf«, sagte der Roboter. Er war nicht im Geringsten erstaunt. »Dann werde ich Ihr Eigentum wieder hier in den Schrank zurückbringen. Haben Sie Ihre Schlaftablette schon?«
»Das Leben ist voller Probleme«, sagte Mick. »Aber ich glaube, ich brauche trotzdem keine mehr.«

Sie waren beide müde und schliefen rasch ein. Kurz bevor Edu vom Schlaf übermannt wurde, tauchte noch ganz kurz ein banger Gedanke auf: *Wenn ich nur nicht träume …*
Er träumte dennoch, aber ohne jede Angst. Er war wieder im Wald und lag auf dem Moosteppich neben dem Bach, wo er Firth zum ersten Mal begegnet war. Auch im Traum schlief er wieder ein; ab und zu erwachte er, merkte, dass er noch immer im Wald war, und fühlte sich dort wieder ganz zu Hause. Es war genauso wunderschön und lieblich wie beim allerersten Mal … Er hörte keine Stimmen – nur das Rauschen des Wassers und das Rascheln der Blätter, und das waren Sprachen, die er nicht verstehen konnte.

16. Kapitel

Edu erwachte mit einem festen Entschluss: Er würde heute in den Wald gehen, und zwar so bald wie möglich. Doch gleich morgens wurde er zur A.f.a.W. beordert. Dort stellte sich heraus, dass er untersucht werden sollte – als Einziger von den Forschern, denn die anderen waren inzwischen schon nach draußen gegangen. Dr. Li, schweigsam wie immer, war sehr sparsam mit seiner Information: »Man kann nicht erwarten, dass man jeden Tag im Wald spazieren gehen darf, ohne eine regelmäßige Kontrolle: sowohl körperlich als auch geistig.«

Das letzte Wort gefiel Edu ganz und gar nicht, und als Dr. Li mit seiner Untersuchung fertig war, ging er mit bleiernen Füßen zur psychologischen Abteilung.

Petra wartete in ihrem Sprechzimmer auf ihn; er sah sie an und wusste plötzlich, dass sie genauso große Hemmungen hatte wie er selbst ... *Ahnt sie etwas? Weiß sie es?* Sie sprach in einem freundlichen und lockeren Ton mit ihm, aber er reagierte erst, als die Rede auf einen Test und ein EEG kam.

»Nein!«, platzte er heraus. »Das will ich nicht. Ich lass das nicht mit mir machen. Dieser ganze langwierige Kram führt doch zu nichts ... Es ist nur Zeitverlust; ich muss raus in den Wald.«

»Das weiß ich, Edu«, sagte Petra. »Aber gestern Abend hast du zu Dr. Brim gesagt, dass du dich weigern würdest, noch mal in den Wald zu gehen.«

»Ach gestern ... da war ich müde ... hatte keine Lust.«

»Und warum denkst du nun anders darüber?«

»Ich habe in Wirklichkeit nie anders darüber gedacht.«

»Vielleicht ist es besser, wenn ich dich frage, warum du gestern nicht wolltest.«

»Das habe ich dir bereits gesagt, Petra!«

»Du hast nicht die Wahrheit gesagt, Edu!«

Wenn ich Gedanken lesen kann, bin ich auch verpflichtet, selber immer die Wahrheit zu sagen, sonst wäre es nicht ehrlich den anderen gegenüber ... Aber das ist unmöglich ...!

»Los, Edu, antworte mir. Irgendetwas liegt dir im Magen.«
»Nichts, was ich dir erzählen könnte.«
Petra seufzte. »Es wäre wirklich besser, wenn du dir einen Tag Ruhe gönnen würdest; du bist viel zu angespannt.« Dann ging sie unversehens – *oder war* es *gerade nicht unversehens?* – zu einem anderen Thema über: »Warum hast du nichts über den Vorfall mit Sim Rap berichtet?«
»Wie ich sehe, hat Max das schon besorgt. Ach Petra, das war wirklich nicht nötig ...«
»Aber Edu, ich hörte, wie Sim explodierte ...«
»Der Junge hat es nicht so ernst gemeint. Er litt unter Heimweh.«
Petra sah ihn streng an. »Und woher wusstest du das, Edu?«
»Er hat es mir selbst erzählt.«
Petra schlug die Augen nieder und schwieg.
»Hast du vielleicht Angst vor mir?«, fragte Edu und beugte sich zu ihr hinüber.
»Aber nein, wie kommst du denn darauf!« Sie sprach leise und unsicher. »Ich bin nur ein wenig besorgt ... Und jetzt willst du mit aller Gewalt wieder in den Wald. Edu, wir können dir keine Zustimmung geben, wenn du es uns nicht erzählst!«
»Wenn ich was nicht erzähle?«
»Alles.«
»Ich habe nichts mehr zu sagen. Und ihr müsst mir die Erlaubnis geben, hörst du, Petra, es muss sein!« Edu schob seinen Sessel mit einem Ruck zurück und stand auf. »Ich will den Kommandanten sprechen! Weißt du, weshalb ich in den Wald will? Um auf das, was ihr mich fragen wollt, eine Antwort zu bekommen.«

Der Kommandant war bei Igor im Radioraum. Er machte eine Handbewegung, die bedeutete ›Einen Moment bitte!‹, als Edu und Petra hereinkamen. Sie lauschten den Stimmen der drei Forscher, die durch den Wald wanderten ... Imans Stimme klang fröhlich und selbstsicher, Saboe schien voll stiller Verwunderung; Arno wirkte nervös und unruhig.

Ich hätte auch dabei sein müssen ... nein, ich gehe allein ...
»Hallo, hier Hauptquartier«, sprach Igor in sein Mikrofon. »Ihr müsst euch jetzt auf den Heimweg machen.«
»Jetzt schon?«, rief Iman in der Ferne.
»Jetzt sofort!«, sagte Igor. »Befehl des Kommandanten.«
Der Kommandant schaute auf einen der Bildschirme: Am östlichen Wachroboter stand ein Mobil bereit, um sich in Richtung Wald zu begeben. »Für die beiden Neulinge war es jetzt lange genug«, sagte er, während er Edu einen Blick zuwarf. »Außerdem haben wir erneut Bedenken, ob nicht doch unvorhergesehene Gefahren lauern.«
Kurze Zeit später wandte er sich ganz Edu zu. »Forscher Nummer elf, wir sind davon überzeugt, dass Ihre Berichte nicht vollständig gewesen sind; ob dies absichtlich oder in Unkenntnis geschehen ist, mag dahingestellt bleiben. Die Wälder haben auch Einfluss auf die Psyche des Menschen, das dürfen wir nicht unterschätzen.«
»Herr Kommandant«, sagte Edu, »gerade deshalb möchte ich wieder dorthin, um mehr darüber zu erfahren.« Und er wiederholte, was er zu Petra gesagt hatte.
Der Kommandant sah ihn lange nachdenklich an.
Dann sagte Petra nachdrücklich und entschlossen: »Mein Rat, Herr Kommandant, lautet: Geben Sie ihm die Erlaubnis!« *Ich habe großes Vertrauen zu dir, Edu!*
Der Kommandant überlegte: *Außergewöhnliche Umstände rechtfertigen Risiken ... Edu ... der einzig richtige Mann ...*
Edu verschloss blitzschnell seinen Geist vor den Gedankenfetzen, die er auffing.
»Also gut«, sagte der Kommandant. »Forscher Nummer elf hat meine Zustimmung. Ich gebe ihm völlige Handlungsfreiheit ... Aber wenn du zurückkommst, Edu, erwarte ich einen vollständigen Bericht.«

17. Kapitel

Es war entsetzlich heiß.

Edu schwankte ein wenig, als er aus dem Mobil gestiegen war. Hier nutzte auch kein Sonnenschirm. Es regnete, aber der Regen war bereits verdampft, bevor er den Boden erreicht hatte. Unbarmherziges Licht vibrierte durch die Atmosphäre; überall tanzten kleine Regenbogenfragmente. Edu bekam Kopfschmerzen davon, obwohl er eine Sonnenbrille trug. Das kleine Stück vom Mobil bis zum Waldrand schien Meilen weit, aber schließlich hatte er es doch geschafft. Er atmete tief durch und wischte sich das Gesicht ab. Seine Sonnenbrille fiel auf den Boden und zerfiel sofort in Staub. Aber damit hielt er sich nicht lange auf; er hatte sein Ziel erreicht. Unter den Bäumen war es kühl und von den Blättern fielen dicke Tropfen auf ihn herab.

Er ging den Pfad entlang, der in den Wald hineinführte; aber schon nach ein paar Schritten blieb er stehen. *Erst einige Minuten ausruhen und dann zum ›Kalten See‹ …*

»Nicht zum ›Kalten See‹«, sagte die leise Stimme einer Afroin-Frau, die auf ihn zukam. Es war nicht Aill, wenn sie ihr auch sehr ähnlich sah. »Heute gehst du einen anderen Pfad«, sagte sie. »Ruhe dich ein bisschen aus, dann zeige ich dir den Weg. Wir warten auf dich.«

Edu folgte ihr, ohne etwas zu sagen – über Wege, die ihm bekannt, und über Wege, die ihm unbekannt vorkamen. Im Wald war es still. Nur ein schwacher Wind wehte, ab und zu bewegte sich ein Tier und nur wenige Vögel sangen. Edu fühlte sich von Gedanken umgeben – Gedanken unsichtbarer Afroini und seiner schweigenden Führerin; aber er erfuhr nichts weiter als das eine: *Wir warten auf dich*. Eine leise Furcht beschlich ihn, aber er ging trotzdem weiter.

Nach einiger Zeit machte ihm die Afroin-Frau klar, dass er sich wieder ausruhen solle; dann verschwand sie lautlos. Danach tauchten zwei andere auf, es waren Kinder. Sie waren viel lebhafter und lauter, und das war Edu sehr recht, wenn sie auch nur in ihrer eigenen Sprache redeten. Sie führten ihn mithilfe von Gebärden ein Stück weiter – wahrscheinlich waren sie erstaunt, dass er sie nicht sofort verstand. Ab und zu plauderten sie miteinander. Unterwegs blieben sie einmal stehen, um Früchte von einem Baum zu pflücken: rosa Bulduns, von denen Edu einmal eine in die Kuppel mitgenommen hatte. Sie boten ihm auch ein paar an, aber er wusste nicht, ob er sie probieren sollte. *Ob die Planetenwissenschaftler den Buldun inzwischen wohl untersucht haben?* überlegte er. *Und kann ein Mensch sie wohl vertragen?*

Die Kinder nickten eifrig: *Ja, ja, natürlich!* Sie selbst futterten nach Herzenslust; der Saft lief ihnen übers Kinn. Edu entschloss sich jedoch, erst noch einmal abzuwarten.

Ein Weilchen später zeigten ihm die Kinder einen schattigen Pfad, der in Windungen einen Hügel hinaufführte; dann verschwanden auch sie. Edu blieb stehen, bis sich ihre Singsangstimmen in der Ferne verloren. Dann setzte er sich hin und lehnte sich mit dem Rücken an einen Baum. Er hatte nun bestimmt schon eine Menge Lémais zurückgelegt – wohin wurde er nur geführt? Kein Afroin ließ sich mehr sehen, aber man hatte ihm ja den Weg gezeigt; er konnte also seine Wanderung fortsetzen. *Gleich*, dachte er.

Ein leises Geräusch veranlasste ihn, sich umzuschauen – das Rascheln eines Blattes, ein leiser Plumps. Es war ein Tier, solch ein himmelblaues Tierchen mit unzähligen Pfoten; es ringelte sich zusammen und wieder auseinander, es scharrte zwischen den Wurzeln herum, es baggerte mit einem spitzen Schnäuzchen in der feuchten Erde. Edu beobachtete es – zuerst träge und ohne wirkliche Aufmerksamkeit, doch dann mit wachsendem Interesse. Das Tier suchte Nahrung, schien aber gleichzeitig zu spielen, indem es sich aus reinem Vergnügen immer wieder ein- und ausrollte. Es schlug alle möglichen Kapriolen; dass Edu zuschaute, beeindruckte es überhaupt nicht. Wahrscheinlich begriff es, dass es von ihm nichts zu befürchten hatte.

Edu überlegte, was wohl in diesem kleinen Kopf mit einem Schnäuzchen, das er sich im Traum nicht hätte vorstellen können, vorgehen mochte. *Ein Tier fühlt und ist*, hatte Firth gesagt.

Edu versuchte sich vorzustellen, wie solch ein Tier lebte. *Himmelblau sein, in der herb duftenden Erde graben und so klein sein, dass man überall zwischen den Wurzeln ein kühles Versteck finden kann.*
Da stand plötzlich Wisi-u vor ihm.

»Du könntest das«, sagte der Älteste der Afroini, während er sich neben Edu hockte. »Du könntest wissen, wie das ist: ein blauer Llerllog zu sein.« Er betrachtete das kleine Tier, das unbeirrbar mit seinen Tätigkeiten fortfuhr. »Es hat nicht allzu viele Gedanken, aber sie sind trotzdem der Beachtung wert …« Er hob eine Hand empor. »Du könntest wissen, wie sich ein Vogel fühlt, wie es ist, Flügel zu haben und aus eigener Kraft zu fliegen …«
»Auch das noch alles …«, flüsterte Edu. *Wie viele Möglichkeiten … welch eine unendlich weite Welt* … Er sagte langsam und nachdenklich: »Haben Sie nie daran gedacht, dass Menschen vielleicht einfach nicht die Kraft dazu haben? Ich persönlich auch … nicht und ich bin nicht der Erste und nicht der Einzige … Manche Menschen hat es den Verstand gekostet.«
»Du brauchst wirklich keine Angst zu haben, Edu«, sagte Wisi-u. »Wir sind sehr behutsam mit dir umgegangen. Als wir merkten, dass auch du diese Gabe besitzt, haben wir dich nicht gedrängt. Wir haben dir Zeit gelassen. Ich hatte nicht einmal erwartet, dass es so schnell gehen würde.« Er pflückte einen Grashalm und führte ihn zum Munde.
»Wissen Sie es«, fragte Edu, »das von gestern Abend?«
»Wie hätten wir uns davor verschließen können?«, sagte Wisi-u. »Deine Gedanken schrien zu uns hinüber. Aber wir konnten nicht antworten«, fuhr er fort, »nicht nur, weil du es nicht wolltest, Edu, sondern auch, weil *wir* nichts für dich tun konnten. Wir konnten nur dafür sorgen, dass du anschließend einen guten Schlaf hattest.«
»Sorgen … für meinen … Schlaf?«, stammelte Edu. »Wie denn?«
»Dadurch, dass wir andere Gedanken von dir fern hielten – dass

wir dir halfen, etwas Angenehmes zu träumen. Das ist gar nicht so merkwürdig, Edu! Firth bat dich einmal darum, etwas Schönes für ihn zu denken; heute Nacht hat er etwas für *dich* gedacht: eine Erinnerung wachgerufen, die dir lieb ist.«

Eine Zeit lang sagte keiner von beiden etwas; auch Edu pflückte sich einen Grashalm und hatte schon eine ganze Weile darauf herumgekaut, bevor er sich bewusst wurde, was er tat. *Die Afroini wollen mir helfen.*

»Natürlich, Edu«, sagte Wisi-u leise. »Aber ändern können wir nichts. *Wir* haben dir unsere Gabe nicht gegeben; die hattest du schon, auch wenn du es nicht wusstest – vielleicht schon sehr lange. Ich könnte mir denken, dass du deshalb deine Welt verlassen hast: weil du etwas suchtest, was dir fehlte, weil du nach dir selbst suchtest.«

»Nach mir ... selbst?«, fragte Edu flüsternd. »Glauben Sie das wirklich?«

»*Jetzt* glaube ich das«, antwortete Wisi-u. »Ich weiß es allerdings nicht, ich kann es nur vermuten ... Und ich glaube auch, dass du nicht für immer allein sein wirst. Vor kurzem warst du noch der Einzige, der unseren Wald liebte; jetzt bist du das nicht mehr. Wie sollte es auch möglich sein, eine neue Welt zu betreten und damit zu rechnen, derselbe zu bleiben? Wie könnte man auf die Suche gehen ohne die Erwartung, etwas zu finden? Du denkst jetzt: der hat leicht reden! Aber du sollst doch wissen, Edu, dass auch ich neue Gedanken bekommen habe, dass ich andere Dinge gelernt habe – nur dadurch, dass ich euch zugehört habe. Ich habe euch blind und taub genannt, und doch habt ihr mit eigenen Augen die unzähligen Welten gesehen, die außerhalb dieser Welt existieren. Bevor ihr kamt, konnten wir diese nur vage vermuten, jetzt *wissen* wir, dass es sie gibt. Ihr habt Reisen gemacht, die wir nur in Gedanken erleben können. Und es erstaunt uns nur, dass ihr, die ihr so viel könnt, bis jetzt taub und blind geblieben seid. Ihr seid die Afroini der Erde und wir sind die Menschen von Afroi – wir sind verschiedene Wege gegangen und jetzt haben wir einander getroffen.« Wisi-u stand auf.

Bleib, geh nicht weg! dachte Edu. *Warum fange ich jetzt nicht auf, was er denkt? Kann ich es nicht oder will er es nicht?*
»Zuerst musst du selbst nach der Lösung suchen«, sagte Wisi-u. »Versuche herauszufinden, wer du bist, was du willst, was du kannst …« Er setzte sich wieder hin. »Es wird nun sehr heiß«, sagte er. »In den kommenden Tagen wird es schwierig für euch sein, die Kuppel zu verlassen …« Er streichelte mit einem Finger über das blaue Tierchen, das jetzt ganz nahe zu ihm gekommen war, und es ringelte den Schwanz, wie es schien, vor lauter Vergnügen.
»Hier im Wald ist es für euch nicht zu warm«, fuhr Wisi-u fort. »Du könntest hier bleiben, in der Nähe der kühlen Seen und der tief liegenden Ströme, dann könnten wir dich vieles lehren. Wir könnten dir erklären, wie du deinen Geist benutzen und deine Gabe entwickeln musst.« Er schaute Edu mit so durchdringenden Augen an, dass dieser beinahe erschrak. »Trotzdem sage ich dir, dass du das besser nicht tun sollst!«, meinte er. »Es ist noch zu früh. Zuerst musst du es auf deine eigene Weise versuchen: als Mensch zwischen den anderen Menschen in eurer Kuppel.«
»Ja …«, nickte Edu. *Vielen Dank, Wisi-u; ich glaube, dass ich es verstehe.*
»Später, nach Hitze und Stürmen, wird es wieder kühl werden«, sagte Wisi-u. »Dann werdet ihr von neuem hierher kommen und vielleicht wirst du dann bereit sein.« Er stand wieder auf. »Wenn du große Schwierigkeiten hast, kannst du uns jederzeit rufen; wir werden dir dann helfen, falls wir es können. Aber es kommt auf deine persönliche Einstellung an, Edu; keine künstlich konstruierten Mittel werden es dir jemals wirklich beibringen. Du gehst zurück zur Kuppel«, entschied er. Es war keine Frage, sondern eine Feststellung.
»Ja, Wisi-u«, antwortete Edu, während er sich erhob. »Aber ich würde allein …«
»Firth ist schon unterwegs zu dir; ihm fällt es leichter, mit dir zu sprechen, als mir. Er wird dir den Rückweg zeigen.«

Wisi-u entfernte sich; das blaue Tierchen folgte ihm, sich ringelnd und purzelnd.

Bin ich nun eigentlich eine Portion klüger geworden? überlegte Edu. *Ja, ich glaube schon ...* Er wusste jetzt, dass die Wald-Afroini nicht wollten, dass er sich selbst verlieren sollte – im Gegenteil. Seine Angst vor ihnen war nun endgültig verschwunden; nicht jedoch die Furcht vor der Fähigkeit, Gedanken zu erfahren, eine Gabe, die er noch immer nicht richtig mit sich und seinen Mitmenschen in Einklang bringen konnte.

18. Kapitel

»Würdest du mir einen Gefallen tun?«, fragte Firth.

Sie standen einander gegenüber auf dem schattigen Pfad. »Wir gehen in diese Richtung.« Er zeigte bergauf.

»Aber ich muss zurück ...«, begann Edu.

»Erst ausruhen«, unterbrach ihn Firth. »Am Wasser. Würdest du deine Augen schließen, Edu, und meine Hand festhalten? Dann führe ich dich ...«

Edu überlegte, was wohl der Grund sei. Als Firth jedoch keine Antwort gab, sprach er seine Frage nicht aus. »Gut«, sagte er zögernd.

»Mach die Augen fest zu«, sagte Firth. »Nur ein kleines Stückchen weit; ich passe auf, dass du nicht stolperst.«

Es war das erste Mal, dass Edu Firth anfasste; dessen Hand umfasste die seine – kühl, hart und knochig. Einen Augenblick lang war es ein ungewohntes Gefühl ... *nicht gruselig, aber doch ein bisschen eigenartig.* Edu unterdrückte diesen Gedanken schnell; er wollte nicht, dass Firth es merken sollte. *Aber selbst wenn er es merkt, sagte er zu sich selbst, dann wird er es doch bestimmt verstehen; vielleicht findet er* meine *Hand genauso komisch ... nein, jetzt ist es schon nicht mehr komisch ...*

Langsam begannen sie die sanfte Anhöhe hinaufzusteigen.

Warum? dachte Edu noch einmal. *Was denkt er wohl?* Aber

Firths Gedanken blieben ihm verborgen; außerdem musste er sich aufs Gehen konzentrieren. Irgendetwas krabbelte über seine Backe – wie viele haarige Pfötchen.

»Du brauchst nicht zu erschrecken«, sagte Firth, »es ist ein Blatt.«

Ich fand es so still hier, dachte Edu, *jetzt höre ich viel mehr. Ist das wohl der Grund?*

»Pass auf«, sagte Firth. »Hier ist eine Kuhle.«

Vorsichtig gingen sie weiter. Edu hörte Wasser rauschen; es kam immer näher.

Dann blieben sie stehen. »Dreh dich jetzt in diese Richtung – ja so«, sagte Firth. Er ließ Edus Hand los. »Noch zwei Schritte. Dann mach die Augen auf und schau nach oben.«

Edu gehorchte. Unbemerkt war er aus dem Schatten ins Licht gekommen; er blickte direkt zum Himmel empor, in das flimmernde Licht des Himmels, vor dem sich die durchsichtig glühenden Blätter hin und her bewegten. Er war ganz geblendet, wandte schnell seinen Blick ab und rieb sich die tränenden Augen.

»Sag, hör mal …«, begann er. Durch einen fleckigen Nebel sah er, dass Firth ihn anschaute.

»*Das* ist ein Übergang, was, Edu?«, sagte dieser ruhig. »Warte einen Augenblick, dann wird's schon wieder besser.« Langsam fügte er hinzu: »Du hast nur für kurze Zeit die Augen geschlossen – wie würde es wohl sein, wenn du blind wärst und plötzlich sehen könntest? Ich stelle mir vor, dass das ein großer Schock sein würde und außerdem sehr schmerzhaft …«

Edu blinzelte noch immer mit den Augen, aber er begann sich langsam daran zu gewöhnen. Und er verstand, was Firth ihm eigentlich gesagt hatte:

Wenn man niemals Gedanken gelesen hat und es dann auf einmal kann, muss *das dann nicht wie ein Schock wirken und wehtun? Nach einer Weile wird es nicht mehr so schlimm sein …*

Er sah jetzt, dass sie auf einem anderen Pfad standen, der durch ein Tal führte, in dem Wasser rauschte. Es war ein Pfad, den er kannte und an den er sich noch sehr gut erinnerte. Auf der einen Seite, oberhalb des Wasserfalls, wohnte Wisi-u; auf der anderen Seite war irgendwo die Stelle, wo er Firth und Aill zum ersten Mal begegnet war … *Begegnet*, denn vor diesem Zeitpunkt hatte er schon in einem Traum mit ihnen gesprochen.

»Firth«, fragte er, »wie kommt es, dass ich deine Gedanken jetzt nicht hören kann – dass ich sie eigentlich fast nie auffange, während …«

»Die Menschen in der Kuppel stehen dir vielleicht näher«, sagte Firth. »Aber eines Tages werden wir miteinander reden, ohne zu sprechen … falls du das wünschst.« Er ging weiter. »Ich weiß, dass du gerne noch einmal in diesem Bach schwimmen möchtest«, sagte er über die Schulter gewandt. »Lass uns das tun, bevor du dich auf den Heimweg machst.«

Es war auch diesmal wieder wunderschön in dem wild dahinschnellenden Wasser, wenn es auch jetzt wärmer und noch seichter war als beim letzten Mal.

»Wenn ich nicht Acht gebe, schlafe ich noch ein«, sagte Edu, als er sich auf dem weichen Grund ausgestreckt hatte. »Und ich muss gleich wieder zur Kuppel zurück.«

»Du sehnst dich nicht danach«, sagte Firth.

»Im Augenblick nicht. Wenn ich dort bin, fangen die Probleme von neuem an.«

»Du hast sie ja selbst aufgespürt«, sagte Firth ungerührt.

»Das hast du mir schon mal gesagt!«, erwiderte Edu. Er überlegte kurz. »Kaum zu glauben, es ist erst eine Woche her … vor sieben Tagen bin ich im Wald gelandet.«

»Und auf Afroi ist es noch immer der gleiche Tag«, sagte Firth. »Du wirst noch mehr Tage und auch Nächte hier sein, bevor du zur Erde zurückkehrst.«

Wie entsetzlich weit war die Erde nun entfernt – eine andere Welt. *Tatsächlich eine andere Welt*, dachte Edu, ein wenig traurig und ein wenig beklommen, *denn was auch immer geschehen mag, ich werde nicht derselbe sein, wenn ich zurückkomme. Wird man dort jemals verstehen, wie es hier ist? Afroi* ... Plötzlich dachte er an Jock Martin.

»Du warst früher schon mal hier«, sagte Firth neben ihm. »Vor drei Erdenjahren.«

»Hast du vor drei Jahren auch schon deine Gedanken zu mir geschickt?«

»Ja ... du hast dich damals schon nach den Wäldern gesehnt. Ich erinnere mich noch gut daran, was du dachtest, als du weggingst: *Ich komme zurück* ... Und da gab es noch einen anderen, dessen Gefühle den deinen sehr ähnlich waren. Doch er dachte: *Ich komme* nicht *zurück* ... Weißt du, wer das war, Edu? Du musst ihn doch kennen.«

»Ich fürchte, dass du jeden Einzelnen von uns besser kennst, als wir einander kennen. Warum fragst du das?«

»Weil er es ebenfalls kann. Er fing unsere Gedanken auf, Edu. Nur wusste er selber nichts davon.«

Edu wandte sich Firth zu. *Nicht der Einzige* ... »Ist das wahr? Wer war es?«

»Denk mal nach, Edu, dann fällt es dir schon ein. Er fing unsere Gedanken auf, natürlich unvollständig und keineswegs immer. Aber er hat es nie gewusst.«

»Wie ist das denn möglich?«

»Er glaubte, dass es seine eigenen Ideen wären«, sagte Firth. »Es klingt merkwürdig, aber so ist es. Er gab zwar Antwort, aber nicht uns. Er behielt seine Antwort für sich und machte etwas anderes daraus.« Langsam fuhr Firth fort: »Ich war ein paar Mal ganz dicht bei ihm – nicht mit meinem Leib, sondern mit meinem Geist –, ich schaute durch seine Augen und ich sah, was seine Hände daraus machten.«

»Zeichnungen«, sagte Edu. »Bilder. Er hieß Jock Martin.«

»Ja, Zeichnungen und Bilder«, sagte Firth. »Er versuchte festzuhalten, was wir ihm vom Wald erzählt hatten. Er versuchte auch, Gedanken darzustellen, die nicht sicht- oder tastbar sind.«

»Und er wusste nie ...«, sagte Edu leise. *Wenn ich auf die Erde zurückkomme, werde ich zu ihm gehen* ... »Firth«, sagte er, »hier auf Afroi sind Abstände unwesentlich – aber kannst du nicht über weitere Entfernungen hinweg denken? Zum Beispiel zur Erde?«

»Nein«, antwortete Firth, »das kann ich nicht, jedenfalls *noch* nicht. Aber es braucht deswegen nicht unmöglich zu sein. Einige Hhaafr-Afroini könnten es vielleicht, wenn sie es wollten.«

»Still!«, sagte Edu. Er konnte ein Schaudern nicht unterdrücken, als er sich vorstellte, wie weit die Welt war, die sich außerhalb der Sinnesorgane abspielte.

»Entspanne dich«, sagte Firth freundlich. »Jetzt ist die Zeit dazu da.«

Edu schloss die Augen … *Noch einmal, genieße diesen Augenblick … Vergiss ihn nie …* Vor seinem geistigen Auge erschienen undeutliche Bilder, die fortschwebten, wenn er sie länger anblickte … *Eine Blume, die Cäcilia hieß – Was dieser Name bedeutet, bleibt ein Geheimnis zwischen Petra und mir … Eine hellrosa Frucht, innen zartgrün – Der Buldun ist tatsächlich auch für Menschen genießbar … Ein Grundmobil, das unter der Kuppel bereitstand – Der Kommandant überlegt, wann er es mir entgegenschicken soll.*

Dann machte er die Augen auf und setzte sich. *Ich muss gehen.*

Firth war sofort auf den Beinen. »Ich werde dich mehr als einen Lémai weit begleiten«, sagte er, »und Aill wird auch gleich kommen. Sie möchte dich sehen, bevor du …«

»Genau wie beim ersten Mal«, sagte Edu. »Aber ich …«

»Das brauchst du mir nicht zu sagen«, sagte Firth. »Ich weiß, dass du wieder hierher kommen möchtest.«

19. Kapitel

Und da war die Kuppel wieder, glitzernd zwischen den Nebelschwaden.

»Stop!«, sagte Edu zu dem Roboter, der neben ihm am Schaltpult des Grundmobils saß.

Er schaute zurück. Nein, vom Wald war nichts mehr zu sehen; er sah nur die strengen Umrisse des östlichen Wachroboters.
Aber du bist nicht mehr die Grenze … Der ganze Planet stand nun offen. Die Menschen würden dort Entdecker und Besucher sein, keine Herrscher – vielleicht aber Schüler. Der ganze Planet, mit Ausnahme der Meere, jedenfalls vorläufig …
Er wandte sich wieder an den Roboter. »Kann ich mit dir tauschen?« Er wollte das letzte Stück bis zur Kuppel gerne selbst das Mobil steuern.
Er sprach ins Funkgerät: »Hier meldet sich Forscher Nummer elf. Alles ist okay; ich bin gleich zu Hause.«
»Du dickköpfiger Waldläufer, es wird auch langsam Zeit!«, antwortete das Hauptquartier mit Igors Stimme. »Wir warten wieder voller Ungeduld auf den Bericht über deinen Entdeckungsmarsch.«
Das ist es, was ich wollte, dachte Edu, *neue Welten entdecken. Wir Menschen verließen die Erde, flogen zum Mond und noch weiter: Mars, Venus … Afroi … Und jetzt entdecke ich neue Welten in mir selbst, in anderen …*
Er ließ das Mobil langsam anfahren. Als er sich jedoch der Kuppel näherte, kehrten seine Ängste und Zweifel zurück.
Neue Welten … Will ich eigentlich meine Entdeckungsreise fortsetzen?
Du kannst nicht zurück, sprach eine Stimme in seinem Innern.
Und dann? fragte er und seine Gedanken wanderten zu Firth, zu seinem Afroin-Freund. *Was dann? Wie soll ich den Weg finden?*
Er war sich nicht ganz sicher, ob er die Antwort selbst gab oder ob Firth zu ihm sprach von weither aus dem Wald:
Ich kann Gedanken lesen, Edu, aber ich kann nicht in die Zukunft sehen.

Inhalt